Fritz Peter Heßberger

Die Außerirdischen

Roman

Der Autor:

Fritz Peter Heßberger, Jahrgang 1952, geboren in Großwelzheim, heute Karlstein am Main, studierte Physik an der Technischen Hochschule Darmstadt; 1985 Promotion zum Dr. rer. nat.; von 1979 bis zum Eintritt in den Ruhestand 2018 als wissenschaftlicher Angestellter in einer Großforschungsanlage tätig.

Bibliographische Information der Deutschen Nationalbibliothek:

Die Deutsche Nationalbibliothek verzeichnet diese Publikation in der Deutschen Nationalbibliographie; detaillierte bibliographische Daten sind im Internet über http://dnb.d-nb.de abrufbar

ISBN 978-3-7534-4263-1

Inhalt

1. Im Käfig

Als Karl erwachte lag er völlig unbekleidet in einem Käfig. Drei Seiten des Raumes waren durch Gitterstäbe begrenzt, die vierte, die hintere, durch eine offenbar strukturlose Metallwand. In dem einen Nebenkäfig tobten zwei Affen, in dem anderen brüllten zwei Löwen. Der Raum war völlig kahl. In einer Ecke kauerte eine nackte Frau, die mit den Händen notdürftig ihre Brust und ihre Scham bedeckte. Karl sprach sie an, fragte, ob sie wisse, was das zu bedeuten habe, aber sie antwortete nicht, schaute ihn nicht einmal an. Karl versuchte sich zu erinnern, wie er wohl hierher gekommen war. Aber es fiel ihm nichts ein. Er hatte sich auf dem Nachhauseweg von seiner Arbeitsstätte befunden. Soviel wußte er noch. Alles, was zwischen der Fahrt und dem Erwachen hier geschehen war blieb im Dunkeln. Nun lag er also in diesem Käfig, der nur an einer Stelle ein Loch im Fußboden aufwies, wohl um Kot und Urin abfließen zu lassen. Es roch unangenehm.

Karl überlegte; es hatte wohl keinen Zweck darüber zu grübeln, wie er in diese Lage geraten war oder was sie bedeutete. Vielmehr kam es darauf an, Möglichkeiten nach einem Ausweg zu erkunden. Irgendwie mußte er aus dem Käfig herauskommen, das nahm er sich vor. Den Weg zu den Affen und Löwen sah er nicht als Alternative. Also blieben der Weg nach vorn durch die Gitterstäbe oder nach hinten durch die Metallwand. Es erschien ihm aussichtsreicher, es erst vorne zu versuchen. Vielleicht gab es eine Möglichkeit das Gitter zu öffnen oder einen der Stäbe herauszunehmen und sich dann hindurchzuzwängen. Er fand aber keinen Öffnungsmechanismus und die Stäbe waren fest verankert, ließen sich nicht bewegen, auch nicht verbiegen. Lediglich an einer Stelle entdeckte er eine Klappe, die eine Öffnung frei gab. Sie diente wohl dazu, den Gefangenen Näpfe mit Essen oder Wasser in den Käfig zu schieben. Zum Hindurchkriechen war sie aber viel zu klein.

Er wandte sich nun der Metallwand zu, tastete sie sorgfältig ab. Nach einigem Forschen stieß er auf eine fast unmerkliche, kreisförmige Rille mit einem Durchmesser von etwa fünfzig Zentimetern, deren Mittel-

7

punkt in etwa einem Meter Höhe lag.

„Offenbar handelt es sich hier um einen Deckel, der einen Tunnel verschließt. Vielleicht läßt er sich öffnen", überlegte er, „jetzt muß ich nur noch den hierfür notwendigen Mechanismus finden."

Er hämmerte mit den Fäusten dagegen. Nichts bewegte sich. Dann begann er an verschiedenen Stellen zu drücken, erst auf dem Deckel, dann am Rande außerhalb der Rille. Nach längerem Probieren stellte sich der Erfolg ein. Als er gleichzeitig mit einer Hand am oberen Rand und mit der anderen Hand am unteren Rand drückte, bewegte sich die Metallscheibe zunächst ein kleines Stück nach hinten, verschwand dann nach unten in einem Schlitz. Vor ihm lag ein Tunnel von etwa einem halben Meter Durchmesser, eng, aber groß genug um hineinzukriechen. Vorsichtig begab er sich in die Röhre. Er war optimistisch. Vielleicht führte sie in eine bessere Unterkunft. Alles andere hätte seiner Meinung nach auch gar keinen Sinn ergeben. Doch machte man es ihm wirklich so einfach? Geheime Gänge weisen oft Fallen auf. Mit dieser Möglichkeit mußte er rechnen. Er kroch langsam vorwärts, tastete stets die Wände ab. Nach etwa fünf Metern fühlte er erneut eine feine Rille. Er schob seine rechte Hand über sie hinaus. Nichts geschah, zunächst jedenfalls. Er wartete. Nach einigen Sekunden vernahm er ein leises Geräusch, es war eher die Ahnung eines Geräuschs. Schnell zog er die Hand zurück. Und schon im nächsten Augenblick sauste eine Metallplatte hernieder. Sie blieb in einer Nut, die sich wohl zeitgleich mit dem Herabfallen der Platte aufgetan haben mußte, stecken. Sie verschloß nun die Röhre etwa zur Hälfte.

„Glück gehabt, die Vorsicht hat sich ausgezahlt", dachte er, „aber wie komme ich nun weiter? Es muß eine Möglichkeit geben, ein Tunnel aus dem Käfig, der nach ein paar Metern endet, macht keinen Sinn."

Er drückte von oben auf die Platte. Sie ließ sich mit einiger Kraftanstrengung völlig in die Nut schieben. Karl kroch weiter. Ohne auf neue Hindernisse zu stoßen erreichte er das Ende der Röhre, die insgesamt etwa zehn Meter lang war. Er untersuchte die Wand.

„Sicher auch eine Scheibe, die sich öffnen läßt", sagte er sich.

Nach einigem Probieren, öffnete sie sich durch Druck auf die horizontalen Ränder. Vor ihm lag nun eine Art Wohnraum. Er begab sich hinein. Er fand ein größeres Bett vor, zwei Sessel, ein Tischlein und einen Küchenschrank. Es schloß sich ein zweiter Raum an, der eine Dusche, ein Waschbecken und eine Toilette enthielt. Eine Tür nach draußen erkannte er auf Anhieb allerdings nicht.

„Zumindest ist das ein bequemeres Gefängnis als der Käfig. Wer immer uns da gefangen hält, er gönnt uns wohl eine bessere Unterkunft; allerdings muß man eine gewisse Portion Verstand und Geschick aufweisen um zu ihr zu gelangen", sagte er sich.

Ihm fiel die Frau ein. Sollte er sie holen? Er mußte mit der Möglichkeit rechnen, daß dieser Weg nur für kurze Zeit offen war, sich irgendwann wieder und dann wohl für alle Zeiten schloß. Kroch er zurück, dann ging er dieses Risiko ein. Andererseits wollte er die Frau, wer immer sie auch sein mochte, nicht einfach ihrem Schicksal überlassen. Er kroch zurück. Sie kauerte noch immer in der Ecke und bedeckte mit den Händen ihre Blöße so gut es ging. Er sprach sie freundlich mit sanfter Stimme an, bedeutete ihr mitzukommen, sie rührte sich nicht. Schließlich flehte er sie sogar regelrecht an ihm zu folgen. Sie reagierte nicht. Und als er sie anfaßte um sie in die Röhre hineinzuziehen, begann sie wild um sich zu schlagen.

„Da kann man nichts machen", sagte er zu sich selbst und schlüpfte wieder in den Tunnel; die Falle hatte sich nicht wieder geschlossen und so erreichte er unbehelligt den Wohnraum.

„Vielleicht läßt sich die Röhre wieder verschließen. Es wäre unangenehm, wenn plötzlich statt der Frau irgendwelches Getier hierher käme. Wer weiß, wen sie am Ende in den Käfig setzen, wenn ich fehle."

Nach wenigen Versuchen stellte er fest, daß sich die Röhre durch Drücken auf den unteren Rand verschließen, aber auch wieder öffnen ließ. Das beruhigte ihn.

„Dann kann ich die Frau hereinlassen, falls sie noch nachkommt und Klopfzeichen gibt."

Er überlegte, was er nun als nächstes tun sollte. Duschen vielleicht? Er hatte aber auch Hunger und Durst.

„Vielleicht finde ich etwas in dem Küchenschrank."

Hinter einer der Türen stieß er auf einen kleinen Kühlschrank. Er fand eine Flasche, die ein süßliches, wohlschmeckendes Getränk enthielt und einen Napf, in dem sich offensichtlich etwas Eßbares befand. Neben dem Napf lag ein Löffel. Er aß und trank. Bedenken, daß die Sachen vergiftet sein könnten, kamen ihm nicht. Er fühlte sich bald müde, legte sich aufs Bett, schlief ein.

Irgendwann, er besaß keine Uhr und er hatte jegliches Zeitgefühl verloren, erwachte er. Er fühlte sich benommen und spürte auch einen leichten Schmerz im Kopf. Er wußte nicht so recht, was er anfangen sollte, blieb einfach liegen.

2. Kalinna

Nach einer geraumen Zeit öffnete sich eine unsichtbare Tür, eine Frau trat ein. Sie war hübsch, etwa einen Meter und siebzig Zentimeter groß, schlank, hatte eine rosige Hautfarbe, blonde Haare, trug ein weißes Kleid, das bis zu den Knien reichte. Ihre Füße steckten in flachen, weißen Schuhen. Es schien eine unsichtbare Kraft von ihr auszugehen, denn als sie sich näherte wurde er zurückgestoßen.

„Das ist eine Vorsichtsmaßnahme, Erdling, ein Kraftfeld, das dich abstößt, damit du mir nicht zu nahe kommst."

„Wer sind Sie? Und was bedeutet das alles hier?" fragte Karl unsicher.

„Ich heiße Kalinna. Und das andere wirst du zu gegebener Zeit erfahren. Du gehörst zu den Auserwählten. Die erste Prüfung hast du bestanden."

„Welche Prüfung?"

„Du bist aus dem Käfig entkommen und in den Wohnraum gelangt. Wir haben fünfzig Paare von eurer Gattung eingesammelt. Und in nur zehn Fällen sind sie bisher aus dem Käfig entkommen. Das heißt, in acht Fällen war es das Pärchen gemeinsam, in einem Fall fand das weibliche Wesen alleine den Weg und das männliche Wesen ist nachgekommen, ohne etwas zu tun. Aber sie ließ ihn nicht in den Wohnraum, hat vorher schnell die Röhre verschlossen. Und du bist allein hier. Wo ist eigentlich dein Weibchen? Warum ist es nicht mitgekommen?"

„Mein Weibchen? Sie war nicht meine Frau, sondern irgendein weibliches Wesen, das mit mir zusammen in einen Käfig gesperrt wurde. Ich kannte sie gar nicht. Mit ihr war nichts anzufangen. Sie weigerte sich auch mitzukommen."

Die Frau lächelte.

„Es war nichts mit ihr anzufangen? Die meisten anderen männlichen Wesen wußten schon, was sie mit einem weiblichen Wesen anfangen sollten. Sie haben darüber sogar vergessen einen Weg aus dem Käfig zu suchen. Manchmal gab es da aber auch Streit, wie bei diesem weiblichen Wesen, das alleine entkam. Sie wollte sich dem Männchen nicht fügen. Er wurde rasend, schlug sie. Wir mußten ihn für einige Zeit paralysieren, sonst hätte er sie noch getötet. Und während er schlief hat sie den Ausweg gefunden. Sie ist nun auch alleine."

„Dann könnt ihr sie ja mir geben."

Kalinna überlegte.

„Kein schlechter Gedanke, Erdling. Wir brauchen für unsere Experimente Pärchen, Einzelwesen nutzen uns wenig. Ich werde sie bringen lassen."

„Können Sie uns auch Kleider bringen. Ich bin es nicht gewohnt nackt herumzulaufen."

„Das läßt sich machen."

Die Frau schaute ihn an.

„Wundert es dich denn gar nicht, daß ich deine Sprache spreche ?"

„Hier ist alles so seltsam: ich weiß nicht, wie ich hierher gekommen bin; erst lagen wir mit Affen und Löwen zusammen; dann dieser merkwürdige Tunnel, dieses Zimmer; und Sie machen auf mich einen Eindruck, als seien Sie eine außerirdische Erscheinung, obwohl Sie wie ein Mensch aussehen. Worüber soll ich mich jetzt noch wundern ?"

„Wie kommst du darauf, daß ich eine außerirdische Erscheinung bin ?"

„Das Kraftfeld, das Sie umgibt. So etwas kennen wir auf der Erde nicht."

„Du bist scharfsinnig. Und du hältst das alles für etwas Natürliches ?"

„Warum nicht ? Etwas Alltägliches ist es zwar nicht, es soll aber schon vorgekommen sein, daß Menschen von Außerirdischen entführt wurden. Jetzt habt ihr eben mich erwischt. Ich frage mich nur, warum ihr nichts besseres genommen habt. Ja, und was ist jetzt mit der Sprache ? Da steckt doch sicher ein technischer Kniff dahinter, ein Sprachcomputer, der simultan übersetzt."

Die Frau lächelte.

„Dich kann wirklich nichts verblüffen. Dich würde selbst ein sprechender Löwe nicht überraschen."

Karl zuckte mit den Achseln.

„Wenn ihr wirklich Außerirdische seid und es schafft, von weit außerhalb des Sonnensystems zur Erde zu fliegen, dann werdet ihr es wohl auch schaffen, einem Löwen das Sprechen beizubringen."

„Nun, schön, das ist in der Tat so: wir haben dir als du schliefst einen Translator, du würdest es einen Chip nennen, in den Kopf eingepflanzt. Der übersetzt deine Sprache in unsere und unsere in deine. Du glaubst zwar in deiner Sprache zu sprechen, das nimmt dein Gehirn auch so wahr, weil du deine Worte in deiner Sprache formulierst, aber in Wirklichkeit sprichst du in unserer Sprache, denn der Translator übersetzt die Worte bevor du sie aussprichst und steuert entsprechend deine Stimmbänder. Auf der anderen Seite übersetzt der Translator, meine Worte, die dein Gehör aufnimmt in deine Sprache und leitet sie so ins Gehirn weiter, daß du glaubst, ich würde in deiner Sprache sprechen."
Karl hatte sie nach Erwähnung des Translators während ihrer Rede intensiv angeschaut. Kalinna merkte es.
„Warum starrst du mich so an?"
„Ich habe nur Ihre Lippenbewegungen studiert. Sie passen wirklich nicht zu den Worten, die ich gehört habe. Das heißt, es ist wohl so wie Sie das gesagt haben."
Kalinna lächelte.
„Gut beobachtet. Nun ja, es handelt sich um eine kleine technische Erfindung, die ihr noch nicht kennt. Aber du bist immerhin intelligent genug, nicht an Wunder zu glauben, sondern an technische Errungenschaften. Auch wenn ihr noch nicht darüber verfügt, so hältst du sie doch für möglich. Aber das wirst du alles noch kennenlernen."
„Es ist eben so, mir bleibt nun nichts anderes übrig als an Außerirdische zu glauben, aber deswegen glaube ich noch lange nicht an Überirdisches."
Kalinna lächelte.
„Und du fragst, warum wir ausgerechnet dich ausgesucht haben? Mach dir darüber keine Gedanken, da steckte keine besondere Absicht dahinter; das war reiner Zufall. Ich werde dir jetzt erst einmal das weibliche Wesen und Kleidung zukommen lassen. Das Essen könnt ihr unbedenklich nehmen, es ist auf euren Organismus abgestimmt. Und eines noch, versucht nicht hier auszubrechen. Das wäre unvernünftig."

3. Alberta

Kalinna verschwand. Kurz darauf führte eine Gestalt, die Karl für einen Roboter hielt, eine Frau ins Zimmer, eine zweite Gestalt brachte Kleidung, Speise und Trank. Dann verschwanden die beiden.

Die Frau war etwas kleiner als er, war hübsch, schlank, besaß eine zierliche Gestalt, einen dunklen Teint. Sie hatte schwarzes, lockiges, halblanges Haar. In ihrem Gesicht konnte er Schwellungen entdecken, die wohl von den Schlägen ihres Partners herrührten. Sie wirkte zwar verängstigt, blickte ihn aber nichtsdestoweniger aggressiv an.

„Also wenn du glaubst, ich sei nur eine kleine Bumsnegerin, mit der du machen kannst, was du willst, dann hast du dich getäuscht."

„Beruhige dich", entgegnete Karl freundlich, „du brauchst keine Angst vor mir zu haben. Ich werde dich weder mißbrauchen, noch schlagen. Ich heiße übrigens Karl. Aber setz dich erst einmal. Dann können wir uns näher unterhalten. Außerdem siehst du gar nicht wie eine Negerin aus. Dazu bist du nicht schwarz genug."

Sie nahmen in den Sesseln Platz. Die Frau blickte noch immer mißtrauisch.

„Ich heiße Alberta", sagte sie schließlich, „und ich bin Philippinin, auch wenn man mir das nicht unbedingt ansieht. Es haben sich bei mir verschiedene Rassen gemischt. Aber ich fühle mich wohl dabei, habe mich zumindest bisher wohl gefühlt. Ich bin Lehrerin, unterrichte Mathematik, Chemie und Physik. Und woher kommst du ? Du sprichst Englisch ?"

„Ja, recht gut. Aber ich bin aus Deutschland, bin Physiker, und spreche Deutsch mit dir. Daß du mich verstehst und ich dich liegt daran, daß sie uns einen Translator eingebaut haben."

„Einen Translator ? Was ist das ?"

Karl erklärte es ihr.

„Das klingt alles recht unglaubwürdig. Woher weißt du das ?"

„Eine Frau, die mich vor kurzem hier aufsuchte, hat mir das gesagt. Sie nannte sich Kalinna. Sie ist eine Außerirdische. Das hat sie mir auch bestätigt."

„Eine Außerirdische ? Die gibt es doch nur in Science-Fiction-Filmen oder in Büchern."

Sie schwieg kurz.

„Aber ich habe an so etwas auch schon gedacht. Das schien mir allerdings völlig unmöglich."

Karl lächelte.

„Es spielt keine Rolle ob du es glaubst oder nicht. Das ändert an unserer Situation gar nichts. Diese Kalinna hat mir von deinem Ärger erzählt. Ich habe sie dann gebeten, dich zu mir zu bringen. Der Vorschlag schien ihr ganz recht gewesen zu sein. Offenbar mögen sie Pärchen. Und ich denke, in der gegenwärtigen Situation ist es auch besser nicht alleine zu sein."

Albertas Gesicht hellte sich auf.

„Aber das ist nur der Fall, wenn wir uns wie zivilisierte Menschen zueinander verhalten."

„Hast du etwas anderes vor ?"

„Nein", entrüstete sie sich, „ich wollte nur meinen Standpunkt klarmachen. Ihr Weißen seht in uns im Prinzip doch nur als Unterentwickelte, Halbwilde und Minderwertige an, auch wenn ihr es nicht offen zeigt. Ihr seid doch fast alle verkappte Rassisten."

„Beruhige dich", entgegnete Karl, „davon kann hier keine Rede sein. So kommen wir auch nicht weiter. Nur wenn wir auf gleicher Augenhöhe miteinander verkehren, können wir uns in unserer gegenwärtigen Lage gegenseitig stützen."

„Ja, das sehe ich auch so. Wir sind 'Erdbewohner' und sie sind Außerirdische. Wir müssen ihnen als solche entgegentreten, dürfen keine Unterschiede zwischen uns machen. Wir sollten also unbefangen miteinander umgehen."

„Ich weiß nicht, was sie mit uns vorhaben. Vielleicht wollen sie herausfinden in welchem Grade wir vernünftige Lebewesen sind oder nur primitive Kreaturen, so etwas ähnliches wie Tiere. Und da sollten wir uns entsprechend benehmen, da hast du recht."

Alberta schwieg kurz.

„Glaubst du, daß es wirklich Außerirdische sind ? Es könnte doch auch

15

sein, daß irgendein Geheimdienst dahinter steckt, der uns entführt hat um irgendwelche Experimente mit uns durchzuführen. Die Aussagen von dieser Kalinna müssen ja nicht stimmen. Das kann eine bewußte Irreführung sein."

„Ich habe auch schon daran gedacht. Aber wo waren wir zunächst untergebracht? Hätte uns ein Geheimdienst zusammen mit Tieren eingesperrt? Ich lag da in einem Käfig zwischen Affen und Löwen."

„Und ich zwischen Eseln und Hirschen. Aber das beweist meiner Ansicht nach gar nichts."

„Und dann meine ich", fuhr Karl fort, „ein Geheimdienst hätte wohl eine bessere Auswahl getroffen. Wenn sie schon einen Mann und eine Frau zusammenbringen, da hätten sie wohl zwei ausgewählt, die halbwegs zusammenpassen. Was lernen sie denn aus Paarungen, denen wir ausgesetzt waren? Ich war mit einer Frau zusammen, die mit mir absolut nichts zu tun haben wollte und du mit einem Mann, der nichts wollte als mit dir bumsen? Das sind doch bekannte Verhaltensmuster oder etwa nicht?"

„Das heißt, du meinst, sie haben keine Ahnung von menschlichen Verhaltensmustern und haben einfach willkürlich ein männliches und ein weibliches Exemplar der Gattung Mensch zusammengesperrt. Das Argument hat etwas für sich, aber da kann ich dagegenhalten, daß sie vielleicht Extremsituationen erzeugen wollten."

„Und der Translator. So etwas kennen wir auf der Erde gar nicht."
Alberta rieb sich das Kinn.

„Weißt du, über welche Mittel Geheimdienste verfügen? Das ist zwar ein Punkt, aber trotzdem kein Beweis."
Karl atmete tief durch.

„Du hast recht. Aber was hilft es? Das ändert an unserer Situation gar nichts."

„Das stimmt. Also, was ist der Plan? Vernünftig miteinander umgehen und zusammenzuhalten? Es gibt schließlich für uns wichtigeres als uns zu streiten, zu schlagen oder Sex miteinander zu haben. Das siehst du doch auch ein?"

„Genau so denke ich auch. Es kommt darauf an, in ihren Augen als positives Beispiel der Gattung Mensch zu wirken. Dann haben wir vermutlich auch Chancen auf Dauer gut von ihnen behandelt zu werden. Das ist zwar nur eine Spekulation, aber etwas besseres fällt mir im Moment nicht ein. Sie können uns ja schließlich auch als Wesen von einem fremden Planeten in einem Zoo präsentieren."

„Ja", meinte Alberta, „wenn es wirklich Außerirdische sind, dann suchen sie sicher nach intelligenten Lebewesen außerhalb ihrer Welt. Auch wenn sie uns technisch überlegen sind, so können wir ihnen doch zu verstehen geben, daß wir Lebewesen sind, die eine gewisse geistige Reife erlangt haben und sie nicht für Zauberer oder Götter halten."

„Das leuchtet mir ein."

Alberta lächelte.

„Ich hatte mir schon von vornherein überlegt, ob ich mich so verhalten solle, aber das war schlecht möglich, da mein 'Zugeordneter' kein Verständnis dafür hatte. Er sah in mir nur eine Frau, an der er sich befriedigen konnte, mehr hatte er nicht im Sinn. Ich weiß nicht, welchem Volk er entstammte. Aber er sprach so eine merkwürdige Sprache, eine europäische war es jedenfalls nicht. Er sah auch nicht aus wie ein typischer Asiate, war auch kein Neger, vielleicht Türke oder Araber."

„Na ja, den bist du jedenfalls los. Es spielt nun auch keine Rolle mehr, was es für einer war. Es kommt jetzt darauf an, wie wir uns zueinander verhalten. Aber ich denke, wir wissen schon wie wir das anstellen."

Sie schwiegen eine Weile.

„Wir haben nun über alle möglichen Dinge geredet, aber eines außer Acht gelassen. Wir sind hier zusammen eingesperrt, müssen also zusammen wohnen. Willst du das überhaupt?"

Alberta schüttelte den Kopf.

„Ich verstehe nicht, was meinst du damit?"

„Ganz einfach; vernünftig miteinander umgehen, sich angenehm zu unterhalten, das ist eine Sache, aber auf engem Raum miteinander leben, im gleiche Bett zu schlafen, ich sehe nur eines, das ist doch etwas anderes."

„Und welche Gründe sprechen dagegen?"

„Es kann ja sein, daß ein jeder von uns Eigenschaften oder Verhaltensweisen hat, die dem anderen nicht passen, ihm auf Dauer auf die Nerven gehen, er möglicherweise dem anderen gegenüber eine persönliche Abneigung empfindet. Vielleicht bin ich dir aus irgend einem Grund zuwider."

„Nein, nach dem ersten Eindruck nicht. Und ich dir?"

„Nein, ganz im Gegenteil."

„Also gut", meinte Alberta, „dann steht uns in dieser Beziehung nichts im Wege. Und über das andere können wir miteinander reden. Wir kennen uns zwar kaum, aber wir sollten trotzdem ganz unvoreingenommen und unverkrampft miteinander umgehen. Und wenn es schon unser Schicksal ist oder zumindest das Beste in unserer Situation, hier zusammenzuleben, dann sollten wir auch keine Scheu und falsche Scham voreinander haben. Um es deutlich zu sagen, ich habe nichts dagegen, wenn du mich berührst, aber du solltest da gewisse Grenzen beachten."

„Ich verstehe, was du meinst."

Alberta lächelte.

„Die Grenzen müssen nicht auf Dauer sein. Ich meine nur, du solltest mich als Frau achten."

Alberta erhob sich, begab sich zu dem Tischlein.

„Kleidung haben sie uns auch gebracht. Die sollten wir auch anziehen. Ich mag es zwar, mich nackt in die Sonne zu legen oder zu schwimmen, aber im täglichen Leben laufe ich lieber bekleidet herum."

„Nun ja", meinte Karl, „ich bin auch nicht prüde, das ist ja auch etwas lächerliches, aber im täglichen Leben bin ich auch lieber angezogen. Aber bevor ich mich jetzt anziehe, möchte ich lieber erst den ganzen Dreck an mir abwaschen. Kommst du mit unter die Dusche?"

„Ich? Zusammen?"

„Sie ist groß genug für uns beide. Und da können wir gleich einmal zeigen, daß wir keine Scheu voreinander haben."

„Ja, keine schlechte Idee, ich habe auch eine Reinigung nötig. Ich glaube, wir verstehen uns."

Sie gingen unter die Dusche, seiften sich gegenseitig ein, unterließen aber allzu intime Berührungen. In den Wohnraum zurückkehrt, legten sie die Kleidung an. Sie war einfach, bestand aus einer kurzen Hose, einem Unterhemd, einem halblangen, weißen Kleid, einem Büstenhalter für Alberta und einfachen, flachen, ebenfalls weißen Schuhen.

4. Das Zusammenleben

Anschließend setzten sie sich in die Sessel, jeder nahm einen Napf, begann zu essen. Sie reichten sich dann gegenseitig die Flasche mit dem Getränk.

„Wir haben uns ja vorhin schon darüber unterhalten, irgend etwas wollen sie mit uns anstellen", begann Karl nun, „ich denke, es ist das beste, daß wir stets miteinander absprechen, was wir ihnen gegenüber sagen. Und wenn wir unsicher sind, dann sollten wir um Bedenkzeit bitten. Zu zweit sind wir stärker als alleine. Und wenn wir gemeinsam handeln, dann entstehen zwischen uns keine Differenzen. Das ist eine Sache der Vernunft."

„Kann man denn immer vernünftig handeln", wandte Alberta ein.

„Manchmal ist es sicher schwierig, aber das kann man klären. Wenn Gefühle oder Neigungen Vernunftgründen widersprechen, dann sollte man sich darüber unterhalten und die optimale Lösung suchen. Alles andere führt nur zu Zwietracht."

Alberta lächelte.

„Sag mal, hast du eigentlich einmal daran gedacht, daß hier Kameras und Mikrophone versteckt sein könnten, sie uns beobachten und alles mithören, was wir sagen?"

„Davon gehe ich aus, aber das sollten wir ignorieren. Wenn wir immer daran denken, hemmt uns das."

„Ich möchte wissen, wie unsere Umgebung auf unser Verschwinden reagiert hat", begann Alberta, nachdem sie eine Weile schweigend dagesessen hatten, „meine Schüler werden mich sicher vermissen, mein Freund wohl auch."

„Du hast einen Freund?"

„Ja, aber wir haben nicht zusammengewohnt. Wir trafen uns nur am Wochenende."

„Ich habe alleine gelebt, bin geschieden. Kinder habe ich nicht. Ich hatte auch keine Freunde. Man wird sich in meinem Institut wundern, daß ich spurlos verschwunden bin. Ansonsten vermißt mich kein

19

Mensch. Irgendwann wird man mich sicher für tot erklären."
Karl lachte.

„Auch wenn mich kein Mensch vermißt, in der Verwaltung und der Bürokratie fehle ich schon; ich habe eine Wohnung, für welche Miete und Umlagen bezahlt werden müssen. Es gibt da auch Rechnungen für Strom, Fernsehgebühren, Versicherungen und so weiter. Da gibt es meine Arbeitsstelle; wie lange werden die noch mein Gehalt zahlen, jetzt wo ich verschwunden bin ? Und was passiert, wenn mein Bankkonto leer ist ? Ja, und wer weiß, wo mein Auto herumsteht."

„Mach dir deswegen keine Sorgen, irgendwann wird dich die Gesellschaft ausbuchen."

Sie fühlten sich plötzlich müde, erhoben sich aus den Sesseln legten sich ins Bett, schliefen bald ein. Sie erwachten etwa zur gleichen Zeit, wußten nicht, wie lange sie geschlafen hatten. Kurz danach erschien Kalinna wieder, begleitet von einem Roboter, der Speise trug.

„Ihr seid nicht dumm, habt vereinbart euer Verhalten abzusprechen. Das müßt ihr nicht unbedingt tun. Verhaltet euch lediglich normal, wie gesagt, nicht gekünstelt. Im übrigen, ihr seid nicht einfach verschwunden, ihr wart es nur für drei Tage nach eurer Zeitrechnung. So lange hat es gedauert, eine Kopie von euch anzufertigen."

„Eine Kopie ?" fragte Alberta erstaunt.

„Ja, es ist für uns kein Problem Lebewesen zu duplizieren."

„Und warum mußtet ihr uns dann mitnehmen ? Konntet ihr euch nicht mit einer Kopie begnügen ?"

Kalinna lachte.

„Den Körper zu kopieren, das ist kein Problem. Mit der Psyche ist das schon schwieriger; die Intelligenz bekommen wir zwar hin, auch euer Wissen konnten wir auf die Kopie übertragen, auch die Denkweise, aber nur im Groben. Alle Feinheiten zu kopieren, das gelingt nicht und mit dem Gefühlsleben ist das auch so eine Sache. Nun ja, die Kopie eines stillen Wesens wird kein Choleriker sein, die Kopie eines Geizhalses kein Verschwender; sie sind sich schon sehr ähnlich, aber eben nicht gleich. Deshalb bevorzugen wir das Original und haben die Kopie zurückgelassen. Wir sind euch zwar etwa fünfzehnhundert Jahre unse-

20

rer Zeitechnung in der Entwicklung voraus, aber wir haben auch unsere Grenzen. Eure Umgebung wird sich darüber wundern, daß ihr nach der Rückkehr ein bißchen anders seid."

Sie lächelte, blickte Alberta an.

„Ich kann nicht dafür garantieren, daß deine Kopie in deinem Freund den Traummann sieht und sich nicht einen anderen sucht. Aber sie werden sich vielleicht auch aneinander gewöhnen. Das ist nicht unsere Sache."

Karl blickte die Frau mißtrauisch an.

„Und woher wissen wir, daß wir das Original sind und nicht die Kopie ?"

„Ich habe wohl Zweifel in euch geweckt. Wissen könnt ihr das nicht, ebensowenig wie die Kopie weiß, daß sie eine Kopie ist. Sie wird sich höchstens darüber wundern, daß die anderen sie nun als 'merkwürdig' empfinden. Nun ja, aber seid beruhigt, wir wollen euer Verhalten studieren, eure Denkweise kennenlernen. Hätten wir die Kopie genommen, dann kämen wir unter Umständen zu falschen Schlüssen. Ihr seid schon das Original, glaubt es mir einfach. Ich belüge euch nicht."

„Na schön, aber es gibt da noch zwei andere Punkte. Zum einen, was sollen wir die ganze Zeit über tun ? Alberta und ich können doch nicht nur herumsitzen und uns unterhalten."

Alberta blickte Karl an.

„Du meinst, irgendwann gehen uns die Themen aus und dann fallen wir uns gegenseitig auf die Nerven."

„Die Gefahr besteht allerdings."

„Macht euch deswegen keine Sorgen", meinte nun Kalinna, „das haben wir natürlich bei unseren Planungen in Erwägung gezogen."

Sie überreichte jedem ein Tablett.

„Ein altertümliches Gerät, ein kleiner Computer, so wie ihr es gewohnt seid. Wir haben natürlich auch Bücher, Filme und Musikstücke kopiert, soweit sie auf Datenträgern in euren Computernetzen gespeichert waren. Vermutlich ist es eine willkürliche Sammlung eurer geistigen Errungenschaften. Aber was nur in Papierform in Bibliotheken existierte oder auf Datenträgern außerhalb eurer Computernetze haben wir nicht gesammelt, soviel Zeit konnten wir nicht aufwenden. Es ist aber vermutlich genug um sich damit auf lange Zeit zu beschäftigen. Die Bedienung der Tabletts ist einfach. Ihr müßt nur den Knopf hier drücken und dann erscheint nach kurzer Zeit eine Befehlszeile und darunter ein Tastenfeld mit den Zahlen und den Buchstaben eures Alphabets, sowie einigen zusätzlichen Zeichen, die ihr oft verwendet. Da müßt ihr nur eure Sprache eingeben und dann erscheinen alle Menüs mit allen Erklärungen in eurer Sprache, falls es eine der verbreiteten irdischen Sprachen ist. Alle Dialekte konnten wir natürlich nicht berücksichtigen. Ihr werdet euch zurechtfinden. Die Tabletts sind übrigens auf jeden von euch persönlich eingerichtet."

„Was bedeutet das ?"

„Nicht viel, nur daß sie mit euren Translatoren verbunden sind. Verwechselt ihr sie, dann hört der eine die Musik, die der andere gewählt hat und die Filme laufen in der Sprache des anderen."

„Das ist kein Problem", lächelte nun Karl, „wenn die Anzeige auf philippinisch erscheint, dann weiß ich, daß es Albertas Tablett ist."

„Das heißt 'Filipino', aber vermutlich gehört das nicht zu den 'verbreiteten' irdischen Sprachen und ich muß Englisch wählen", fiel nun Alberta ein.

Kalinna lächelte.

„Ich sehe, ihr kommt zurecht. Und was ist das andere Problem ?"

„Wir haben hier völlig das Zeitgefühl verloren", sagte nun Alberta, „unser Lebensrhythmus ist völlig durcheinandergeraten, wir wissen nicht, wann wir schlafen und wann wir wach sein sollen. Das führt auf Dauer zu gesundheitlichen Schäden."

„Das ist jetzt aber überhaupt kein Problem", entgegnete Kalinna, „wir haben euch euren gewohnten Lebensrhythmus einprogrammiert. Ihr werdet nach einer bestimmten Zeit müde und dann eine bestimmte Zeit schlafen. Wir haben das so eingerichtet, daß ihr gleichzeitig müde werdet und gleichzeitig erwacht. Ich hoffe, das ist euch recht. Und übrigens, ihr werdet zu gegebener Zeit vielleicht auch Uhren mit eurer Zeitrechnung erhalten und über Langeweile werdet ihr nicht klagen können wenn erst die Tests angefangen haben."

Sie machte eine kurze Pause.

„Nur was die körperliche Bewegung betrifft, so seid ihr einer Ein-

schränkung unterworfen, solange wir noch unterwegs sind. Ihr dürft den Raum nur in Begleitung verlassen. Und Sporthallen, so wie ihr sie kennt, haben wir hier auch nicht. So, das wäre es. Ich werde mich wieder einmal verabschieden."
Sie verschwand.

„Ich möchte wissen, was das für Tests sein werden", meinte Alberta, nachdem die Außerirdische gegangen war.
Karl überlegte.
„Vermutlich wollen sie herausfinden, ob wir Menschen ihnen gleichwertig sind. Ich meine damit jetzt nicht 'ebenbürtig', da sie über technische Fähigkeiten verfügen, die wir nicht oder noch nicht kennen. Das verhält sich in etwa so, glaube ich, wie wir alte Hochkulturen beurteilen. Wir erkennen ihre philosophischen und geisteswissenschaftlichen Leistungen an, auch ihre technischen Leistungen, die sie ohne große Hilfsmittel erbracht haben. Denke nur einmal an den Bau der Pyramiden oder auch an ihre Kunstfertigkeit in der Metallbearbeitung."
„Im Prinzip hast du recht; aber sieh einmal; das waren doch Gemeinschaftsarbeiten, üblicherweise geleitet von überdurchschnittlich begabten Menschen. Und solche Menschen machten auch die großen Erfindungen und entwickelten neue Techniken und gaben sie weiter. Wir sehen aus unserer heutigen Perspektive nur das Gesamtbild. Würde man einzelne Personen herausgreifen, einen Tagelöhner, einen Steinschlepper oder einen Bauernknecht, so würde man kaum auf ein intelligentes Volk schließen können. Und genau das machen die Außerirdischen doch hier. Sie haben willkürlich einzelne Leute herausgegriffen. Und glaubst du etwa, daß von so einem Kerl, mit ich zusammen war und der nur ans Bumsen dachte oder von deiner Tussi, die nur dahockte und ihre Blößen verdeckte, auf eine Menschheit geschlossen werden kann, die hohe wissenschaftliche und technische Leistungen erbringt ? Da wird man doch eher auf ein primitives Volk schließen müssen. Nein, nein, ich glaube, die sind auf etwas ganz anderes aus. Wenn sie die Erde besucht haben, dann haben sie sicher auch ihre Einrichtungen wahrgenommen und auch die großen Unterschiede, die es gibt, einerseits hohe technische Leistungen, aber auch Völker, die noch relativ primitiv

leben. Da gibt es bei uns noch Dörfer ohne Wasser und Strom, aber viele dort haben ein Mobiltelefon; es fehlt die Infrastruktur, aber für Mobiltelefone reicht ja auch ein Sendemast. Und die hierfür notwendige elektrische Energie erzeugt ein von einem Dieselmotor angetriebener Generator. Und dann haben sie sicherlich auch die extremen Unterschiede im Lebensstil kennengelernt, Luxuswohnungen, Paläste und Elendsviertel."

„Und auf was willst du hinaus ?" unterbrach sie Karl.

Alberta lächelte.

„Vielleicht liege ich falsch, aber ich habe den Eindruck, sie wollen die Verschiedenheit der Individuen studieren. Dies scheint ihnen aufgefallen zu sein. Und gerade aus so vielen verschiedenen Bestandteilen ergeben sich leistungsfähige Gesellschaften. Vielleicht kennen sie das nicht so."

„Du meinst, sie interessiert das Individuum, vielleicht weil sie keine wirklichen Individuen sind, sondern alle eher gleichförmige Glieder einer Gesellschaft. Das heißt, sie mögen zwar alle intelligent sein, aber sie denken und handeln alle gleich. Eine wirkliche Eigenständigkeit oder Individualismus gibt es bei ihnen nicht."

„Das könnte sein. Vielleicht gab es diesen Individualismus einst bei ihnen, er wurde aber ab irgendeinem Zeitpunkt unterdrückt, ihnen aberzogen. Aber das ist im Moment reine Spekulation. Wir kennen ja nur die eine Frau und die Roboter, die sie mit sich führte. Aber, genug damit, laß uns erst einmal essen."

Nach dem Essen begannen sie sich mit ihren Tabletts zu beschäftigen. Nach einiger Zeit legte Alberta ihr Gerät beiseite.

„Darf ich dich stören ?" fragte sie.

„Du störst nicht, was gibt es ?" lautete die Antwort.

„Dir ist doch auch aufgefallen, daß Kalinna uns sehr ähnlich sieht, ich meine jetzt ihre Gestalt. In Science-Fiction-Filmen sieht man üblicherweise die seltsamsten außerirdischen Gestalten."

„Die entspringen aber auch der Phantasie der Autoren, mit der Wirklichkeit muß das aber nichts zu tun haben. Vielleicht liegt es daran, daß gewisse körperliche Merkmale vorhanden sein müssen um eine, ich sage es einmal so, menschenähnliche Gattung hervorzubringen, die in der Lage ist eine Kultur zu schaffen. Delphine sind ja auch intelligent, sagt man; aber sie haben keine Hände, keine Füße, können sich nur im Wasser fortbewegen. Wie sollen sie schreiben können ? Oder Maschinen bauen ?"

„Ja, das hat etwas für sich; ein Professor sagte einmal in der Vorlesung, der entscheidende Vorteil des Menschen sind seine Hände mit einem Daumen, der so angeordnet ist, daß sie einen Gegenstand greifen und umfassen können. Damit können sie sich Werkzeuge schaffen, ein Elefant könne das nicht. Ich meldete mich dann, wandte ein, Affen hätten doch auch Hände, zum Teil auch eine Art Daumen an den Füßen. Der Professor lächelte daraufhin und sagte, ich hätte völlig recht, vielleicht habe er sich etwas falsch ausgedrückt, Hände zum Greifen seien notwendig, aber nicht hinreichend; es müsse sich auch noch eine Art höherer Intelligenz entwickeln, die es ermöglicht aus diesen körperlichen Eigenschaften Nutzen zu ziehen. Hände haben alle Primaten, doch nur bei wenigen Gattungen sei noch die Intelligenz hinzugekommen und von denen habe schließlich nur der 'homo sapiens' überlebt."

„Man kann da jetzt beliebig spekulieren. Aber vielleicht ist es so, daß zumindest in einer bestimmten Entwicklungsphase eine menschenähnliche Gestalt vorhanden sein muß um überhaupt eine Kultur zu entwickeln. Ab einer gewissen Entwicklungsstufe, wenn die Technik soweit fortgeschritten ist, daß der 'Mensch' nicht mehr selbst die Maschinen, Häuser und so weiter bauen und instand halten muß, sondern die Maschinen sich selbst reproduzieren und auch weiterentwickeln können, dann ist 'menschenähnliche Gestalt' wie wir sie verstehen vielleicht nicht mehr nötig und sie kann sich in irgendeiner Art weiterentwickeln."

„Das klingt ja phantastisch, ja man kann sich dann vorstellen, daß die 'Menschen' gar keine Hände mehr brauchen, sondern die Maschinen durch die Sprache oder sogar durch Gedanken steuern."

„Möglich ist das schon, diese Translatoren könnten ein erster Schritt in diese Entwicklung sein."

„Ja, da fällt mir ein, auf der Erde laufen ja auch schon heute Entwicklungen in Richtung künstlicher Intelligenz. Doch gehe ich davon aus, daß solche Mutationen der menschlichen Gestalt ein Prozeß ist, der sich über hunderttausende von Jahren oder noch länger hinzieht. Aber nach Aussage von Kalinna sind sie uns in der Technik nur fünfzehnhundert Jahre ihrer Zeitrechnung voraus. Das ist zu wenig für eine völlige Umwandlung der menschlichen Gestalt."

„Ihrer Zeitechnung nach. Und wieviele Jahre sind das unserer Zeitrechnung nach ?"

„Kein Ahnung, vielleicht einige tausend, aber sicherlich keine Millionen Jahre. Aber das werden wir wohl noch erfahren."

Sie fühlten eine aufkommende Müdigkeit, legten sich zu Bett; sie stellten fest, daß auch das Licht schwächer wurde, es wurde dämmrig.

„Sie scheinen nun, da wir müde sind, die Nacht zu simulieren", bemerkte Karl.

„Ich sehe darin keinen Nachteil", entgegnete Alberta.

Sie schliefen bald ein. Irgendwann erwachte Karl jedoch, spürte, daß sich Alberta an ihn schmiegte. Er drehte zu ihr hin. Sie war wach.

„Verstehe das jetzt bitte nicht falsch", sagte sie, „ich will nichts von dir. Ich suche nur Schutz und Geborgenheit."

„Schutz und Geborgenheit ? Weswegen ?" wunderte sich Karl, „was ist geschehen ?"

„Nichts ist geschehen. Ich habe lediglich Angst."

„Angst ? Angst vor wem oder vor was ?"

„Ich weiß es nicht. Es gibt keinen konkreten Grund. Es ist lediglich Angst, Furcht vor etwas Unbestimmten."

„Das verstehe ich nicht."

Alberta blickte ihn an.

„Du verstehst das nicht ? Wir sind hier doch Gefangene, in den Händen von Wesen, die wir nicht kennen, über deren Denken und Handlungsweise wir nichts wissen. Diese Kalinna ist freundlich zu uns. Aber wer ist sie ? Welche Rolle spielt sie in einem System, von dem sie nur ein Teil ist ? Welchen Einfluß hat sie, welche Macht ? Sie mag es zwar gut mit uns meinen, aber was ist mit denen, die wir nicht kennen ? Was wissen wir über deren Pläne ? Werden sie auch gut zu uns sein oder uns quälen ? Halte mich nun nicht für geistig gestört; aber diese Ungewißheit löst in mir Angst vor Unheil aus."

Sie lächelte.

„Es ist nun nicht so, daß ich ein konkretes Unheil erwarte. Es ist eher so, daß ich Unheil fürchte, ohne zu wissen, um was für ein Unheil es sich genau handeln könnte."

„Es ist also eher eine dumpfe Angst vor der Zukunft", erwiderte Karl.

„Ja, so kann man es ausdrücken. Hältst du mich jetzt für psychisch gestört?"

„Psychisch gestört? Nein, wieso? Nüchtern betrachtet ist es doch in der Tat so, daß wir hier gefangen sind, eine unbekannte, unvorhersehbare Zukunft vor uns liegt und wir keine Möglichkeit haben den Lauf der Dinge zu beeinflussen. Da kann einen schon ein flaues Gefühl oder eine dumpfe Angst überfallen. Das ist doch eher normal."

„Ja, und deshalb suche ich bei dir Schutz und Geborgenheit. Ich würde dir alles dafür geben. Aber … ich bitte dich, nutze es jetzt nicht aus."

Karl schüttelte den Kopf.

„Nein, das werde ich nicht tun. Nicht nur, weil ich dich damit verletzen, sondern auch, weil ich dann meine Selbstachtung verlieren würde. Glaubst du etwa, ich könnte noch in den Spiegel schauen oder gar dir ins Gesicht sehen, in dem Bewußtsein deine Not ausgenutzt um meinen Spaß zu haben. Nein, das ist nicht meine Art. Komm, schmieg dich an mich und laß uns dann wieder schlafen."

Alberta streichelte ihm sanft das Gesicht, küßte ihn.

„Du bist ein wirklicher Freund."

Nach dem Erwachen verhielt sich Karl still, er wollte Alberta, die noch schlief, nicht stören. Endlich erwachte sie auch. Im Zimmer war es mittlerweile wieder hell geworden. Alberta begann ihn zu küssen und zu streicheln, legte sich schließlich auf ihn. Ihre Zärtlichkeiten wurden immer intensiver, ihr Körper begann zu beben. Karl versuchte zunächst, eingedenk seines Versprechens, sich zurückzuhalten, doch Albertas Leidenschaft weckten seine Lustgefühle und er erwiderte die Liebkosungen und so wurden die Berührungen immer intensiver.

„Es ist soweit", hauchte Alberta schließlich, „nimm mich ganz."

Karl kam ihrem Wunsch mit Wonne entgegen.

Sie lagen hinterher noch eine Weile beieinander, lächelten sich an, schwiegen. Beide hatten das Zusammensein genossen, brauchten nicht darüber zu reden. Schließlich erhoben sie sich, legten ihre Kleidung an, holten Essen, zwei Näpfe, die einen Brei enthielten, aus dem Kühlschrank, setzten sich an den Tisch.

5. Die Zusammenkunft

Wenig später erschien Kalinna.

„Es ist schon erstaunlich, mit welchen Gedanken ihr euch beschäftigt", begann sie, „das unterscheidet euch sehr deutlich von den meisten anderen Paaren. Bei denen hat sich die Lage weitgehend beruhigt seitdem wir ihnen auch Tabletts gegeben haben. Sie beschäftigen sich überwiegend damit. Die Kommunikation hat stark nachgelassen."

Sie lächelte.

„Sogar die Häufigkeit der Begattungsakte ist deutlich gesunken. Nun ja, ihr habt ja noch nicht einmal richtig damit angefangen. Worin liegt eigentlich euer Problem ? Körperliche Defekte konnten wir bei euch nicht feststellen. Und ansonsten müßt ihr euch im Umgang miteinander keinen Zwang antun. Wir haben euch temporär sterilisiert. Schwangerschaften können wir nicht brauchen solange wir unser Ziel noch nicht erreicht haben. Ob wir euch eure Fruchtbarkeit zu einem späteren Zeitpunkt zurückgeben werden obliegt nicht meiner Entscheidung; vorgesehen ist es nicht, aber es könnten sich durchaus Gründe hierfür ergeben. Das werden die Experimente zeigen."

„Und was ist unser Ziel ? Und wo liegt es ?" fragte Karl.

„Das werdet ihr zu gegebener Zeit erfahren."

Sie pausierte kurz.

„Ich bin auch wegen etwas anderem gekommen. In unserem Gelehrtenrat hier an Bord", sie sagte das etwas gedehnt, woraus Karl auf ihre Ansichten über die Fähigkeiten dieser Gelehrten schloß, „hat sich die Mehrheitsmeinung gebildet, daß es nicht vernünftig ist euch zu trennen. Das wurde kontrovers diskutiert. Es ging dabei um die zentrale Frage, ob es interessanter sei, euer Verhalten als Einzelmenschen beziehungsweise als Paar bestehend aus zwei Wesen unterschiedlichen Geschlechtes zu studieren oder als Angehörige einer größerer Gruppe, in der Lebewesen unterschiedlichen Geschlechtes vertreten sind."

„Das verstehe ich jetzt nicht ganz", wandte Karl ein, „erst werden willkürlich Paare zusammengestellt und bereits nach kurzer Zeit wollt ihr sie wieder auflösen. Das ergibt doch keinen Sinn, zeigt aber, daß dieser Rat wohl nicht in der Lage ist systematisch vorzugehen."

„Das erscheint mir auch ein bißchen problematisch in unserer Situation", ergänzte nun Alberta, „wir kennen einander nicht, entstammen unterschiedlichen Völkern und Kulturen. Das macht es schon für ein Paar schwierig zusammenzuleben, wenn die beiden aus unterschiedlichen Kulturkreisen kommen. Um wie viel schwieriger ist es dann eine Gruppe zu bilden, in der ein gewisses Ordnungsprinzip herrschen soll und alle Mitglieder ohne Streit miteinander auskommen sollen."

„Das macht die Experimente doch gerade interessant. Und bei euch klappt das Zusammenleben offensichtlich doch auch ganz gut."

„Bei uns ist das aber auch so", mischte sich nun Karl ein, „daß wir nicht wirklich verschiedenen Kulturkreisen entstammen. Wir sind beide durch eine gemeinsame Religion, das Christentum, und durch unsere naturwissenschaftliche Ausbildung geprägt. Daher sind unsere Denkweise und unsere Lebenseinstellung schon ähnlich. Außerdem zählen wir beide zu den Gebildeten unserer Länder."

Kalinna lächelte.

„Das ist ja alles ganz schön und gut. Aber nicht ihr trefft die Entscheidungen, auch nicht ich, sondern der Gelehrtenrat. Hinzu kommt, es war auch bereits sehr früh beobachtet worden, daß bei den Paaren die Tendenz besteht, daß die männlichen Wesen die Dominanz über die weiblichen Wesen anstreben. Und es erschien daher interessant zu untersuchen, ob sich innerhalb einer Gruppe eine ähnliche Entwicklung feststellen läßt."

„Was bedeutet das genau?" wollte nun Alberta wissen.

„Es gilt herauszufinden, was innerhalb einer Gruppe stärker ist: die Paarstruktur oder die Gruppenstruktur. Das heißt, ob die Paare als Einheit bestehen bleiben und die Paare als solche ihren Rang innerhalb der Gruppe anstreben oder ob sich die Paarstruktur innerhalb der Gruppe auflöst, sich eine männliche und eine weibliche Gruppe bilden, die als Gruppen um die Dominanz streiten oder ob sich alternativ nach Auflösung der Paarstruktur die Einzelwesen um ihren Rang innerhalb der Gruppe streiten, wobei es dann in der Hierarchie keine klare Trennung zwischen männlichen und weiblichen Wesen gibt, sondern eine

Durchmischung innerhalb der Rangfolge. Und dabei ist natürlich auch interessant, wie sich das auf das Paarungsverhalten auswirkt. Der Sexualtrieb besteht natürlich fort und muß auch befriedigt werden. Aber in welchen Paarungen ? Suchen sich dann die Weibchen die Männchen aus oder umgekehrt ? Und nach welchem Schema erfolgt die Auswahl ? Wählen die Ranghöchsten, die Dominierenden, zuerst, wovon ich ausgehe ? Gibt es feste Paarungspartnerschaften, oder wechselt das ? Und was passiert, wenn zwei Männchen es auf das gleiche Weibchen abgesehen haben oder umgekehrt ? Kommt es dann zum Kampf oder darf jeder seine Lust befriedigen ? Und schließlich, was geschieht, wenn zum Beispiel das ausgewählte Weibchen das Männchen ablehnt ? Ihr seht, das ist ein weites Forschungsfeld. Wir sind uns dabei natürlich gewisser Probleme bewußt, deswegen haben wir ja auch zunächst einmal nur eine Gruppe aus der Gesamtheit der eingesammelten Erdbewohnern ausgewählt. Ihr gehört dazu. Ihr braucht um euer Leben aber keine Angst zu haben. Ihr steht unter permanenter Beobachtung und wenn es kritisch werden sollte, dann greifen wir ein. Ein Roboter wird euch zu gegebener Zeit abholen."

Sie verschwand.

„Ich finde, das sind doch alles nur so akademische Vorstellungen von Leuten, die von der Realität keine Ahnung haben", sagte Alberta nachdem Kalinna gegangen war, „die Paare hier sind willkürlich zusammengestellt, die haben gar keine Basis für ein gemeinsames Handeln. Natürlich werden die sich in der Gruppe auflösen und am Ende werden die Starken über die Schwachen herrschen."

„Du hast recht; aber da kommt meiner Ansicht nach noch etwas anderes hinzu", meinte jetzt Karl, „wenn die allgemeine Tendenz besteht, daß die Paare sich auflösen, wird man natürlich versuchen, gegebenenfalls mit Gewalt, diejenigen auseinanderzubringen, die zusammenbleiben wollen. Das dürfen wir uns aber nicht gefallen lassen. Wir wollen doch zusammenbleiben, das haben wir doch beschlossen ?"

„Natürlich ! Zweifelst du daran ?"

„Nein ! Und wir werden es uns nicht gefallen lassen, daß man uns trennt. Und ich sehe das auch noch aus einem anderen Blickwinkel. Ich bin eine Frau und ich bin mir bewußt, daß ich hübsch und begehrenswert bin. Aber ich habe keine Lust die Allgemeine für alle geilen Böcke oder die Beute für einen Primitiven zu werden, der sich zum Boß aufschwingt, nur weil er der Stärkste ist. Auf das läuft es doch hinaus." „Das ist fein, daß du so denkst. Aber du siehst, die Außerirdischen haben von alldem keine Ahnung. Deswegen brauchen sie uns auch als Versuchskaninchen."

Einige Zeit später erschien ein Roboter, forderte Alberta und Karl auf mitzukommen. Er führte sie in einen größeren Raum. Es befanden sich bereits drei Paare dort, zwei weitere folgten. Nach einiger Zeit erschien Kalinna, begleitet von zwei Personen, die ebenfalls Außerirdische waren und einem weiteren Roboter. Sie erteilte den beiden einen Befehl, worauf diese ihre Gewänder ablegten. Dann befahl sie den Menschen ebenfalls ihre Kleidung abzulegen.
„Betrachtet euch genau", begann Kalinna, „ihr werdet feststellen, daß es im Körperbau zwischen uns und euch Erdlingen keinen bedeutsamen Unterschied gibt. Ebenso wie bei euch gibt es auch bei uns zwei verschiedene Arten, die bei euch männlich und weiblich heißen und die notwendig zur Fortpflanzung, zur Arterhaltung sind. Bei uns verlief die Entwicklung genauso. Vergleicht einmal die Fortpflanzungsorgane; sie haben die gleiche Gestalt, die gleiche Form, die gleiche Funktion. Wir könnten also mit euch den Paarungsakt ausführen, das hätte aber wenig Sinn, da wir nach unserem bisherigen Wissen mit euch keinen lebensfähigen Nachwuchs zeugen können. Soweit geht die genetische Gemeinsamkeit doch wieder nicht. Ebensowenig könnt ihr ja auch unsere Nahrung ohne weiteres zu euch nehmen. Wir müssen unsere Nahrungsmittel eurem Organismus und Verdauungssystem anpassen. Das solltet ihr euch merken. Eßt also nur das, was wir euch geben. Ebenso ist es mit dem Wasser; ihr trinkt ja auf der Erde kein chemisch reines Wasser, sondern stets Wasser, das gelöste Salze und Spurenelemente enthält. Und ihr wißt ja selbst, daß ihr nur 'Süßwasser', wie ihr es nennt, trinken könnt, aber kein Wasser aus dem Meer. Wir müssen unser Wasser für euch aufarbeiten."
Sie winkte nun den beiden Außerirdischen. Diese legten ihre Gewänder wieder an, verschwanden dann.

„Ihr könnt eure Kleidung auch wieder anlegen, wenn ihr wollt", fuhr sie dann fort, „nun ja, die Existenz zweier Geschlechter in unserer Gesellschaft ist im Grunde unnötig, da wir die archaische Form der geschlechtlichen Fortpflanzung nicht mehr pflegen. Auch der Paarungsakt ist bei uns unüblich, wird nur noch bei bestimmten Riten vollzogen und ist ausgewählten Personen vorbehalten. Die überwiegende Mehrheit unserer Bevölkerung hat überhaupt kein Verlangen danach. Daher ist euer Verhalten für uns zum Studium altertümlicher Lebensweisen von hohem Interesse. Es gibt darüber kaum Berichte, da die meisten alten Schriften im Rahmen einer politischen Umwälzung vor einigen Jahrhunderten vernichtet wurden. Und da ihr offensichtlich auf einer Zivilisationsstufe steht, die unserer um etwa fünfzehnhundert Jahre, nach unserer Zeitrechnung, zurücksteht, haben wir eine Reihe von Exemplaren eurer Spezies eingesammelt. Wir haben da zunächst keine besondere Auswahl getroffen, da wir gleich festgestellt hatten, daß ihr Erdlinge keine Einheit darstellt, vielmehr eine Vielfalt unterschiedlichen Aussehens, unterschiedlicher Zivilisations- und Kulturstufen, unterschiedlichen Denkens und so fort. Aufgrund der ersten, näheren Untersuchungen hier im Raumschiff seid ihr ausgewählt worden, da ihr der Gruppe der geistig am höchsten entwickelten Exemplare angehört, die wir eingesammelt haben. Die weiteren Untersuchungen werden dann auch zeigen, ob es sich lohnt mit euch Erdlingen in näheren Kontakt zu treten. Daß wir auf einer technisch höheren Stufe stehen, spielt dabei keine besondere Rolle. Auch wenn eure Technik auf dem Stande unserer vor fünfzehnhundert Jahren ist, kann eure geistige Entwicklung doch bereits soweit gediehen sein, daß ein vernünftiger Gedankenaustausch möglich ist. Ihr könnt einiges von uns lernen, wir einiges von euch, da viel Wissen über die Vergangenheit bei uns verloren gegangen ist. Aber es muß sich auch für uns lohnen. Wenn eure Denkweise noch zu primitiv ist, dann hat es keinen Zweck mit euch in näheren Kontakt zu treten."

Sie schwieg kurz.

„Wir haben euch als Paare zusammengefaßt, weil wir das aufgrund unserer ersten Beobachtungen für die euch angemessene Lebensform hielten. Aber wir können uns natürlich auch geirrt haben, da ihr nicht

als Einzelwesen, sondern auch als Paare innerhalb einer Gruppe lebt. Wenn ihr also eine andere Form des Zusammenlebens bevorzugt, so dürft ihr euch selbst dahingehend organisieren. Ihr werdet weitere Anweisungen über die Untersuchungen erhalten. Beratet euch aber erst einmal untereinander. Aber wir wollen euch nichts aufzwingen."
Sie verließ den Raum.

Außer Alberta und Karl gab es da noch ein Pärchen, dem äußeren Anschein nach Russen, das sich offenbar näher kannte und bei dem die Frau wohl dominierte. Dann gab es einen arabisch aussehenden Mann mit einer zierlichen, schüchtern wirkenden Negerin, ein amerikanisches Pärchen, ein ostasiatisch aussehender Mann mit einer indisch wirkenden Frau, sowie ein Pärchen, das Karl und Alberta nicht so recht zuordnen konnten, ein dunkelhäutiger Mann und eine hellhäutige Frau.
Der vermeintliche Araber ergriff nun als erster das Wort. Er bezeichnete sich als 'Prinz', beanspruchte gleich die Führung der Gruppe und die Herrschaft über die Frauen. Er werde sie dann seinem Gutdünken entsprechend den anderen Männern gelegentlich zur Befriedigung ihrer Bedürfnisse zuführen. Die vermeintliche Russin führte daraufhin an, sie sei damit einverstanden, wenn er sie als Hauptfrau anerkenne und die anderen Weiber ihr unterordne. Ihr Partner schwieg zu dieser Angelegenheit. Der vermeintliche Araber verzog das Gesicht. Das, was diese Russin da vorschlug, behagte ihm ganz und gar nicht. Der Amerikaner dagegen beanspruchte die Führung für sich, schließlich sei er ja Angehöriger der am höchsten entwickelten Zivilisation; dem widersprach der Ostasiate vehement. Die Amerikanerin wiederum führte an, die Unterteilung in zwei Geschlechter sei völlig widersinnig, da es in Wirklichkeit unendlich viele Geschlechter gebe und damit diverse Lebensformen, auch gleichgeschlechtliche und intergeschlechtliche; das müsse berücksichtigt werden. Der vermeintliche Araber widersprach dem aufs heftigste und nannte solche Ideen Eingebungen des Teufels. Die hellhäutige Frau wiederum bezeichnete die Ausführungen zur Geschlechtervielfalt als typisch amerikanischen Geistesmüll, während der Ostasiate nun in die Runde fragte, ob sich überhaupt jemand als sexuell divers fühlte. Er blickte dabei die Amerikanerin scharf an. Doch die

antwortete nicht.

Alberta hatte bisher geschwiegen, ergriff nun das Wort, sagte, sie werde sich keineswegs dem 'Prinzen' als Objekt unterwerfen, schon weil ihr derartige antiquierte Ansichten zur Minderwertigkeit von Frauen zuwider seien und sie werde sich auch keinesfalls einer Hauptfrau unterordnen, noch wolle sie Hauptfrau sein. Und im übrigen halte sie auch die Theorie der Existenz unendlich vieler Geschlechter für baren Unsinn. Albertas Rede hatte den 'Prinzen' erzürnt, er kam auf sie zu und schrie:

„Dir werde ich beibringen, wie sich eine Frau einem Manne, ihrem Herrn, gegenüber zu verhalten hat und dir deine Hurenansichten austreiben."

Karl wollte sich schützend vor Alberta stellen, doch dies war nicht notwendig, denn einer der beiden Roboter, die Kalinna zurückgelassen hatte, fuhr dazwischen. Ihn umgab offensichtlich ein Kraftfeld, das den 'Prinzen' davon abhielt, sich Alberta weiter zu nähern. Die blickte nun Karl energisch an, meinte:

„Sag du doch auch etwas !"

Doch bevor Karl etwas sagen konnte, polterte die Amerikanerin los:

„Das geht sowieso nicht: männliche Herrschaft, Machounwesen. Wir brauchen ein kollektive Führung, in der alle Geschlechter und sexuellen Orientierungen vertreten sind ..."

Sie kam nicht weiter, denn ihr Partner fiel ihr ins Wort:

„Und vergiß nicht, die Führung muß völlig diskriminierungsfrei zusammen gesetzt und alle Ra..", hier hielt er kurz inne, „und alle Menschen aller Hautfarben müssen vertreten sein."

Karl lächelte.

„Das heißt, der kollektiven Führung müssen alle angehören. Und wenn alle führen, dann führt keiner. Und wie wird dann entschieden ? Es wird sicherlich keine Mehrheitsentscheidungen geben, da ja die Gefühle und Befindlichkeiten aller Minderheiten und Randgruppen berücksichtigt werden müssen. Das heißt, es wird überhaupt keine Entscheidungen geben ..."

„Zumindest keine vernünftigen", ergänzte Alberta.

„Ja, über was sollen wir denn überhaupt entscheiden ?" fragte nun die

Negerin, die bisher geschwiegen hatte.

„Nun ja", meinte nun die weißhäutige Frau spitz, „welcher Mann mit welcher Frau wann und wie oft schlafen darf."

„Nein !" platzte die Russin nun hervor, „mit welchem Mann ich schlafe, das entscheide ich selbst. Da lasse ich mir keine Vorschriften machen. Nicht einmal von dem da."

Dabei zeigte sie auf ihren Partner.

„Damit ist ja wohl alles gesagt worden", warf nun Karl ein, „und von einer weiteren Diskussion erwarte ich nichts. Es bleibt nur noch die Konsequenzen zu ziehen."

Er blickte Alberta an.

„Das ist nicht unsere Gesellschaft. Das ist nicht unser geistiges und zivilisatorisches Niveau", und fuhr dann zu den anderen hingewandt fort, „Kalinna hat uns freigestellt uns zu organisieren. Ich schlage vor, unter diesen Umständen auf die Bildung einer Gruppe zu verzichten. Wir passen nicht zusammen. Aber ihr könnt machen, was ihr wollt. Ich werde mich jedenfalls nicht anschließen. Ich gehe."

Er drehte sich dann zu Alberta hin.

„Du kommst doch mit ?"

Sie überlegte nicht lange, sagte nur.

„Ja, das ist das beste."

Sie gingen, kümmerten sich nicht um die Beschimpfungen, welche nun einsetzten. Die Amerikaner nannten sie asoziale Geschöpfe, die überhaupt keinen Sinn für Gemeinsamkeiten hätten, pure Egoisten seien, die nicht einmal einen Vorschlag zur Organisation der Gruppe gemacht hätten, was zeige, daß sie Ansichten hätten, die sie in einer Diskussion nicht verteidigen könnten. Der Russe meinte, das sei typisch für die Deutschen, die der Ansicht sind, sie seien etwas besseres als die anderen Völker, während der vermeintliche Araber dazwischen rief, das sei alles nur Ausdruck westlicher Degeneration.

Ein Roboter führte sie in ihren Wohnraum zurück

„Das war ja ein halber Albtraum", begann Alberta nachdem sie sich in den Sesseln niedergelassen hatten, „in einer solchen Gruppe zu leben, das ist unzumutbar, dabei hatten sich nicht einmal alle zu Wort gemeldet."

„Mord und Totschlag wird es wohl nicht geben, das werden die Außerirdischen schon verhindern", lachte Karl, „aber welchen Eindruck werden wir Menschen bei ihnen hinterlassen ? Am Ende werden sie wohl zur Ansicht kommen, daß es sich doch nicht lohnt mit den Erdlingen, wie sie uns nennen, in Kontakt zu treten."

„Das befürchte ich auch."

Alberta wiegte den Kopf.

„Die Angelegenheit ist aber noch nicht erledigt. Du hast nicht die Wahrheit gesagt. Kalinna hat uns zwar so halbwegs freigestellt uns zu organisieren, wollte uns damit die Gruppenbildung nur ein bißchen schmackhaft machen. Und die hat der Gelehrtenrat beschlossen. Im schlimmsten Fall sperren sie uns jetzt alle zusammen in einen großen Käfig."

Sie schwiegen eine Weile.

„Das ist schon seltsam", meinte Alberta schließlich, „wir beide stammen aus verschiedenen Weltgegenden, aus verschiedenen Kulturkreisen, trotz des Christentums als Bindeglied. Aber dennoch liegen wir im Denken offensichtlich auf der gleichen Linie. Und das hat nicht unbedingt mit unserer naturwissenschaftlichen Ausbildung zu tun, wie du dich Kalinna gegenüber ausgedrückt hast. Ich hatte schon befürchtet, daß du als Europäer auf mich herabsiehst, mich als minderwertig betrachtest ..."

„Ja, als Bumsnegerin", unterbrach sie Karl lachend.

„Genau, gerade noch dafür gut genug."

„Und wie kamst du darauf ?" fragte Karl nun.

„Na, ihr seid doch Rassisten."

„Woher weißt du das ?"

„Das habe ich in der Schule gelernt. Ihr Deutschen wolltet doch die Welt beherrschen, weil ihr euch für die wertvollste Rasse hieltet. Ihr habt zwar eine auf die Nuß bekommen, aber das Denken ist geblieben."

„Ich glaube, da haben sie dir irgendwelche Schauergeschichten erzählt."

„So ? Und was ist die Wahrheit ?"

„Das läßt sich nicht in ein paar Worten sagen. Es spielt auch zwischen uns keine Rolle. Du hast doch selbst gesagt, daß wir geistig auf einer Linie liegen. Weißt du, intelligente und gebildete Menschen, die frei und selbständig denken können, verstehen sich, unabhängig von Herkunft, Religion und Rasse. Sie mögen zwar unterschiedliche Ansichten und Eigenschaften haben, aber das führt nicht zum Streit, wenn man sich gegenseitig achtet und respektiert. Streit gibt es nur, wenn einer dem anderen seine Überzeugung als die richtige aufdrängen will."

„Und genau darum ging es in dieser Veranstaltung", meinte Alberta nach kurzer Pause, „da wollten doch nur einige dominieren, versuchen, ihre ungeistigen Vorstellungen den anderen aufzudrücken."

Karl atmete tief durch.

„Lieber alleine als in solch einer Gesellschaft. Und dabei waren wir nur zwölf Personen, ausgesuchte Paare. Was hätte es erst gegeben, wenn alle versammelt gewesen wären. Genügt es denn nicht, daß wir diesen Außerirdischen völlig ausgeliefert sind ? Müssen sie jetzt noch ihre eigenen Ambitionen und Vorstellungen vorbringen, ihren Egoismus befriedigen ?"

„Na ja", erwiderte Alberta, „das ist das übliche. In jedem Gefängnis gibt es Typen, welche noch die Herren spielen wollen. Und solchen Typen sollten wir uns noch freiwillig unterwerfen ? Nein, nicht mit mir ! Aber dennoch, war es das einzig richtige, daß wir uns abgesetzt haben ? Vielleicht haben wir einen Fehler gemacht. Wir hätten nicht so schnell aufgeben und weggehen dürfen. Vielleicht wäre es wirklich besser gewesen unsere Vorstellungen von einem Zusammenleben darzulegen. Wir hätten auch dann noch gehen können, wenn sie abgelehnt worden wären."

Karl überlegte eine Weile.

„Ja, im Prinzip ist das völlig richtig, aber in der Praxis hätte das nicht funktioniert, zumindest nicht bei mir. Das kam doch völlig überraschend. Und ich kann doch nicht aus dem Stegreif, ohne jegliche Vorbereitung oder Absprache mit dir, ein Modell eines Zusammenlebens vorstellen. Und ich bin auch nicht sonderlich redebegabt. Außerdem hätten sie bestimmt nicht auf mich gehört. Auf mich hat noch nie jemand gehört. Hättest du es gekonnt ?"

Alberta brummelte eine Weile vor sich hin.

„Nun ja", sagte sie schließlich, „ich hatte als Lehrerin auch nur so eine mittelmäßige Stelle. Ich habe nicht gedient, aber auch nicht befehligt. Zu Wort kann ich mich melden, ich scheue auch nicht davor zurück, harsche Kritik zu üben. Aber Führung übernehmen ist etwas ganz anderes. Das traue ich mir nicht so ohne weiteres zu. Aber zusammen hätten wir das vielleicht geschafft."

„Zusammen? Ja, vielleicht. Aber da hätten wir vorbereitet sein müssen. Und das waren wir nicht. Es hat keinen Zweck nun darüber zu diskutieren, was hätte sein können. Die Sache ist gelaufen."

„Ja schon", bemerkte jetzt Alberta, „diese Sache. Aber vielleicht kommen noch andere Sachen auf uns zu. Dann sollten wir vorbereitet sein."

„Da stimme ich mit dir überein. Und wir haben ja Zeit, verschiedene Szenarien durchzusprechen."

„Ich frage mich nur", begann Alberta nach einer kurzen Gesprächspause, „wenn das die Leute waren, die sie für vernünftig hielten, geeignet für eine nähere Kontaktaufnahme, wer sind dann die anderen?"

„Vermutlich nur irgendwelche Proleten, die nur ihre primitiven Bedürfnisse zu befriedigen suchen. Solche Typen findet man überall auf der Welt. Aber das kann man so nicht sagen ohne die anderen kennengelernt zu haben. Vielleicht haben sie auch bloß eine falsche Auswahl getroffen."

„Du hast recht, es lohnt sich nicht, darüber zu diskutieren. Aber, was machen wir jetzt?"

Karl zuckte mit den Schultern.

„Abwarten, etwas anderes bleibt uns wohl nicht übrig. Ich denke, Kalinna wird uns schon bald wieder aufsuchen. Dann können wir ihr ja erklären, warum wir nicht mit den anderen zusammen sein wollen."

„Ja, wir sollten uns erklären. Halte mich jetzt nicht für eingebildet. Aber wir sollten ihr dann deutlich sagen oder zeigen, was vernünftige Menschen sind. Damit sie sieht, daß es auch solche gibt."

Karl lachte.

„Die Menschheit wird zwar nicht davon profitieren. Oder glaubst du etwa, sie werden Kontakt aufnehmen, wenn sie feststellen, daß von fünfzig Menschen gerade einmal zwei vernünftig sind? Da lohnt sich der Aufwand doch nicht."

„Sag das nicht", grinste Alberta nun, „Gott war ja schließlich auch bereit, wegen eines Gerechten Sodom zu verschonen. Es fand sich aber keiner. Und hier haben sie schon zwei. Und vielleicht gibt es noch ein paar mehr Vernünftige, welche die Außerirdischen bisher nicht als solche erkannt haben. Aber nun im Ernst: wir müssen natürlich auch an unsere Zukunft denken."

„Haben wir den eine ?"

„Ich hoffe es. Sie haben uns bisher gut behandelt. Und du hast doch gehört, sie wissen wenig über ihre Geschichte, ihre Entwicklung, wollen daher von uns lernen. Und wir beide sind doch nicht dumm, wissen einiges. Und wenn sie merken, daß wir vernünftig sind, ich denke Kalinna ist bereits jetzt davon überzeugt und wird sich für uns einsetzen, daß sie mit uns reden können, dann können wir ihnen viele Informationen über Wissenschaft, Literatur, Geschichte und so weiter geben. Daran sind sie interessiert. Vielleicht erhalten wir dann eine kleine Wohnung, eine Anstellung in einer ihrer Akademien, ein gemeinsames Büro."

„Du träumst."

„Sicher, aber was bleibt uns übrig als das beste zu hoffen."

Sie saßen eine Weile schweigend nebeneinander. Das Gespräch hatte sie irgendwie geistig erschöpft. Jeder sehnte sich nun nach ein bißchen Ruhe. Karl erhob sich schließlich, ging zum Kühlschrank, entnahm die Flasche mit der limonadenähnlichen Flüssigkeit, reichte sie Alberta.

„Möchtest du auch einen Schluck ?"

Sie nickte, nahm die Flasche, trank. Dann bediente sich Karl, stellte die Flasche in den Kühlschrank zurück. Anschließend legte er sich aufs Bett, schloß die Augen, so, als wolle er vor sich hinträumen. Alberta beschäftigte sich mit ihrem Tablett.

So verging eine geraume Zeit

„Ich weiß wenig über Deutschland, nur das, was wir in der Schule in Geographie gelernt haben", sie nahm den Gesprächsfaden wieder auf, „es soll ganz berühmte deutsche Schriftsteller geben, aber ich kenne kaum einen. Ich habe lediglich einige Bücher von Hermann Hesse gelesen. Weißt du, meine Eltern waren keine armen Leute, sie konnten

es sich leisten, mich auf eine amerikanische Schule in Manila zu schik-
ken. Entsprechend ist meine Bildung amerikanisch geprägt. Ich habe
das später als Last empfunden, mich mit unserer alten Kultur und auch
mit unserem spanischen Erbe beschäftigt, beherrsche auch recht gut die
spanische Sprache. Aber Deutschland ist mir fern geblieben. Die Deutschen waren für die Amerikaner überwiegend Militaristen, Nazis. Sie
bezeichneten euch auch abfällig als 'Krauts'. Ich habe nicht verstanden,
was das bedeutet, vielleicht kannst du es mir einmal erklären. Manche
meinten auch, es wäre am besten, wenn es euch überhaupt nicht gebe.
Sie sagten das nicht so wörtlich, aber dem Sinn nach."
„Und wie kamst du auf Hermann Hesse ?"
„Er war damals bei den jungen Amerikanern 'in', wie man das so schön
sagt. Aber ich habe die Bücher nur in englischer Übersetzung gelesen."
„Ich weiß auch so gut wie nichts über die Philippinen, lediglich, daß die
Hauptstadt Manila und die beiden größten Inseln Luzon und Mindanao
heißen; weiter, daß das Land lange spanische Kolonie war und nach
einem König Philipp benannt ist."
„Ach, das macht nichts, zum einen wissen wir verschiedene Dinge,
können den Außerirdischen also mehr Informationen geben als wenn
wir das gleiche Wissen hätten und dann kann jeder vom anderen lernen.
Da haben wir viel Gesprächsstoff und es wird uns nicht langweilig."
„Es heißt", fuhr sie dann fort, „schon bei den alten Völkern seien die
geistigen und technischen Leistungen von herausragenden Männern erbracht worden. Woher weiß man das ? Eine herausragende Errungen-
schaft kann ebenso gut das Werk vieler sein, wobei die vielen nicht
gemeinsam, zur gleichen Zeit daran gearbeitet haben, sondern chrono-
logisch; das heißt, jeder von ihnen hat unabhängig von den anderen, zu
verschiedenen Zeiten einen Beitrag geleistet. Das Werk wurde also
Schritt für Schritt aufgebaut. Wer ist jetzt der maßgebliche Baumei-
ster ? Derjenige, welcher den Grundstein legte ? Derjenige, der das
Werk abschloß ? Oder einer dazwischen ? Falls überhaupt, so läßt sich
diese Frage nicht so einfach beantworten. Ein gründliches Studium des
Werkes ist notwendig. Vielleicht kann man es dann erkennen ?"
„Nun, wir haben durchaus Kenntnis von Genies der alten Zeit, es sind
einige ihrer Werke erhalten, zum Teil ihre Namen."

„Einige Werke erhalten ! Aber wie viele von all denen, die verfaßt wurden ? Ein Zehntel ? Mehr ? Oder weniger ? Und was ist mit den Werken, die nicht erhalten sind ? Dann sind doch auch die Namen der Verfasser nicht bekannt. Von unseren alten Werken sind einige erhalten. Aber sie reichen nicht aus um uns ein vollständiges Bild von den Leistungen in alten Zeiten zu geben. Und bei euch ist es vermutlich genau so, ihr kennt Einzelheiten, gebt dies auch weiter, aber ein vollständiges Bild eures Altertums habt ihr sicherlich nicht. Vieles gilt vermutlich als geheimnisvoll."

„Ja, das stimmt. Und diese 'Geheimnisse' beflügeln die Phantasie. Es gibt viele Bücher von angeblich altem Wissen. Manche Autoren postulieren sogar, die Erde sei schon in früheren Zeiten, vor vielen tausend Jahren, von Außerirdischen besucht worden und diese hätten den Menschen Wissen beschert, welches die Menschen damals aber noch nicht richtig verstanden hätten. Deswegen hätten sie dann den Glauben an Götter und geheimnisvolle Kulte entwickelt."

„Das könnte so gewesen sein", antworte Karl etwas müde.

Das Licht schwächte sich ab, es wurde dämmrig im Zimmer.

„Sie lassen es Nacht werden, wollen daß wir schlafen", Alberta lächelte, legte sich zu Karl ins Bett. Eng aneinander geschmiegt schliefen sie bald ein.

6. Zukunftsvorstellungen

Der Raum war wieder hell erleuchtet als sie erwachten. Sie verspürten Hunger. Im Kühlschrank befanden sich zwei frische Näpfe mit dem bereits erwähnten Brei und zwei volle Flasche mit jener süßlichen Flüssigkeit.

„Am meisten wunderte ich mich darüber, daß Kalinna uns diese beiden Außerirdischen, die ja wohl Angehörige ihrer eigenen Rasse sind, so unverblümt vorstellte", begann Alberta, „das macht für mich doch nur Sinn, wenn sie damit ausdrücken wollte, daß sie uns im Prinzip als gleichwertige Wesen ansehen. Und das ist sicher nicht ihre private Ansicht. Dahinter steckt doch eine wie auch immer geartete Obrigkeit. Das hat sie doch nicht aus eigenem Antrieb getan."

„Ja, das sehe ich auch so. Wir sind uns wirklich genetisch sehr ähnlich. Aber dennoch gibt es Verschiedenheiten. Und diese bewirken, daß ein Erdenweibchen, verzeih mir den Ausdruck, mit einem ihrer männlichen Wesen oder auch ein Erdenmännchen mit einem ihrer weiblichen Wesen keinen lebensfähigen Nachwuchs zeugen kann. Gewisse Unterschiede muß es geben."

„Ja, aber die Ähnlichkeit in der Gestalt ist schon frappierend. Da muß doch in etwa die gleiche Evolution stattgefunden haben. Ist das nicht erstaunlich ? Es gibt doch unendlich viele Möglichkeiten. Ich rede jetzt gar nicht von kleinen, grünen, deformierten Männchen. Obwohl, ihre Hautfarbe könnte auch grünlich sein. Was spricht dagegen ? Aber sie könnten zum Beispiel auch vier Arme haben oder drei Augen."

Karl grinste.

„Oder auch Hörner und Schwänze."

Ihr Gespräch wurde nun unterbrochen, Kalinna erschien. Sie schüttelte den Kopf.

„Ihr Erdlinge seid nicht gleich, im Gegenteil, ihr seid alle unterschiedlich im Denken, Fühlen, Empfinden, Handeln, auch wenn ihr die gleiche Erziehung durchlaufen habt. Bei euch auf der Erde gibt es zahlreiche Völker mit unterschiedlichen Traditionen, unterschiedlichem geistigen Erbe, eine Vielfalt. Das wissen wir. Aber daß es so große Unterschiede bei den Individuen gibt, das hat mich schon erstaunt. Wenigstens habe ich es bei euch mit vernünftigen Wesen zu tun. Diese Versammlung war ja gräßlich, eine Katastrophe. Ihr hättet sie zu Ende erleben sollen."

„Das war keine Gesellschaft für uns", meinte nun Karl, „mit denen haben wir nichts gemein."

„Zumindest gab es am Ende doch noch eine Art Vereinbarung über das Zusammenleben. Die hat aber mit den Grundsätzen unserer Gesellschaftsordnung nichts zu tun. Und derjenige, der sich als 'Prinz' bezeichnete, weigerte sich auch der Gruppe beizutreten. Die ihm zugesellte Frau hat sich ihr allerdings angeschlossen. Wir haben dann noch einen Mann und ein Paar dazugesteckt, die wurden gar nicht gefragt, ob sie das wollen. Insgesamt hinterließ das einen sehr schlechten Eindruck. Ihr dürft aber unter euch bleiben. Professor Gorgol wird allerdings zufrieden sein."

„Wer ist Professor Gorgol ?" fragte Alberta.

„Er ist einer der wissenschaftlichen Leiter unserer Expedition, zuständig für die Suche nach 'menschlichem' Leben im Weltall. Ich benutze jetzt einmal den Ausdruck 'Mensch', den ihr für euch verwendet. Wir scheinen ja beide Wesen zu sein, die sich durch Denkvermögen, Kreativität und die Fähigkeit Techniken zu erlernen, weiterzugeben und weiter zu entwickeln von den sogenannten 'Tieren' unterscheiden, auch wenn wir nicht auf dem gleichen geistigen und zivilisatorischen Niveau stehen. Da es unter den gegebenen Umständen nicht möglich war eine gezielte Auswahl zu treffen, mußten wir es dem Zufall überlassen. Das barg natürlich ein Risiko; ihr kennt das Spiel auch: man greift in einen Topf mit Losen, nimmt eine Anzahl heraus. Manche Lose bringen ein Gewinn, die meisten aber sind Nieten. Man kann nun, wenn man eine bestimmte Anzahl von Losen nimmt, viele Gewinne haben oder auch fast nur Nieten ziehen. Je mehr Lose man nimmt, desto höher ist nun die Wahrscheinlichkeit mehr Gewinne zu haben. Am besten ist es, man würde alle nehmen, dann hätte man auch alle Gewinne. Und das ist der Punkt. Wir konnten nicht alle Menschen mitnehmen, nur eine sehr

kleine Anzahl, eine verschwindende Anzahl. Und wir mußten das Risiko eingehen, auch eine größere Anzahl von Nieten zu erhalten."
„Und das ist ja wohl geschehen."
Kalinna zuckte mit den Schultern.
„Leider war unsere Auswahl nicht so glücklich, nur wenige sind brauchbar. Ihr gehört dazu."
Sie lächelte.
„Das läßt sich aber nun nicht mehr ändern. Ich denke, es wird daher Zeit, daß ich euch einmal ein bißchen über unseren Planeten, den wir Korias nennen und seine Bevölkerung berichte und warum es mir so wichtig erscheint vernünftiges Verhalten bei euch Erdlingen festzustellen."
„Das wäre interessant", warf Alberta ein.
„Unser Planet liegt, euren Längenmaßen nach, etwa einhundert Lichtjahre von der Erde entfernt. Aber keine Angst, wir beherrschen die Technik uns mit Überlichtgeschwindigkeit fortzubewegen. Schüttelt jetzt nicht den Kopf, das geht, auch wenn euch eure Physiker etwas anderes weismachen. Die sind eben im Wissensstand weit zurück, nach unserer Zeitrechnung etwa eintausend fünfhundert Jahre, nach eurer Zeitrechnung sind das etwa dreitausend Erdenjahre. Das heißt, wir brauchen nicht so lange um nach Korias zurückzukehren, nach eurer Zeitrechnung etwa vier Monate, davon sind zwei Monate bereits um. Es wäre ja auch unsinnig eine Expedition in den Weltraum, in andere Sonnensysteme auszusenden, wenn sie erst Generationen später zurückkehren und ihre Ergebnisse abliefern. Gibt es dann überhaupt noch jemanden, der sich für die Ergebnisse interessiert? Es wäre doch naiv anzunehmen, daß dies sinnvoll wäre. Ergebnisse müssen zeitnah abgeliefert werden. Daher wurde unsere Expedition so angelegt, daß wir nach einem Zeitraum, der bei euch drei Jahren entspricht, auf unseren Heimatplaneten zurückkehren. Etwas mehr als neun Zehntel der Reise haben wir schon hinter uns. Wir wurden ausgeschickt um in unserem galaktischen Umfeld nach 'Lebewesen' zu suchen und sind dabei zweimal fündig geworden, auf eurer Erde und einem Planeten, den wir mit M1 bezeichnet haben. Er liegt etwa zwanzig Lichtjahre von eurer Erde entfernt. Die Leben dort befindet sich aber noch in einem recht

frühen Stadium. Vernunftbegabte Wesen gibt es dort noch nicht. Unser Planet hat etwa die gleiche Größe wie eure Erde, die Umlaufszeit um unser Zentralgestirn Aurinko, unsere Sonne, ist aber länger, da er weiter von ihr entfernt ist. Sie entspricht vierhundertachtundvierzig Umdrehungen des Korias um die eigene Achse, also das was ihr als Tag bezeichnet. Ein Korias-Jahr entspricht etwa zwei Erdenjahren. Ein Korias-Tag dauert fünfzig Linkane, das ist eine unserer Zeiteinheiten, was nach eurer Einteilung vierzig Stunden entspricht. Die Energieabstrahlung Aurinkos ist aber höher und so herrschen auf Korias ähnliche klimatische Bedingungen wie auf der Erde. Auch die Zusammensetzung der Atmosphäre ist ähnlich, ihr könnt unsere Luft also einatmen ohne Schaden zu nehmen oder zu ersticken. In früheren Zeiten gab es zahlreiche verschiedene Völker und Kulturen auf unserem Planeten. Und es herrschte ständig Krieg zwischen ihnen. Mit dem Fortschritt der technischen Entwicklung wurden die Waffen immer zerstörerischer und so wurden immer größere Teile unseres Planeten verwüstet und unbewohnbar. Die überlebenden Völker zogen sich in tief unter der Koriasoberfläche liegende Schutzbunker zurück, erbauten nach der großen Katastrophe die Stadt Ogachich unter der Planetenoberfläche, da ein Leben oben nicht mehr möglich war. In jener Zeit, vor etwa tausend Jahren, wurde eine bis dahin unbedeutende politische Lehre, die wir 'Gentro' nennen Allgemeingut. Es hieß darin, die Wurzeln allen Übels seien die Verschiedenheit der Menschen und der sexuelle Trieb. Beide führten zum Streben nach Macht, Herrschaft und dem Erwerb von Reichtum auf Kosten anderer. Die Überwindung beider sei der Schlüssel zum Frieden. Die Gentro-Bewegung war zunächst umstritten, gewann bald rasch zahlreiche Anhänger in weiten Teilen des Planeten. Aber es sammelten sich natürlich auch viele Gegner, die ihre Privilegien und ihren Besitz gefährdet sahen. Sie wurde daher heftig bekämpft und blieb auch lange Zeit unbedeutend. Doch nach der großen Katastrophe setzte sich diese Lehre durch und ihre Ideologie gestaltete die weitere Entwicklung unserer Gesellschaft. Es entstand eine neue Zivilisation, die auf Werten basierte, welche für alle Völker akzeptabel waren. Der Geschlechtstrieb wurde weitgehend ausgemerzt, was im Hinblick auf die Sicherung der Zukunft unserer

Gattung vertretbar war, da mittlerweile Verfahren zur Erzeugung und zur Entwicklung menschlichen Lebens außerhalb des Mutterleibes perfektioniert worden waren. Ein gewisses Maß an Reproduktion war notwendig, da eine Unsterblichkeit medizinisch nicht erreicht werden konnte, auch nicht wünschenswert schien. Sie war in der Staatsideologie daher auch nicht vorgesehen. Damit waren die herkömmliche Art der Zeugung und der Sexualtrieb überflüssig geworden. Er wurde bis heute nur bei wenigen, ausgewählten Exemplaren konserviert, welche bei besonderen rituellen Anlässen den Begattungsakt vollziehen. Die anderen haben keine Lustgefühle, 'männlich' und 'weiblich' besitzen keine Bedeutung mehr, sind nur Ausdruck der Existenz zweier Arten der Gattung, die ich hier einmal 'Mensch' nennen will. Sie existieren nur deshalb noch, weil man andernfalls eine der Arten hätte ausrotten müssen, was aber nicht Inhalt der Gentro – Ideologie ist."

„Wenn ich das also richtig verstanden habe", unterbrach sie Alberta, „so gibt es auf eurem Planeten zwar noch weibliche und männliche Wesen, die bringen aber einander keine Gefühle mehr entgegen, auch nicht das, was wir als 'Liebe' bezeichnen."

„Ja, das gibt es nicht mehr."

Kalinna schwieg kurz.

„Auch die Erinnerung an solche Gefühle wurde ausgemerzt. Schriften, welche diese Gefühle beschrieben, wurden weitgehend vernichtet. Es existieren nur noch einzelne Exemplare, die aber nur den Gelehrten zugänglich sind. Ich habe einige dieser Werke studiert und kam zur Erkenntnis, daß solche Gefühle der Liebe oft negative Auswirkungen hatten. Sie führten zur Niedergeschlagenheit, gepaart mit dem Verlust der Leistungsfähigkeit, endeten vielfach sogar im Selbstmord. Auf der anderen Seite führten sie oft zum Ausbruch zerstörerischer Leidenschaften, stachelten zu Mord und Raub an. Ihre Auslöschung ist daher durchaus vernünftig gewesen. Das ist aber nur ein Punkt. Die Etablierung einer einzigen Zivilisation bewirkte auch eine Vereinheitlichung des Denkens. Wurden von der Gentro – Ideologie abweichende Ansichten anfangs noch verfolgt, so erübrigte sich das im Laufe der Zeit, da es keine abweichenden Meinungen mehr gab, das heißt, genau gesagt, es gab sie nur noch in unbedeutendem Umfang unter den Gelehrten. Das hatte aber auf die Entwicklung der Gesamtheit der Gesellschaft keinen Einfluß mehr. Diese wurde insgesamt als positiv betrachtet, da sie zum Frieden führte. Kritiker wandten allerdings ein, daß Gleichheit im Denken zum Erlöschen geistiger Kreativität und damit zum Stillstand der geistigen Entwicklung führe. Sie hoben auch hervor, daß dies in der Unfähigkeit zum selbständigen Denken ende und damit auch in der Unfähigkeit zu selbständigem Handeln und dem Verlust der Fähigkeit Verantwortung zu übernehmen. Einige Gelehrte sahen darin die Gefahr, daß nicht nur die Entwicklung unserer Zivilisation zum Stillstand kommen werde, sondern dann auch in einen Niedergang und schließlich zum Untergang führen würde. Sie schlugen daher vor, die geistige Vielfalt zumindest in einem geringen Umfang wieder zu etablieren. Die Staatsführung nahm diese Vorschläge durchaus ernst. Es wurden besondere Schulen für ausgewählte Personen eingerichtet, in der diese zum selbständigen Denken erzogen wurden. Man war sich natürlich bewußt, daß dies bei einigen Personen zum kritischen Überdenken der herrschenden Ideologie führen könnte, was sich auch bewahrheitete. Man traf eine sorgfältige Auswahl. Während Menschen, die sich der staatstragenden Ideologie unterwarfen, in führende Ämter in Staat und Wirtschaft aufgenommen wurden, verbannte man die anderen auf Inseln, auf denen sie vom Rest der Gesellschaft isoliert waren. Dort konnten sie ihre abweichenden Ideen niederlegen, sie auch weiterentwickeln, aber keinen Einfluß auf Staat und Gesellschaft nehmen. Ihre Schriften wurden allerdings kritisch beleuchtet und manches, was sinnvoll erschien in die herrschende Ideologie aufgenommen. Offen blieb natürlich die Frage, ob dieses Vorgehen wirklich die beste Lösung war. Es war daher für uns von großen Interesse auf unserer Expedition in den Weltraum auf Lebewesen zu stoßen, welche eine geistige Vielfalt oder die Fähigkeit zum selbständigen Denken noch in großem Umfang kennen. Entwickelten sich ihre Gesellschaften besser oder schlechter als unsere ? Wir entschlossen uns daher eine Reihe dieser Lebewesen einzusammeln um ihre Denkweise und ihr Verhalten zueinander zu studieren. Die ersten Ergebnisse unserer Untersuchungen empfanden wir allerdings als Katastrophe. Es zeigte sich, daß die Fähigkeit zu selbständigem Denken nicht unbedingt in selbständiges Denken mündete.

Sie führte zu Auseinandersetzungen, Streit. Eine andere negative Einschätzung brachte die Auswirkung vorhandener sexueller Triebe, die oft nur zur Befriedigung primitiver Lüste führt und meist keine positive Auswirkung auf den Umgang der Geschlechter miteinander hat. Professor Gorgol sieht sich nun nach den ersten Erfahrungen mit euch in seiner Ansicht bestätigt, daß Diversität schädlich ist, nur ins Unglück und zu Zerstörung führt, während der Weg, den wir gegangen sind der richtige ist. Er hat bereits begonnen, eine umfangreiche Abhandlung darüber zu schreiben."

„Das verstehe ich jetzt nicht ganz", wandte nun Alberta ein, „konntet ihr in der kurzen Zeit soviel über die Menschen auf der Erde und ihre kulturelle und zivilisatorische Entwicklung erfahren ? Wir beide hatten doch bisher nur Kontakt mit Ihnen."

„Und was haben Sie jetzt mit uns vor ? Brauchen Sie uns denn noch ? Werden Sie uns jetzt alle eliminieren ?" ergänzte Karl.

„Das habt ihr jetzt nicht verstanden. Eine koriasnische Expedition hat vor vielen Jahren, lange bevor Professor Gorgol und ich lebten, schon einmal die Erde aufgesucht. Und jetzt haben wir diesen Planeten nur aufgesucht um den zivilisatorischen Fortschritt zu sehen. Ansonsten kennen wir nur die alten Berichte. Deswegen haben wir auch wieder einige Erdlinge mitgenommen. Ihr bietet ja noch immer ein reiches Feld zum Studium archaischen Verhaltens und wir können von euch Dinge lernen, die uns unbekannt sind. Das bedeutet aber nicht, daß wir sie für gut befinden werden und sie übernehmen. Das soll nur unser Wissen über die Entwicklung des Geistes vom tierischen Zustand bis zur Vollendung, so sehen die meisten Gelehrten unsere geistige Verfassung, erweitern. Wir werden euch allerdings nicht in den Zentren unserer Zivilisation ansiedeln, sondern auf den Inseln, auch eure Fortpflanzung werden wir unterbinden."

„Auf den Inseln ? Dort wo die Abtrünnigen leben ?"

Kalinna lachte.

„Das hast du treffend gesagt. Ich sollte vielleicht erwähnen, daß die Oberfläche unseres Planeten überwiegend von Meer bedeckt wird, ähnlich wie die Oberfläche der Erde. Es ragen nur ein großer Kontinentalblock und zahlreiche Inseln aus dem Meer hervor. Der

Kontinentalblock wurde durch die Verwüstungen der Kriege unbewohnbar, daher siedeln die Menschen ja auch unter der Plane-enoberfläche, aber ein Großteil der Inseln bietet noch gute Lebensbedingungen. Auf ihnen wurden Personen angesiedelt, die in der Gesellschaft unerwünscht waren. Auf einigen wurden, wie ich schon angedeutet habe, in jüngerer Zeit auch Akademien eingerichtet, in denen unterschiedliche Denkweisen erlaubt sind. Deshalb will man die Koriasner dort ja auch vom Rest der Bevölkerung fernhalten. Ich wohne die meiste Zeit auch auf einer dieser Inseln. Man lebt dort angenehm, ist aber von dem Rest der Koriasner isoliert, hat auch kaum Möglichkeiten seine Gedanken und Vorstellungen über die Insel hinaus zu verbreiten, es sei denn es wird von der Zensur erlaubt. Es sind also Spielwiesen des Geistes, die keinen wirklichen Bezug zu dem Leben auf dem Rest des Planeten haben. Mir ist es allerdings nicht verboten, Ogachich zu betreten, ich halte mich auch ab und zu für einige Zeit dort auf."

„Und dahin wollen Sie uns bringen?" fragte Alberta, „können wir nicht zur Erde zurückkehren?"

„Nein, das wird wohl nicht möglich sein. Es ist zwar noch nicht ausgeschlossen, daß wir mit den Erdlingen Kontakt aufnehmen werden. Dann könntet ihr als Mittler dienen. Aber aufgrund der vorläufigen Untersuchungsergebnisse und der Diskussionen im Gelehrtenrat halte ich das für unwahrscheinlich. Man sieht keinen Sinn darin mit den Erdlingen Kontakt aufzunehmen. Man ist der Meinung, wir könnten durch Kontakte nichts lernen, was für uns nützlich ist. Wir werden auch nicht umkehren um euch zurückzubringen, zumal unsere Vorräte an Lebensmittel, Wasser und Energie allmählich zur Neige gehen, wir also unbedingt nach Korias zurückkehren müssen. Hinzu kommt, wir haben ja Duplikate von euch angefertigt, die jetzt euren Platz einnehmen. Ihr könnt doch nicht zweimal existieren. Und wir haben natürlich auch kein Interesse daran, unsere Zeit damit zu verschwenden diese Duplikate ausfindig zu machen und zu eliminieren. Ich nehme auch nicht an, daß in absehbarer Zukunft eine neue Weltraumexpedition in Richtung Erde unternommen wird. Unsere Reise hat, wir haben ja nicht nur die Erde aufgesucht, uns eine Fülle von Informationen geliefert, die nun alle verarbeitet werden müssen. Erst wenn diese Arbeit erledigt ist, wird man über eine neue Expedition nachdenken."

„Ja, und was geschieht jetzt mit uns ?" fragte Karl.

„Euch werden Aufgaben zugewiesen, die euren Fähigkeiten entsprechen. Ich habe bereits beantragt euch in unsere Akademie aufzunehmen, da ihr kooperativ erscheint und ich davon ausgehe, von euch noch viele wertvolle Informationen über eure Lebensweise, eure Zivilisation und eure Kultur zu erhalten."

„Und Sie glauben, daß wir das können ?"

„Auch wenn wir höher entwickelte Techniken besitzen als ihr, können wir doch nicht die gesamte irdische Kultur in all ihren Facetten mit einem Blick oder nach nur kurzem Studium verstehen und beurteilen. Die meisten Gelehrten und Genies, welche die Entwicklung der Kulturen vorangetrieben haben – wenn es sie überhaupt gab – sind mittlerweile lange tot; wir können sie nicht mehr zum Leben erwecken; ja, kennt ihr ihre Namen ? Die Namen einiger vielleicht, aber die Namen aller ? Ich bezweifele allerdings sehr stark, daß es heute einzelne Menschen gibt, ob auf der Erde oder Korias oder anderswo, welche die Entwicklung der Zivilisation entscheidend vorantreiben. Es gibt zwar eine Reihe prominenter Personen, deren Namen mit der Entwicklung gewisser Techniken, insbesondere eurer Computertechnologie, Software, und deren Anwendung verbunden sind. Kennen sie aber auch die Details der Software, die mit ihrem Namen verbunden ist ? Wie breit ist ihr Wissen bezüglich Kultur insgesamt ? Was wissen sie über andere Völker und Kulturen ? Würden wir sie einsammeln, was könnten wir von ihnen über die menschliche Zivilisation überhaupt lernen ? Einige Details vielleicht, die aber für uns letztlich unwichtig sind. Und selbst wenn wir alles Wissen der Menschheit eingesammelt hätten, wäre es uns noch lange nicht bekannt. Es würde lediglich auf irgendwelchen Datenträgern lagern. Und um einen wirklichen Überblick zu bekommen, müssen wir alles, was wir eingesammelt haben, überprüfen. Das ist eine ungeheure Arbeit, zumal wir ja gar nicht wissen, wo wir anfangen sollen. Es erscheint daher sinnvoll einzelne Menschen herauszugreifen, in der Hoffnung, daß sie in ihrer Kultur bewandert sind und sie uns bei unserer Arbeit leiten können, uns sagen können, was Schwerpunkte sind, was das Wichtigste."

Sie schwieg kurz.

„Das wäre es vorerst; ich denke, der Antrag wird auch genehmigt. Betrachtet euch also nicht als Gefangene, eher als unsere Gäste. Wir können es augenblicklich aber noch nicht zulassen, daß ihr euch frei bewegt. Allerdings werden wir euch während der restlichen Reise noch einen näheren Einblick in unsere Technik und unsere Zivilisation geben. Hierzu werden ich oder andere Gelehrte euch aufsuchen und sich mit euch unterhalten. Wir werden euch auch das Raumschiff zeigen."

Sie verabschiedete sich dann.

Alberta blickte Karl groß an.

„Mit unserem alten Leben können wir also abschließen", meinte sie dann als sie alleine waren, „aber das neue Leben scheint auch nicht so schlecht auszusehen."

7. Ankunft auf Korias

Die meiste Zeit verbrachten Karl und Alberta in ihrem Raum, von den wenigen Führungen durch das Raumschiff abgesehen. Detaillierte Kenntnisse über den Stand der Technik auf Korias oder die Lebensweise, die über das hinausgingen, was ihnen Kalinna mitgeteilt hatte, erhielten sie allerdings nicht.

Es kam auch nicht zu den in Aussicht gestellten Treffen mit anderen Gelehrten. So blieb ihr Wissen über Korias eher dürftig. Und erst viel später erfuhren Alberta und Karl, daß Kalinna nicht immer die Wahrheit gesagt und manches verschwiegen hatte.

Essen und Getränke brachten Roboterwesen, Kalinna erschien nur gelegentlich.

Des öfteren wurden sie, allerdings getrennt, abgeholt, in Untersuchungszimmer geführt, an Geräte angeschlossen, Herzströme, Gehirnströme, Nervenströme und noch mehr gemessen, dann wurden ihnen auch Blut- und Gewebeproben entnommen. Manchmal verabreichte man ihnen auch Drogen um deren Wirkung auf ihr körperliches Befinden, ihre Motorik, ihr Denkvermögen zu untersuchen.

Nur zweimal wurden sie, gemeinsam, zu Befragungen abgeholt, wobei ihre persönlichen Lebensverhältnisse auf der Erde im Mittelpunkt standen.

Eines Tages erschien ein Roboter, der sie anwies ihm zu folgen. Er führte die beiden offensichtlich aus dem Raumschiff heraus in einen längeren Tunnel, der wiederum an einem anderen Fahrzeug oder Fluggerät endete, das sie dann bestiegen. Sie betraten eine größere Kammer, in welcher sich bereits einige Personen befanden. Andere kamen bald danach hinzu. Unter ihnen befanden sich zwei Paare, die Amerikaner und Russen, die ihnen schon in der Versammlung begegnet waren, die übrigen kannten sie nicht. Man hatte offenbar die Translatoren abgeschaltet, denn sie konnten nichts hören; eine Unterhaltung war daher nicht möglich. Nach einiger Zeit, sie mußten wohl einen längeren Flug unternommen haben, wurden sie von einem Roboter aus dem Fahrzeug herausgeführt. Der Landeplatz lag inmitten einer parkartigen Landschaft. Sie wurden aufgefordert auf bereit stehenden Bänken Platz zu nehmen und zu warten. In unregelmäßigen Abständen wurden dann einzelne Personen oder Paare abgeholt Schließlich waren Alberta und Karl an der Reihe. Ein Roboter forderte sie auf ihm zu folgen. Nach einem längeren Fußmarsch durch die Parklandschaft erreichten sie ein kleines Haus, eine Art Bungalow. Der Roboter führte sie hinein, bedeutetete ihnen dann, sie konnten nun wieder hören, dies sei ihre Unterkunft und sie sollten hier auf weitere Anordnungen warten.

„Das ist also unser neues Zuhause", meinte Alberta, „es sieht auf den ersten Blick ganz gemütlich aus, das Zimmer ist so ähnlich eingerichtet, wie wir das von der Erde gewohnt sind."

„Ja", gab Karl zur Antwort, „schauen wir uns einmal näher um."

Sie befanden sich in einem recht großen Aufenthaltsraum; an ihn schloß sich eine Küche an, den Küchen auf der Erde ähnlich, ein Badezimmer, sowie drei Schlafräume.

„Ob wir noch Mitbewohner bekommen werden?" fragte Karl mit Blick auf die drei Schlafzimmer.

„Möglich ist das schon. Warten wir es ab", erwiderte Alberta.

Lebensmittel oder Getränke fanden sie allerdings nicht vor.

Eine Tür führte aus dem Aufenthaltsraum heraus auf eine Terrasse, auf der zwei Sessel standen. In einiger Entfernung lag ein größerer See. Es war angenehm warm. Sie nahmen in den Sesseln Platz.

„Blauer Himmel, Sonnenschein", sagte nun Karl mit Blick nach oben, „Gras, Sträucher, Bäume, ein See, das sieht doch alles aus wie auf der Erde."

„Ja", pflichtete Alberta bei, „vielleicht sind wir doch nicht auf einem anderen Planeten. Und man hat uns nur in eine abgelegene Gegend verbracht und sie haben uns bisher eine Komödie vorgespielt. Ich denke, wir sollten den Himmelskörper da oben auch Sonne nennen."

„Wenn ich einen Sinn dahinter sähe, würde ich es glauben."

„Vielleicht befinden wir uns in einem großen Lager, wir sollten das einmal erkunden."

„Aber nicht heute."

Sie nahmen dann ihre Tabletts hervor, beschäftigten sich mit ihnen. Bald erschien ein Roboter brachte reichlich Essen und Getränke. Allmählich wurde es dunkel, sie wurden müde, legten sich schlafen. Als sie erwachten war die Sonne gerade aufgegangen. Sie frühstückten auf der Veranda, aßen die Reste der Speisen vom Vortag, die sie im Kühlschrank gelagert hatten. Nach einiger Zeit erschien Kalinna.

„Ich hoffe, ihr habt euch schon etwas eingewöhnt. Wir befinden uns hier auf einer der erwähnten Inseln. Sie heißt übrigens Nalorama."

Sie lächelte.

„Euch scheint hier alles vertraut vorzukommen und ich denke, ihr werdet euch bald wohlfühlen. Ja, wir hatten einmal einen schönen Planeten bevor wir ihn verwüsteten. Das ist einer der Reste vergangener Schönheit. Aber lassen wir das. Bevor ihr zu fragen anfangt: hier befindet sich eine unserer Akademien, ihr werdet hier arbeiten. Ob ihr zu anderen Erdlingen Kontakt haben werdet und in welchem Umfang, das wird noch entschieden, dementsprechend auch, ob ihr noch weitere Mitbewohner bekommen werdet. Ihr könnt euch hier frei bewegen, soweit es euch möglich ist."

„Soweit es uns möglich ist?" fragte Alberta.

„Ja, es gibt hier keine Zäune sondern Energiefelder. Der euch zugestandene Bewegungsradius ist euch einprogrammiert, weiter könnt ihr euch nicht fortbewegen. Wundert euch also nicht, wenn ihr plötzlich glaubt, von einer unsichtbaren Kraft zurückgestoßen zu werden. Ihr habt dann lediglich eure Grenze erreicht. Zu gegebener Zeit werde ich euch in die Akademie bringen. Ihr bekommt dann eure Aufgaben erklärt und euch wird ein Arbeitsraum zugewiesen. Ihr werdet mich übrigens nicht so häufig sehen, da ich auch auf anderen Inseln und in Ogachich, der Stadt unter der Koriasoberfläche, noch Pflichten habe. Ich werde mich wieder melden. Vorläufig dürft ihr euch hier akklimatisieren. Noch etwas: wie ihr wißt, kann euer Organismus unsere Nahrungsmittel nicht vertragen. Das wird aber kein Dauerzustand bleiben. Ihr werdet umgestellt. Das geschieht über Nahrungszusätze, die ihr als Medikamente bezeichnen würdet. Ihr merkt nichts davon."

„Und wie lange wird das dauern?" fragte Karl.

„Mindestens einige Tage; ich kann es nicht genau sagen, da wir noch keine Erfahrung damit haben. Es kann auch bei einem von euch länger dauern als bei dem anderen. Wir geben euch Bescheid, wenn ihr beide umgestellt seid. Eßt und trinkt also so lange nur das, was wir euch geben."

Sie pausierte kurz.

„Ich hatte das bereits im Raumschiff angesprochen; die Tage sind hier länger als auf der Erde, nach eurer Zeitrechnung knappe vierzig Stunden. Ihr werdet euch daran gewöhnen. Und zu dem See dahinten könnt ihr gehen und darin baden. Trinkt aber vorläufig noch kein Wasser daraus."

Dann verabschiedete sie sich.

„Ich habe da noch eine Frage bevor Sie gehen", meldete sich Alberta zu Wort, „die Wohnung hier ist recht groß, es gibt hier noch zwei freie Schlafräume, da wir zusammen schlafen und daher nur einen benutzen. Bekommen wir noch Mitbewohner?"

Kalinna zuckte mit den Achseln.

„Ich sagte doch, ich weiß es nicht. Aber ihr müßt damit rechnen. Ihr habt keinen Anspruch auf so viel Platz."

Sie verabschiedete sich.

„Ich weiß nicht", begann Alberta als sie wieder allein waren, „ich habe so ein komisches Gefühl. Angeblich befinden wir uns auf einem Planeten hundert Lichtjahre von der Erde entfernt in den Händen von Wesen, die uns in der Entwicklung dreitausend Jahre voraus sind, aber die Landschaft ähnelt einem europäischen Park und die Wohnugseinrichtung ist doch auch europäisch. Und betrachte dir doch einmal die sogenannte Küche; das sieht doch alles wie gewohnt aus. Vielleicht befinden wir uns doch noch auf der Erde."

„Das werden wir sehr bald feststellen. Wir werden ja sehen, ob nachts der Mond erscheint. Selbst wenn dieser Planet einen Mond haben sollte, dann wird er sicher anders aussehen als der Erdenmond. Gestern waren wir zu müde. Heute sollten wir versuchen länger aufzubleiben."

„Im Extremfall müssen wir allerdings bis zum nächsten Vollmond waren."

„Wäre das schlimm? Wir haben doch Zeit."

8. Das Schicksal des Planeten

Die nächsten Tage verbrachten Alberta und Karl ungestört; sie setzten die Erkundung der Umgebung fort, soweit dies möglich war. Ihr Haus gehörte zu einer Gruppe ähnlich aussehender Gebäude, denen sie sich allerdings nicht nähern konnten. Sie sahen des öfteren dort menschlich aussehende Wesen ein- und ausgehen, konnten allerdings keinerlei Kontakt zu ihnen aufnehmen. Sie rätselten daher darüber, ob es sich um Koriasner handelte oder um ebenfalls verschleppte Erdenmenschen, denn sie gingen davon aus, daß sie nicht die Einzigen waren, welche auf das Akademiegelände verbracht wurden.

Die Gegend erwies sich als Teil eines riesigen, gepflegten Parks der sich offensichtlich bis zum Meer hinzog und im Norden durch eine Gruppe größerer Bauten, wohl die Akademiegebäude, begrenzt schien. Sowohl der Meeresstrand als auch der Akademiebereich lagen allerdings außerhalb ihres Bewegungsfeldes. Sie sahen auch niemals Gärtner im Park arbeiten. Sie sahen überhaupt nur sehr wenige menschlich aussehende Wesen. Und auf ihren Spaziergängen erblickten sie nie mehr als insgesamt etwa ein halbes Dutzend Personen.

„Komisch", meinte Karl einmal, „das sieht alles so gepflegt aus, aber man sieht niemanden, der im Park arbeitet, man sieht auch sonst kaum Leute, dabei wirken die Akademiegebäude doch recht groß, es müssen also viele darin arbeiten."

„Daß man hier keine Gärtner sieht, wundert mich jetzt nicht unbedingt", meinte Alberta, „die Arbeiten werden vielleicht nachts von Robotern durchgeführt. Daß man hier kaum jemanden sieht, ist allerdings schon merkwürdig. Es macht doch keinen Sinn einen so schönen Park anzulegen und zu unterhalten, wenn ihn niemand aufsucht. Für uns haben sie das doch sicher nicht getan."

Karl grinste.

„Vielleicht mögen die Koriasner keine Sonne und gehen nur nachts spazieren."

„Ausschließen kann man das nicht", Alberta lachte, „wir wissen ja praktisch nichts über ihre Gewohnheiten."

Täglich suchten sie den See zum Baden auf. Sie mußten auch hier feststellen, daß sie nur zu einem bestimmten Uferbereich Zugang hatten und ihr Bewegungsbereich im Wasser blieb ebenfalls eingeschränkt, so daß sie auch hier nicht mit anderen, die auch zum Baden kamen, Kontakt aufnehmen konnten.

Eines Abends fanden sie bei ihrer Rückkehr eine Nachricht Kalinnas vor. Es hieß darin, sie sollten sich am nächsten Morgen bereithalten.

„Eure Wartezeit hat ein Ende", begann Kalinna nach einem kurzen Gruß, „zum Ersten: ich werde euch heute Professor Gorgol vorstellen; er wird euch auch eure Arbeit zuweisen; zum Zweiten: die Nahrungsmitteladaption ist erfolgreich abgeschlossen; ihr könnt also in Zukunft alle Speisen und Getränke zu euch nehmen; und Drittens: euer Bewegungsfeld wird erweitert; ihr habt nun die Möglichkeit mit anderen Erdlingen Kontakt aufzunehmen. Und jetzt, folgt mir nach."

Sie führte die beiden zu einem größeren Raum in einem prächtigen Bau. In ihm befanden sich zwei Schreibtische, auf denen jeweils ein Bildschirm stand.

„Das ist euer Arbeitszimmer", erklärte sie, „wir haben sie mit diesen großen, altertümlichen Bildschirmen ausgestattet, weil das vermutlich für euch bequemer ist."

„Ich bin es so gewohnt", antwortet Karl.

„Na schön, und jetzt zu eurer Aufgabe. Wir wollen natürlich ausführliche Kenntnis über eure Lebensweise, Gesellschaftsstruktur, eure Geschichte, eure wissenschaftlichen und technischen Leistungen, und ganz allgemein eure kulturellen Errungenschaften. Ob dieses Wissen uns nützlich ist, das steht auf einem anderen Blatt. Darum geht es jetzt auch gar nicht. Ihr beide habt eine naturwissenschaftliche Ausbildung und sollt daher den Kenntnisstand der Erdlinge, speziell auf dem Gebiet, das ihr als Physik bezeichnet, darstellen. Das könnt ihr zusammen erledigen. Daneben sollt ihr aber noch einen Abriß der Geschichte und der kulturellen Leistungen der Völker, denen ihr angehört, zusammenstellen. Es ist uns natürlich völlig klar, daß ihr nicht alles auswendig wißt, aber wir haben ja euer Wissen, sofern es für uns erreichbar war, eingesammelt und in einem großen Dateiordner zusammengestellt. Der steht euch zur Verfügung. Aber es ist natürlich alles ungeordnet. Da kommt einige Mühe auf euch zu. Das ist zunächst alles. Habt ihr Fragen dazu ?"

„Später vielleicht sehr viele", antwortete Alberta, „im Moment möchte ich eigentlich nur wissen, wie man an diese Informationen herankommt."

„Dazu kommen wir jetzt. Ich werde euch kurz erklären wie man diese Informationsmaschine, wir nennen sie Dainvertaf, ihr nennt so etwas Computer, bedient. Ich verweise euch dann auf eine Anleitung, in der alles, was ihr wissen müßt, ausführlich erklärt ist. Ihr müßt euch da allerdings selbst zurechtfinden, denn ich habe nicht die Zeit euch alles genauestens zu erläutern. Aber ihr seid ja intelligent und schafft das schon."

Sie setzte sich an einen der Schreibtische, winkte die beiden zu sich, begann mit ihren Erklärungen.

Nach knapp zwei Linkanen meinte sie.

„So, das wäre es fürs Erste. Es wird auch langsam Zeit, Professor Gorgol erwartet euch. Ich bringe euch zu ihm, werde dann am Nachmittag nochmals vorbeikommen."

Das Arbeitszimmer Professor Gorgols, des Leiters der Zweiten Abteilung Extrakoriasisches Leben der Akademie zur Erforschung des Weltraums, lag im ersten Stockwerk. Er begrüßte sie freundlich, bat sie Platz zu nehmen, bot ihnen auch ein Getränk an.

„Es wird aus bestimmten getrockneten Blätter aufgebrüht, entspricht etwa dem, was Sie als Tee bezeichnen."

Er nahm einen großen Schluck aus der Tasse.

„Ich habe Ihnen eine angenehme Mitteilung zu machen", begann er, „es ist beschlossen worden Sie in die Akademie aufzunehmen, als einfache Mitglieder."

„Was bedeutet das ?" wollte Alberta wissen.

„Im Grunde nichts Großartiges, für Sie aber etwas sehr Wichtiges", antwortete der Professor, „für Sie bedeutet es, daß Sie jetzt einen gesicherten rechtlichen Status als Mitglieder unserer Gesellschaft einnehmen. Sie können sich also als freie Wesen betrachten. Bisher waren

Sie ja Quasi-Gefangene, auch wenn man das nicht so genau genommen hat und Sie als Gäste bezeichnete. Ich muß betonen, die Vergünstigungen, die Sie bisher erhielten, entsprangen unserem guten Willen, waren also gewissermaßen Gnadenakte. Jetzt stehen sie Ihnen rechtlich zu. Sie sind aber, wie gesagt, nur einfache Mitglieder der Akademie, Sie können nicht Mitglied in einem der Gremien werden, haben auch sonst kein Mitspracherecht."

Er lächelte.

„Aber das kann sich natürlich im Laufe der Zeit ändern."

„Und was ist der Grund für diese Entscheidung?" wollte Karl nun wissen.

„Nun ja, die Zusammenarbeit mit Ihnen klappte bisher recht gut. Ihre privaten Probleme haben Sie ja mittlerweile auch gelöst und da schien es geboten, Ihnen einen gesicherten Status zu geben. Ansonsten wünsche ich Ihnen viel Erfolg bei Ihrer zukünftigen Arbeit."

Alberta und Karl bedankten und verabschiedeten sich dann, begaben sich in ihr Arbeitszimmer.

Bereits kurz nach Mittag suchte sie Kalinna auf.

„Ihr habt die Neuigkeit schon vernommen?"

„Ja", antworteten beide wie aus einem Mund.

„Dann seid froh. Im täglichen Leben wird sich zwar nichts ändern. Aber ihr habt nun einen sicheren Status."

„Das hat der Professor schon gesagt", entgegnete Alberta.

„Aber vermutlich hat er nicht gesagt, was das genau bedeutet."

„Er sagte lediglich, bisher seien wir Quasi-Gefangene gewesen, was immer das bedeutete."

Kalinna lächelte.

„Ihr wart rechtlos, galtet nicht als gleichwertig, standet auf der Stufe von Tieren. Man hätte euch jederzeit von hier wegholen, euch eine niedere Arbeit zuweisen oder auch für medizinische Versuche mißbrauchen können. Das fällt nun weg; ihr gehört nun zu uns, wenn ihr auch nicht gleichberechtigt seid. Aber was heißt das schon? Im Prinzip ist eure Stellung hier eine Lebensstellung. Das bedeutet allerdings auch, ihr habt keinen Anspruch darauf, nun auf Dauer hier auf der Insel zu leben. Die Akademie kann euch durchaus auch einen anderen Arbeitsplatz an einem anderen Ort zuweisen. Aber das ist keine spezielle Regelung für euch. Es gibt auf Korias keine freie Wahl des Wohnortes oder des Arbeitsplatzes. Jeder muß dort seine Pflicht tun, wo er von der Obrigkeit hin beordert wird."

„Heißt das, daß man uns trennen kann?" fragte Karl.

Kalinna verzog das Gesicht.

„Es ist damit zu rechnen, vermutlich; ich habe keine Ahnung. Es gibt auf Korias keine Paare. Jeder lebt für sich allein. Ihr habt nun aber auch das Recht euch auf Nalorama frei zu bewegen, braucht keine spezielle Genehmigung, wenn ihr das Akademiegelände verlassen wollt."

Sie lächelte erneut.

„Bewegen ist übrigens wörtlich gemeint. Ihr müßt schon laufen, privaten Zugriff auf Fahrzeuge habt ihr nicht. Den haben nur die Leitungskräfte; ich habe auch keinen. Aber die Insel ist nicht so groß. Man kann sie in zwei Tagen bequem durchwandern. Auch dürft ihr die Insel nicht verlassen, es sei denn ihr habt eine spezielle Genehmigung oder werdet abgeordnet. Aber das ist keine ganz große Einschränkung. Es gibt keine Freizügigkeit auf unserem Planeten, wie ich schon sagte. Jeder darf sich nur dort aufhalten, wo ihn die Führung hin beordert. Ich darf ohne Genehmigung auch keine Insel aufsuchen, die nicht zu meinem Wirkungsbereich gehört. Und für eine Reise zum Kontinent und in die Stadt Ogachich brauche ich zwar keine spezielle Genehmigung, da ich dort einen zweiten Arbeitsplatz und auch eine Unterkunft habe, darf aber nur in dienstlichem Auftrag dorthin reisen."

Karl lachte.

„Wenn wir jetzt schon dazugehören, was für eine Gesellschaft ist das eigentlich, in der wir uns befinden?"

„Es ist euer gutes Recht dies zu erfahren, nun da ihr jetzt freie Menschen seid. Deswegen habe ich euch ja auch aufgesucht. Und ihr könnt jetzt auch Kalinna zu mir sagen. Ihr wißt bereits, der Planet, auf dem wir uns befinden heißt Korias, wir nennen uns Kalgunen. Ich werde aber weiterhin auch von 'Menschen' sprechen, da dieser Begriff euch geläufiger ist. Die genetische Ähnlichkeit zwischen euch Erdlingen und uns Kalgunen ist verblüffend. Sie geht sogar so weit, daß wir miteinander lebensfähigen Nachwuchs zeugen könnten, wenn das gewünscht wäre. Ich will das hier einmal betonen, denn wir haben auf unserer Expedition noch eine zweite Gruppe intelligenter Lebewesen auf einer gehobenen Kulturstufe entdeckt. Die sind aber völlig anders strukturiert, schon was den Körperbau, das Aussehen und die Geschlechter betrifft. Auch ihre Art zu denken, zu fühlen und sich auszudrücken scheint völlig anders zu sein, wir verstehen das noch nicht. Und soweit mir bekannt ist, konnten wir bisher auch ihre Sprache noch nicht analysieren. Nur um ein Beispiel zu geben: bei ihnen dominiert das weibliche Geschlecht, ist der Träger der Kultur. Die Männchen sind klein, unterentwickelt, kaum denkfähig, dienen lediglich als Samenspender. Und wenn sie ihre Aufgabe erfüllt haben, werden sie getötet. So wie man das von einigen Insektensorten her kennt. Ich will aber nicht abschweifen."

„Verzeih wenn ich dazwischen frage. Sagtest du nicht damals im Raumschiff, daß wir mit euch keinen lebensfähigen Nachwuchs zeugen können?" unterbrach sie Alberta.

„Ja, das ist richtig. Das glaubten wir anfangs. Doch die gründlichen medizinischen und genetischen Untersuchungen ergaben, daß diese Annahme falsch war. Es geht tatsächlich. Im Prinzip jedenfalls."

„Und du sagtest auch, ihr hättet nur noch auf M1 Leben gefunden, aber keine intelligenten Lebewesen?" warf Karl ein.

Sie pausierte kurz. Sie verzog das Gesicht, überlegte.

„Davon habe ich damals noch gar nichts gewußt. Ich war nur für die Erdlinge zuständig."

Alberta und Karl blickten einander an. Sie glaubten Kalinna nicht. Aber es hatte wohl keinen Zweck hier weiter nachzufragen. Karl nutzte die Gelegenheit Tee nachzuschenken. Sie tranken.

„Aber ihr habt doch schon früher einmal die Erde aufgesucht und Menschen mitgenommen. Warum war das euch nicht bekannt?"

Kalinna zuckte mit den Schultern, antwortete ausweichend.

„Das ist nach eurer Zeitrechnung etwa zweihundert Jahre her. Vielleicht wurden solche Untersuchungen vorgenommen, vielleicht auch nicht. Berichte darüber sind jedenfalls nicht vorhanden. Das bedeutet aber nicht, daß es keine gibt. Vielleicht sind sie als geheim eingestuft und

nur einem kleinen Kreis, dem Professor Gorgol nicht angehört, zugänglich. Er jedenfalls wußte darüber nichts. Reicht das als Erklärung?"
Alberta und Karl blickten einander an, nickten.
„Nein, ihr seid nicht zufrieden. Das sehe ich euch an. Ihr denkt, wenn es wirklich eine große Geheimsache wäre, dann hätte man solch genetische Untersuchungen der Expedition verbieten müssen, da sie die Erde aufsuchen sollte. Aber ein solches Verbot hätte die Forscher natürlich auch mißtrauisch gemacht."
„Na ja", Alberta lachte, „ich denke, wir sollten das Thema beenden; man kann da lange spekulieren und diskutieren ohne daß etwas herauskommt. Vielleicht lagern die Unterlagen wirklich in einem Geheimarchiv und keiner erinnert sich mehr daran."
„Da hast du recht. Laßt mich nun auf den Punkt kommen, mit dem ich beginnen möchte", fuhr Kalinna dann fort, „ich habe das bereits verschiedentlich erwähnt, werde mich jetzt wohl an einigen Stellen wiederholen. Wir Kalgunen kennen zwar auch zwei Geschlechter, haben aber keinen Sexualtrieb. Das mag euch merkwürdig erscheinen, ist auch keine natürliche Eigenschaft, sondern liegt daran, daß das konventionelle Prinzip der Fortpflanzung hier bereits vor mehreren Jahrhunderten abgeschafft wurde. Männliche und weibliche Kinder entwickeln sich zwar bis zur Geschlechtsreife normal. Dann müssen junge Männer Samenproben abliefern, die in einer Samenbank abgespeichert werden. Jungen Frauen werden reife Eizellen entnommen, meist um die fünf Exemplare, was sich über eine entsprechende Anzahl von Menstruationszyklen hinzieht. Anschließend wird durch entsprechende Medikamente der Sexualtrieb abgetötet, von wenigen Ausnahmen abgesehen. Männer und Frauen verlieren bei dieser Behandlung auch ihre Fruchtbarkeit."
„Und die Fortpflanzung wird durch künstliche Befruchtung sichergestellt?" wollte Alberta wissen.
„Genau so ist es", gab Kalinna zur Antwort, „man verfährt dabei natürlich nicht willkürlich, sondern wählt Samenzellen und Eizellen aus, die genetisch am besten zusammenpassen, bei denen sich die genetischen Eigenschaften am besten ergänzen. So formuliert findet man das jedenfalls in den Lehrbüchern. Nach welchen Kriterien diese

Auswahl geschieht wird allerdings nicht mitgeteilt. Dies bleibt ein Geheimnis der Führung, wenn ich das einmal so ausdrücken darf. Und die Anzahl der jährlichen Befruchtungen richtet sich nach dem Bedarf, das heißt nach Anzahl der Todesfälle im Vorjahr. Es galt lange als ein Staatsprinzip die Gesamtbevölkerungszahl auf dem Planeten konstant zu halten. Jetzt beabsichtigt man aber die Zahl zu erhöhen."

„Und wie viele Kalgunen leben auf Korias", wollte nun Karl wissen.

„Gegenwärtig etwa zwanzig Millionen. Es ist eine Erhöhung auf einhundert Millionen geplant."

„Das ist keine große Anzahl", bemerkte Alberta.

„Es genügt um unsere Zivilisation aufrecht zu erhalten. Und bedenkt auch, daß die Oberfläche des Planeten weitgehend unbewohnbar ist, fast alle Kalgunen daher in einer großen Stadt unter der Koriasoberfläche leben. Das heißt, nach den jüngsten Untersuchungen hat sich die Situation an zahlreichen Orten verbessert, man kann dort wieder siedeln. Deswegen planen wir auch eine Erhöhung der Einwohnerzahl."

„Die Stadt unter der Planetenoberfläche hattest du schon früher erwähnt. Aus welchem Grund wurde sie errichtet?" fragte Karl.

„Das liegt knapp tausend Jahre zurück. Damals existierten mehrere Großmächte, die über Jahrzehnte hinweg miteinander in Streit lagen. Im Jahre 2945 unserer Zeitrechnung kam es zum furchtbarsten Krieg, in dem sie sich gegenseitig vernichteten, dabei auch den gesamten Kontinent verwüsteten und ihn unbewohnbar machten. Korias besteht aus einem großen Kontinentalblock und zahlreichen Inseln in dem ihn umgebenden Ozean, wie ihr wißt. Einige kleinere Staaten, die aber auch den größten Teil ihrer Bevölkerung verloren hatten, überlebten. Die Menschen zogen sich in die bereits vorher entstandenen Schutzbunker zurück. Die Führer der noch existierenden Länder trafen sich, beschlossen angesichts der Not und der Verwüstung sich zu einer einzigen Nation zusammenzuschließen. Ihr könnt euch sicher vorstellen, daß es hierbei Schwierigkeiten gab. Denn ähnlich wie bei euch auf der Erde existierten auf Korias auch zahlreiche Rassen, verschiedene Völker mit unterschiedlichen Kulturen, unterschiedlicher Lebensweise und unterschiedlichen staatlichen Ordnungen. Man einigte sich schließlich auf ein gemeinsames politisches Konzept, das den Vorstellungen jeder

Partei allerdings nur zum Teil Rechnung trug. Man fand aber eine gemeinsame, tragfähige Basis, eine neue Ordnung, eben im wesentlichen auf der Grundlage der Gentro-Lehre, welche bis dahin eher unbedeutend war. Sie ließ sich allerdings nur mit diktatorischen Mitteln durchsetzen. Und im Laufe von drei Jahrhunderten verschmolzen die Völker zu einer neuen Einheit, den Kalgunen, wie wir uns heute nennen. In manchen Fällen wurde allerdings brutal durchgegriffen. Die Erhaltung der Art war nun Aufgabe des Staates und die herkömmliche Methode der Fortpflanzung erschien nicht mehr geeignet. Es gab ja zuvor in den verschiedenen Kulturen unterschiedliche Auffassungen bezüglich der Sexualität, zum Verhältnis der Geschlechter zueinander, zur Familie und so weiter. Hinzu kam, daß nach der Gentro-Lehre die sexuelle Lust die Wurzel allen Übels und allen Unheils ist, die Mutter von Haß, Neid, Eifersucht, Unterdrückung und so weiter. Und da man damals bereits technisch in der Lage war, Embryonen außerhalb des Mutterleibes aufzuziehen, erschien Sexualität insgesamt als überflüssig und so wurde am Ende beschlossen den Sexualtrieb abzutöten. Also, seit einigen Jahrhunderten erfolgt die Arterhaltung über künstliche Befruchtung und Aufzucht der Embryonen in Nährlösungen und Brutkästen bis sie fähig sind selbständig zu leben. Die Kinder werden dann in staatlichen Anstalten gemeinsam großgezogen und etwa ab dem vierzehnten Lebensjahr beginnen wir sie auf ihre künftigen Aufgaben vorzubereiten."

„Und was bedeutet das genau?" wollte Alberta nun wissen.

„Der Reihe nach. Also, nach dem Krieg hatten sich die Überlebenden in Schutzbunker zurückgezogen, da die Planetenoberfläche, von einigen Inseln abgesehen, unbewohnbar war. Anfangs gab es wohl die Vorstellung, die einzelnen Bunker zu Wohnsiedlungen auszubauen. Dies stieß jedoch auf Kritik, weil dadurch die verschiedenen Volksgruppen weitgehend untereinander geblieben wären, was die Durchführung des Planes, eine einzige Zivilisation und eine gemeinsame staatliche Ordnung zu schaffen erschwert hätte. Und Menschen zu kontrollieren, die weit verstreut über den Kontinent leben, hätte auch Schwierigkeiten bereitet. Hinzu kam, es wäre auch notwendig geworden ein weitläufiges Kommunikationssystem aufzubauen und ein umfangreiches Verkehrs-

system zur Verbindung der Städte untereinander unter der Planetenoberfläche zu errichten. So beschloß man, die größte Bunkeranlage zu
einer riesigen Stadt, Ogachich, auszubauen. Die Menschen dort verfügen über allen möglichen Komfort, jeder besitzt eine kleine, gut ausgestattete Wohnung; es gibt zahlreiche Unterhaltungsmöglichkeiten,
Bücher, Fernsehen und Sportveranstaltungen und so weiter. Die meisten
haben auch Freunde, aber es wird nicht gerne gesehen, wenn mehrere
Menschen zusammen wohnen. Es ist aber nicht ausdrücklich verboten.
Es gibt allerdings, soweit mir bekannt ist, nur eine sehr kleine Anzahl
von Gemeinschaftswohnungen. Jeder hat eine ihm zugeteilte Aufgabe,
eine Arbeit; Lohn, wie ihr ihn kennt, wird allerdings nicht gezahlt.
Dafür kann jeder über alles vorhandene verfügen."
„Kommunismus pur also", grinste Karl, „funktioniert das denn ? Führt
das nicht zu Schmarotzertum ?"
Kalinna lächelte.
„Nein, denn wie ich schon sagte, jeder bekommt eine Arbeit, eine Aufgabe zugewiesen. Und wer ihr nicht nachkommt, der wird bestraft. Und
außerdem kann man hier ohnehin nicht wie auf der Erde großen Besitz
anhäufen. Ihr müßt daher von euren irdischen Vorstellungen Abstand
nehmen. Die Wohnungen sind mit allem, was man nach Ansicht der
Führung braucht ausgestattet, Autos gibt es nicht, keinen privaten
Grundbesitz, keine Privatunternehmen; Urlaubsreisen sind unbekannt.
Es gibt nur die Einheitskleidung. Und ansonsten, warum sollte sich
jemand mehr nehmen als er braucht ? Er kann an Gütern nicht mehr
anhäufen als das, was in seine kleine Wohnung paßt. Und essen und
trinken kann man auch nicht in beliebigem Maße."
„Apropos essen und trinken", unterbrach sie nun Karl, „wie wird
eigentlich die Ernährung sichergestellt ? Wenn die Planetenoberfläche
unbewohnbar ist, dann kann man dort sicherlich auch nichts anbauen
oder Tiere halten. Und unter der Oberfläche kann man doch sicher auch
nichts anpflanzen. Aber Tiere halten könnte man vermutlich schon."
„Tierhaltung gibt es unter der Koriasoberfläche nur gewissem Umfang,
denn das ist sehr aufwendig. Lebensmittel aus Tierprodukten erhalten
dort auch nur Privilegierte. Es gab aber schon vor dem großen Krieg
chemische Verfahren zur Herstellung von Kohlehydraten, Eiweiß, Fett,

Vitaminen und so weiter. Schon damals wurden sie, soweit bekannt ist, in großem Stil zur Nahrungsmittelerzeugung eingesetzt. Es bedurfte daher keiner neuen Technik die Ernährung zu sichern. Es mußten nur neue Produktionsanlagen gebaut werden, da die alten zerstört waren. Speisen, wie ihr sie von der Erde her kennt, gibt es in Ogachich nicht; die verschiedenen Bestandteile werden zu einem Brei vermengt, ihr kennt das ja; es gibt viele Sorten Brei. Auf den Inseln ist es ein bißchen anders, auf einigen wird Landwirtschaft und Viehzucht betrieben, es wachsen dort auch Früchte. Aber es wird nichts nach Ogachich geliefert. Die erzeugten Mengen an Getreide, Obst und Fleisch reichen nur für ein paar tausend Menschen und das würde in der Stadt nur Neid erzeugen. Ähnlich verhält es sich mit den Getränken; in Ogachich gibt es lediglich Wasser und mit künstlichen Aromen versetztes Wasser, eine Art Limonade wir ihr es nennen würdet. Alkoholische Getränke gibt es nicht, sie wurden damals bereits auf Drängen einiger Völker, denen aus religiösen Gründen der Genuß von Alkohol untersagt war, verboten. Das erzeugt aber auch keinen Unmut, da man seit Jahrhunderten nichts anderes kennt. Aber auch was Getränke betrifft, haben wir es auf den Inseln besser. Es wachsen hier zahlreiche Kräuter, die in heißem Wasser aufgebrüht, ein wohlschmeckendes Getränk liefern, eurem Tee vergleichbar."

Sie hob ihre Tasse wie zu einer Bestätigung.

„In geringem Umfang erhält man hier auch Fruchtsäfte und man versteht es auch, durch Vergärung aus ihnen alkoholische Getränke herzustellen. Das ist zwar nicht erlaubt, wird aber toleriert, solange der Genuß nicht zu Exzessen führt. Das ist auch eines der Privilegien, die wir hier haben."

Kalinna schwieg eine Weile.

„Ich habe euch mittlerweile mit meinen Erzählungen so ziemlich erschlagen, aber das wichtigste fehlt noch. Das muß ich euch noch mitteilen, sonst versteht ihr das vorige nicht. Unsere Gesellschaft hier auf Korias gliedert sich in drei Klassen. Es sind die 'Gemeinen', die 'Vornehmen' und 'Herrschenden'. Die 'Gemeinen' sind diejenigen, die unter der Koriasoberfläche leben, eher die niedrigen Arbeiten verrichten. Sie hatten bisher kein Recht Ogachich zu verlassen, bis auf wenige, welche in den Fabriken an der Oberfläche arbeiten. Ihr müßt wissen, daß zahlreiche Anlagen, zum Beispiel die Kraftwerke zur Energieerzeugung oder auch die Fabriken zur Gewinnung des Treibstoffes für die Luft- und Raumfahrzeuge notwendigerweise auf der Kontinentoberfläche stehen, da ihr Betrieb unter der Oberfläche zu risikoreich wäre. Hierzu hat man mit großem Aufwand kleinere Gebiete begehbar gemacht. Die 'Vornehmen' bilden sozusagen das eigentliche Rückgrat der Gesellschaft. Zu ihnen gehören wir Wissenschaftler sowie die Ingenieure, welche die Luft- und Raumfahrzeuge konstruieren und erproben oder neue Techniken entwickeln. Produziert werden sie aber unten, ebenso wie die Roboter, welche die niederen Arbeiten auf den Inseln oder in den Raumfahrzeugen durchführen. Sie werden aber dort nur hergestellt, ihre Programmierung erfolgt in den 'Zentren' auf den Inseln. Es gibt solche Zentren auf verschiedenen Inseln, für Technik, Naturwissenschaften, Geschichte, auch eines für Literatur. Sie sind streng getrennt. Auf einer Insel zu leben ist ein Privileg. Das bedeutet aber nicht, daß wir freien Zugang zu den Inseln haben. Nein, unser Aufenthalt ist auf die uns zugewiesene Insel beschränkt. Reisen zu anderen Inseln bedürfen einer ausdrücklichen Genehmigung seitens der 'Herrschenden' und eine solche wird in der Regel auch nur an die Führungskräfte und auch nur dann ausgestellt, wenn Treffen zum Informationsaustausch unbedingt notwendig sind. Der übliche Informationsaustausch läuft über die 'Herrschenden', denen wir alle Berichte über unsere Arbeit übermitteln müssen. Kontakt zu den 'Gemeinen' ist zwar nicht ausdrücklich verboten, wird aber nicht gepflegt. Ihn haben nur diejenigen, welche mit ihnen in den Fabriken oder den Verwaltungen zusammenarbeiten müssen. Versuche, die geltenden Regelungen zu umgehen gelten als Verrat und werden hart bestraft, vermutlich mit dem Tode. Personen, die man des Verrates für schuldig befindet, werden entfernt, kehren nie mehr zurück. Aber das kommt recht selten vor. Aus den 'Vornehmen' werden auch die Personen bestimmt, die in den Kreis der 'Herrschenden' berufen werden. Über die 'Herrschenden' weiß man wenig. Sie bestimmen über alles. Sie unterteilen sich in verschiedene Gremien, von denen jedes einen festgelegten Aufgabenbereich hat: Versorgung der Menschen, Gesundheitswesen, Verwaltung, Aufrechterhaltung der Ordnung, Gesetzgebung, Naturwissenschaft, Technik und so weiter. Sie stehen alle auf gleicher Höhe, kein Gremium ist einem anderen untergeordnet. Über den Gremien steht allerdings die Führung, der 'Große Rat', der innere Zirkel der 'Herrschenden'. Dort sitzen diejenigen, die wirklich bestimmen. Wer dem 'Großen Rat' angehört, weiß man nicht."

„Keiner kennt diese Führungsschicht?" wunderte sich Alberta.

„So ist es, keiner von den 'Gemeinen' oder 'Vornehmen'. Eine Demo-kratie, wie ihr sie von eurer Erde her kennt, gibt es bei uns nicht, aber auch keine Diktatur mit Führern, die sich als Halbgötter verehren lassen. Unsere 'Führung' lebt im Verborgenen."

Kalinna schwieg eine Weile.

„Ich glaube, ich habe euch für heute genug erzählt. Falls ihr noch mehr wissen wollt, ihr könnt mich jederzeit ansprechen. Aber fragt niemand anderen, das könnte euch schaden. Denn es ist nicht gut zu neugierig zu sein, man darf nicht zu viel wissen. Und ihr wißt nie, an wen ihr geratet. Erzählt auch nichts weiter. Jeder darf nur das erfahren, was er wissen soll. Und darüber befindet Professor Gorgol. Jetzt muß ich aber gehen, ich habe noch einen Termin."

Sie verabschiedete sich, wandte sich dann aber noch einmal um bevor sie das Büro verließ.

„Beinahe hätte ich es vergessen. Zwei Dinge noch: zum einen, eure tägliche Arbeitszeit beträgt fünfzehn Linkane. Zum anderen, es gibt da im Gebäude ein Magazin, Raum 3.127, in dem man sich mit allem, was es hier gibt, versorgen kann. Bisher war euch der Zugang verwehrt, aber jetzt, wo ihr zu uns gehört, könnt ihr euch bedienen."

Alberta und Karl schauten sich eine Weile schweigend an.

„Das müssen wir erst einmal geistig verdauen", meinte schließlich Alberta, „dann können wir darüber reden. Aber nicht hier, vielleicht hört man uns ab. Beginnen wir erst einmal mit der Arbeit."

„Ja", antwortete Karl, „machen wir uns erst einmal ein bißchen mit unseren Dainvertafs vertraut."

Sie schwiegen eine Weile.

„Ich kenne da ein recht gutes Physik – Lehrbuch", begann Alberta, „es umfaßt so das gesamte Grundwissen. Das kann uns als Orientierung dienen. Mal sehen, ob ich es finde."

„Wie heißt es denn ?" fragte Karl.

Alberta nannte den Namen.

„Ich kenne es auch. Das gibt es sogar in deutscher Übersetzung. Ich denke, das reicht fürs erste."

„Ja, das denke ich auch. Die wollen ja sicherlich nicht gleich alles im Detail wissen. Das kann doch kein Mensch lesen und auch kein Koriasner. Fürs erste genügt sicher eine Gesamtübersicht. Wenn sie darüber hinaus Näheres wissen wollen, dann werden sie sicherlich nachfragen."

Es verging eine Weile.

„Ich habe es gefunden", meldete sich dann Alberta, „und du ?"

„Einen Moment noch."

Nach kurzer Zeit antwortete Karl dann.

„Ja, ich habe es auch."

Alberta lächelte ihn an.

„Gut, dann haben wir ja die erste Hürde genommen. Stellen wir erst einmal eine Liste zusammen und dann teilen wir uns die Arbeit. Wir können uns ja an dem Inhaltsverzeichnis orientieren."

„Guter Vorschlag."

„Unsere tägliche Arbeitszeit beträgt fünfzehn Linkane. Die Zeit ist um", meinte schließlich Karl mit Blick auf die Uhr an der Wand, „wir sollten Feierabend machen."

„Ja, das ist eine gute Idee. Sollen wir die Dainvertafs ausschalten ?"

„Ich denke, das ist nicht notwendig. Ich habe meinen Bürocomputer auch immer abends angelassen."

Sie verließen den Raum, das Gebäude, begaben sich zu dem Magazin, versorgten sich mit Essen und Getränken.

Nach dem Abendessen setzten sie sich bei einem Glas Fruchtwein, den sie aus dem Magazin mitgenommen hatten, auf der Terrasse vor ihrem Haus zusammen.

„Das Verhalten der Korias-Menschen erscheint mir noch immer sehr seltsam", begann Alberta, „die Mehrheit der Kalgunen scheint wohl aus dumpfen Wesen zu bestehen, die geschickt genug sind, die lebensnotwendigen technischen Einrichtungen aufrecht zu erhalten; sie scheinen sich aber darüber hinaus nur irgendwelchen geistlosen Vergnügen hinzugeben, sind offenbar unfähig selbständig zu denken, geistige Werte zu schaffen. Und dies ist auch noch im Sinne der politischen Führung. Sie folgen nicht einmal ihren natürlichen Trieben, die durch Medikamente abgetötet wurden, sondern sie folgen stupide den Richtlinien einer geheimnisvollen 'Führung'; eine erbärmliche Rasse. Wo sind wir da eigentlich hingeraten ?"

„Ja, und dann gibt es noch diese 'Vornehmen', das Rückgrat der Gesellschaft, wie sie sich selbst bezeichnen", fuhr Karl fort, „das sind zwar anscheinend Wesen, die in der Lage sind selbständig zu denken; die haben jedoch keinerlei Wechselwirkung mit den 'Gemeinen', machen von ihren Fähigkeiten auch keinen sonderlichen Gebrauch um nicht die Führung zu verärgern. Sie funktionieren einfach."

„Nun ja, Kontakt oder ein Zusammenleben mit den 'Gemeinen' scheint ja auch von der Führung, den 'Herrschenden' nicht gewünscht zu sein."

„Ja, ich vermute, die 'Herrschenden' sehen darin die Gefahr, daß die 'Vornehmen' einen schlechten Einfluß auf die 'Gemeinen' ausüben könnten, schlecht im Sinne der 'Herrschenden'."

„Und dann gibt es noch diese geheimnisvolle 'Führung', die offenbar ein kleiner Zirkel innerhalb der 'Herrschenden' ist, die kein Außenstehender kennt, deren Absichten man nicht kennt."

„Es ist merkwürdig, aber die 'Führung' verfolgt wohl eine eigene Zivilisation, die von unserer weit abweicht, aber auch von der Lebensweise, die vor dem zerstörerischen Krieg geherrscht hat. Und nun ist es aber so, daß die 'Führung' die Kenntnis darüber sicherlich nicht verloren gehen lassen will, deswegen läßt man den Wissenschaftlern auch so viele Freiheiten, gewährt ihnen Privilegien. Vielleicht ist auch vieles verloren und man glaubt nun, mit unserer Hilfe Kenntnis darüber zu erlangen."

„Man kann natürlich auch darüber spekulieren, ob diese 'Führung' Kenntnisse bezüglich der alten Zivilisation nutzen möchte um ihre dumpfe Gesellschaftsordnung zu reformieren oder ob sie solche Kenntnisse als Bestätigung dafür sehen wird, daß die alte Zivilisation letztlich zerstörerisch sein mußte und ihr Weg daher der richtige ist. Aber irgend

etwas muß im Gange sein, da sie die Zahl der Bewohner erhöhen, einige Gebiete der Planetenoberfläche wiederbesiedeln wollen."
Sie schwiegen eine Weile, tranken von dem Fruchtwein, den sie sich aus dem Magazin besorgt hatten.

„Ich denke, wir werden das alles noch näher erfahren", meinte Karl schließlich, „aber wir müssen klug sein, dürfen uns nicht gegen ihre Ordnung stellen, die wir im Moment ohnehin noch nicht so recht verstehen. Es hat auch keinen Sinn, zu versuchen den Kalgunen, mit denen wir Kontakt haben, unsere Wertvorstellungen nahe zu bringen. Ich denke, sie kennen sie ohnehin. Aber sie sind ihnen fremd, akzeptieren sie daher auch nicht für sich."

„Das heißt", erwiderte Alberta, „es bleibt uns nichts anderes übrig als die Dinge hinzunehmen wie sie sind und uns unserem Schicksal zu ergeben."

„Zumindest vorerst sehe ich da keine andere Möglichkeit."

Kalinna suchte sie am nächsten Vormittag im Büro auf.
„Kommt ihr zurecht ?"
„Noch nicht wirklich", gab Karl zu, „wir haben uns gestern am Nachmittag einmal in den Datenwust eingeklinkt. Ihr habt da wirklich, tut mir leid, wenn ich das so sagen muß, nur wild drauflos kopiert. Da ist keinerlei Ordnung, kein System erkennbar. Bei uns sagt man, wie 'Kraut und Rüben'."

„Karl und ich haben daher beschlossen, erst einmal ein Konzept zu erstellen, Schwerpunkte festzulegen, welche Themen wir am Anfang behandeln wollen. Das machen wir aus dem Gedächtnis heraus", ergänzte nun Alberta, „erst dann können wir sinnvoll suchen. Die Suchmaschine scheint übrigens recht gut zu sein, sie listet genau das auf, wonach man sucht, und spuckt nicht einen Wust von Dateien aus, die ähnlich klingen oder ähnliche Themen abdecken. Da ersparen wir uns wahrscheinlich viel Mühe um das richtige herauszufinden."
Karl lachte.
„Aber wir müssen erst einmal Boden unter die Füße bekommen. Das wird ein bißchen dauern."
Kalinna lächelte.

„Daß alles durcheinander ist, das ist mir schon klar. Aber ich denke, ihr werdet systematisch vorgehen, ihr bekommt die Sache in Griff, da bin ich mir sicher. Und Zeit habt ihr soviel ihr braucht. Nutzt sie aber, Bummelantentum mögen wir nicht. Ihr müßt am Ende jeder Mensane einen Fortschrittsbericht abfassen."

„Was ist eine Mensane ?" fragte nun Karl.

„Ach so, das wißt ihr ja noch nicht. Das ist ein Zeitraum von achtundzwanzig Tagen. So, jetzt will ich euch aber nicht von der Arbeit abhalten. Wenn ihr Fragen habt, dann schreibt eine Nachricht. Ansonsten lasse ich euch weitgehend in Ruhe."

„Eines möchte ich aber noch wissen, bevor du gehst", meinte nun Alberta, „hier müssen doch sehr viele Leute arbeiten, wir haben aber bisher im Park nur sehr wenige gesehen. Wozu braucht man den Park eigentlich, wenn ihn keiner aufsucht ?"

„Das eine hat mit dem anderen wenig zu tun", entgegnete Kalinna, „ihr kennt Ogachich nicht. Dort gibt es nur künstliche Beleuchtung, nur eine gleichmäßige Temperatur, keinen Wind, nur einen kleinen Luftzug aus den Gebläsen der Klimaanlagen. Es gibt keine wirklichen Straßen, sondern nur Transportbänder, Transportschienen und eben die Kabinenbahnen, welche die Wohngebiete, Freizeitanlagen und Fabriken miteinander verbinden. Die Gebäudekomplexe stehen dicht an dicht, alles wirkt eng, kein Himmel, keine Sonne, kein Regen. Alles besteht aus Kunststoff, Metall und Stein. Es gibt dort keine Natur, keine Pflanzen. Alles wirkt steril. Das wollte man freilich nicht auf die Inseln übertragen, alles sollte dort schön und natürlich sein. Die Planer orientierten sich an Bildern von Parks, die beim ersten Besuch der Erde aufgenommen worden waren. Ihr müßt auch wissen, die Akademiegebäude hier und die Anlage sind noch recht neu, wurden kurz vor Beginn der letzten Expedition errichtet. Ihr müßt daher verstehen, daß für die Kalgunen die nun hier arbeiten und leben, all dies neu und fremd ist. Sie sind es nicht gewohnt in der Natur spazieren zu gehen, sie kennen keine Sonne, keine wechselnden Temperaturen, keinen Wind, keinen Regen, haben niemals in einem See gebadet oder ein Tier in freier Wildbahn gesehen."

Sie schwieg kurz.

„Aber sie werden sich daran gewöhnen. Auf anderen Inseln, die bereits früher besiedelt wurden, lief es anfangs ähnlich. Aber mittlerweile halten sich die Leute dort gern im Freien auf. Deswegen sieht man das hier auch nicht als Problem, sondern als vorübergehende Erscheinung."
Sie wandte sich zum Gehen, drehte sich dann aber nochmals um bevor sie den Raum verließ.
„Ach, ich habe ja etwas vergessen."
Sie zog zwei dünne, handtellergroße, metallene Scheiben aus ihrem Gewand hervor.
„Das sind eure Erkennungsmarken. Da sind alle eure relevanten Daten abgespeichert. Führt sie also mit euch, wenn ihr das unmittelbare Akademiegelände einmal verlaßt. Die müßt ihr vorzeigen, wenn man euch kontrolliert."

Die Arbeit schritt voran. Sie lieferten regelmäßig ihre Berichte und Kalinna schien zufrieden
„Ich möchte nur gerne wissen, woher sie alle diese Information über die Erde haben ?" fragte Alberta als sie einmal abends beim Fruchtwein auf der Terrasse zusammensaßen.
„Genau kann ich es nicht sagen", erwiderte Karl, „vermutlich haben sie die Computernetze geknackt und alle erreichbaren Daten kopiert. Und es scheint ihnen auch gelungen sein zumindest in einige der geheimen Bibliotheken einzudringen und die Bestände zu kopieren".
„Wie sollte das möglich gewesen sein ?"
„Das kann ich dir nicht sagen. Selbst Kalinna hat darüber bisher kein Wort verloren. Möglicherweise weiß sie es auch selbst nicht. Es ist wohl ihr großes Geheimnis. Vielleicht beherrschen sie die vierte Dimension und können daher an jeder Stelle in unsere Welt eindringen, auch in hermetisch abgeschirmte Räume, ohne Türen aufbrechen zu müssen oder Wände einzureißen. Und wenn sie das beherrschen, ist eine dreidimensionale Kopie der Räume kein Problem. Eine geeignete Computersoftware kann das dann in die einzelnen Bücher oder Schriften aufteilen. Und das ist, was sie uns dann vorlegen. Sie haben aber offensichtlich das alles ziemlich willkürlich getan, alles kopiert an das sie herankamen. Das Material, das wir bisher zu Gesicht bekommen

haben weist keine Ordnung auf. Alles ist durcheinander. Und um das zu ordnen, brauchen sie uns. Denn sie haben aus irgendeinem Grund ein Interesse daran alles mögliche über die Kulturen und Zivilisationen der Erde zu erfahren."

„Und was könnte der Grund sein ?"

„Darüber kann ich nur spekulieren. Das Material stellen sie uns jedenfalls zur Verfügung. Es kann natürlich sein, daß sie bereits eine Vorauswahl getroffen haben und uns nur einiges geben, das, was sie für nützlich halten. Dennoch, ich bin sicher, wir werden Dinge über die Erde und unsere Geschichte erfahren, die uns bisher völlig unbekannt sind."

„Du hast jetzt aber meine Frage nicht beantwortet. Warum interessiert sie das alles, wenn es keinen Bezug zu ihrer Lebenswirklichkeit hat."

„Das kann ich dir im Moment nicht sagen. Es ist nur so, daß diejenigen, mit denen wir bisher Kontakt haben, offenbar diesbezüglich auch nicht viel wissen. Die Entscheidungen trifft diese geheimnisvolle Regierung, der 'Großer Rat', den keiner kennt. Man weiß offenbar nichts über seine Zusammensetzung und seine Größe. Aber offensichtlich landen alle Berichte letztlich bei ihm."

Alberta lächelte.

„Vielleicht ist der 'Große Rat' mit der Zivilisation hier auf Korias unzufrieden und sucht eine Alternative."

9. Joan

Mittlerweile waren seit der Ankunft auf Korias etwa vier Mensanen vergangen. Alberta und Karl hatten sich bereits einigermaßen eingelebt. Auch Kalinnas Erzählung hatte sie nicht so recht überzeugen können. Noch immer argwöhnten sie vielleicht doch zu einem abgelegenen Platz auf der Erde verschleppt worden sein. Daher verbrachten sie oft die Abende draußen, betrachteten den Himmel.

„Ich kenne nur wenige Sternbilder", meinte Karl einmal, „aber ich kann keines von ihnen finden. Ich komme zwar von der Nordhalbkugel, aber trotzdem müßte man auf der Südhalbkugel irgendwann ein bekanntes Bild entdecken, den Orion oder den Pegasus."

„Machs nicht zu kompliziert", antwortete Alberta, „schau dir den Mond an, der ist selbst wenn er voll erscheint, viel kleiner als unserer. Und schau dir auch die Oberflächenstruktur an. Die ist ganz anders. Das ist nicht unser Mond. Wir befinden uns nicht auf der Erde. "

Eines morgens klopfte es an der Tür. Alberta öffnete. Draußen stand eine zierliche Negerin. Alberta erkannte sie; es handelte sich um die Gefährtin des 'Prinzen'.

„Was ist Ihr Anliegen ?" fragte Alberta.

„Kalinna schickt mich", lautete die Antwort, „ich soll Ihnen dienen."

„Uns dienen ? Wozu ?"

„Das weiß ich doch nicht; ich habe lediglich meine Anordnungen."

„Na schön, kommen Sie erst einmal herein. Das können wir ja später klären."

Alberta führte sie in das Speisezimmer, bot ihr Platz an, sowie Tee und Essen. Die Negerin begnügte sich mit Tee. Alberta berichtete kurz Karl den Sachverhalt.

„Weißt du etwas näheres ?" fragte sie ihn schließlich.

Karl schüttelte den Kopf.

„Nein !"

Dann wandte er sich der Frau zu.

„Wer sind Sie eigentlich ?"

„Ich heiße Joan und stamme aus Südafrika. Ich war dort Lehrerin. Ich wurde auch von den Außerirdischen entführt, bekam dann den 'Prinzen', oder besser gesagt, er bekam mich. Ich mochte ihn von Anfang an nicht. Er war ein widerlicher Typ, herrschsüchtig, gierig und brutal. Und er behandelte mich wie ein minderwertiges Geschöpf. Ich schloß mich dann der Gruppe an, der er und auch Sie nicht beitreten wollten, kam so von ihm los. Aber auch dort war ich nicht geachtet. Sie wiesen mir den untersten Rang zu. Nach Ankunft auf dem Planeten verfrachteten sie uns auf eine Insel, nicht die gleiche wie diese. Das Zusammenleben innerhalb der Gruppe klappte nicht, es gab ständig Streit. Deshalb wurde sie aufgelöst. Kalinna hatte offenbar Mitleid mit mir, brachte mich hierher, schickte mich zu Ihnen, weil sie noch andere Aufgaben zu erledigen hatte."

„Wir brauchen eigentlich keine Dienerin", wandte nun Alberta ein, „wo wohnen Sie eigentlich ?"

Joan zuckte mit den Achseln.

„Bisher nirgends. Ich bin ja gerade angekommen. Und Kalinna hat mich unmittelbar nach der Ankunft zu Ihnen geschickt, wie ich schon sagte. Ansonsten hat sie mir nichts mitgeteilt. Außer, daß ich Ihnen dienen soll oder helfen oder Sie unterstützen. Ich habe das nicht so genau verstanden. Sie sprach sehr schnell, war in Eile."

Karl schaute Alberta an, sie redeten leise miteinander. Schließlich wandte er sich Joan zu.

„Kalinna wird ihre Gründe haben. Hilfe und Unterstützung können wir bei unserer Arbeit schon gebrauchen. Und was das Dienen betrifft, das müssen Sie hier nicht, nicht in unserem Haushalt, wie wir das auf der Erde nennen würden. Sie kommen dann am besten mit in die Akademie, da werden wir wohl die Details mitgeteilt bekommen."

Das Wort 'dienen' war Karl unangenehm aufgefallen. Es konnte bedeuten, daß beabsichtigt war, Joan in ihrem Haus unterzubringen. Es war schließlich groß genug um eine weitere Person zu beherbergen. Und hatte nicht auch Kalinna erwähnt, sie müßten damit rechnen noch Mitbewohner zu bekommen ? Aber wie würde Alberta das auffassen ? Eine weitere Frau im Haus, welche die Zweisamkeit störte ? Er schwieg aber, wollte keine schlafenden Hunde wecken.

Nach dem Frühstück begaben sie sich zu ihrer Arbeitsstelle. Alberta und Karl nahmen wie gewohnt an ihren Schreibtischen in ihrem Büro Platz, Joan blieb vor der Tür stehen, setzte sich dann auf den Fußboden. Das wurde ihr mit der Zeit zu unbequem, weshalb sie nach draußen ging und sich auf einer Bank nahe der Eingangstür niederließ. Nach einiger Zeit erschien Kalinna, bemerkte sie, ging zu ihr hin und fragte.

„Was machst du hier draußen?"

„Ich warte", lautete die Antwort.

„Auf was wartest du?"

„Ich warte auf weitere Anweisungen."

„Weitere Anweisungen? Ich habe dir doch gesagt, was du tun sollst."

„Das habe ich auch gemacht. Aber sie haben mir gesagt, sie brauchen keine Dienerin. Und ansonsten haben sie mir keine Aufgaben zugewiesen, sondern sich an ihren Schreibtischen niedergelassen und mich auf dem Flur stehen lassen. Und da ich nicht wußte, was ich tun sollte, habe ich mich eben hier hingesetzt."

Kalinna stöhnte.

„Mit euch Erdlingen hat man nur Schwierigkeiten. Komm mit."

Sie führte Joan in ihr Büro, ließ sie auf einem Sessel am Besuchertisch Platz nehmen, bat sie zu warten. Dann ging sie zu Alberta und Karl, forderte sie nicht gerade freundlich auf mitzukommen.

„Was habt ihr eigentlich gegen Joan?" fragte sie die beiden ungehalten, nachdem sie Platz genommen hatten.

„Was sollten wir gegen sie haben?" antwortete Karl mit gespielter Unschuld, „wir kennen sie doch gar nicht, haben sie lediglich einmal bei dieser Versammlung gesehen."

„Sie kam dann heute morgen, sagte, sie solle uns dienen oder helfen oder so", ergänzte Alberta, „und uns ist völlig unklar, was das bedeuten soll. Ein Dienstmädchen brauchen wir nicht. Und was soll sie uns helfen?"

„Stellt euch doch nicht dumm", entgegnete Kalinna barsch, „von einem Dienstmädchen war auch gar nicht die Rede. Ihr zwei arbeitet doch an den Berichten über die irdische Physik und die Geschichte eurer Völker. Joan ist unserer Beurteilung nach mindestens so intelligent und gebildet wie ihr und kommt aus einem anderen Teil der Erde. Und sie ist sehr vernünftig. Unserer Ansicht nach wird sie eine gute Ergänzung sein. Sie soll mit euch zusammenarbeiten und zwar auf gleicher Ebene, nicht als Untergeordnete oder Untergebene. Sie kann dann ja hauptsächlich an der Geschichte Afrikas arbeiten. Wo liegt das Problem ?"

„Und wo soll sie wohnen ?" hakte Karl nach.

„Selbstverständlich im gleichen Haus wie ihr. Es ist doch groß genug."

„Aber eine dritte Person stört", wandte jetzt Alberta ein.

„Euch sollte wohl klar sein, wer ihr seid", entgegnete Kalinna ärgerlich, „ihr habt hier keine Forderungen zu stellen. Und ich habe euch auch gesagt, daß ihr keinen Anspruch darauf habt, in holder Zweisamkeit alleine in diesem Haus zu wohnen. So etwas ist hier nicht üblich. Sie wird also im gleichen Haus wohnen wie ihr. Und euer Büro ist groß genug. Da paßt noch ein dritter Schreibtisch rein. Sonst noch Fragen ?"

Dem Klang ihrer Stimme nach war sie nicht gewogen sich auf weitere Diskussionen einzulassen. Karl schwieg daher. Auch Alberta schwieg, blickte nur böse.

Kalinnas Gesicht hellte sich auf.

„Eine Dreiergruppe, zwei weibliche und ein männliches Wesen. Es interessiert uns, wie sich euer Verhältnis untereinander entwickelt. Den umgekehrten Fall, zwei Männchen und ein Weibchen, konnten wir schon vor einiger Zeit studieren. Es kam zu einem kurzen Kampf; das eine Männchen übernahm die Macht und eignete sich das Weibchen an; das heißt, sie ist ihm untertan und muß ihm zu Willen sein, wann immer es ihm danach gelüstet. Das andere Männchen ist untertan, muß dienen und darf keinen Begattungsakt mit dem Weibchen durchführen. Ich bin einmal gespannt, wie sich das bei euch entwickelt. Vielleicht gibt es einen Machtkampf zwischen den Weibchen um das Männchen. Oder das männliche Wesen bevorzugt eines der weiblichen Wesen und beachtet das andere gar nicht mehr ? Es könnte aber auch sein, er beide abwechselnd genießt."

Dann entließ Kalinna sie. Die drei begaben sich in das Büro.

„Das ist ja wohl an Zynismus nicht zu überbieten. Also wenn du meinst, du könntest dich an Karl ranmachen, dann kratze ich dir beide Augen aus", fauchte Alberta Joan an.

„Warum sollte ich mich an Karl ranmachen wollen", erwiderte Joan.

„Weil ihr Negerweiber nichts anderes im Sinn habt als zu bumsen."

„So ?" fauchte Joan zurück, „unterlaß gefälligst diese rassistischen Sprüche. Seid ihr Asiatinnen eigentlich besser ? Ihr bietet euch doch den Männern in Europa und Amerika in Katalogen an. Und wenn ihr sonst nichts bekommt, dann heiratet ihr den erstbesten alten, klapprigen Bock, der euch nimmt."

Alberta wurde wütend, wollte auf Joan losgehen. Karl fuhr dazwischen.

„Müßt ihr euch eigentlich gegenseitig so angiften ? Und euch am Ende vielleicht noch prügeln ? Das hätte gerade noch gefehlt. Und von dir, Alberta, hätte ich etwas anderes erwartet als solche primitiven rassistischen Ausfälle. Ich habe dich bisher für vernünftig gehalten."

„So ?" fuhr Alberta ihn an, „dir gefällt das also. Dann kannst du mit uns beiden bumsen. Daran denkst du doch. Oder etwa nicht ? Das ist deine Spielart von Rassismus."

„Na, da bricht doch die Eifersucht durch. Aber darum geht es doch gar nicht. Warum sollten wir nicht zu dritt miteinander leben können ?"

„Ich sehe, du freust dich schon darauf", zischte sie wütend.

„Karl hat recht", fuhr nun Joan dazwischen, „ich will mich auch gar nicht in euer Verhältnis einmischen. Wir könnten es ja versuchen."

„Spar dir deine scheinheiligen Worte", gab Alberta zur Antwort, „ja, du wirst dich natürlich ganz brav verhalten, aber ihn stets mit Blicken und Gesten reizen. Und nach ein paar Tagen hast du ihn so weit. Dann kann er deinen Verlockungen nicht mehr widerstehen."

„Hör mir einmal zu", mischte sich Karl wieder ein, „ich bin nicht dein Eigentum, nicht mit dir verheiratet und habe dir auch keine Treue geschworen."

„Ja, aber du hast mir versprochen, daß wir zusammenhalten, egal was kommt."

„Dieses Versprechen gilt auch weiterhin. Und wir können zu dritt zusammenhalten. Wir müssen lediglich ehrlich gegeneinander sein. Das ist nun eine neue Situation und der müssen wir uns stellen, auch wenn es uns im ersten Moment nicht paßt. Eine andere Wahl haben wir ohnehin nicht. Du hast doch gehört, was Kalinna sagte."

„Ja, eine Dreiergruppe, zwei Frauen und ein Mann; interessant für uns, wie sich das entwickelt. Am liebsten wäre es ihr wohl, wenn sich Joan und ich gegenseitig zerfleischten. Du bevorzugst natürlich die dritte Möglichkeit, nämlich uns beide zu genießen."

Karl lächelte.

„Unter den gegebenen Umständen sollte das für intelligente und zivilisierte Menschen die beste Lösung sein. Man muß eben alle archaischen und primitiven Gefühle wie Eifersucht abstreifen. Die sind hier fehl am Platz. Wir sind nicht auf der Erde."

Alberta atmete tief durch, beruhigte sich allmählich.

„Ich weiß, wir sind hier bloß Versuchskaninchen. Für sie sind wir doch nur rückständige, primitive Wesen. Unsere Gefühle interessieren sie nicht, sie wissen ja gar nicht einmal, was Gefühle sind, da sie schon lange keine mehr haben. Das sind doch nur mechanische Wesen, intelligent, wissend; sie funktionieren, aber sie leben nicht; sie haben keine Gefühle, keine Seele. Ich glaube, die wissen gar nicht einmal zu welchem Zweck sie existieren. Es interessiert sie auch gar nicht."

„Weißt du denn, warum du lebst?" wandte sich nun Joan an sie.

„Nun, um Göttlichkeit zu erreichen, um Gott nahe zu kommen", erwiderte Alberta, „Gott ist das Ideal, er beinhaltet alles Wissen, alle Kultur. Und der Sinn des Lebens besteht darin, sich diesem Ideal weitmöglichst zu nähern. Und alle, die nach diesem Ziel streben, sind Gottes Geschöpfe. Aber davon verstehst du nichts, du bist doch nur in einer dunklen Ecke in einem Negerkral gezeugt worden, ohne Sinn und Verstand. Und genau so dumpf wie du entstanden bist, so lebst du auch daher."

„Und dich haben sie wohl auf einer Kirchenbank vor einem Altar gezeugt und dein Alter hat vorher sein Sperma Gott geweiht? Oder ist vielleicht der heilige Geist in deine Mutter gefahren, in Form eines dicken Schwanzes?"

„Jetzt fallt nicht schon wieder auf ein so primitives Niveau herunter", unterbrach Karl den Streit, „der Sinn des Lebens? Den gibt es doch gar nicht! Zumindest nicht ein einziger Sinn, von Anfang an, der uns bei der Zeugung mitgegeben oder in die Wiege gelegt wurde. Den Sinn des Lebens müssen wir selbst suchen, wir müssen uns den Sinn des Lebens selbst geben."

„Und worin besteht er deiner Meinung nach ?" fragte ihn nun Alberta.

„Deine Frage ist falsch gestellt", gab Karl zur Antwort, „es gibt keinen allgemeinen Sinn des Lebens, nichts, was, sagen wir, definitionsgemäß, für alle Menschen gleichsam gültig ist. Jeder muß sich einen eigenen Sinn des Lebens suchen. Und der kann für unterschiedliche Menschen ganz unterschiedlich sein. Ebenso kann er natürlich bei zwei verschiedenen Menschen sehr ähnlich sein."

„Wenn ich dich recht verstehe", meinte nun Joan, „dann kann für den einen der Sinn des Lebens darin bestehen nach Wissen zu streben und für den anderen darin, mit möglichst vielen Frauen zu schlafen."

Karl lächelte.

„Genau so, wie für einen der Sinn darin bestehen kann, unsere Vergangenheit zu erforschen und Bücher darüber zu schreiben, und für den anderen darin, als Fußballspieler möglichst viel Geld zu machen. Ich habe doch gesagt, es gibt keinen Gott, der dem Leben einen allgemeinen Sinn gegeben hat. Vielmehr ist es wichtig, daß jeder den Sinn seines eigenen Lebens findet und irgendwann im Alter zurückblicken kann und dann sagen: mein Leben hat sich gelohnt. Und in diesem Punkt gebe ich Alberta Recht. Das sehe ich auch so. Nach Wissen und Erkenntnis zu streben bedeutet, danach zu streben Gott nahe zu kommen. Mein Lebensziel ist das auch."

„Das ist gut ausgedrückt", sagte nun Alberta, „aber es kann doch auch sein, daß ein Mensch, der nach höherem Wissen strebte, im Alter zurückblickt und zur Überzeugung kommt, daß sein Streben unnütz war und sich sein Leben nicht gelohnt hat."

„Das ist so", meinte Karl, „die Suche muß nicht unbedingt von Erfolg gekrönt sein."

„Heißt es nicht auch in einem eurer großen Dramen so ganz pathetisch 'Habe nun ach ! Philosophie, Juristerei und Medizin und leider auch Theologie durchaus studiert, mit heißem Bemühn. Da steh ich nun, ich armer Tor ! Und bin so klug als wie zuvor.' Beinhaltet das nicht das vergebliche Suchen nach dem Sinn des Lebens ?" warf nun Joan ein.

„Nicht so ganz", entgegnete Karl, „er sagt ja dann ein paar Sätze später noch 'daß ich erkenne was die Welt im Innersten zusammenhält.' Faust steht ja nicht am Ende des Lebens, eher noch in der Blüte. Er erkennt hier lediglich, daß der Weg oder die Wege, die er bisher gegangen ist, ihn nicht zu seinem Ziel geführt haben. Auch wenn er nun momentan sozusagen am Verzweifeln ist, sich, modern ausgedrückt, in der 'midlife crisis' befindet, so heißt das nicht, daß er nicht doch noch den richtigen Weg für sich finden wird. Und daß für ihn der Sinn oder zumindest ein Sinn des Lebens darin besteht, zu erkennen, was die Welt im Innersten zusammenhält, also den Kern alles Seins, das zieht er ja nicht in Zweifel. Es ist eben etwas anderes zu irgend einem Zeitpunkt zu erkennen, daß man den falschen Weg gegangen ist um das richtige Ziel zu erreichen als zu erkennen daß das Ziel selbst falsch ist."

„Das ist nur eine Seite", ergänzte nun Joan, „solche Leute verzweifeln dann oft, verfallen dem Alkohol oder Drogen, werden psychisch krank, begehen Selbstmord. Aber viele sehen billige, primitive Ziele wie Befriedigung der eigenen Gier und der Lüste bis zum Ende als Sinn ihres Lebens an."

„Das kann man nicht ändern", gab nun Alberta zu bedenken, „aber was ist mit denen, die mit achtzehn Jahren in einem Krieg sterben ?"

„Halte mich nicht für zynisch", antwortete Karl, „aber es ist doch so, es wird uns weder ein langes Leben noch ein Sinn des Lebens in die Wiege gelegt. Und viele haben gar nicht die Chance den Sinn des Lebens zu suchen oder ihn zu finden, weil sie in Lebensumstände eingebunden sind, die ihnen das nicht erlauben."

„Und vielen", Alberta blickte dabei Joan etwas spöttisch an, „fehlt auch der Verstand um darüber nachzudenken. Sie leben ein dumpfes Leben zur Befriedigung ihrer elementaren Bedürfnisse."

Joan schaute sie böse an.

„Du hältst uns Neger wohl für primitiv ? Und was bist du, was seid ihr eigentlich ? Die Weißen nennen euch doch Kanaken ! Das sagen sie ja noch nicht einmal zu uns Afrikanern. Und wie viele vegetieren denn bei euch in den Slums ? Und wie sieht es denn bei euch in Europa und auch in Amerika aus ? Wie viele kennen da nichts anderes als ihre Arbeit tun und den Feierabend mit Saufen und Fernsehen zu verbringen, wobei sie sich den billigsten Schund einziehen. Ihr habt gar keinen Grund so hochnäsig zu sein."

„Jetzt fangt nicht schon wieder damit an", unterbrach Karl sie, „trotz allem, auch wenn wir weit von der Erde entfernt und quasi Gefangene sind, wir haben die Chance unserem Leben dennoch einen Sinn zu geben. Wir haben schließlich Geistesfreiheit. Und das sollten wir nutzen und uns nicht gegenseitig das Leben vermiesen."

„Du hast gut reden", sagte jetzt Alberta, „dir macht das alles nichts aus. Und du hast ja auch deinen Spaß dabei, mit zwei Frauen. Und die da hat auch ihren Genuß, ist nicht allein. Nur ich habe die Nachteile. Auch wenn es nicht zu ändern ist, ärgern darf ich mich wohl noch."

Karl lachte.

„Freilich; du könntest dich mir aber auch verweigern. Dann hättest du mir einen Teil meines Spaßes genommen."

„Das würde dir so passen. Dann hättest du einen Grund mich ständig zu verspotten."

„Das ist nun aber einmal die Konstellation", meinte nun Joan, „zwei Frauen und ein Mann. Umgekehrt wäre es dir sicherlich lieber. Denke und fühle doch nicht so kleinkariert. Wir sollten uns wie vernünftige Menschen benehmen und ungezwungenen Umgang miteinander pflegen. Was ist schon dabei, wenn Karl auch ab und zu mit mir schläft. Du hast ja auch nicht immer Lust. Wichtig ist doch nur, daß wir offen und ehrlich miteinander umgehen und sich nicht zwei zusammenrotten um den dritten zu unterdrücken. Ist das denn so schwer zu begreifen?"

„Nein, das funktioniert nicht", wandte Alberta nun ein, „wenn ein Mann zwei Frauen hat, dann wird er letztlich immer eine von ihnen bevorzugen. Und ich habe keine Lust das fünfte Rad am Wagen zu sein."

„Und wie kommst du eigentlich darauf, daß ich Joan dir gegenüber bevorzugen werde?" entgegnete Karl.

„Ich weiß es", knurrte Alberta, wandte sich ihrer Tätigkeit zu.

Die Tür wurde geöffnet, ein Schreibtisch, ein Sessel und einige Büroausstattungsstücke wurden hereingebracht und aufgestellt. Nachdem dies erledigt war, setzte sich Joan an ihren Schreibtisch, nahm ihr Tablett in Betrieb, begann zu arbeiten.

Nach Dienstschluß kehrten sie zu ihrem Haus zurück. Joan holte sich Essen und ein Getränk aus dem Kühlschrank, begab sich dann in eines der bisher ungenutzten Schlafzimmer.

„Euer Gezänk geht mir echt auf dem Geist", begann Karl als er und Alberta am nächsten Morgen beim Frühstück zusammen am Tisch saßen, „ich verstehe ja voll und ganz, daß dir die Entwicklung nicht angenehm ist. Glaubst du vielleicht mir gefällt das ? Ich habe wirklich keine Lust im Spannungsfeld zweier verfeindeter, hysterischer Weiber zu leben. Warum müßt ihr euch eigentlich so unflätig beschimpfen ? Da fragt man sich doch, wer ..."

Er hielt inne.

„Du kannst ruhig fortfahren, '... wer von euch beiden primitiver ist'. Das wolltest du doch sagen. Oder etwa nicht ? Du bist doch auch nur so ein arroganter weißer Rassist, der uns für unterentwickelt hält. Bisher warst du nur scheinheilig, weil du mich umgarnen wolltest, aber jetzt hast du eine Alternative und legst deine Maske ab."

„Was redest du jetzt schon wieder daher. Mir paßt die Situation wirklich nicht."

„Wenn das so ist, dann tue doch etwas dagegen !" antwortete Alberta bissig.

„Und was soll ich tun ? Du hast doch gehört was Kalinna sagte."

„Wer ist schon Kalinna ? Die hat doch gar nichts zu bestimmen. Beschwere dich bei Professor Gorgol ! Gehe gleich morgen zu ihm hin ! Oder hast du keinen Mut ?"

Karl grinste.

„Wenn zwei Hyänen hinter einem her sind, dann fürchtet man den Löwen, der entgegenkommt auch nicht mehr. Gut, ich gehe zu ihm. Aber du kommst mir."

„Warum ? Brauchst du mich als Rückgratstütze ?"

„Nein, die brauche ich nicht. Ich bin mir aber sicher er wird es ablehnen Joan woanders unterzubringen. Und das sollst du selbst mitanhören. Sonst glaubst du mir ja doch nicht."

„Na gut", lautete die Antwort.

Die Stimmung zwischen ihnen war verdorben, besserte sich auch nicht an diesem Tag. Karl ging am Abend zum See, setzte sich am Ufer nieder, dachte nach.

Irgendwann kehrte er zurück. Alberta schlief in der Nacht nicht bei ihm. Sie hatte sich in das dritte Schlafzimmer zurückgezogen.

Der Professor empfing sie am nächsten Vormittag unfreundlich, bot ihnen nicht einmal Platz an, befahl ihnen zu warten. Kurze Zeit später trat Kalinna ein.

„Also", begann er, „ich habe Ihnen doch erklärt, daß Sie als einfache Mitglieder in die Akademie aufgenommen wurden und daß dies bereits eine große Auszeichnung und für Sie mit zahlreichen Privilegien verbunden ist. Was wollen Sie eigentlich sonst noch ? Ich sage Ihnen glasklar, darüber hinaus haben Sie keine Ansprüche oder Forderungen zu stellen, sondern Sie haben sich mit dem zufrieden zu geben, was Sie bekommen. Und es wurde beschlossen, daß Sie nun mit dieser Joan zusammenarbeiten und zusammenleben. Und an diesen Beschluß haben Sie sich zu halten, ob es Ihnen paßt oder nicht. Ansonsten haben Sie schon lange genug mein kostbare Zeit in Anspruch genommen. Gehen Sie also jetzt."

Alberta und Karl verließen den Raum.

„Na ja, da sieht man es wieder", Gorgol lächelte, „es war eine weise Entscheidung, daß wir hier auf Korias den Sexualtrieb ausgemerzt haben. Der führt nur zum Streit."

„Und was tun wir jetzt ?" wollte Kalinna wissen.

Gorgol zuckte mit den Achseln.

„Zunächst einmal gar nichts. Ich möchte erfahren, wie das weitergeht. Gegenseitig umbringen werden sie sich ja wohl nicht."

Kalinna wiegte den Kopf.

„Da bin ich mir nicht so sicher. Karl scheint zwar sehr kühl, handelt überlegt, aber die beiden Weibchen kommen mir äußerst hitzig vor. Das hatte ich nicht erwartet, das kann leicht zu einer gefährlichen Situation führen. Da müssen wir vorsichtig sein."

Gorgol überlegte kurz.

„Gut, wir installieren in dem Haus eine kleine Betäubungsgasanlage. Und wenn es gar nicht funktioniert mit den Dreien, dann trennen wir sie eben wieder in einigen Mensanen. Es sind nur Erdlinge, Versuchsobjekte, uns Kalgunen nicht gleichwertig. Vergiß das nie."

Nach außen hin verliefen die nächsten Mensanen ruhig. Alberta fügte sich dem Unvermeidlichen, übernachtete allerdings in 'ihrem' Schlafzimmer, wie sie es nannte. Joan hielt sich zurück. Und Karl unterließ alles, was neuen Streit auslösen konnte. Sie redeten nur das allernotwendigste, bemühten sich aber unvoreingenommen miteinander umzugehen, was jedoch nicht so recht gelang. Und daher entstand eine fast unerträgliche Spannung. Karl überlegte, was er tun könne um die Situation zu entschärfen, versuchte mit den beiden ins Gespräch zu kommen. Bei Joan fand er auch ein offenes Ohr, nicht aber bei Alberta. Die sagte bloß:

„Ich will nur eines. Die Negerin soll verschwinden."

Da seine Bemühungen erfolglos schienen, er aber auch keine Lust hatte, seine Abende in dieser angespannten Situation zu verbringen, konzentrierte er sich auf seine Arbeit, blieb bis spät im Arbeitszimmer, suchte das Haus nur zum Schlafen auf. Und er überlegte, wie er es anstellen könne, wenigstens für ein paar Tage dieser Situation zu entfliehen und ein bißchen Ruhe zu finden.

Als er wieder einmal Kalinna einen Bericht vorlegte, meinte er daher:

„Die letzten drei Mensanen waren recht anstrengend. Ich habe auch viel geleistet wie du siehst. Besteht nun die Möglichkeit ein paar Tage dienstfrei zu erhalten, Urlaub, wie wir das auf der Erde nennen."

„Wenn du die Insel kennenlernen möchtest, es ist kein Problem. Du besitzt ja völlige Bewegungsfreiheit. Es ist auch an der Zeit, dir ein paar Tage Urlaub zu gewähren. Ihr habt ohnehin nach zehn Arbeitstagen ein Anrecht auf zwei Tage Freizeit. Davon hast du bisher fast noch nie Gebrauch gemacht. Warum fragst du?"

„Ich bin jetzt bereits einige Zeit hier, habe aber von der Insel praktisch noch nichts gesehen. Ich möchte sie in der Tat kennenlernen."

„Und wieviele Tage brauchst du?"

Karl zuckte mit den Achseln.

„Ich denke fünf Tage im Anschluß an die nächsten freien Tage genügen."

„Gut, abgemacht; hinterlasse einfach eine Nachricht, wie lange du wegbleibst. Aber über eines solltest du dir im Klaren sein, du mußt laufen, ein Fahrzeug erhältst du nicht."

Der Tag des Aufbruchs zur Erkundung der Insel rückte näher.

Karl überlegte sich, daß es vielleicht doch nicht gut sei in schlechter Stimmung wegzugehen, sondern vorher eine Aussprache mit Alberta zu versuchen.

„Ich denke, es ist Zeit für eine endgültige Aussprache", begann Karl als er eines Abends Alberta auf der Terrasse traf. Er setzte sich neben sie ohne zu fragen.

„Unsere Situation ist auf Dauer nicht erträglich. Und wir müssen einfach einmal die Realität anerkennen. Warum sollten wir nicht zu dritt hier leben können, ohne Neid, ohne Eifersucht", fuhr er dann fort.

„Und wie stellst du dir das vor ? Zu dritt in einem Bett schlafen ?" wandte Alberta ein.

„Das ist eine Möglichkeit", lächelte Karl, „aber wir wir können es ja auch so handhaben wie bisher. Mußt du denn immer an Sex denken ? Jeder hat sein eigenes Zimmer und schläft allein."

„Und wenn du mit einer von uns Zweien bumsen willst, dann holst du sie für eine Nacht zu dir ?"

„Was spricht dagegen ?"

Alberta atmete tief durch.

„Du willst lediglich keine Entscheidung treffen", stieß sie hervor.

„Ich habe mich längst entschieden."

„So ?"

„Ja, ich kann es vor meinem Gewissen nicht verantworten Joan wegzuschicken. Wo soll sie denn hin ? Einen Partner für sie gibt es offenbar nicht, sie müßte also woanders als dritte Person untergebracht werden. Und was wäre die Folge ? Glaubst du vielleicht als dritte Person wäre sie woanders besser gelitten als bei uns ?"

„Vielleicht. Vielleicht aber auch nicht. Aber warum soll ich mir darüber Gedanken machen ? Sie geht mich nichts an. Ihr Schicksal ist mir völlig gleichgültig."

„Oder sie müßte alleine leben. In einer fremden Welt ! Da würde sie doch auf Dauer zerbrechen. Das will ich nicht."

„Das ist aber dann nicht unser Problem, die Außerirdischen hätten sie ja schließlich auf der Erde lassen können."

„Die Außerirdischen haben damit überhaupt kein Problem. Für sie sind wir ohnehin keine gleichwertigen Wesen."

„Daraus folgt doch, daß jeder zusehen muß wie er zurecht kommt. Rücksicht können wir da nicht nehmen."

„Das ist deine Position. Aber ich habe Joan als Mensch schätzen gelernt, genau so wie ich dich als Mensch schätzen gelernt habe. Und daher will ich sie nicht wegwerfen. Warum verstehst du eigentlich nicht, daß man mehrere Menschen wertschätzen kann ? Das ist weder eine Abwertung des einen noch des anderen. Für mich ist die Sachlage jedenfalls klar. Ich werde keine von euch beiden wegschicken."

„Keine von uns beiden wegschicken ?"

„Ganz recht, ich könnte Kalinna ja auch bitten, dir eine andere Bleibe zu verschaffen."

„Das würdest du tun ?"

„Das werde ich nicht tun."

„Ja, aber du hast doch eben gesagt ..."

„Was habe ich gesagt ? Ich habe gesagt, ich könnte es tun. Das ist aber eine Möglichkeit, die ich gar nicht in Betracht ziehe. Ich habe dir doch gesagt, daß ich keine von euch beiden wegzuschicken gedenke."

„Und was ist jetzt die Lösung des Problems ?"

„Ganz einfach; entweder, wir bleiben zu dritt zusammen oder eine von euch beiden geht freiwillig."

„Ich verstehe", zischte Alberta, „diese schwarze Kuh ist stur wie ein belgischer Ackergaul. Sie wird auf keinen Fall gehen. Ich soll also fort !"

„Du sollst gar nichts", entgegnete Karl, „es ist deine freie Entscheidung. Entweder du akzeptierst meinen Vorschlag oder zu ziehst die Konsequenzen."

Alberta starrte ihn an.

„Meine Rechte sind älter !"

„Rechte gibt es nicht, nur Anpassung an die gegebenen Verhältnisse. Du mußt dich allerdings nicht sofort entscheiden. Laß dir Zeit."

Alberta schwieg.

„Ich werde es überdenken. Laß uns morgen weiter diskutieren."

„Ich habe die Angelegenheit genau durchdacht", begann Alberta am nächsten Abend, „vielleicht hast du recht, wir sollten vernünftig sein, uns nicht von Gefühlen und Launen leiten lassen. Ich war meist ungerecht gegen Joan. Und sie hat ja auch offensichtlich wir nicht versucht uns auseinanderzubringen. Ich weiß zwar nicht, was ihr hinter meinem Rücken geredet und getrieben habt, aber dein Verhalten mir gegenüber war nicht anders als bevor sie kam. Du warst immer offen und ehrlich, Natürlich konntest du dich auch verstellen. Aber das traue ich dir nicht zu. Du bist kein Heuchler. Nun gut, ich bin zu der Überzeugung gekommen, daß es das beste ist, wenn wir uns arrangieren und zusammenhalten. Aber unterwerfen werde ich mich dieser Frau nicht!"

„Das ist eine vernünftige Entscheidung. Du sollst dich ihr auch gar nicht unterwerfen. Das verlangt niemand von dir. Aber sie soll sich dir auch nicht unterwerfen. Wir wollen alle auf gleicher Höhe stehen. Also arrangiere dich mit Joan. Laß mich aber bitte zuvor mit ihr reden. Sie soll dein Entgegenkommen ja nicht als Kapitulation auffassen."

„Mein Entgegenkommen?"

„Natürlich, ihr müßt ja miteinander reden. Das heißt, entweder muß eine von euch, in diesem Falle du, den ersten Schritt tun, da Joan dich nur als Ablehnende kennt oder ich vermittle ein Treffen, so daß keine von euch den ersten Schritt tun muß, keine sich als Bittstellerin, als die Unterlegene sieht. Wäre dir das recht?"

„Das klingt vernünftig."

„Hast du gewisse zeitliche Präferenzen?"

„Nein, mir ist jeder Abend recht; von mir aus schon übermorgen, je eher, desto besser."

„Gut."

Karl bat Joan am nächsten Abend um ein Gespräch.

„Um es kurz zu machen. Ich habe mich lange mit Alberta unterhalten. Sie sieht es mittlerweile ein, daß es das Beste ist, wenn wir zusammenbleiben."

„So? Auf einmal?" wunderte sich Joan.

„Nun ja", erwiderte Karl, „manchmal dauert es etwas länger bis man zur Einsicht kommt. Aber nun liegt es an euch. Ihr müßt euch aussöhnen, arrangieren. Deswegen reden wir jetzt ja auch miteinander. Ich will einen Termin vereinbaren, damit keine vor der anderen als Bittstellerin auftreten muß. Und so solltet ihr auch miteinander reden, auf gleicher Höhe. Verlangt keine Erklärungen oder Entschuldigungen, vergeßt Neid und Eifersucht, sondern redet über die Zukunft. Und wenn ihr das Bedürfnis habt, über das Vergangene zu sprechen, dann könnt ihr das später tun, wenn ihr euch wirklich ausgesöhnt habt; dann wird das auch anders verstanden; aber fangt nicht gleich beim ersten Treffen damit an, das würde nur zu gegenseitigen Vorwürfen führen und vermutlich in Streit enden. Haltet euch also ein bißchen zurück."

„Auf mich kannst du dich verlassen", sicherte ihm Joan zu, „du weißt, ich bin die Vernünftige gewesen in diesem Spiel."

„Verstehe mich nicht falsch", erwiderte Karl, „du warst sozusagen der Eindringling und Alberta verteidigte nur ihr Revier. Diesen Zustand wollen wir jetzt beenden."

Karl schwieg kurz.

„Über eines mußt du dir allerdings im Klaren sein. Ich schätze dich genau so sehr wie Alberta. Du bist mir auch eine gute Freundin, und wir sollten auch keine Geheimnisse vor einander haben. Aber ich liebe Alberta; ich rede jetzt nicht von Nächstenliebe, ich rede von der Liebe zwischen Frau und Mann. Und solch eine Liebe kann ich nicht aufteilen. Diese Liebe kann ich nur einem Menschen schenken. Alles andere wäre Verrat. Das bedeutet aber lediglich, daß ich zu dir keinen intimen Kontakt haben werde."

Joan blickte ihn skeptisch an.

„War das ihre Bedingung?"

„Nein, darüber haben wir nie gesprochen. Das ist meine Entscheidung, entspricht meiner Einstellung. Ich will kein Dreiecksverhältnis. Das mußt du akzeptieren, wenn du bei uns leben willst. Ich bitte dich nur, nicht mit Alberta darüber zu reden."

Joan schwieg eine Weile.

„Ich verstehe. Da wird mir wohl nichts anderes übrig bleiben als es zu akzeptieren."

„Es wird für dich sicher schwierig sein am Anfang, aber ich denke, du bist verständig genug um damit umzugehen."

91

10. Erkundung der Insel

Bisher hatte Karl lediglich das Akademiegelände bis hin zum Strand kennengelernt. Doch wie es sonst auf der Insel aussah, wußte er nicht. Er hatte bei Kalinna wegen der Möglichkeit der Gewährung von Urlaub angefragt, eine positive Antwort erhalten. Nun wollte er aber nicht einfach nur eine Nachricht hinterlassen, suchte sie daher am Tag vor seinem Aufbruch nachmittags auf um sich zu verabschieden. Sie sprachen ein paar Worte miteinander, dann öffnete sie eine Schreibtischschublade, zog einen Gegenstand hervor, der einer Pistole ähnlich sah.

„Es ist zwar nicht ganz den Gesetzen entsprechend, aber auch nicht wirklich verboten. Aber ich denke, du wirst damit keinen Mißbrauch treiben."

Sie überreichte ihm den Gegenstand.

„Das ist ein Paralysator. Er macht jedes Lebewesen für kurze Zeit bewegungsunfähig. Benutze ihn zu deinem Schutz. Es soll hier auf der Insel im Süden einige Raubtiere geben. Sie sehen euren Katzen ähnlich, sind aber viel größer, erreichen eine Schulterhöhe von einem Retem. Man nennt sie Ewoels. Nimm dich vor ihnen in Acht. Sie sind wirklich gefährlich. Zeige den Paralysator aber keinem Kalgunen."

Auf dem Heimweg nach Feierabend suchte Karl das Magazin auf, besorgte sich einen Rucksack, ein Zelt und eine warme Decke, packte dann ein paar Flaschen mit Getränken und einige Lebensmittel ein.

Am nächsten Tag brach er bereits am frühen Morgen auf. Die Akademiegebäude lagen in der Nähe der Küste, etwa einen Kiloretem vom Strand entfernt. Er wollte sich dem Landesinnern zuwenden. Er verabschiedete sich von Alberta und Joan.

„Wenn es die Möglichkeit gibt irgendwo zu übernachten, dann werde ich erst in etwa vier Tagen zurückkehren. Und ihr habt Zeit euch inzwischen ungestört auszusprechen."

Leichten Herzens marschierte er los. Er war froh für einige Zeit den Weiberstreit hinter sich lassen.

Der Weg führte zunächst durch die Parklandschaft in welcher die Akademiegebäude lagen, dann durch ein ausgedehntes Waldgebiet. Der Weg war anfangs eben, stieg nach einiger Zeit sanft an. Gegen Mittag erreichte er eine unbewaldete Hochebene. Auf ihr graste ein Herde Tiere, die wie eine Mischung aus Schafen und Ziegen aussahen, allerdings fast die Größe von Rindern erreichten. Die Tiere kümmerten sich nicht um ihn als er sich näherte und schließlich zwischen ihnen hindurchschritt. Sie waren absolut friedlich. Unweit, im Schatten eines einzelnen Baumes, lag eine Person. Es schien sich um einen Erdenmenschen zu handeln.

„Wahrscheinlich einer von denen, die sie für ihre Enzyklopädie der menschlichen Kultur nicht brauchen können", schoß es Karl durch den Kopf, „aber vielleicht haben sie ihm wenigstens einen Translator eingepflanzt und ich kann mich mit ihm unterhalten."

„Was sind das für Tiere ?" rief er der Person zu.

Die Gestalt richtete sich auf. Es schien sich um einen jüngeren Mann zu handeln.

„Sie heißen Taribosinen", lautete die Antwort, „sie liefern Fleisch und Milch und aus ihren Zottelhaaren spinnen sie Garn."

Der Mann lächelte.

„Die Stoffe aus dem Garn sind kostbar. Die führenden Leute hier lassen sich daraus ihre Gewänder fertigen. Das hebt sie von denen ab, die im Rang unter ihnen stehen und nur Gewänder aus künstlichen Fasern erhalten."

„Ich heiße Karl. Ich arbeite für die Akademie, habe aber jetzt ein paar Tage frei, die ich nutzen möchte um sie Insel etwas näher kennenzulernen. Und was machst du hier ?" fragte Karl nun um das Gespräch fortzusetzen.

Das war natürlich nur als Anknüpfungspunkt gedacht, denn er vermutete ja, daß es sich um einen Hirten handelte.

„Ich hüte die Tiere", lautete die Antwort, „das ist kein stressiger Job. Die sind friedlich, laufen nicht weg. Und Raubtiere gibt es auch nicht. Ich muß sie nur morgens hierher und abends zurücktreiben. Ansonsten habe ich meine Ruhe. Ich heiße Tobias."

„Ich bin Deutscher, ohne Migrationshintergrund", fuhr nun Karl fort,

„und du ?"

„Ich habe auch in Deutschland gelebt", lautete die Antwort.

„Dann bist du also ein Landsmann."

Tobias verzog das Gesicht, als sei ihm der Ausdruck unangenehm, sagte aber nichts. Doch Karl verstand.

„Und dich haben sie auch von der Erde hierher mitgebracht ?"

„Ja."

„War sicher ein Versehen", meinte Karl spöttisch.

Tobias blickte ihn leicht giftig an, sagte aber nichts.

Karl schwieg auch.

„Ich weiß, was du denkst", begann Tobias nach kurzer Zeit, „warum haben sie einen Erdenmenschen durch das halbe Universum befördert um ihn dann als Hirten für eine Mischung aus Schafen und Ziegen einzusetzen ? Du hältst mich wohl für eine jener Luschen, die sie zwar erst einmal eingesammelt haben, aber dann merkten, daß sie zu nichts zu gebrauchen sind. Ja, sie können mit mir nichts anfangen, aber nicht weil ich eine Lusche bin. Was sind das denn für Wesen ? Das sind doch nur abgestumpfte Kreaturen; sie mögen zwar über ein bißchen Intelligenz verfügen, auch über gewisse technische Fähigkeiten, uns Menschen darin überlegen sein. Aber sie sind unfähig zum selbständigen Denken, nicht kreativ, sondern stumpfsinnig. Was dem widerspricht was ihnen als Ideologie oder Geisteshaltung eingetrichtert wurde, das verstehen sie nicht, das wollen sie auch gar nicht verstehen, das lehnen sie ab. Ja, sie hören nicht einmal zu, wenn man ihnen etwas erklären will. Sie wollen von uns nur das erfahren, was in ihr eigenes geistiges Schema paßt, daß heißt, sie wollen nur das bestätigt haben, was sie ohnehin wissen oder wissen möchten. Etwas Neues wollen sie nicht lernen."

„Und damit hattest du wohl Probleme ? Und was meinst du jetzt konkret ? Ich habe solche Erfahrungen jedenfalls nicht gemacht."

„Weißt du, ich bin Historiker, spezialisiert auf die Geschichte des 'alten Orients' und Ägyptens. Ich besitze auch umfangreiche Kenntnis der präkolonialen Geschichte Afrikas. Ich wurde einem Professor Solonema zugeführt, sollte an einer Enzyklopädie der Geschichte Asien mitarbeiten, aber die Zusammenarbeit klappte nicht so recht. Er leitet zwei

Arbeitsgruppen, wenn ich sie einmal so nennen darf, eine beschäftigt
sich mit der Geographie, der Völker, der Kulturen und der Geschichte
Asiens, die andere mit Amerika. Ich fragte ihn, warum es keine Arbeitsgruppe für Afrika gibt. Und er erklärte mir, die gebe es schon, die
gehöre aber zu einer anderen Abteilung. Ich meinte nun, dann könne
man mich ja in diese Abteilung schicken. Sein Gesicht verfinsterte sich
daraufhin und er erklärte barsch, du gehörst mir, entweder du arbeitest
an der Enzyklopädie über Asien oder du machst irgendwelche Drecksarbeit. Der Tonfall erschreckte mich, ich wagte daher nicht nach dem
Grund zu fragen, fügte mich. Aber dann gab es Streit, denn Hashvili, so
hieß der Leiter der Gruppe, war nur an einer Glorifizierung der
Geschichte und der Kulturen interessiert und die anderen schwammen
auf seiner Linie. Du verstehst, was ich meine ?"
Karl zuckte mit den Achseln.
„Nein."
„Also", erklärte Tobias nun, „ich meine damit die Darstellung großer,
glänzender Reiche, militärischer Siege, große Kulturleistungen. Aber
die tatsächlichen Dinge sollten ausgeklammert werden."
„Und was sind die tatsächlichen Dinge ?"
„Stell dich jetzt nicht so naiv an. Das sind die gesellschaftlichen Ver-
hältnisse, Unterdrückung, Ausbeutung, Sklaverei, Diskriminierung von
Frauen und von Menschen aufgrund ihrer persönlich empfundenen
Geschlechtszugehörigkeit, ihrer Rasse, ihrer Religion und so weiter. Ich
sprach mit Professor Solonema darüber. Er sagte mir, mein Geschwätz
interessiere ihn nicht, ich stehle ihm nur die Zeit. Er habe die Leitung
des Projektes Hashvili übertragen und der bestimme den Inhalt der
Enzyklopädie. Der ließ aber nicht mit sich reden. Ich schrieb trotzdem
einen Bericht über meine Vorstellungen, eher den Entwurf eines Kon-
zeptes, welches meine Ideen und Vorstellungen enthielt, die ich ein-
bringen wollte. Aber er lehnte es ab, die Sachen in die Enzyklopädie
aufzunehmen, da sie nicht in seine Vorstellungswelt paßten. Ich suchte
dann Professor Solonema auf, erklärte ihm, unter diesen Umständen
hätte ich kein Interesse an einer Zusammenarbeit mit Hashvili und der
antworte bloß, dann habe ich hier nichts mehr zu suchen. Und bereits
am nächsten Morgen erschienen zwei Gestalten, forderten mich auf

mitzukommen, brachten mich hierher."

Er pausierte kurz.

„Wenigstens habe ich hier meine Ruhe. Aber es ist doch frustrierend: all meine Vorstellungen von Multikulturalität, Genderismus, offenen Grenzen, Feminismus, Antirassismus, Toleranz, Vielfalt und so fort stießen auf Unverständnis. Und als ich Hashvili sagte, bei der Abfassung der Berichte auf eine geschlechter- und diversitätssensible Sprache achten, denn dies sei wesentlich für eine Schärfung des Bewußtseins für Vielfalt, auch Geschlechtervielfalt, hat er mich ausgelacht. Die beiden Typen, die mich abholten, sagten dann, man hätte keine nützliche Verwendung für mich, man zweifele wegen meines unverständlichen Geschwafels, so drückten sie sich aus, an meinem Verstand. Mir werde das Hüten der Tiere übertragen. Dazu sei kein Verstand erforderlich, viel brauche ich da nicht auch nicht zu tun. Ich müsse sie morgens zur Weide bringen, die umzäunt sei, und sie abends in ihren Stall zurückführen."

Karl lachte.

„Du befindest dich hier nicht an einer deutschen Universität, sondern in einer völlig anderen Welt, bei Lebewesen mit völlig anderer Lebenseinstellung und Lebensweise. Und du mußtest auch mit Menschen aus anderen irdischen Kulturkreisen zusammenarbeiten. Wie kannst du da glauben, daß Lebensvorstellungen und Gesellschaftsideologien einer kleinen Minderheit in Europa und Amerika sie interessieren ? Sei doch nicht so naiv ! Selbst auf der Erde, in Afrika und in Asien interessiert sich doch kaum jemand für euren Geistesschrott, den sich irgendwelche akademischen Kathederfurzer zusammengereimt haben. Wie kannst du da denken, daß dieses Geschwätz auf einem fremden Planeten mit Interesse aufgenommen wird ?"

Tobias verzog das Gesicht.

„Du wertest also unsere Denkweise, die sich an Toleranz, Buntheit, Vielfalt, Diversität, Inklusion, Ablehnung jeglicher Diskriminierung, Ablehnung jeglicher Art von Rassismus und so fort orientiert als Geschwätz ab ?"

„Ja, was ist es denn anderes als das Gelaber einiger intellektueller Kathederfurzer, die von nichts Ahnung haben, noch nie in ihrem Leben

eine sinnvolle Arbeit geleistet haben, die sich für intelligent und gebildet halten, es aber nicht im geringsten sind. Das ist doch eine Geisteshaltung Degenerierter, denen der Staat oder irgendwelche Organisationen Positionen gewähren, in denen sie recht gut verdienen, aber nicht wirklich nützliche Arbeit leisten müssen. Und aufgegriffen werden solche Lehren von Leuten, die Staat und Gesellschaft zerstören. Und leider gibt es genügend Dummköpfe, die ihnen hinterherlaufen, weil sie glauben ihre Verführer würden ihnen das Heil bringen. Nein, nein, mit solchem Ungeist findet ihr doch nur untereinander Zustimmung. Aber geht doch einmal aus euren Studierstuben heraus, redet mit Menschen, die hart arbeiten müssen, auf dem Bau schuften, Mülltonnen leeren, redet mit Verputzern, Installateuren und anderen Handwerkern, redet mit Gärtnern, Landwirten, mit Frauen, die in Supermärkten an der Kasse sitzen, da werdet ihr rasch merken, daß sie für euer Geschwafel nichts übrig haben. In Wirklichkeit beweihräuchert ihr euch doch nur gegenseitig als Gutmenschen, aber gut sein wollt ihr doch nur auf Kosten der anderen. Etwas Vernünftiges bekommt ihr nicht zustande. Aber was ereifere ich mich deswegen, die Erde ist hundert Lichtjahre entfernt und hier spielt das alles keine Rolle. Hüte deine Taribosinen. Damit tust du auch eine unnütze Arbeit. Die grasen hier auf einer umzäunten Weide und brauchen eigentlich gar keinen Hirten."
Tobias wandte sich von ihm ab.
„Ihr Multikultis wollt eine Welt, eine Zivilisation, eine Kultur, eine Lebensideologie, eine Lebensweise", fuhr Karl fort, „natürlich muß es jene sein, die ihr aus der degenerierenden, sich schon im Niedergang befindlichen 'abendländischen' Zivilisation, beziehungsweise dem, was ihr Kultur nennt, extrahiert habt. Und die soll sich über die gesamte Welt verbreiten ! Und alle anderen Völker sollen ihre eigenen Kulturen auf den Müll werfen und die dekadente westliche Geisteshaltung in sich aufnehmen. Und dabei redet ihr von Diversität, erkennt aber nur eure eigene Ideologie an. Wie soll denn das funktionieren ? Eure Diversität führt doch nur zu einer Zersplitterung der Gesellschaft und jede Gruppe schafft sich dann ihre eigenen Gesetze. Und ihr nehmt das hin, nennt das Toleranz und merkt dabei gar nicht, daß euch andere immer mehr beherrschen. Die Europäer sind in dieser Hinsicht schon auf den Status

von Helotenvölkern oder Fellachenvölkern herabgesunken, die es nicht mehr wagen ihre eigenen Interessen zu vertreten, keine eigenen Politik mehr betreiben, sich darin gefallen sich zu unterwerfen. Die Amerikaner sind zwar auch degeneriert, in ihnen ist aber noch die Idee der Weltherrschaft wach, der Weltherrschaft der Degenerierten. Ihre technische Überlegenheit gegenüber den meisten Völkern Afrikas und Asiens setzen sie in militärische Überlegenheit um, insbesondere in Form der Luftwaffe oder Drohnen, mit denen sie ferngelenkt von sicheren Orten aus ihre Ziele attackieren. Dazu ist kein Mut erforderlich. Eure Helotenideologie, diese geistigen Ergüsse der Westler, die sich für intelligent halten aber bestenfalls intellektuell sind, kommt allerdings nur bei Helotenvölkern an. Alle anderen lehnen sie ab, insbesondere die islamischen Völker, die Russen, die Chinesen, die Inder. Bisher ist allerdings nur der Konflikt mit dem Islam wirklich offen sichtbar. Das liegt an politischen Reibereien zwischen dem Westen und islamischen Ländern, gespeist auch durch die Feindschaft zwischen den meisten islamischen Ländern und Israel. Es liegt aber auch daran, daß der Islam bereits tief nach Europa eingedrungen ist. Und der Konflikt macht sich in Exzessen und Terroranschlägen sichtbar. Kulturelle Gegensätze gibt es aber auch zu Rußland, China, Indien. Diese Konflikte aufgrund der Ablehnung der 'westlichen Werte' sind weniger sichtbar, laufen eher im Verborgenen, da es ihnen im Moment nicht darum geht, ihre Wertvorstellungen nach Europa zu transferieren, möglicherweise haben sie das auch gar nicht vor, sondern wollen ihre Völker vor der Zersetzung durch importierte westliche Dekadenz zu bewahren. Jetzt sei nicht eingeschnappt, denke lieber über das nach, was ich gesagt habe und ziehe die Konsequenzen. Und merk dir eines: das ist hier alles irrelevant. Du bist hier auf einem fremden Planeten unter Außerirdischen, die auf einer anderen Zivilisationsstufe stehen und anders denken. Und vor allen Dingen: sie bestimmen, was du zu tun und zu lassen hast."

„Laß mich in Ruhe", knurrte Tobias, „du bist doch nur so ein dumpfhirniger Nazi, der nichts kapiert. Du beschimpfst Menschen, die sich über Staat und Gesellschaft und das friedliche und diskriminierungsfreie Zusammenleben der Menschen Gedanken machen als Faulpelze und Sesselfurzer, die nichts zustande bringen, nur weil du zu blöde bist

zu verstehen, was sie sagen. Du verfügst doch über keine Bildung !
Wer bist du denn ? Was leistet du denn ? Du hast dich doch bei den
Koriasnern eingeschleimt um das Privileg zu erhalten dich frei auf der
Insel zu bewegen. Wie tief bist du ihnen denn in den Arsch gekrochen ?
Dabei bist du doch nur ein Dummkopf, ein Hetzer ! Du bist dumpf-
hirnig ! Du bist widerwärtig."
Eine weitere Diskussion hatte wohl keinen Sinn. Karl zog weiter.
„Den habe ich verprellt", sagte er nach einer Weile zu sich selbst, „das
ist dumm. Er hätte mir sicher Auskunft darüber geben können, wo ich
ein Nachtquartier finde und etwas zu Essen zu bekommen wäre auch
nicht schlecht. Andererseits, die Herde muß ja nachts irgendwo untergebracht werden und er wird kaum unter freiem Himmel schlafen.
Sicherlich gibt es hier in der Nähe ein Dorf oder eine Art Bauernhof.
Ich werde mich umsehen."

Diese Hoffnung erfüllte sich aber nicht. Und so baute er als es dunkelte
am Rande eines Wäldchens sein Zelt auf. Am frühen nächsten Morgen
zog er weiter. Bald erreichte er eine bewaldete Hügelkette. Er bestieg
sie. Von einer lichten Stelle auf der Höhe erblickte er eine weite, von
zahlreichen Bäumen durchsetzte Graslandschaft. In der Ferne glitzerte
das Meer. Er stieg den Hügel herab. Als er die Ebene erreichte und den
Wald verlassen hatte, erblickte er nicht allzu weit entfernt ein kleines
Männchen. Es hatte sich niedergekniet, schien Kräuter zu zupfen, die es
dann in einen Tragekorb legte. Neugierig geworden näherte sich Karl
ihm. Er mochte wohl noch etwa zwanzig Schritte entfernt sein, da
bemerkte ihn das Männchen, brach seine Arbeit ab, schnallte hastig den
Korb auf den Rücken, schickte sich an davon zu laufen. Karl beschleunigte seine Schritte.
„He, warte; wer bist du ? Hab keine Angst, ich tue dir nichts !" rief er
ihm zu.
Doch das Männchen achtete nicht darauf, lief weg. Karl rannte ihm
hinterher, doch ihm wurde rasch klar, daß er das Männchen nicht einholen würde, denn es flitzte mit einer Geschwindigkeit davon, die ihm
Karl niemals zugetraut hätte.
„Mir bleibt keine andere Wahl", sagte sich Karl, zog den Paralysator

aus dem Gürtel und richtete ihn auf den Zwerg. Der erstarrte. Karl näherte sich ihm. Das Kerlchen war etwa einen Meter groß, besaß aber einen recht dicken Kopf. Sein Gesicht wirkte häßlich. Karl setzte sich nieder, wartete. Nach einiger Zeit löste sich die Erstarrung.

„Du brauchst keine Angst vor mir zu haben. Ich tue dir nichts", wiederholte Karl.

Er hoffte, daß der Zwerg ihn verstehen würde. Das Männchen zitterte vor Angst.

„Beruhige dich, hab keine Angst, ich tue dir wirklich nichts. Wer bist du eigentlich ?"

„Gnomo", lautete die Antwort.

„Und woher kommst du ?"

„Dahinten."

Er zeigte dabei auf eine kleine Siedlung, die Karl bisher noch nicht aufgefallen war.

„Und was machst du hier ?"

„Kräuter sammeln für die Bunnilies."

„Bunnilies ? Was sind Bunnilies ?"

„Das sind Tiere. Wir hüten sie, wir füttern sie, wir säubern ihre Ställe. Und ich sammele Kräuter. Die geben wir ihnen auch zu fressen, damit sie nicht krank werden."

„Und was macht ihr mit den Bunnilies ?"

„Wenn sie groß genug sind, dann geben wir sie den Weibern. Die fressen sie dann."

„Welchen Weibern ?"

„Unseren Weibern. Ich muß aber jetzt zurück."

„Gut, ich werde dich begleiten. Und du, ißt du auch Bunnilies ?"

„Nein, wir Männchen fressen nur Brei."

Sie schritten nun in Richtung der Siedlung. Er fragte sich, was das wohl für ein merkwürdiges Geschöpf sein könnte. Dann fiel ihm ein, daß Kalinna einmal erwähnte, sie hätten auf ihrer Expedition noch eine zweite intelligente Lebensform entdeckt. Das Männchen war wohl so ein Exemplar, klein und offensichtlich dumm, wie beschrieben. Sie sagte damals allerdings, sie hätten ihre Sprache noch nicht analysiert. Das lag aber einige Mensanen zurück. Vermutlich war es mittlerweile gelungen ihre Sprache zu entschlüsseln und sie hatten ihnen dann auch Translatoren eingebaut

„Wo kommst du her ?" fragte Karl nach einiger Zeit.

„Von davorn, das sagte ich doch."

„Nein, das meine ich jetzt nicht. Warst du schon immer dort ?"

„Nein."

„Und wo warst du vorher ?"

„In einer Stadt."

„In welcher Stadt ? Hier auf Korias ?"

„Ich weiß nicht ?"

„Und wie bist du hierher gekommen ?"

„Ich weiß nicht ?"

Das Kerlchen war wirklich dumm. Es hatte wohl keinen Zweck weiter zu fragen. Aber vielleicht konnte er in der Siedlung näheres erfahren, auch ein weibliches Exemplar zu Gesicht bekommen.

Nach einer Weile tauchte in der Ferne eine Gestalt auf. Als Gnomo sie erblickte, erschrak er, begann zu zittern, beschleunigte seine Schritte.

„Was ist ?" rief ihm Karl zu.

„Ein Weib", stieß er hervor, „sie wird mich schlagen, töten, fressen."

Er rannte weg. Karl hatte keine Lust hinter ihm her zu rennen, da er ihn doch nicht einholen würde, wollte aber auch nicht ein zweites Mal den Paralysator einsetzen. Er ließ ihn laufen. Die Gestalt näherte sich ihm rasch. Sie mochte etwas größer sein als er, vielleicht zwei Meter, schien kräftig, soweit er das beurteilen konnte, denn sie trug ein weites, weißes Gewand, ähnlich dem seinen.

Er schauerte etwas als er sie genau erkennen konnte, denn sie besaß drei Augen, eines mitten auf der Stirn, und vier Arme. An dem jeweils unteren Arm befanden sich ein Daumen und zwei Finger, an den oberen Armen ein Daumen und drei Finger. Karl ergriff den Paralysator.

„Für alle Fälle", dachte er.

Die Gestalt hatte das wohl gesehen, denn sie rief nun:

„Kein Angst, Fremder. Ich fresse dich nicht. Du bist schließlich kein Perriloboro-Männchen."

„Perriloboro-Männchen ?" rief ihr Karl entgegen, „wer sind die ?"

„Das sind doch die Männchen unseres Planeten Antorrobia. Der kleine

Kerl, der da hinten läuft, ist einer von ihnen. Ich heiße Marraballahara. Und wer bist du?"

„Ich heiße Karl."

Sie schaute ihn scharf an. Karl hielt noch immer den Paralysator griffbereit.

„Ein Kalgune bist du nicht", sagte sie dann, „du siehst ihnen zwar ähnlich, hast aber keine rosige Gesichtsfarbe und außerdem braune Haare."

Sie überlegte kurz.

„Vermutlich bist eines von den anderen Wesen, die sie mitgebracht haben, ein Erdling."

„Wie kommst du darauf?"

„Professor Terscko, mit dem wir zusammenarbeiten, hat uns einmal von intelligenten Erdlingen berichtet. Zu Gesicht habe ich aber bisher noch keinen bekommen."

„Ja, ich bin ein Erdenmensch", lächelte Karl, „und du gehörst wohl zu der anderen Gruppe intelligenter Wesen, die sie mitgebracht haben, aber dieser Gnom schien mir nun überhaupt nicht intelligent. Er wußte nicht einmal woher er kommt."

Marraballahara verzog das Gesicht.

„Er ist ja auch ein Männchen."

„Und Männchen sind bei euch nicht intelligent?"

„Nein, wozu auch. Sie müssen doch lediglich ihren Samen abliefern. Und dann haben sie ihre Aufgabe erfüllt. Wozu soll man sich also Mühe mit ihnen geben, ihnen Wissen vermitteln, sie lesen und schreiben zu lehren? Und schwere Arbeiten können sie nicht verrichten. Dazu sind sie zu schwach."

„Und ihr habt keine andere Verwendung für sie."

„Nein, wenn sie ihren Samen abgeliefert haben, dann töten wir sie und essen sie nach der Begattungszeremonie bei einem Festmahl auf. Das ist immer eines großes Ereignis."

Das klang ja entsetzlich, obwohl sie das so gleichmütig daher gesagt hatte. Karl wußte nicht so recht, was er darauf erwidern sollte, fragte daher.

„Und das reicht zur Arterhaltung, wenn sie einmal ihren Samen abgeliefert haben."

„Ein begattetes Weib bekommt fünf bis sieben Junge, das reicht, das wissen wir aus Jahrtausende langer Erfahrung. Und ein Weib wird auch nur einmal begattet. Sie ist ja auch nach der Geburt der Jungen nicht mehr befruchtungsfähig."

„Aber hier scheint es doch zahlreiche Männchen zu geben."

„Ja, leider. Die Kalgunen wußten nichts von unseren Gebräuchen. Sie nahmen etwa die gleiche Zahl Weibchen und Männchen mit, aber von den Weibchen war der größte Teil schon einmal begattet. Deswegen sind zahlreiche Männchen übrig, eigentlich überflüssig. Das paßt uns natürlich nicht. Und wenn wir eines erwischen, dann schlachten wir es und essen es auf. Die Kalgunen verhindern das natürlich wo sie können. Sie haben uns daher getrennt."

Sie verzog das Gesicht.

„Dabei können sie mit denen doch auch nichts anfangen. Zum Arbeiten sind sie zu schwach und über unsere Kultur und Zivilisation wissen sie nichts, beide werden ausschließlich von uns Weibern getragen."

„Dieser Gnomo sammelte Kräuter; er sagte, daß sie Bunnilies versorgen, die sie dann den Weibern zum Schlachten geben."

Sie schwieg kurz.

„Ich habe dir jetzt viel über uns erzählt, wie sieht das eigentlich bei euch auf der Erde aus?"

„Das wird eine längere Geschichte, setzen wir uns."

Karl berichtete. Marraballahara hörte aufmerksam zu, stellte zwischendurch Fragen, berichtete dann auch einiges über ihre Lebensweise.

„Komm mir mir", meinte sie schließlich, „die anderen Weiber möchten dich sicher auch kennenlernen und vieles von dir erfahren."

Karl blickte skeptisch.

„Du brauchst keine Bedenken zu haben. Wir fressen dich nicht auf."

Doch Karl war die Sache trotzdem nicht geheuer.

„Ich danke für die Einladung, mißtraue dir auch nicht. Doch ich will die Insel erkunden und ich habe nur wenig Zeit. Ich muß also weiter. Ich werde aber Professor Gorgol, den Leiter unserer Abteilung fragen, ob er ein Treffen arrangieren kann. Dann können wir uns noch viel ausführlicher unterhalten."

Er erhob sich.

„Leb wohl."

Dann setzte er seinen Weg in entgegengesetzter Richtung zum Meer hin fort, dachte über das Gespräch mit Marraballahara nach.

„Sie kennen Metallverarbeitung, Städte, Wasserversorgung, Kanalisation, Straßen, Wagen, Zugtiere, die großen Hunden ähneln und vieles mehr. Ihr Zivilisationsstand entspricht etwa dem der Römerzeit, schätze ich. Gern möchte ich auch Näheres über ihre Denkweise, ihre Religion, Dichtkunst, Musik und so weiter erfahren. Vielleicht ist wirklich ein Treffen möglich. Ich werde mit Kalinna darüber reden. Aber ist das sinnvoll ? Sie hat uns im Raumschiff bewußt ihre Existenz verschwiegen, uns nur gesagt, sie hätten auf einem Planeten M1 Leben gefunden, aber keine intelligenten Lebewesen. Später hat sie sich offenbar verplappert, dann als Ausrede vorgebracht, sie habe damals von diesen Wesen noch nichts gewußt."

Drei Linkane später erreichte er den Strand. Es begann langsam zu dunkeln. Er schlug sein Zelt in der Mitte eines nahen Hains auf, legte sich bald schlafen.

Karl erwachte kurz nach Sonnenaufgang, frühstückte, ging dann zum Strand hin. Klares Wasser, leichter Wellengang, Blick auf eine sich schier unendlich weit erstreckende See. Irgendwelche Inseln in der Ferne waren nicht zu erkennen. Karl zog die Schuhe aus, ging vorsichtig ein Stück ins angenehm warme Wasser, er verspürte Lust zum Baden, fürchtete allerdings, es könnten sich im Meer gefährliche Lebewesen aufhalten, unterließ es daher, kehrte bald zum Strand zurück.

Dann marschierte er weiter, erreichte nach einiger Zeit einen größeren Wald, der tierreich schien. Zahlreiche kleine Tiere, sie hatten etwa die Größe und Gestalt von Hasen, liefen herum. Ihre Beine waren allerdings gleich lang, sie hoppelten also nicht. Eine andere Tierart besaß etwa die Widerristhöhe von Schweinen, allerdings einen viel längeren Körper und sechs Beine. Diese Wesen waren aber völlig harmlos, Karl konnte sich ohne Bedenken zwischen ihnen hindurch bewegen. Dennoch hielt er seinen Paralysator stets griffbereit. Als er eine kleine Lichtung erreichte, verspürte er plötzlich einen stechenden Geruch. Er pirschte näher, hielt sich aber stets hinter einem Baum in Deckung. Auf der Grasfläche standen regungslos drei Tiere, die aussahen wir große Katzen, zwei weitere lagen auf dem Boden.

„Das müssen die Ewoels sein", schoß es ihm durch den Kopf, „ich gehe besser nicht näher heran."

Er zog sich vorsichtig zurück, die Tiere aber schienen träge, beachteten ihn nicht. Trotzdem blieb er vorsichtig, umging die Lichtung in einem weiten Bogen.

Der Wald änderte bald sein Aussehen. Die hohen, oft recht nahe beieinander stehenden Bäume, die ein dichtes Laubkleid trugen, verschwanden, er wanderte nun durch eine Landschaft, die locker mit kleinen Bäumen, welche Früchte trugen, durchsetzt war. Diese sahen verlockend aus, Karl wußte aber nicht ob sie genießbar sind. Er war aber neugierig, pflückte eine Frucht, kostete. Sie schmeckte herrlich süß, jedoch wagte er nicht sie vollständig zu essen.

Bald endete der Wald und er entdeckte in der Ferne eine Siedlung.

„Vielleicht erhalte ich dort Essen und Trinken, denn meine Vorräte sind bereits ziemlich erschöpft", sagte er sich.

Der Ort bestand aus zahlreichen Häusern, die denen auf dem Akademiegelände stehenden recht ähnlich sahen. Einige Personen, sie schienen Koriasner zu sein, standen auf dem durch die Siedlung führenden Weg, unterhielten sich. Als sie ihn gewahrten, warfen sie ihm feindselige Blicke entgegen.

„Kann ich hier etwas zu essen und zu trinken bekommen", rief er ihnen zu.

Doch sie antworteten nicht, bedeuteten ihm lediglich mit einer Handbewegung, daß er gehen solle. Er wunderte sich ein bißchen darüber, setzte dennoch seinen Weg fort. Ein Mann kam auf ihn zu, sagte, er solle ihm folgen. Er führte ihn in einen Büroraum.

„Was machst du hier? Du bist doch ein Erdling."

„Ich erkunde die Insel. Das ist mir erlaubt. Hier ist meine Erkennungsmarke."

Er reichte sie dem Mann. Der hielt sie vor ein Gerät, sagte dann bloß.

„Du hast recht. Aber daß du es darfst bedeutet noch lange nicht, daß du es sollst. Gehe also. Ihr Erdlinge seid uns fremd. Wir mögen euch nicht unter uns haben."

Karl verließ den Büroraum, verließ die Siedlung. Es begann bald zu dunkeln. Am Rande eines Hains schlug er sein Zelt auf, verzehrte die Vorräte, die er noch besaß. Dann legte er sich schlafen.

Am nächsten Morgen verspürte er Hunger und Durst, doch die Lebensmittel und Getränke, die er mitgenommen hatte, waren aufgebraucht. Er beschloß daher zum Akademiegelände zurückzukehren, das er am späten Vormittag erreichte. Alberta und Joan waren nicht anwesend. Er stärkte sich kurz, begab sich dann auf die Terrasse, setzte sich in einen Sessel, ließ das Erlebte noch einmal vor seinem geistigen Auge passieren.

Am Nachmittag suchte er Kalinna auf, gab ihr den Paralysator zurück. Er schilderte ihr das merkwürdige Verhalten der Kalgunen in der Siedlung.

„Was wunderst du dich eigentlich ? Du bist ein Extrakoriasner, ein Fremdkörper. Wie würdet ihr Erdlinge euch denn uns gegenüber verhalten ? Doch sicherlich auch nicht anders."

Dann schilderte er ihr die Begegnung mit Marraballahara.

„Sie sieht zwar etwas unheimlich aus mit ihren drei Augen und vier Armen. Und ihre Sitte, die Männchen nach dem Begattungsakt zu schlachten und bei einem Festmahl zu verzehren, das ist äußerst befremdlich. Aber dennoch scheinen sie mir auf einer Zivilisationsstufe zu stehen, wie sie auf der Erde vor etwa zweitausend Jahren unserer Zeitrechnung herrschte. Ich möchte gern mehr über ihre Kultur erfahren. Ist es möglich ein Treffen mit ihr zu arrangieren ? Ich wollte nicht mit ihr gehen, hatte Bedenken. Verstehst du ? Ich traute ihr nicht so richtig und wollte nicht in einem Kochtopf oder an einem Bratspieß enden."

Kalinna lächelte.

„Du bist wißbegierig. Du sollst aber uns Kalgunen über eure Kultur auf der Erde berichten und dich nicht mit Kulturen auf anderen Planeten beschäftigen. Das steht dir nicht zu. Aber selbst bei gutem Willen wird es nicht möglich sein ein Treffen zu arrangieren. Die Erforschung der Kultur der Lebewesen auf Antorrobia unterliegt Professor Terscko, dem Leiter der Ersten Abteilung. Er und Professor Gorgol haben kein gutes

Verhältnis zu einander, sind Konkurrenten. Beide wollen in die Klasse der 'Herrschenden' aufgenommen werden. Professor Terscko wird also niemals die Zustimmung zu einem Treffen geben, da er fürchten muß, daß Professor Gorgol dann Kenntnisse erhält, die ihm seiner Ansicht nach nicht zustehen, und er sie auch in seinen Berichten an die Akademie ausbreitet um seine Karriere zu fördern. Da brauche ich gar nicht anzufragen."

Während Karls Abwesenheit hatte Kalinna Alberta und Joan zu sich bestellt.

„Also, so geht das nicht weiter", begann sie, „ihr habt euch alle untereinander zerstritten, nur weil ihr zwei Weiber euch nicht einen Mann teilen wollt. Was ist denn da schon dabei? Stellt euch nicht so an. Mir könnten eure Streitereien gleichgültig sein, wenn eure Arbeit nicht darunter litte. Seit fast drei Mensanen habt ihr beide nicht viel Brauchbares zustande gebracht. Und Karl auch nicht. Der sitzt zwar bis spät abends im Büro, aber was er abliefert ist völlig konfuses, wertloses Zeug. Er hat zwar immer fleißig Berichte geschrieben und abgeliefert, aber Professor Gorgol war nicht zufrieden. Mit seinen Gedanken ist er jedenfalls woanders. Das muß sich ändern oder es gibt Ärger und zwar hauptsächlich für euch. Wenn ihr nichts ordentliches abliefert, dann wird das Projekt eingestellt und ihr werdet irgendwelche Drecksarbeit verrichten."

„Der Fehler lag nicht bei uns, sondern bei euch", verteidigte sich Alberta leicht erregt, „Karl und ich waren ein gutes Gespann bis ihr uns die da aufgedrängt habt. Ich soll Karl einfach so mit einer anderen Frau teilen? Das hat meine Gefühle verletzt."

„Deine Gefühle?" lachte Kalinna höhnisch, „die interessieren hier niemanden. Gefühle kennen wir nicht. Und auf das, was ihr als Gefühle bezeichnet, nehmen wir hier keine Rücksicht; entweder ihr funktioniert wie wir das von euch erwarten oder ihr seid für uns wertlos. Ich hoffe ihr habt mich verstanden. Und weitere Diskussionen sind überflüssig. Ihr könnt gehen."

„Jetzt gib mir nur nicht die Schuld an dieser Situation", begann Joan als sie wieder in ihrem Büro Platz genommen hatten, „du hast gehört wie sie denken. Wir sind für sie keine gleichwertigen Wesen. Entweder wir funktionieren so wie sie sich das vorstellen oder sie schmeißen uns auf den Müllhaufen. Willst du letzteres? Ich weiß ja nicht, was sie damit meint, aber dir ist doch sicher auch klar, daß sich hier auf dem Planeten Dinge abspielen, von denen wir keine Ahnung haben."

Alberta dachte nach.

„Vielleicht hast du recht. Kalinna machte einmal so eine Andeutung, daß wir hier unter den Priviligierten leben und auch zu ihnen gehören, wenn auch nicht als gleichberechtigte Wesen."

„Das sagt doch alles. Irgendwo lebt das gemeine Volk, vielleicht unter elenden Bedingungen. Und das hier ist bereits ein paradiesischer Zustand. Wollen wir uns alles verderben?"

„Nein, natürlich nicht."

„Also, dann bleibt uns doch gar nichts anderes übrig als uns den Verhältnissen anzupassen. Oder siehst du das anders?"

„Nein, natürlich nicht."

„Also, dann laß uns Frieden schließen."

Sie erhoben sich, gingen aufeinander zu, reichten sich die Hände.

Joan hatte keine Probleme mit der neuen Situation umzugehen, Alberta schon. Aber sie nahm sich zusammen.

Bereits am Abend nach der Rückkehr von seiner Inselerkundung stellte Karl ein verändertes Verhältnis zwischen Alberta und Joan fest. Sie saßen zusammen, redeten, pflegten ungezwungenen Umgang miteinander und das setzte sich in den folgenden Tagen fort, schien also keine einmalige Angelegenheit gewesen zu sein. Man konnte zwar nicht sagen, sie hätten Freundschaft miteinander geschlossen, die bisherige Feindschaft schien jedoch gewichen. Er stellte allerdings fest, daß er für die beiden wohl keine große Bedeutung mehr besaß, denn außerhalb der Arbeitszeit pflegten sie nur noch wenig Umgang mit ihm. Karl dachte darüber nach, kam zu dem Schluß, er sei ja wohl die Ursache der auf Eifersucht basierenden Feindschaft gewesen und nach seinem Weggang habe es hierfür keinen Grund mehr gegeben. Er nahm das als Tatsache dahin, fragte nicht nach, wunderte sich lediglich darüber, daß auch nach seiner Rückkehr die alte Feindschaft nicht wieder aufflammte. Letztlich konnte es ihm aber auch einerlei sein, wichtig war lediglich, daß die unerträgliche Spannung, welche vorher herrschte, nun verschwunden war. Und es war ihm auch nicht unrecht, nach der langen Zeit der Streitereien nun Ruhe vor den Weibern zu haben.

11. Sahra und Wang

Alberta, Joan und Karl lebten mittlerweile bereits sieben Mensanen auf der Insel und es war ihnen ein Umstand wohl bewußt geworden, sie hatten aber nie darüber gesprochen. Außer zu Kalinna und Professor Gorgol gab es keinen Kontakt zu anderen Wesen auf dem Akademiegelände. Die Koriasner mieden sie. Karl hatte den beiden von seinen Erlebnissen in der Siedlung und seinem Gespräch mit Kalinna berichtet. Es wunderte sie daher nicht, daß diese nicht grüßten oder gar ein Gespräch suchten, wenn sie einem von ihnen zufällig begegneten.
Aber offensichtlich gab in der Akademie noch andere Erdenmenschen, die in den Häusern im Park lebten. Sie waren ihnen aber noch nicht wirklich begegnet, auch nicht am See beim Baden. Sie sahen diese Personen zwar aus der Ferne, aber eine geheimnisvolle Kraft schien sie davon abzuhalten miteinander in Kontakt zu treten. Vielmehr gingen sie sich gegenseitig aus dem Weg.

An einem sonnigen, warmen Nachmittag hatten die drei ihre Arbeit unterbrochen um das Gartencafe im Park zwischen den Akademiegebäuden aufzusuchen. Sie hatten sich etwas zu trinken besorgt, saßen nun weitgehend schweigend am Tisch, da noch immer eine leicht getrübte Stimmung zwischen ihnen herrschte.
„Also, die zwei dahinten sehen mir auch nach Erdenmenschen aus", meinte schließlich Alberta mit Blick auf ein Paar, das etwa zwanzig Meter entfernt am Rande des Gartensafes saß, „sie sind mir aber bisher noch nie aufgefallen."
„Vielleicht arbeiten sie in einem anderen Bau", bemerkte Joan daraufhin.
„Ob sie von einer früheren Expedition zur Erde stammen ?" fragte nun Karl, „vielleicht sind sie bereits uralt."
„Ach, das glaube ich nicht", wandte Alberta ein, „ich vermute eher, daß sie einer anderen Gruppe angehören. Kalinna ist doch nicht die einzige, die sich mit den Erdenmenschen befasst. Die haben doch an die fünfzig

Menschen von der Erde hierher verschleppt. Und wir sind hier nur drei."

„Vielleicht stammen sie auch von einem anderen Planeten. Wenn es zwei gibt, auf denen menschenartige Wesen existieren, dann kann es auch drei oder mehr geben", sagte nun Karl.

„Ich werde einmal nachfragen", schlug Joan jetzt vor.

Sie wartete gar nicht eine Antwort ab, sondern ging schnurstracks zu den beiden hinüber.

„Was ist mit ihr heute los ?" meinte Karl zu Alberta, „sie hat doch bisher noch nie Kontakt gesucht, wenn wir jemandem begegneten."

„Weiß ich", brummte Alberta, „ich bin schließlich keine ..."

„Schon gut", unterbrach sie Karl.

Joan trat unterdessen zum Tisch der beiden heran.

„Guten Tag", grüßte sie, „ich vermute Sie sind auch mit uns von der Erde hierhergekommen. Aber getroffen haben wir uns bisher noch nicht. Es wäre allerdings nett, wenn wir Ihre Bekanntschaft machen könnten. Ich heiße übrigens Joan."

Die beiden lächelten.

„Es freut uns ebenfalls", antwortete der Mann, „ich heiße Liu An Wang, bin Chinese, Historiker. Meine Partnerin stammt aus Persien. Sie heißt Sahra, ist von Beruf Völkerkundlerin. Wir arbeiten im Auftrag von Professor Solonema, der auch unser Chef ist, an einer Enzyklopädie über die Geschichte Asiens in der Gruppe von Herrn Doktor Hashvili, einem Inder. Und Sie gehören vermutlich zur Gruppe von Doktor Kalinna ?"

„Ja, wir gehören zu ihr", gab Joan zur Antwort.

„Nun ja, dann ist es kein Wunder, daß wir uns bisher noch nicht begegnet sind", fiel nun Sahra ein, „Kalinna und Solonema kooperieren nicht, sie sind vielmehr Konkurrenten."

„Konkurrenten ?"

„Ja", fuhr sie fort, „sie sind beide Kandidaten der Akademie der Wissenschaft. Demnächst wird ein neues Vollmitglied ernannt, da einer aus dem Kreis verstorben ist. Und jeder von beiden möchte natürlich die Vollmitgliedschaft."

Joan grinste.

111

„Und da gibt es sicher eine Findungskommission und vor der will nun jeder von beiden die beste Arbeit über die Erdenmenschen abliefern."

„So ist es", bestätigte Wang, „und darum halten sie ihre Arbeiten voreinander geheim."

„Dann ist es vielleicht gar nicht so gut, wenn wir uns unterhalten", gab nun Joan zu bedenken.

Wang zuckte mit den Achseln.

„Offiziell wissen wir darüber gar nichts. Und ein Verbot mit anderen Erdenmenschen zu verkehren gibt es auch nicht", meinte er nun, „oder hat man es Ihnen verboten ?"

„Nicht, daß ich wüsste."

„Also, dann tun wir auch nichts unrechtes. Trotzdem sollten wir vorsichtig sein. Mit Sicherheit werden wir beobachtet. Und wenn denen unser Treffen nicht paßt, dann werden sie uns das umgehend mitteilen. Zumindest Solonema wird das tun. So gut kann ich ihn mittlerweile einschätzen. Und wenn unsere Vorgesetzten nichts dagegen haben und Sie es auch wünschen, können wir uns ja einmal treffen und ausgiebig unterhalten. Aber für heute sollten wir es gut sein lassen."

„Ich verstehe", entgegnete Joan, verabschiedete sich, ging zu Karl und Alberta zurück, berichtete ihnen.

„Das ist vielleicht der Grund, weshalb wir einander bisher aus dem Weg gegangen sind. Sie wollten verhindern, daß wir Informationen Austauschen. Und da haben sie uns eben das entsprechende Verhalten ein programmiert. Da war gar kein Verbot erforderlich."

„Aha", lachte Alberta, „und jetzt ist die Sache wohl entschieden und kein Verbot mehr notwendig."

„Das könnte sein", ergänzte Joan.

Karl grinste.

„Konkurrenzkampf gibt es hier also auch, zwischen Kalinna und Solonema, zwischen Gorgol und Terscko; es ist fast so wie auf der Erde. Und Futterneid kennen sie ebenfalls; da sind sie euch ähnlich."

„Was heißt hier, da sind sie uns ähnlich ?" fauchte Alberta.

„Ihr gönnt euch doch auch gegenseitig nicht den Umgang mit mir", grinste er.

„Ich bin nicht futterneidisch", fuhr nun Joan dazwischen, „die ist es."

„Schon gut", wimmelte Karl ab, „aber den Namen Solonema habe ich schon einmal gehört. Ich habe euch das bisher nicht erzählt. Während meiner Inselerkundung traf ich einen gewissen Tobias. Er ist auch Deutscher. Er hütete Tiere, Taribosinen; eigentlich eine völlig unnütze Aufgabe, aber das ist jetzt uninteressant. Er ist Historiker, war auch in Solonemas Truppe. Der scheint strenger zu sein als Kalinna. Tobias kam wegen seiner gesellschaftspolitischen Ansichten mit seinen Kollegen nicht zurecht, wurde gefeuert. Und Solonema lehnte es ab, ihn an eine andere Gruppe, ich denke hier an Kalinna und uns, abzugeben. Nun ja, wenn sie Konkurrenten um einen wichtigen Posten sind, dann ist das auch zu verstehen."

„Ja", meinte nun Joan lächelnd, „und Kalinna hatte uns damals ja nahedroht uns rauszuwerfen und niedrige Arbeiten verrichten zu lassen, wenn wir nicht bald gute Arbeit leisten. Das hat selbst Alberta erschreckt. Deshalb verträgt sie sich ja jetzt mit mir auch einigermaßen."

„Sei nicht schon wieder so eklig", ermahnte sie Karl.

„Wenn ich das so recht durchdenke", begann nun Alberta, „dann kommt mir eine Idee. Dieser Tobias ist Historiker, sagst du? Vielleicht könnten wir ihn brauchen?"

Karl las ihre Hintergedanken, reagierte sofort.

„Er ist Spezialist für Ägyptologie, kennt sich aber auch in der präkolonialen Geschichte Afrikas gut aus, sagte er mir. Er könnte doch mit Joan zusammenarbeiten."

„Das wird kaum funktionieren", wandte Joan ein, „du sagtest doch selbst, Solonema wollte ihn nicht an eine andere Gruppe abgeben."

„Ja, schon", entgegnete Alberta, „Solonema hat ihn aber rausgeworfen. Und jetzt hat er keine Verfügungsgewalt mehr über ihn."

„Das kann man nicht so einfach sagen."

„Darüber müssen wir uns jetzt nicht streiten", wandte Karl ein, „die Frage ist, könntest du einen Gehilfen brauchen?"

„Ja, schon", gab Joan zu.

„Also wenn das so ist, dann können wir es zumindest versuchen. Ich werde mit Kalinna reden. Sie kann, wenn nötig, auch Professor Gorgol einschalten. Allerdings, ich muß euch vorwarnen. Tobias ist etwas gwöhnungsbedürftig."

„Was soll das bedeuten ?“ fragte Joan.

„Nun ja, er ist eben so ein Produkt der in Deutschland herrschenden Geisteshaltung. Aber im Grunde genommen ist er kein schlechter Mensch.“

„Du meinst“, warf Alberta etwas spöttisch ein, „so auf Multikulturalität, Antirassismus, Diversität und so weiter abgerichtet. Mach dir deswegen keine Sorgen“, sie blickte dabei Joan grinsend an, „wir machen schon einen anständigen Kerl aus ihm.“

„Ich sehe, er wird bei euch in besten Händen sein“, erwiderte Karl belustigt.

Alberta lachte. Ihr hatte die Idee von Anfang an gefallen. Ein Kollege für Joan, auch noch antirassistisch eingestellt. Da wird es nicht lange dauern, bis die zwei etwas miteinander haben. Sie lächelte Karl an, zum ersten Mal seit einigen Mensanen. Er verstand, ihr Wunsch entsprach ja auch seiner Absicht.

12. Gespräch am See

Eines Nachmittags, nach einem Bad, legten sich Joan und Karl am Ufer ins Gras in die Sonne.

„Weißt du, Karl, unsere Situation ist im Grunde genommen gar nicht so schlecht. Warum stellen wir sie also oft als unangenehm dar ? Ich bin mir schon im Klaren darüber, daß ich, wenn auch unwillentlich, in das Zusammenleben eines Paares eingedrungen bin. Aber was hatte ich denn für eine Alternative ? Ich hätte Kalinnas Anordnung ablehnen können. Aber hätte mir das etwas genutzt ? Der freundliche Umgang, den sie mit uns pflegen, kann doch nicht darüber hinwegtäuschen, daß wir für sie nur Lebewesenmaterial sind; das mag ein recht abwertend klingender Ausdruck sein, aber ich empfinde es so. Sie werden immer ihren Willen uns gegenüber durchsetzen. Wir haben diese Angelegenheit ja schon oft genug diskutiert. Und selbst wenn sie meinen Wunsch respektiert hätten, dann hätten sie sicher auf andere Art versucht uns zusammenzubringen. Wir sind für sie eben nur Versuchskaninchen. Sie wissen, daß eine Zweierverbindung zwischen Mann und Frau bei den meisten Völkern eben der Normalfall ist, wollen nun herausfinden, was geschieht, wenn eine dritte Person hinzukommt."

„Das hat man ja dann auch gleich gesehen. Alberta platzte fast vor Eifersucht. Es war überhaupt nicht mehr möglich vernünftig mit ihr zu reden. Das hat mich wirklich überrascht. Alberta und ich kannten uns bereits eine längere Zeit, waren miteinander eng vertraut. Und ich habe sie auch wirklich geliebt."

„Ich weiß, ich bin in eure Welt eingedrungen. Tut mir leid. Aber da steckte doch keinerlei Vorsatz dahinter. Ich kannte euch doch gar nicht, hatte euch vorher nur einmal bei diesem Treffen im Raumschiff gesehen. Mir wurde befohlen zu euch zu ziehen. Ich wäre ja auch am liebsten wieder gegangen, als ich erkannte, wohin das führte. Aber dann wäre ich alleine gewesen, das wollte ich nicht. Außerdem", sie zögerte einen Moment, „ich habe auch meine Würde und wollte mich nicht wegjagen lassen wie ein räudiger Hund."

„Mach dir deswegen keinen Vorwurf", erwiderte Karl, „außerdem bist du gar nicht in das Leben eines Paares eingedrungen. Alberta und ich haben uns nicht auf 'natürliche' Art kennen und lieben gelernt. Auch wir wurden zusammengeführt, letztlich auf meinen Vorschlag hin, weil ich Mitleid für die fremde, mißhandelte Frau empfand von der Kalinna erzählte. Wir verstanden uns allerdings auf Anhieb, beschlossen daher zusammenzuhalten. Das war nicht von der Absicht geleitet auch miteinander zu schlafen. Das ergab sich dann eben so, ist vermutlich auch unvermeidlich, wenn eine gesunde Frau und ein gesunder Mann auf engstem Raum zusammenleben."
Joan lächelte.
„Das hast du jetzt geschickt ausgedrückt. Ist das aber nicht eine Ausrede ? Vorhin sagtest du doch du seist in Alberta verliebt gewesen. Dann wart ihr im Grunde doch ein Paar. Aber nun sind wir zu dritt."
Karl grinste.
„Na schön, das war aber nicht von Anfang an so. Ich habe mich eben in Alberta verliebt. Und von mir aus können wir schon das Zweierbündnis zu einem Dreierbündnis erweitern. Aber ich habe da leicht reden. Ich habe dann ja zwei Frauen für mich. Aber du und Alberta müßt euch einen Mann teilen. Das ist eine ganz andere Situation. Ich würde vermutlich auch ganz anders denken, wenn ich eine Frau mit einem anderen Mann teilen müßte."
„Ja, das ist mir klar. Aber stell dir deine Situation nicht zu einfach dar. Ist es wirklich so angenehm, wenn bei dir ständig eine Frau gegen die andere hetzt ? Ich glaube vielmehr, nach relativ kurzer Zeit möchtest du dann beide los sein. Aber im Ernst. Du solltest dich in unserer, ich meine jetzt Alberta und mich, Angelegenheit geschickt zurückhalten. Darum bitte ich dich. Es sei denn, du bevorzugst eine von uns. Dann solltest du aber auch ehrlich zu uns sein und dies klipp und klar sagen. Bisher hast du das nicht getan."
„Das liegt eben daran, um einmal ganz ehrlich zu sein, daß ich stets schwanke, wenn ich darüber nachdenke, wer von euch beiden mir lieber ist. Manchmal bevorzuge ich dich, manchmal Alberta. Weißt du, wenn ich mich zwischen euch entscheiden müßte, würde ich nach der augenblicklichen Stimmung wählen; das könntest du sein oder auch

Alberta, je nach Laune."

„Und was willst du damit sagen ?"

„Daß ich in Wirklichkeit keine von euch bevorzuge und ich keine Entscheidung treffen könnte, die Bestand hätte, die ich nicht nach kurzer Zeit wieder bereuen würde."

„Das heißt, du möchtest uns beide behalten ?"

„Ja, zu dritt sind wir auch stärker als zu zweit, solange wir uns nicht gegenseitig zerfleischen. Außerdem ist es vielleicht auf Dauer besser, wenn man nicht immer nur Bezug zu einer Person hat."

Joan dachte kurz nach.

„Da klingt recht gut. Ich will Alberta ja auch gar nicht vertreiben. Aber ich möchte auch meine Gefühle dir gegenüber ausleben können. Du hast ja selbst gesagt, daß dies auf Dauer unvermeidlich ist, wenn ein gesunder Mann und eine gesunde Frau auf engstem Raum zusammenleben. Deswegen ist die gegenwärtige Situation für mich auch nicht leicht. Ich habe mich bisher zurückgehalten. Ich möchte vorher mit Alberta zu einer Einigung, einer Übereinkunft kommen. Das ist aber unsere Angelegenheit. Ich bitte dich daher, dich nicht einzumischen, zumal du ja auch keine von uns beiden wirklich bevorzugst. Du kannst allerdings vermitteln, falls wir dich darum bitten."

Karl, Alberta und Joan suchten, wie schon erwähnt, den kleinen See in der Nähe ihres Hauses häufig zum Baden auf. Mit der Zeit stellten sie fest, daß Kalinna sie des öfteren dabei beobachtete. Anfangs schien sie über ihr Verhalten sogar leicht entsetzt wie sie zu bemerken glaubten. Als sie wieder einmal am Ufer stand während die drei aus dem Wasser stiegen, fragten sie daher unverblümt, ob das Baden denn verboten sei.

„Nein", entgegnete Kalinna, „vornehmlich deshalb, weil gar kein Grund zu einem Verbot bestand, da bisher noch nie jemand auf die Idee gekommen ist in dem See zu baden."

„Kennt ihr das etwa nicht ?" fragte Alberta

„Nein, in der Stadt, unter der Koriasoberfläche, in der ich aufgewachsen bin, gibt es keine Seen."

„Aber doch sicher Schwimmbäder ?" warf Joan ein.

„Was sind Schwimmbäder ?"

„Große, mit Wasser gefüllte Becken, groß und tief genug, daß man darin richtig schwimmen kann. Bei uns gibt es sie in jedem größeren Ort", sagte Karl, „es gibt Freibäder, die im Freien stehen, in denen nur in der warmen Jahreszeit Betrieb herrscht, und solche, die in großen, heizbaren Hallen untergebracht sind, in denen man das ganze Jahr über schwimmen kann."

„Nein, Schwimmen kennt man hier auf Korias nicht."

„Nun ja, aber es hat wohl niemand etwas dagegen, daß wir es tun ?" meinte Alberta.

„Nein, ich denke nicht. Es weiß ja niemand so recht, was das ist. Und es gibt auch keinerlei Anweisungen von 'Großen Rat' hierzu."

„Du könntest es auch einmal probieren", schlug nun Karl vor.

Kalinna zögerte kurz, dann faßte sie Mut. Sie streifte ihr Gewand ab, ging ins Wasser.

„Na, wie ist es ?" fragte er.

„Etwas kalt."

„Du wirst dich daran gewöhnen. Gehe aber nicht zu weit ins Wasser, nur soweit du Boden unter den Füßen hast, du kannst nicht schwimmen."

„Und warum könnt ihr das ?"

„Wir haben es gelernt."

„Und kann ich es auch lernen ?"

„Ich denke schon", meinte Joan.

„Kannst du mir es beibringen ?"

„Ich denke schon, aber du brauchst einige Übung, bis du es beherrschst. Es wird nicht auf Anhieb klappen. Ich komme zu dir, zeige es dir."

Und so erhielt Kalinna den ersten Schwimmunterricht. Sie lernte recht schnell und beherrschte es nach einigen Besuchen im See, die dann allerdings ein gewissen Hintersinn hatten, recht gut.

13. Alberta und Tobias

„Ich habe auf meiner Erkundungswanderung einen Erdling namens Tobias getroffen", begann Karl als er Kalinna einen neuen Bericht über die bisherige Arbeit vorlegte, „er ist ein Mensch mit etwas seltsamen Ansichten zur irdischen Gesellschaft, aber das spielt hier keine Rolle. Er ist Historiker, kennt sich in der Geschichte des alten Orients und Ägyptens aus, wäre also eine gute Ergänzung für uns. Gegenwärtig hütet er Taribosinen."

Kalinna verzog das Gesicht,

„Hütet Taribosinen? Was soll denn das bedeuten?"

„Ja, das ist gerade das Problem. Er arbeitete in der Abteilung von Professor Solonema, hat sich aber mit dem Leiter seiner Gruppe überworfen, wurde entlassen und muß nun zur Strafe Vieh hüten. Ich weiß, Solonema und du seid Konkurrenten, es kann daher zu Verwicklungen oder auch Streitereien kommen, wenn wir ihn zu uns nehmen. Ich würde es begrüßen ihn bei uns zu haben, aber das muß natürlich auf höherer Ebene abgeklärt werden."

Kalinna dachte kurz nach.

„Ich werde mich darum kümmern", meinte sie schließlich, „versprechen kann ich allerdings nichts."

Sie lächelte.

„Ich weiß, was du im Hinterkopf hast. Wir sollten ihn auch gleich mit dieser Joan zusammen bringen, ich meine, was das Zusammenleben betrifft. Sie bei dir und Alberta wohnen zu lassen ist keine Dauerlösung, das hat bisher nur zu Streit geführt. Ich habe die Gründe dafür nicht so genau verstanden, aber das ist eben euer Verhalten. Ich habe in alten Abhandlungen gelesen, daß es so etwas auch in unserer Rasse gab bevor wir den Sexualtrieb überwanden. Man nannte es Eifersucht. Männchen und Weibchen sehen sich wohl gegenseitig als ihren Besitz an. Ein Dritter wird dann als Konkurrent angesehen, der den Besitz streitig machen will und daher bekämpft wird."

119

Drei Mensanen verstrichen; eines morgens erschien Kalinna mit Tobias im Büro, stellte ihn als neuen Mitarbeiter vor.

„Mit Solomena gab es keine Schwierigkeiten", erklärte sie Karl, „für ihn war das Kapitel abgeschlossen; der Erdling interessierte ihn nicht mehr. Professor Gorgol war nach der Schilderung seiner Persönlichkeit, die ich von dir erhalten hatte, zunächst skeptisch, hat auch längere Zeit gezögert seine Zustimmung zu geben, meinte aber schließlich, daß wir nichts riskieren und ihn jederzeit auf die Weide zurückschicken können, wenn er unsere Erwartungen nicht erfüllt. Er wird nun auch bei euch wohnen."

„In unserem Haus ist aber kein Zimmer mehr frei", wandte Alberta ein, denn sie und Karl schliefen noch immer in verschiedenen Räumen.

„Darüber braucht ihr euch keine Gedanken zu machen", entgegnete Kalinna.

Und in der Tat fanden sie dann am Nachmittag als sie zurückkamen, einen neu angebauten und eingerichteten Raum vor.

Ein weiterer Arbeitsplatz wurde im Büro der drei eingerichtet. Tobias erschrak zunächst als er Karl erblickte, nahm murrend Platz, wäre am liebsten wieder gegangen, getraute sich jedoch nicht dies Kalinna zu sagen. Alberta und Joan nahmen sich seiner fürsorglich an.

„Wir sollten Tobias mit Joan zusammenbringen", Karl nahm am nächsten Morgen Alberta zur Seite, „damit schlagen wir zwei Fliegen mit einer Klappe. Joan bekommt einen Mann und du hast keinen Grund zur Eifersucht mehr."

„Und du meinst, das funktioniert so einfach?"

„Warum nicht? Tobias ist Anhänger der Multikulti-Ideologie, er hat keine Rassenvorurteile."

Alberta blickte ihn verärgert an.

„Rassenvorurteile! Rassismus! Das ist doch das einzige, an das ihr Deutschen denken könnt. Gibt es denn sonst keine anderen Probleme im Zusammenleben zweier Menschen?"

„Doch, aber die basieren auf typischen Weibereigenschaften, die bei allen Völkern gleich sind."

Alberta verzog das Gesicht.

„Du bist überheblich und zynisch. Vernünftig reden kann man mit dir nicht."

„Doch, schon. Über vernünftige Themen kann man mit mir schon vernünftig reden, das weißt du genau. Aber Frauen sind eben kein vernünftiges Thema."

Alberta blieb gelassen.

„Na schön, aber wenn das so ist, dann nutzen dir bei Frauen all deine vernunftbasierten Pläne nichts. Die werden scheitern."

Sie ging.

Karl erkannte bald die Bedeutung ihrer Worte. Das Verhältnis zwischen ihnen verbesserte sich nicht so wie er es erwartet hatte. Es blieb kühl. Sie zeigte auch keinerlei Neigung in das gemeinsame Schlafzimmer zurückzukehren. Im Gegenteil, Alberta wandte ihre Sympathie Tobias zu, es entwickelte sich ein herzliches Verhältnis zwischen ihnen und bald teilten sie auch das Schlafzimmer.

Alberta hatte nämlich sehr rasch erkannt, daß der etwas hilflos wirkende Tobias, zumindest vorübergehend, ein besserer Lebenspartner für sie war als der selbstbewußte und oft recht unverschämt auftretende Karl, da sich Tobias leicht beherrschen ließ. Sie lächelte zwar über die ihr verschroben erscheinenden gesellschaftspolitischen Vorstellungen hinsichtlich Multikulturalität, Feminismus, Genderismus, Antirassismus und so weiter, da sie aber einer jener Gruppe angehörte, welche nach diesen Ideologien von den Weißen unterdrückt und diskriminiert werden, fiel es ihr leicht, Tobias' kollektive Gewissensbisse, wenn man sie einmal so nennen darf, für ihre Zwecke auszunutzen und ihn gefügig zu machen.

Joan lächelte über die hündische Ergebenheit Tobias' gegenüber Alberta.

„Er sieht das wohl als Buße für die kolonialistischen Untaten der Europäer an", witzelte sie einmal Karl gegenüber.

„Ach, so schlimm ist das für ihn wahrscheinlich gar nicht", entgegnete Karl grinsend, „Alberta ist äußerst sinnlich und gewisse Bußübungen vollzieht er sicherlich sehr gerne."

Es kann allerdings nicht geleugnet werden, daß Karl im Grunde über diese Entwicklung enttäuscht war, denn er hatte sich bekanntlich in Alberta verliebt, schätzte sie als Frau und Mensch. Er verbarg aber seine Frustration. Andererseits war er aber auch ein bißchen froh, die als Gesprächspartnerin hochgeschätzte, aber als Lebenskameradin oft sehr anstrengende Alberta los zu sein.

Die Entwicklung brachte natürlich einige Konsequenzen mit sich. Das Haus wurde umgebaut, es entstanden zwei Wohnungen, eine Arbeit, die von Robotern innerhalb eines Tages bewerkstelligt wurde. Die eine bezogen Alberta und Tobias, die andere teilten sich Joan und Karl. Sie behielten allerdings die getrennten Schlafzimmer bei. Denn es entwickelte sich kein näheres Verhältnis zwischen beiden. Das lag nicht an einem Mangel an Sympathie oder fehlender Zuneigung. Beide verstanden ohne darüber zu diskutieren, daß aufgrund der gegebenen Umstände Joan in Karls Empfindungswelt stets nur ein Ersatz für Alberta sein würde, was auch daran lag, daß sie bereits längere Zeit zu dritt zusammengelebt hatten. Für Joan mußte es daher auf Dauer unerträglich sein, mit einem Mann zusammenzuleben, der im Grunde eine andere Frau an seiner Seite wünschte und sie stets nur als Ersatz betrachtete. Hätten sie sich kennengelernt, wenn Karl die Trennung von Alberta bereits überwunden hätte, so wäre eine Lebenspartnerschaft durchaus in Betracht gekommen. Dann wäre eine Beziehung zwischen beiden ein Neubeginn gewesen und nicht als die Fortsetzung mit einer Ersatzpartnerin erschienen. Aber wie gesagt, das war eine Ansammlung von Konjunktiven. Die Entwicklung war eben anders verlaufen. Und es war auch nicht so leicht für Karl Alberta zu vergessen, da sie sich fast täglich begegneten.

So wohnten nun Joan und er zusammen, pflegten freundschaftlichen Umgang, sprachen aber nicht darüber, da jeder Angst hatte, den anderen durch ein unbedachtes Wort zu verletzen.

Einige Male schliefen sie aber doch auf Joans besonderen Wunsch hin miteinander, da sie ihn unbedingt spüren wollte, wie sie sich ausdrückte. Sie versprach auch daraus keinerlei Forderungen an ihn abzuleiten.

Kalinna beobachtete die Entwicklung sehr genau, nahm auch in geringem Umfang am Leben der vier teil. Die Entsexualisierung hatte bei ihr wohl nicht hundertprozentig funktioniert und so kam in ihr im Laufe der Zeit auch eine gewisse sexuelle Begierde auf. Karl erschien ihr als geeignetes Objekt zur Befriedigung ihrer Lustgefühle. Sie sah sich allerdings mit zwei Schwierigkeiten konfrontiert. Geschlechtlicher Umgang zwischen Koriasnern und Erdlingen war im Forschungsprogramm nicht vorgesehen. Und so erschien es ihr heikel, ohne Genehmigung einen solchen mit Karl zu pflegen. Und sie überlegte, wie sie es anstellen könnte, eine Erlaubnis hierfür zu erhalten. Zum anderen mußte sie natürlich auch ein entsprechendes Begehren in Karl erwekken. Sie wußte, daß Joan und Karl zwar einige Male intimen Umgang miteinander hatten, ohne daß sich allerdings ein dauerhaftes Verhältnis zwischen ihnen entwickelt hatte. Sie drang also nicht in ein sexuelles Verhältnis zwischen einem Mann und einer Frau ein. Karl war damit hinsichtlich eines intimen Umgangs mit Kalinna Joan keinerlei Rechenschaft schuldig. Sie ging daher davon aus, daß es nicht zu Eifersüchteleien und Streit zwischen ihr und Joan kommen würde. Dabei zog natürlich in Betracht, daß sie als Koriasnerin über den Erdlingen stand und es Joan daher auch gar nicht zustand, sich mit ihr um Karl zu streiten. Wird sie es dennoch wagen, sagte sie sich, dann werde ich sie rasch in die Schranken weisen. Allerdings vermutete sie, daß Karl sie als 'Außerirdische' und damit als fremdes Wesen ansah und er damit ihr gegenüber eine gewisse Scheu empfand, welche überwunden werden mußte. Sie war sich ja auch bewußt, daß trotz aller Freundlichkeit im Umgang, sie auch ihm gegenüber bisher stets deutlich gemacht hatte, daß sie oder allgemein die Koriasner, sich für die überlegenen intelligenten Wesen hielten und die Erdlinge als rückständige, nicht gleichwertige, ihnen völlig ausgelieferte Lebewesen hielten. Und so intensivierte sie ihren Umgang mit Karl, versuchte dessen vermutetes Unterlegenheitsgefühl abzubauen. Sie traf sich mit ihm zu langen Gesprächen, lud ihn zum Essen ein, verabredete sich mit ihm des öfteren zum Baden im See, wobei es zu von ihr absichtlich herbeigeführten körperlichen Berührungen kam.

123

14. Gespräch über die unterirdische Stadt

Alberta und Joan saßen eines Abends auf der Terrasse zusammen.
„Am meisten faszinieren mich die Erzählungen über diese unterirdische
Stadt Ogachich", begann Alberta, „das muß ja eine riesige Metropole
sein, alles unter der Erde. Kann man sich das vorstellen?"
„Ein bißchen schon", erwiderte Joan, „es gibt ja auch auf der Erde so
riesige Zentren; Hotels, Bürofluchten, Kongreßzentren, Einkaufsmärk-
te, Restaurants, Sportstätten und Bahnhöfe, alles unter einem Dach."
„Furchtbar!" stöhnte Alberta, „ein Gewirr von Gebäuden, Fluren, Fahrstühlen, Rolltreppen, Laufbändern und so weiter, alles unter künstlicher
Beleuchtung, ab und zu vielleicht ein Pflanzenbeet. Dort kann man
stundenlang umherirren."
„Ja, und Ogachich ist offenbar viel gewaltiger, hundertmal oder gar
tausendmal größer, dazu noch Fabriken und Wohnanlagen für zwanzig
Millionen Koriasner. Und der Unterschied zu den irdischen Gebäudekomplexen besteht darin, daß man die Stadt nicht einfach verlassen und
hinaus in die Natur gehen, den Himmel sehen kann, sondern eingesperrt ist, nichts anderes sieht als eine künstliche Welt ohne Pflanzen,
ohne Tiere und das ein Leben lang."
Karl gesellte sich hinzu.
„Ja, die Erzählungen über diese unterirdische Stadt muten recht seltsam
an. Was für Wesen mögen dort leben, Menschen, die niemals die Sonne
gesehen haben, nie die freie Natur, nie Pflanzen, nie Berge, nie Seen.
Wesen, die nur Wände aus Stein, Metall oder Kunststoffen kennen, nur
künstlich beleuchtete Gänge, Hallen, Zimmer, Säle, Büros oder Fabri-
kationsstätten, die niemals frische Luft geatmet haben, keine Temperaturschwankungen kennen, außer denen, die sie vielleicht an ihren
Klimaanlagen einstellen, stets die gleiche Luftfeuchtigkeit gewohnt
sind. Diese Stadt muß doch aussehen wie ein riesiges Gebäude, das
keine Fenster nach außen hat, das man nur von innen sieht. Ja, es gibt
solche Gebäudekomplexe auf der Erde, die so groß sind, daß man in
den Kellern U-Bahn - Stationen gebaut hat und von einem Gebäudeteil

zum anderen mit einem Zug fährt; ansonsten starren sie vor Rolltreppen, Laufbändern und Fahrstühlen. So muß die Stadt aussehen. Ich möchte sie gerne einmal sehen."

„Ja, sie einmal sehen", meinte Alberta leicht spöttisch, „aber nicht lange darin verweilen."

„Und was müssen das für Wesen sein, die dort wohnen ?" warf nun Joan ein, „Wesen, die nichts anderes kennen als die ihnen zugewiesene Arbeit und vorgegebenes Vergnügen. Hier auf der Insel hat man ja auch nicht viele Möglichkeiten. Reisen kann man nicht, Fahrzeuge gibt es nicht, zumindest nicht für uns. Es gibt nur selbständig fahrende Schwebebahnen, welche Waren befördern oder Personen zu den Landeplätzen der Luftfahrzeuge oder zu ihren Wohnungen transportieren."

„Aber wir sehen doch bereits hier, was das für Wesen sind", sagte Karl, „wir haben einen wunderschönen Park, einen See, der zum Baden einlädt, das gemütliche Gartencafe neben dem Hauptgebäude. Nutzen das die Koriasner ?"

„Nein", antwortete Alberta, „die scheinen sich in den Arbeitspausen kaum außerhalb der Akademiegebäude aufzuhalten. Was machen die eigentlich, wenn sie nicht arbeiten ? Vermutlich fahren sie nach Arbeitsende von der Vorderseite Akademie aus, wo wir nicht hinkommen, mit der Schwebebahn in ihre Siedlung und ..., ja, was machen sie dort ? Karl, du warst doch in der Siedlung ? Was hast du gesehen ?"

„Nicht viel, einige standen auf der Straße herum, redeten wohl miteinander. Ich wurde dann auch gleich aus der Siedlung verwiesen."

„Kontakt haben wir im Grunde nur mit Kalinna", fuhr Alberta dann fort, „aber über sie wissen wir auch nicht viel. Man kann nur sagen, daß die Koriasner es offensichtlich nicht gewohnt sind, sich im Freien aufzuhalten."

„Das sagte mir Kalinna auch einmal. Sie ist aber der Meinung, das sei ein vorübergehendes Problem. Die Koriasner würden sich im Laufe der Zeit schon an die Außenwelt gewöhnen."

„Einen größeren Hafen gibt es hier auch nicht, auch keine großen Schiffe. Fischfang scheint auch nicht betrieben zu werden", sagte nun Alberta.

„Ja, das ist so", erwiderte Joan, „soweit ich es erfahren habe, wurde

125

Fischfang nach dem Krieg wegen Verseuchung großer Teile des Meeres verboten. Die Schiffahrt wurde auch eingestellt, da man nicht mehr auf der Planetenoberfläche wohnte. Nach und nach ging auch das Wissen verloren, man verlernte den Bau großer Schiffe, für die es auch keine Notwendigkeit gab. Erst in letzter Zeit hat man damit begonnen wieder kleinere Schiffe zu bauen, speziell für den Transport sperriger Güter zwischen dem Kontinent und den Inseln oder zwischen den Inseln untereinander, für Güter, die zu groß für den Transport in den Luftfahrzeugen sind. Als man damals begann einige Inseln zu nutzen gab es nur wenige geeignete Luftfahrzeuge und man erkannte, daß der Transport auf Schiffen weniger aufwendig ist als der Bau riesiger Luftfahrzeuge; daher grub man was an altem Wissen noch vorhanden war wieder aus. Das ging einher mit der zunehmenden Nutzung der Inseln. Man baute auch Forschungsschiffe. Aber hier wird das alles nicht gebraucht. Nalorama ist eine reine Akademieinsel. Deswegen haben wir auch keinen Hafen."

„Aber ich möchte die Stadt schon einmal kennenlernen", sprach Alberta, „das muß doch eine seltsame Welt sein, in der dumpfe Wesen dahinvegetieren, ohne einen Lebenssinn zu verspüren."

„Es gibt dort keine Liebe, keine Leidenschaft", grinste Karl, „daher auch keine Freundschaften, keinen Haß, keinen Streit um einen Mann, keine Eifersüchteleien, nur ein dumpfes Dahinleben."

„Ach fang doch nicht schon wieder damit an", tadelte Joan, „mußt du ständig sticheln ? So einfach ist es sicherlich auch wieder nicht. Die Menschen haben vermutlich schon Empfindungen, leben sicherlich nicht einfach nur stupide dahin."

„Ja, aber sie sind doch dort eingeengt, haben keine Bewegungsfreiheit", wandte Alberta ein, „kennen nichts außer ihrer Arbeit und denen ihnen vorgegebenen Vergnügen. Das wird ihnen alles zugeteilt. Und sie können nicht einmal aussuchen, was für ein Vergnügen sie erfreuen könnte. Schau her, wir haben hier auch nicht viele Möglichkeiten, aber wir können wandern, schwimmen und uns sogar mit einem Apparat, der so ähnlich wie ein 3D – Drucker arbeitet, einen Ball aus Plastik bauen oder einen Tennis-Schläger. Wir können uns auch aus einem Ast einen Hockey-Schläger schnitzen und auf der Wiese draußen spielen. Kannst du dir vorstellen, daß so etwas in einem Hotelflur möglich ist?"

„Ja, aber es gibt doch sicher auch Spielhallen", antwortete Joan.

„Und da spielt man gegen sich selbst, schlägt den Ball gegen eine Wand", grinste Karl.

„Man kann auch zu zweit spielen. Und dann bleiben noch die Spiele auf den Computer", entgegnete Joan.

„Ja, die handeln in einer Traumwelt", warf Karl ein, „schau dir Kalinna an. Sie ist nett, aber hat sie jemals Freude oder Leidenschaft gezeigt? Ich glaube nicht, daß sie sich uns gegenüber verstellt. Sie hat diese Eigenschaften einfach nicht, kennt sie nicht."

„Aber ein einziges Mal hat sie doch Freude gezeigt: als ihr Joan Schwimmunterricht gab", erwiderte Alberta, „das heißt aber, die Koriasner sind nicht grundsätzlich dumpf. All ihre Gefühle sind nur eingeschläfert; sie können geweckt werden."

„Na schön, aber ich glaube, ein Besuch von Ogachich wird für uns immer nur ein Traum bleiben", gab Joan zu bedenken, „wir brauchen hierzu eine besondere Genehmigung und die wird ohne einen triftigen Grund nicht erteilt. Und welchen triftigen Grund hätten wir? Keinen!"

„Aber vielleicht finden die Koriasner einen triftigen Grund um uns dorthin zu schicken", Karl grinste.

Alberta schaute ihn leicht böse an.

„Und was sollte der Grund sein?"

Karl lachte.

„Wenn wir uns daneben benehmen."

15. Besuch des Professors Parskholan

„Herr Professor". begann Kalinna, als sie wieder einmal Professor Gorgol zu einer Besprechung aufsuchte, „ich arbeite jetzt bereits schon über ein Jahr, knapp vierzehn Mensanen, mit Erdlingen zusammen und trotzdem sind sie mir noch vollkommen fremd. Das erscheint mir im Hinblick auf die Bewältigung meiner Arbeit etwas hinderlich."
Der Professor blickte erstaunt auf.
„Was meinen Sie damit ?"
„Nun ja, ich studiere ihre Kultur, ihre Lebensweise, bin dabei aber ausschließlich auf die Berichte angewiesen, die sie mir vorlegen. Ihre kulturellen Werte und Errungenschaften muß ich so akzeptieren, wie sie mir geschildert werden, ansonsten müßte ich ja alle Unterlagen sichten, die wir von der Erde mitgebracht haben, ohne zu wissen, wo ich eigentlich beginnen soll. Eine solche Aufgabe könnte ich auch gar nicht bewältigen."
„Ich verstehe Ihr Problem nicht ganz. Ich denke, darüber waren wir uns von Anbeginn im Klaren. Sonst wären die Erdlinge ja auch in der Akademie völlig überflüssig. Aber Sie wollen doch auf etwas hinaus."
„Es geht ja auch gar nicht um ihre Kultur. Da sind wir uns ja in der Vorgehensweise einig."
„Sondern ?"
„Nun ja, es geht um ihre Lebensweise, um ihren Umgang miteinander. Auch darüber weiß ich nur aus ihren Berichten. Dabei leben sie hier und ich kenne sie bisher nur hinsichtlich ihrer Arbeit in der Akademie. Über ihr Leben außerhalb ihrer Dienstzeiten weiß ich praktisch nichts. Es gab da diesen Konflikt zwischen Alberta, Joan und Karl, dessen Ursache ich nicht verstehe. Und dann haben wir diesen neuen Erdling, diesen Tobias, den Karl empfohlen hat, vorgeblich natürlich wegen seiner fachlichen Kompetenz. Aber das glaube ich nicht, es gab da noch andere, triftigere Gründe, die mit ihrem Umgang untereinander zu tun haben."
Der Professor schaute sie fragend an.

„Was wollen Sie also?"

„Ich möchte auch außerhalb der Dienstzeit Umgang mit ihnen pflegen um ihre Denkweise und ihre Gefühlswelt näher kennenzulernen."

„Das ist in den Richtlinien nicht vorgesehen."

„Das weiß ich, deshalb rede ich ja auch mit Ihnen darüber."

Der Professor zuckte mit den Schultern.

„Man müßte", fuhr Kalinna fort, „das als einen Teil des Forschungsprogramms deklarieren: privater Umgang und natürlich auch körperlicher Kontakt mit einem Erdlingsmann."

„Sie meinen wohl sexuellen Kontakt mit Karl?"

„Ja, ob allerdings mit Karl oder einem anderen, das ist völlig unerheblich. Es ist Teil ihrer Lebensweise. Und wir sollten herausfinden, warum sie das tun. Es dient doch zum Zeugen von Nachwuchs, zur Arterhaltung. Wir haben ihnen aber die Fruchtbarkeit genommen und es ist daher vollkommen zwecklos geschlechtlichen Umgang miteinander zu pflegen. Aber sie tun es dennoch. Warum?"

Der Professor brummte.

„Ich habe keine Ahnung."

„Sie müssen doch dabei eine besondere Empfindung haben, die sie veranlaßt, es immer wieder zu tun, obwohl es eigentlich sinnlos ist. Hinzu kommt, daß Joan und Alberta diese Empfindung im Umgang mit Karl offensichtlich einander nicht gönnten, weshalb sie sich zerstritten hatten."

Der Professor schüttelte den Kopf.

„Ich verstehe wirklich nicht, welche Erkenntnisse Sie daraus ziehen wollen."

„Ich weiß natürlich nicht, ob man daraus eine Erkenntnis ziehen kann oder nicht. Aber das kann ich doch erst beurteilen, wenn ich diese Empfindung kenne."

Der Professor stöhnte.

„Ich kann da leider nichts machen. Ich kann es Ihnen weder verbieten noch erlauben. Ich weiß auch gar nicht, ob das prinzipiell überhaupt zulässig ist."

Er wiegte den Kopf.

„Das muß wahrscheinlich der 'Große Rat' entscheiden. Stellen Sie also einen entsprechenden Antrag an die Akademieführung. Sie dürfen allerdings nicht erwarten, daß ich ihn unterstütze. Ich werde Ihnen aber auch keine Steine in den Weg legen. Legen Sie mir das Papier vor, ich werde es unterschreiben und erklären, daß ich keine Einwände habe. Das ist das Äußerste, was ich in dieser Hinsicht für Sie tun kann."

„Es wird auch eine einmalige Angelegenheit sein."

Gorgol blickte sie skeptisch an.

„Und Sie wollen aus einem Mal all diese Erkenntnisse gewinnen ?"

„Nein, da habe ich mich jetzt falsch ausgedrückt, ich meinte natürlich eine einmalige Versuchsreihe."

Kalinna verabschiedete sich, verließ das Arbeitszimmer.

Der Professor blieb kopfschüttelnd zurück:

„Ich kann mir das nur so erklären. Die medikamentöse Entsexualisierung war bei ihr nicht hundertprozentig erfolgreich. Sie hat da wohl noch Gefühle in der Richtung. Die haben lange geschlummert und sind durch den Umgang mit den Erdlingsmännchen wieder erwacht. Ich kann mir zwar nicht vorstellen, was sie sich da großartig von der Sache verspricht, aber mir soll das recht sein. Das geht mich schließlich auch nichts an."

Und Kalinna stellte den Antrag. Professor Gorgol gab wenig auf die Sache, war daher vollkommen überrascht, als bereits vierzehn Tage später ein Schreiben eintraf, in dem Kalinnas Antrag genehmigt wurde. Es hieß, es handele sich wohl um eine seltsame Marotte, die allerdings nicht bedenklich erscheine. Und nähere Erkenntnis über die Lebenseinstellung, die Denkweisen und die Empfindungen der Erdlinge seien von höchstem Interesse für den 'Großen Rat'. Allerdings dürften diese Experimente nur auf Nalorama und außerhalb der Akademiegebäude durchgeführt werden, da es Verwirrung auslösen könnte, wenn andere Kalgunen Zeuge solcher Aktionen würden. Diese Antwort verwunderte den Professor, er fragte sich, was das zu bedeuten habe.

Die Auflösung des Rätsels erfolgte bald. Professor Parskholan kam zu Besuch. Er war der Wissenschaftliche Direktor der Akademie zur Erforschung des Weltraums, welche aus den Wissenschaftsbereichen

Astronomie, Astrophysik, Galaktische Ressourcen, Extrakoriasisches Leben bestand. In dieser Eigenschaft war er der Vorgesetzte Professor Gorgols, dem Leiter der zweiten Abteilung des Bereichs 'Extrakoriasisches Leben'. Gorgol und Parskholan waren allerdings alte Freunde. Sie kannten sich seit ihrer Studienzeit her. Parskholans Position war eine Nahtstelle zwischen den 'Herrschenden' und den 'Vornehmen'. Er gehörte zur Klasse der 'Herrschenden', hielt Kontakte sowohl zu den 'Vornehmen' als auch zu Gremien der 'Herrschenden', wenn auch nicht zum 'Großen Rat', dem Führungsgremium. Er wurde allerdings über die Entscheidungen des 'Großen Rates' und dessen Hintergründe unterrichtet, zumindest über diejenigen, welche seine Akademie betrafen. Er mußte seine Handlungen, so die Führung der Akademie und auch das Setzen von Forschungsschwerpunkten entsprechend ausrichten, ohne dabei die Hintergründe an die untergeordneten Stellen weiterzugeben, was nur in Ausnahmefällen gestattet war.

Parskholan betrat Gorgols Arbeitszimmer, begann nach kurzer Begrüßung ohne sich zu setzen:
„Du wirst dir für mich wohl etwas Zeit nehmen müssen, ich nehme an, der heutige Tag genügt gar nicht um alles durchzusprechen, da ich dir einiges zu berichten habe was die Pläne des 'Großen Rates' betrifft. Du bist allerdings verpflichtet, die Informationen selbst äußerst vertraulich zu behandeln und nichts an deine Untergebenen weiterzuleiten. Du solltest dir auch keine schriftlichen Notizen machen. Es würde dich deine Stellung kosten, vermutlich aber auch Herabstufung auf den Status eines 'Gemeinen' und Verbannung auf die Insel Akirema, die man auch die Teufelsinsel nennt. Denn Indiskretionen können verheerende Folgen haben. Ich hoffe, du bist dir deiner Verantwortung bewußt."
Professor Gorgol bestellte Sudgetränke, sie ließen sich dann in bequemen Sesseln nieder.
„Ich hoffe, ich finde den richtigen Anfang", fuhr Parskholan fort, „dich suche ich nämlich als ersten auf, den Kollegen Tersco von der ersten Abteilung werde ich in ein paar Tagen informieren. Ich habe daher noch keine Übung, wie ich das konkret und unmißverständlich rüberbringen soll."

„Dann muß es ja etwas außergewöhnlich wichtiges sein", fiel Gorgol ihm ins Wort, „wenn du selbst nicht weißt, wie du das genau mitteilen sollst."

„So ist es."

Parskholan schwieg kurz. Dann begann er erneut.

„Um es direkt zu sagen, der 'Große Rat' ist nach einer vergleichenden Analyse der letzten Jahresberichte, ich spreche dabei über einen Zeitraum von fünfzig Jahren, über das Leben auf Korias zur Schlußfolgerung gekommen, daß wir uns langfristig auf eine Krise zu bewegen. Es besteht zwar keine unmittelbare Gefahr, aber der 'Große Rat' muß natürlich die Zukunft im Blick haben, nicht nur die nächsten Jahre, sondern die nächsten Jahrzehnte, das nächste Jahrhundert."

Gorgol schaute Parskholan fragend an.

„Und was ist das Problem ?"

„Es betrifft die Wurzel unserer Gesellschaft. Kurz gesagt, der 'Große Rat' ist zur Auffassung gekommen, daß wir uns in Richtung Degeneration, Verfall hin entwickeln. Diesen Prozeß gilt es aufzuhalten. Der zentrale Punkt betrifft die 'Gemeinen' und ihre Unterbringung in der Stadt Ogachich. Jeder ist da unentrinnbar in eine straffe Ordnung eingebunden. Sie werden alle versorgt, haben eine Tätigkeit, ihnen werden Unterhaltungen geboten, aber sie haben im Grunde genommen keine eigene Persönlichkeit, kein Entscheidungsfreiheit, sondern sind unselbständig, leben dumpf dahin. Würden einmal die Versorgungssysteme ausfallen, bräche eine Panik aus, die sich kaum beherrschen ließe."

Gorgol lächelte.

„Das wäre aber nur ein kurzfristiger Zustand; nach ein paar Tagen wären alle tot. Aber muß man sich deswegen Sorgen machen ? Das Versorgungssystem ist noch nie ausgefallen; es gibt da ja auch wirksame Schutzmaßnahmen, die das verhindern."

„Das habe ich jetzt auch nur als Beispiel gebracht, das ist nicht der zentrale Punkt. Es geht vielmehr darum, daß die geistigen Fähigkeiten der 'Gemeinen' schon längst auf ein äußerst niedriges Niveau abgefallen sind. Sie vegetieren nur noch dumpf dahin, Kreativität und Eigeninitiative kennen sie nicht mehr, um das einmal drastisch auszudrücken."

„Aber", wandte Gorgol ein, „war eine solche Entwicklung nicht beabsichtigt? Eine solche Masse läßt sich doch leicht lenken."

„Das schon, aber das war nicht zu Ende gedacht. Die 'Vornehmen', also ihr, rekrutieren sich aus den 'Gemeinen' und die 'Herrschenden' aus den 'Vornehmen', da sich diese Gruppen nicht selbst reproduzieren, weil man die Sexualität abgeschafft hat und der Nachwuchs im Kindesalter zunächst einmal der Klasse der 'Gemeinen' angehört. Selektiert wird ja erst im Jugendalter, wenn die geistigen und charakterlichen Anlagen, soweit vorhanden, erkennbar sind. Nun ist es so, die 'Gemeinen' verdummen immer mehr, und es wird daher immer schwieriger aus ihnen geeignete Personen für die Aufnahme in die Klasse der 'Vornehmen' zu finden. Man muß weniger kompetente junge Koriasner nehmen, die Qualität der 'Vornehmen' sinkt und als Folge steigen dann auch weniger qualifizierte Leute in die Klasse der 'Herrschenden' auf. Und wenn die Entwicklung so weitergeht, dann sind wir bald nicht mehr in der Lage unsere technische Infrastruktur zu beherrschen."

Gorgol lächelte.

„Das ist aber doch jetzt keine neue Erkenntnis. Solche Aufgaben werden doch in immer größerem Maße von Computern und Robotern wahrgenommen."

„Darum geht es ja gerade. Wenn die Entwicklung so weiterläuft, dann werden bald die Roboter alles beherrschen. Verstehst du? Am Ende werden wir nicht mehr die Computer und die Roboter beherrschen, vielmehr beherrschen sie uns. Ich meine damit nicht nur die 'Gemeinen', sondern auch die 'Vornehmen' und die 'Herrschenden' und damit auch den 'Großen Rat'. Dann sind sie die Herren, bestimmen über uns und wir sind nur noch Sklaven."

Er schwieg kurz.

„Ich halte das für eine große Gefahr. Soweit noch Berichte in den Geheimarchiven vorhanden sind, hat man damals noch vor dem 'Großen Krieg' auch mit künstlicher Intelligenz experimentiert. Es wurden große Erfolge erzielt. Allerdings begannen die Maschinen selbständig zu denken und es kam zu einem Roboteraufstand, ja sogar zu einer kurzfristigen Roboterherrschaft, die nur unter großen Opfern beseitigt werden konnte."

Gorgol blickte Parskholan groß an.

„Und wie will man dem entgegensteuern, es verhindern ?"

„Nun, den 'Gemeinen' sollen wieder mehr Freiheit und Eigenverant-
wortlichkeit zugestanden werden. Die Stadt Ogachich unter der Planetenoberfläche soll langfristig aufgegeben und die Bewohner auf dem
Kontinent angesiedelt werden. Das erscheint möglich, da neuere Mes-
sungen ergeben haben, daß größere Gebiete wieder besiedelt werden
können. Es ist geplant, dort Städte zu gründen."

„Stellt man sich das nicht ein bißchen einfach vor ? Die Kalgunen in
Ogachich sind seit Generationen nicht mehr gewohnt eigenständig zu
denken und zu leben. Hinzu kommt, sie leben bei künstlichem Licht in
einer klimatisierten Umgebung. Sie kennen weder Sonne, Wind oder
Regen, ja nicht einmal Temperaturschwankungen. Wie sollen sie denn
überhaupt auf der Planetenoberfläche existieren können ? Wir sehen es
ja hier. Die Akademie liegt in einem schönen, großen Park, aber unsere
Leute suchen ihn praktisch nicht auf."

„Das ist wahrscheinlich das geringste Problem. Der Körper hält das
schon aus, wenn man ihn entsprechend vorbereitet. Wir können es ja
auch. Die eigentliche Schwierigkeit besteht aber darin, daß sie in der
Tat nicht selbständig denken und handeln können. Wenn man ihnen
einfach Freiheit gibt, dann können sie nichts damit anfangen. Das heißt,
man muß sie entsprechend erziehen. Das wird sicherlich viele Jahre,
vielleicht eine Generation dauern oder auch zwei. Aber da gibt es noch
einen anderen Aspekt: wenn man sie zur Freiheit, zu eigenständigem
Denken und Handeln erziehen will, dann braucht man auch ein Werte-
system, an dem man die Erziehung ausrichtet. Uns kann man da nicht
zum Maßstab nehmen, denn im Grunde genommen sind wir auch nicht
sonderlich eigenständig. Es ist doch so: auch von unseren Arbeiten wird
nur das öffentlich zugänglich gemacht, was in das Konzept des 'Großen
Rates' paßt, alles andere kommt unter Verschluß und die Leute werden,
wenn sie sich nicht fügen, kaltgestellt, auf irgendeine Insel verbannt,
wo sie keiner mehr wahrnimmt. Das heißt aber, uns fehlt ein Werte-
system, das wir vermitteln können. Aus der Zeit vor dem 'Großen
Krieg' ist praktisch nichts mehr vorhanden. Das Wissen über die dama-
ligen gesellschaftlichen Strukturen ist verloren gegangen. Das ist dem

'Großen Rat' klar, deswegen hält er auch das Studium der Lebens-
einstellungen, der Denkweisen, der Gesellschaftsstrukturen, der Kulturen und der Lebensgewohnheiten der intelligenten Lebewesen von
anderen Planeten für so wichtig."

Gorgol lächelte.

„Deswegen hat wohl Kalinna auch die Genehmigung erhalten sich mit
einem Erdling einzulassen ? Hast du sie gegeben ?"

„Da liegst du völlig richtig. Allerdings habe ich selbst mit der Entscheidung nichts zu tun gehabt. Dazu besaß ich auch gar keine Befugnis,
auch nicht ein anderes Amt innerhalb der Führung. Den Antrag hat der
'Große Rat' in einer besonderen Sitzung behandelt und genehmigt.
Daran siehst du, für wie wichtig er die Sache hält; außergewöhnliche
Aufgaben erfordern eben außergewöhnliche Methoden, wurde mir
mitgeteilt."

Parskholan pausierte kurz, trank einen Schluck.

„Wie du weißt, haben wir bei der letzten Expedition zwei intelligente
Lebensformen gefunden und von jeder auch etliche Exemplare mitgebracht, Bewohner der Planeten Erde und Antorropia. Letztere sind für
uns kein Vorbild. Ich weiß nicht, ob du die Berichte schon kennst, ihr
habt hier ja keine Exemplare, die sind alle bei der ersten Abteilung."

Gorgol schüttelte den Kopf.

„Nein, ich kenne sie nicht."

„Also, zunächst zum Aussehen; die Weibchen sind kräftig, wirken derb,
überragen uns im Mittel um Haupteslänge, sie haben vier Arme und
drei Augen. Sie sind die Aktiven, gestalten und beherrschen die Gesellschaft. Sie bewirtschaften die Felder, bauen Häuser, verarbeiten die
Metalle, führen Kriege. Sie stehen aber noch auf einem noch recht
bescheidenen technischen Niveau, kennen nur von Tieren gezogene
Wagen, keine Landfahrzeuge mit Eigenantrieb, keine Luftfahrzeuge
und nur Boote, die mit Muskelkraft oder durch den Wind angetrieben
werden. Sie scheinen aber bereits die Schwelle zur Technisierung
erreicht zu haben. Sie kennen die Elektrizität, wissen aber noch nicht so
recht etwas mit ihr anzufangen. Das kann sich aber rasch ändern. Die
Männchen dagegen sind klein, weniger als halb so groß wie die Weibchen dienen nur als Samenspender und werden getötet und verspeist,

wenn sie ihre Aufgabe erfüllt haben. Nein, diese Rasse ist wirklich kein Vorbild für uns."

Er pausierte kurz.

„Bei diesen Erdenmenschen ist das anders", fuhr er dann fort, „sie sind uns genetisch völlig gleich, sind uns lediglich, was ihre Wissenschaftlichen Erkenntnisse und ihre technischen Fähigkeiten betrifft, um etwa eintausend fünfhundert Jahre zurück. Was ihre Denkfähigkeit betrifft, so sind sie uns allerdings ebenbürtig."

„Das ist praktisch nichts, wenn man in kosmischen Zeiträumen denkt", entgegnete Gorgol, „und was ihre geistige Entwicklung und ihr technisches Wissen betrifft, so halten sie unsere technischen Einrichtungen für das Ergebnis einer Entwicklung, die sie noch vor sich haben. Zumindest diejenigen, die ich hier zur Untersuchung habe, verstehen unsere technische Einrichtungen prinzipiell, gestehen allerdings ein, daß sie noch nicht über das Wissen verfügen, diese zu realisieren. Ich sollte hier das 'noch nicht' betonen, denn sie gehen davon aus, daß sie diese Technik auch einmal beherrschen werden. Anders ausgedrückt, sie halten alles was sie hier sehen nicht für Zauberei und uns sehen sie nicht Götter an, sondern für ihnen ähnliche Wesen, die ihnen lediglich in der technischen Entwicklung einige Jahre voraus sind. Ansonsten haben wir bisher keine großen Unterschiede festgestellt. Sie sind der Überzeugung, daß man allen Erscheinungen in der Natur durch Denken und Experimentieren auf die Spur kommen kann und sie sich letzten Endes durch Anwendung der Vernunft erklären lassen. Sie glauben nicht an Übersinnliches oder 'Überirdisches' wie sie sich ausdrücken. Sie haben gesellschaftliche Strukturen, politische Ideologien und Morallehren. Ich sage bewußt 'Morallehren', denn auf dem Planeten Erde leben verschiedene Gruppen von Menschen, die sich selbst als 'Völker' bezeichnen, welche eine unterschiedliche gesellschaftliche Entwicklung durchlaufen haben und daher auch unterschiedliche Lebensnormen und Lebensweisen haben."

Parskholan zog die Augenbrauen hoch.

„Da kommt noch einige Arbeit auf uns zu. Wir sollen dem 'Großen Rat' ja Richtlinien liefern. Und wenn nun die Erdenmenschen unterschiedliche Lebensweisen und Lebensnormen haben, dann müssen wir diejenige auswählen, die uns am vernünftigsten erscheint."

„So sehe ich das auch", pflichtete Gorgol nun bei, „wir werden eine Auswahl treffen müssen. Gegenwärtig haben wir allerdings noch keinen vollständigen Überblick. Eines ist allerdings sicher: wir haben leider nur Vertreter einiger Völker; von den anderen wissen wir nur aus den Berichten derer, die für uns arbeiten. Und es ist natürlich völlig klar, daß diese ihre eigenen Lebensvorstellungen über die der anderen setzen. Aber in diesem Zusammenhang möchte ich noch eines wissen. Hat man eine vernünftige Erklärung für diese genetische Übereinstimmung?"

„Nein, bisher nicht. Wir wissen gegenwärtig nur, daß die Erde sehr viele Gemeinsamkeiten mit Korias aufweist. Klima und Vegetation sind sehr ähnlich. Die Erde ist etwas kleiner als Korias und näher an dem Zentralgestirn, das sie Sonne nennen. Deren Energieausstoß ist allerdings geringer, was die größere Entfernung von Korias zu Aurinko ausgleicht. Die spektrale Verteilung der Strahlung ist aber fast identisch. Anders ausgedrückt, wir haben ungefähr die gleichen Temperaturverhältnisse. Vielleicht hat sich deswegen eine ähnliche intelligente Spezies entwickelt."

„Das wäre aber ein gewaltiger Zufall, insbesondere, wenn man bedenkt, daß sie in der Entwicklung lediglich etwa eineinhalbtausend Jahre zurück sind. Ist das nicht sehr unwahrscheinlich?"

„Diese Frage hätte ich jetzt nicht von dir erwartet. Es gibt Milliarden Zentralgestirne und vermutlich auch Milliarden Planeten, auf denen sich Leben entwickeln kann. Das Leben kann sehr unterschiedlich sein. Auf den einen Planeten haben sich vielleicht intelligente Wesen entwickelt, sind aber mittlerweile ausgestorben, auf anderen ist die Entwicklung noch nicht so weit. Wir hatten nun eine Expedition ausgesandt, auch um nach intelligentem Leben im Weltraum zu suchen, aber sie war natürlich angewiesen sich auf Planeten zu konzentrieren, wo sich Leben ähnlich dem unseren entwickelt hat und zum Zeitpunkt unseres Besuches existierte. Daß wir sie auf der Erde gefunden haben ist kein Zufall. Die Hermonaren hatten ja vor hundert Jahren diesen Planeten schon einmal besucht, auch einige Exemplare mitgenommen. Aber das wurde damals offensichtlich alles nicht so gründlich untersucht, die Erdlinge standen ja auch naturwissenschaftlich und technisch noch auf einer recht niedrigen Stufe, kein Vergleich zu dem Niveau, das sie nun haben. Daher glaubten die Hermonaren auch nicht, daß sie viel mit ihnen anfangen könnten. Es wurden damals zahlreiche medizinische und biologische Untersuchungen mit ihnen gemacht. Sie durften unter Aufsicht der Hermonaren sogar Nachwuchs zeugen. Ansonsten wurden sie für niedere Arbeiten eingesetzt. Ich bin mir allerdings sicher, daß die Hermonaren uns nicht alle ihre Erkenntnisse über die Erdlinge mitgeteilt haben. Daß die irdischen Lebewesen uns gleich sind ist sicher ein Zufall. Eine andere Erklärung habe ich nicht."

„Schön", meinte Gorgol, „wenn wir schon am Plaudern und Spekulieren sind, möchte ich noch eines erwähnen. In einem der Berichte der Erdlinge hieß es, es gebe auf der Erde eine Glaubensrichtung, die davon ausgeht, daß die Erde vor vielen tausend Jahren – ihrer Zeitrechnung nach – von Raumfahrern besucht worden sei, und diese hätten die Entwicklung der Zivilisation initiiert. Mich hat das interessiert, aber der Berichtschreiber, der sich Karl nennt, wollte das nur der Vollständigkeit genannt haben, hielt das Ganze ansonsten für ein Märchen bevor er in unsere Hände geriet. Nun meinte er aber, vielleicht habe eine noch frühere Expedition von Korias die Erde besucht, dort Kinder gezeugt und die Grundlagen für die erdenmenschliche Zivilisation gelegt."

Parskholan blickte Gorgol mißtrauisch an. Der schüttelte den Kopf.

„Ich halte das für unwahrscheinlich, daß wir durch genetische Manipulation die Erdmenschen erschaffen haben; nach der Rechnung Karls müßte der Besuch mindestens sechstausend Jahre Erdenzeit, also dreitausend Jahre unserer Zeitrechnung zurückliegen. Damals hatten wir noch nicht die Fähigkeit interstellare Raumflüge zu unternehmen."

Parskholan lachte.

„Das nimmt man im allgemeinen an. Aber es gibt in unserer Geschichte große dunkle Flecken. Was wissen wir denn schon über die Zeit vor dem 'Großen Krieg' ?"

„Wir wissen wenig", bemerkte nun Gorgol, „aber vielleicht weiß man im 'Großen Rat' mehr. Es heißt ja, es soll Geheimarchive geben, zu denen nur einige wenige Zutritt haben."

„Da kann ich dir leider keine Auskunft geben", entgegnete Parskholan,

„ich gehöre nicht diesem Kreis an. Ich halte es allerdings für unwahrscheinlich, da es dann keinen Sinn machen würde, sich so intensiv mit der genetischen Struktur der Erdlinge zu beschäftigen, wenn wir sie erschaffen hätten. Und was das Studium ihrer Lebensweisen betrifft, es erschien uns nach der ersten Prüfung nur ein kleiner Teil der Erdlinge für eine Zusammenarbeit geeignet, wie du weißt. Das kam übrigens beim 'Großen Rat' schlecht an. Wir hatten eine große Expedition zur Erde gesandt um vernünftige Wesen einzusammeln und nach Korias zu überführen und ihr habt überwiegend Stümper mitgebracht. Das ist doch völlig schiefgelaufen."

„Ich weiß", stöhnte Gorgol, „ich war zwar wissenschaftlicher Leiter der Expedition hinsichtlich der Suche nach intelligentem Leben, wurde aber in das Einsammeln der Erdlinge überhaupt nicht eingebunden. Ich hatte auch gefordert, die eingesammelten Exemplare zu überprüfen und unbrauchbare Wesen wieder zurück zu schicken. Aber das hat der Raumschiffskommandant abgelehnt – ohne Begründung. Er ließ auch gleich Duplikate der Erdlinge anfertigen, welche dann wieder auf dem Planeten ausgesetzt wurden. Ich hielt das für vollkommen unsinnig. Was wäre denn dabei gewesen, wenn bei denen ein Erdling gefehlt oder auch einer der Zurückgebrachten unser Raumschiff von innen gesehen hätte ? Wir waren denen doch zu nichts verantwortlich !"

Parskholan brummte etwas vor sich hin.

„Dann liegt eine kleine Schuld wohl auch bei uns. Der Kommandant hatte den Auftrag, nicht mit intelligenten Extrakoriasnern in Kontakt zu treten und auch keine Anzeichen eines Besuches zu hinterlassen. Das war vielleicht ein Fehler gewesen, ist aber nun nicht mehr zu ändern. Es war allerdings auch eine Vorsichtsmaßnahme unsererseits. Wir mußten ja auch mit Feindseligkeiten rechnen. Und wir wußten nicht, wie sich in der Zwischenzeit die Waffentechnik auf der Erde weiterentwickelt hatte. Der Kommandant gab dann ja auch an, die Erdlinge hätten über Waffen verfügt, die dem Expeditionsschiff gefährlich werden konnten. Es handelte sich ja schließlich nicht um ein Kriegsschiff, das über geeignete Abwehrmaßnahmen verfügte. Nun ja, wir unterziehen nun die zunächst als unbrauchbar eingestuften Exemplare einer erneuten Prüfung. Vielleicht sind einige dabei, die nicht nur für biologische

Experimente taugen. Aber ich fürchte, ihr geistiges Niveau wird schon niedriger sein. Mache dich also darauf gefaßt, noch ein paar Exemplare zu erhalten, die aber weniger nützlich sind. Das läßt sich allerdings nicht ändern."

„Leicht wird es nicht", stöhnte Gorgol, „ich habe ja ohnehin nur drei Erdlinge, das heißt, mir dem Neuen, dessen Fähigkeiten ich noch nicht so richtig einschätzen kann, sind es vier. Terscko ist wesentlich besser ausgestattet."

„Beschwere dich nicht. Deine Gruppe ist zwar klein, aber hervorragend. Ihre Berichte sind kurz und klar, kommen immer gleich auf den Punkt. Der 'Große Rat' sieht das positiv, er hat aus diesem Grund auch den Antrag deiner Mitarbeiterin Kalinna gleich genehmigt."

Gorgol zog die Augenbrauen hoch.

"Ja, mit der Sexualität ist das so eine Sache", fuhr Parskholan fort, „wir setzen ja auf künstliche Befruchtung, suchen Ei- und Samenzellen aus, die genetisch zusammenpassen, wie wir das nennen. Das bedeutet aber, wir glauben dadurch die körperlichen und geistigen Eigenschaften des Kindes, das entsteht, schon im voraus einigermaßen bestimmen zu können und somit den Nachwuchs zu erhalten, den wir uns wünschen. So die Theorie. Aber die Praxis hat gezeigt, daß dies nicht wirklich funktioniert. Es hat sich herausgestellt, daß die Vereinigung von Samen- und Eizellen von Personen, die in die Klasse der 'Vornehmen' und 'Herrschenden' aufgenommen wurden, nicht unbedingt zu Nachwuchs führt, der auch in die Klasse der 'Vornehmen' oder 'Herrschenden' aufgenommen werden kann. Deswegen gehören ja auch alle Kinder erst einmal der Klasse der 'Gemeinen' an. Das heißt, durch die künstliche Befruchtung erhalten wir nicht unbedingt den Nachwuchs, den wir zur Aufrechterhaltung unserer Gesellschaft, unserer Zivilisation benötigen. Du verstehst was ich meine ?"

Gorgol nickte.

„Ich verstehe; zeugen ein männliches und ein weibliches Wesen ein Kind, so kommt es zu einer zufälligen Mischung der Gene. Das Resultat ist dann nicht vorhersehbar. Das heißt, es kann zu einem guten oder auch zu einem schlechten Ergebnis führen."

„Ja, das ist so", bestätigte Parskholan, „wenn das Ergebnis schlecht ist, dann kann man das korrigieren. Ein überdurchschnittliches Ergebnis kann man aber nicht künstlich herbeiführen, wie sich gezeigt hat."

„Das sollte doch prinzipiell möglich sein."

„Sicher, in der Theorie, aber in der Praxis klappt das trotz jahrhundertelanger Forschung noch immer nicht, wie ich gerade eben ausgeführt habe. Wir können nicht künstlich Genies erzeugen."

Parskholan nahm einen Schluck Sudgetränk.

„Wir haben natürlich schon Experimente mit den zu den rituellen Paarungen ausgewählten Kalgunen durchgeführt. Die Ergebnisse sind recht ermutigend, aber bevor wir das in großen Stil praktizieren, möchte der 'Große Rat' nähere Informationen über die mit dem geschlechtlichen Umgang verbundenen Gefühle. Du kennst ja sicher einige dieser alten Berichte, nach denen diese geschlechtlichen Empfindungen zu Streitereien bis hin zu Kriegen führten. Wenn wir also geschlechtliche Empfindungen wieder zulassen, möchten wir natürlich wissen, auf was wir uns da einlassen, speziell natürlich erfahren, welcher Art diese Empfindungen sind. Vielleicht läßt sich dann die Ursache für die Streitereien herausfinden. Kennen wir sie erst einmal, so lassen sich sicher auch Gegenmaßnahmen ergreifen. Und diese rituellen Begatter haben uns bisher keine brauchbaren Erkenntnisse geliefert. Daher wurde Kalinnas Antrag auch genehmigt. Sie ist eine hervorragende Wissenschaftlerin und wird uns brauchbare Ergebnisse liefern. Da bin ich mir völlig sicher."

„Das denke ich auch", bestätigte Gorgol.

„Nun ja", fuhr Parskholan fort, „es ist noch nicht offiziell, sage es daher nicht weiter, auch nicht Kalinna. Sie wird als Vollmitglied in die Akademie aufgenommen."

Gorgol lächelte.

„Das freut mich für sie."

Parskholan blickte zur Uhr.

„Ich denke, für heute genügt es. Ich bleibe ja noch einige Tage. Wir sehen uns sicher noch einmal."

Er verabschiedete sich.

Zwei Tage später trafen sie sich erneut, eher privat als dienstlich, im

Gartencafe. Jeder hatte ein Glas Fruchtwein vor sich stehen.

„Es kursieren Gerüchte, die Hermonaren hätten von ihrer Weltraumexpedition vor zehn Jahren, Exemplare einer Rasse vom Planeten Antaresterr mitgebracht, die uns auch ähneln. Was ist da eigentlich dran ?" begann Gorgol.

„Ich weiß auch nur, daß sie uns vermutlich auch genetisch ähneln, aber technisch auf einer viel niedrigeren Stufe stehen als die Erdlinge. Sie muß so dem Niveau der Antorrobier entsprechen. Entweder sind die Hermonaren da sehr zugeknöpft oder der 'Große Rat' gibt nichts weiter", antwortete Parskholan, er lächelte dabei leicht.

„Ich weiß, was du denkst", Gorgol grinste, „innerhalb von etwa hundert Lichtjahren, drei Sorten intelligenter Lebewesen auf zwar technisch unterschiedlichem, aber geistig so ziemlich gleichem Niveau. Das sieht doch nicht nach einer natürlichen Entwicklung, sondern nach einer künstlichen Erschaffung aus. Aber wenn wir es nicht waren, wer war es dann ? Gibt es darüber Geheimberichte ? Und warum sind sie geheim ?"

„Eigentlich darf ich nicht darüber reden. Doch du bist mein Freund. Halte aber bitte den Mund, sonst geraten wir beide in Schwierigkeiten. Also: vor einigen Jahren sollte auf der Insel Sorrileron ein Weltraumflughafen errichtet werden. Bei den Erkundungsarbeiten stieß man auf die Ruinen einer alten Stadt, entdeckte dort auch eine umfangreiche Bibliothek. Es kostete einige Mühe um die Sprache zu analysieren und die Schrift zu entziffern. Es sind bisher auch nur ein Teil der Texte übersetzt. Aber es gibt zahlreiche Hinweise darauf, daß Korias einst von Raumfahrern besucht wurde, welche die Menschen hier erschaffen haben. Als ihr Herkunftsort wird ein Planet des Fixsterns Ajiwa vermutet, der etwa neunhundert Lichtjahre entfernt ist. Der 'Große Rat' nimmt die bisherigen Berichte sehr ernst. Sie sind aber Verschlußsache, nur die Leiter der Akademien wurden in Kenntnis gesetzt, allerdings zur Verschwiegenheit verpflichtet. Das soll auch so bleiben bis alle Texte übersetzt sind. Mittlerweile wurden umfangreiche Ausgrabungen auf Sorrileron begonnen, das Raumflughafenprojekt wurde selbstverständlich aufgegeben. Und man sucht natürlich auch nach Hinweisen auf Orte auf Korias, wo sie sich sonst noch aufgehalten und

Spuren hinterlassen haben könnten. Im Moment wird natürlich noch viel spekuliert. Aber der 'Große Rat' plant bereits eine Weltraumexpedition auszusenden, wenn sich die Vermutung eines Besuchs von Raumfahrern als plausibel erweisen sollte. Aber bis dahin werden wohl noch einige Jahre vergehen."

„So, so", Gorgol wiegte den Kopf, „ich habe schon vernommen, daß eine neue Expedition vorbereitet wird, aber noch nichts darüber, was ihr Ziel ist und wann sie durchgeführt werden soll."

Beide nahmen nun einen großen Schluck Fruchtwein.

„Das ist ja auch noch vollkommen offen. Aber so ein Unternehmen muß gut vorbereitet sein, das verlangt Zeit. Schließlich wollen wir ja erfahren, wo wir herkommen und wie wir wurden was wir sind."

„Aber das klingt doch phantastisch, bedeutet wahrscheinlich sogar, daß wir, die Erdlinge und diese Antarestier die gleichen Wurzeln haben und es weit draußen im Weltall eine Zivilisation gibt, die uns alle erschaffen hat. Die sollten wir doch kennenlernen."

Parskholan lachte.

„Vielleicht ist die schon lange untergegangen, aber vielleicht sind noch genetische Spuren vorhanden. Übrigens, Terscko schrieb in einem seiner letzten Berichte, die Antorrobier hätten auch gewisse genetische Ähnlichkeiten mit uns. Aber genug zu diesem Thema. Reden wir über etwas anderes."

Sie plauderten, tranken, verabschiedeten sich erst gegen Mitternacht.

16. Kalinna und Karl

Es war am frühen Nachmittag; Kalinna betrat Karls Büro, grüßte freundlich, lächelte.

„Na, wie geht es dir so ? Hast du den Ärger wegen Alberta einigermaßen überwunden ?"

Karl zuckte mit den Achseln.

„Was heißt überwunden ? Was soll's ? Es lohnt sich nicht einer Frau nachzutrauern, auch wenn sie hübsch ist ?"

Kalinna blickte ihn etwas spöttisch an.

„Du verstellst dich. Du kannst mich nicht täuschen. In Wirklichkeit bist du ziemlich aufgebracht, weil sie dich wegen Tobias verließ, zumal dich dann auch noch Joan abgewiesen hat."

Karls Miene verfinsterte sich."

„Was geht dich das an ?"

Kalinna lächelte noch immer.

„Privat gar nichts, dienstlich schon; es ist ja schließlich meine Aufgabe, die Verhaltensmuster von euch Erdlingen zu studieren. Und jetzt erlebe ich auch einmal in der Praxis einen Gemütszustand, den ihr als Eifersucht bezeichnet. Wir kennen solche Gefühle doch gar nicht."

Ihr Lächeln milderte seinen grimmigen Blick etwas. Er konnte ihr nicht wirklich böse sein, auch wenn er versuchte den Anschein zu geben.

„Ich bin aber nicht gekommen um dich zu ärgern", fuhr sie dann freundlich fort, „das Baden im See neulich hat mir wirklich sehr gut gefallen. Es ist schön warm heute und ich möchte nachher wieder einmal zum See gehen. Kommst du mit ?"

Auch wenn er mittlerweile wieder etwas milder gestimmt war, leicht verärgert war er doch noch.

„Brauchst du mich dafür unbedingt ?" entgegnete er mürrisch, „kannst du da nicht alleine hingehen, du kennst den Weg doch."

Kalinna ließ sich nicht aus der Fassung bringen. Sie blieb freundlich.

„Das schon", erwiderte sie mit sanfter Stimme, „und unbedingt brauche ich dich auch nicht. Aber du weißt doch, ich kann noch nicht so richtig schwimmen. Und da ist es mir schon lieber, wenn ich nicht alleine bin. Laß doch den grimmigen Blick, du kommst doch gerne mit und freust dich im Grunde über meinen Vorschlag. Oder etwa nicht?"

Karls mürrische Miene verschwand.

„Du hast gesiegt, mich umgarnt. Ich komme mit. Wann willst du gehen?"

„Das kann ich nicht so genau sagen. Ich habe noch einige Aufgaben zu erledigen. So drei bis vier Linkane kann das schon noch dauern."

„Das macht nichts, ich richte mich ganz nach dir."

„Dann bis später."

Kalinna verließ das Büro. Karl blieb in guter Stimmung zurück.

„Eine recht süße Maus", dachte er, „schade, daß sie nur wie eine Frau aussieht, aber sonst ein Neutrum ist."

Er konzentrierte sich dann wieder auf seine Arbeit. Kalinna erschien knappe vier Linkane später und sie spazierten in Richtung See.

„Weißt, das Baden oder Schwimmen in einem See ist eine völlig neue Erfahrung für mich, wir Kalgunen haben keinerlei Beziehung zu so etwas. Du wirst das gar nicht verstehen. Ich habe meinem Kollegen Alkuron davon erzählt; er blickte mich nur erstaunt an, meinte dann: 'Diese Erdenmenschen sind schon merkwürdige Wesen. Was ist daran schon angenehm im Wasser herumzuplantschen? Wasser kann man trinken. Wasser benutzt man um sich zu waschen, aber nicht um sich darin herumzulümmeln.' Nun ja, dieser Meinung war ich vor nicht allzu langer Zeit auch noch. Aber man kann ja neue Erfahrungen machen. Das schadet ganz und gar nicht."

Sie erreichten den See, entkleideten sich, stiegen ins Wasser.

„Ich möchte auch so schwimmen können wie ihr. Joan hat es mir neulich gezeigt, aber es klappt noch nicht so richtig. Zeigst du es mir noch einmal?"

„Gut, paß auf wie ich es anstelle."

„Nein, nicht so. Joan hat mich waagrecht im Wasser gehalten und mir erklärt, welche Bewegungen ich mit den Armen und Beinen auszuführen habe. Mache es auch so."

Karl zögerte. Kalinna lächelte ihn an.

„Was hast du? Du kannst mich ruhig anfassen. Zier dich nicht."

Karl zögerte noch immer etwas, aber ihr herausforderndes Lächeln bewog ihn ihrer Aufforderung nachzukommen. Zum ersten Mal spürte er ihren Körper. Er fühlte sich wundervoll weich an. Er erklärte ihr nochmals die auszuführenden Arm- und Beinbewegungen, die sie sehr schnell beherrschte. Bald konnte er sie loslassen und sie schwamm eine kurze Strecke selbständig.

„Das klappte ja recht schnell", bemerkte er heiter, „der Rest ist jetzt nur noch eine Sache der Übung. Bis zum Aurinkountergang hast du ja noch fast zwei Linkane Zeit."

Doch bereits nach der Hälfte der Zeit begab sich Kalinna ans Ufer.

„Diese ungewohnten Bewegungen ermüden doch auf Dauer, wenn man noch keine Übung hat. Ich möchte mich ein bißchen hinlegen und ausruhen. Du kannst ja noch im Wasser bleiben."

Doch bald darauf kam Karl auch ans Ufer, legte sich neben Kalinna.

„Es ist noch schön warm und ich will auch ein bißchen die Abendsonne genießen. Wie nennt ihr das eigentlich? Abendaurinko? Sagt ihr auch statt 'sonnig' 'aurinkig'?"

Karl lachte.

„Es klingt irgendwie komisch. Aurinkig!"

Kalinna lachte ebenfalls.

„Das hat der Translator jetzt nicht übersetzt. Vermutlich gibt es dafür in unserer Sprache kein entsprechendes Wort. Den Ausdruck 'aurinkig' habe ich auch noch nie benutzt oder von anderen gehört. Lassen wir es also bei 'sonnig'. Und sonnig ist es also, wenn die Aurinko nicht von Wolken verdeckt wird. Richtig?"

„Ja, so ungefähr. Eigentlich benutzt man den Ausdruck, wenn nur wenige Wolken am Himmel sind und die Sonne meist nicht bedeckt wird."

„Wir nennen das 'weitgehend wolkenfrei'; aber 'sonnig' klingt schöner. Lassen wir es dabei."

Sie lagen nun nebeneinander, blickten sich liebevoll an, schwiegen.

„Ich weiß, was du denkst und gerne tun möchtest", sagte sie nach einer Weile, „tue, was du tun möchtest. Es war sehr angenehm, von dir berührt zu werden, vorhin im Wasser."

Er streichelte sie, küßte sie schließlich; sie genoß es.

„Jetzt müssen wir aber aufbrechen", meinte sie schließlich, „es wird

146

bald dunkel. Kommst du mit mir, zum Abendessen ?"
Karl blickte sie groß an.
„Was hast du ?" fragte sie lächelnd, „das ist nicht verboten. Ich werde
auch etwas zu essen zubereiten. Ich kann das."
Die Wohnungen der koriasnischen Akademieangehörigen, sofern sie
nicht in der 'Stadt' wohnten, lagen auf der dem Meer zugewandten Seite
des Akademiegebäude – Komplexes, die Karl, irdischen Maßstäben
entsprechend, als die Ostseite ansah, während die Wohnungen der
Erdenbewohner auf der Westseite lagen. Karl war noch nie hier gewesen. Die Häuser waren durchweg flach, allerdings von unterschiedlicher Größe und bildeten eine kleine Siedlung.
„Hier wohne ich", meinte Kalinna, auf ein eher kleines Gebäude zei-
gend, „das ist ein Haus mit nur drei Wohnungen, die meisten sind
größer, enthalten bis zu zehn Wohneinheiten. Es gibt aber auch kleinere
mit nur einer Wohnung, für unsere Abteilungsleiter, Bereichsleiter und
Direktoren."
Kalinnas Wohnung umfaßte drei größere Räume, eine Art Küche und
ein Duschzimmer mit Toilette.
„Sieht fast wie eine Wohnung auf der Erde aus."
Kalinna grinste.
„Wir sind eben privilegiert. Das ist schon ein ganz anderes Lebens-
gefühl als in den engen Wohnhöhlen der 'Gemeinen' in Ogachich, wo
man nur einen Raum hat und sich das Duschzimmer mit mehreren
anderen teilen muß."
Sie bat Karl im Wohnraum Platz zu nehmen, während sie das Abendessen zubereitete. Karl hätte ihr gerne dabei zugesehen, doch sie lehnte
es ab.
„Sie kann sicherlich frisches Gemüse und Fleisch bekommen, aber
vielleicht versteht sie es nicht die Sachen zuzubereiten, mischt daher
verschiedene Sorten Fertigfutter zusammen und möchte dies natürlich
vor mir verheimlichen", dachte er.
Er wollte sie aber nicht beleidigen, akzeptierte daher ihren Wunsch. Es
schmeckte dann auch nur mittelmäßig, aber Karl lobte das Essen. Als
sie die Mahlzeit beendet hatten ließen sie sich dem Sofa nieder. Kalinna
holte vorher noch eine Flasche Fruchtwein aus dem Kühlschrank,

schenkte dann ein. Sie begannen ein unverbindliches Gespräch. Kalinna rückte immer näher an Karl heran, begann ihn zu streicheln.

„Berühre mich auch. Hab keine Scheu."

Karl erfüllte ihren Wunsch.

„Ich denke, die Gewänder stören. Legen wir sie ab", meinte sie nach einiger Zeit.

Bald stellte sie allerdings ihre Berührungen ein, führte statt dessen seine Hand über ihren Körper, dorthin wo er sie intensiv streicheln und auch mit dem Mund liebkosen sollte. Ihr gefiel das Spiel, sie begann heftig zu atmen. Schließlich, bevor es zu intimsten Berührungen kam, rückte sie ein Stück von ihm weg, sagte:

„Ich denke, das genügt für heute. Für mich sind das ja ganz neue Empfindungen, sehr schön, aber auch fremdartig und ungewohnt, daher auch ein bißchen unheimlich. Ich muß erst lernen sie zu genießen. Das heben wir uns für das nächste oder übernächste Mal auf. Es drängt uns ja niemand. Bleibe aber bitte heute Nacht bei mir."

Sie schliefen eng aneinander geschmiegt ein, trennten sich aber im Laufe der Nacht, da die Stellung zu unbequem zum Schlafen war.

„Es wäre für mich schon interessant, einmal diese unterirdische Stadt Ogachich kennenzulernen, verzeih mir den Begriff 'unterirdisch', du verstehst aber, was ich meine", begann Karl beim Frühstück, „ich kann mir einfach nicht vorstellen, daß Menschen, mit allem Lebensnotwendigem versorgt, einfach so dahinleben, nicht nach gestern, nicht nach morgen fragen, sondern bloß in den Tag hinein leben, irgendwelche Arbeiten verrichten, die ihnen aufgetragen werden und irgendwelchen Vergnügungen nachgehen, die ihnen gestattet werden. Ich darf das doch einmal so ausdrücken."

Kalinna seufzte.

„Was erwartest du dort? Unterhaltungen mit den Bewohnern über ihre Situation, ihre Probleme, ihre Gefühle, ihre Lebensansichten?"

Sie lächelte nun.

„Das kannst du vergessen. Sie leben dort in einer anderen Welt. Verstehe mich richtig. Auch wir kommen aus verschiedenen Welten, sind aufgewachsen auf weit entfernten Planeten, geprägt durch die dort

148

herrschenden Kulturen und dennoch stehen wir uns geistig wesentlich näher als ich den dort lebenden Vertretern meiner eigenen Rasse. Sie sind nichts weiter als das Ergebnis jahrhundertelanger psychischer Manipulation. Man könnte sagen, sie sind intelligente Lebewesen, nach deinen Begriffen Menschen, meinetwegen, die keinen eigenen Willen, keine Eigeninitiative besitzen, letztlich stets nur das tun, was man ihnen aufträgt und blindlings gehorchen. Man kann es auch so ausdrücken: sie gehorchen den Befehlen, ohne ihren Sinn zu verstehen. Es käme ihnen auch niemals der Gedanke, nach dem Sinn der Befehle oder Ordnungen zu fragen oder gar die Ordnung oder Regelung ihres Daseins in Frage zu stellen."

„Ohne Ausnahme ?"

„Es gibt dort eine nicht offen sichtbare Geheimpolizei, die alle überwacht, und jeden, der eigene Gedanken erkennen läßt, aus dem Verkehr zieht. Es scheint allerdings aber auch eine kleine Gruppe von Existenzen zu geben, welche der Geheimpolizei immer wieder durchs Netz schlüpfen."

„Trotzdem", wandte Karl ein, „aus den Erzählungen kann man sich ein gewisses Bild machen. Dennoch ist es besser, die Dinge durch eigene Anschauung kennenzulernen. Erzählungen sind immer von der Ansicht des Erzählers gefärbt, was es schwer macht, etwas objektiv zu beurteilen, wenn ich das einmal so nennen darf, weil stets die Meinung des Erzählers oder Berichterstatters mitschwingt. Man wird dadurch von vornherein in eine bestimmte Denkrichtung gelenkt. Daher sieht man die Dinge oft nicht so wie sie wirklich sind, sondern wie man sie als wirklich dargestellt bekommt. Und genau das möchte ich überwinden. Das kann man erreichen, indem man mehrere Berichte unterschiedlicher Erzähler miteinander vergleicht oder sich ein eigenes Bild der Lage macht. Verstehst du, was ich meine ?"

„Sicher, du willst dir ein eigenes Bild machen, ganz objektiv, wie du das nennst. Aber du mußt dir auch bewußt sein, daß du nur einen kleinen Ausschnitt der Wirklichkeit sehen wirst. Du wirst kaum Gelegenheit haben die Stadt nach Lust und Laune zu durchstreifen. Das ist in unseren Regeln nicht vorgesehen. Du mußt immer ein konkretes Ziel haben, es auch angeben, wenn du kontrolliert wirst. Das ist insbesondere dann wichtig, wenn du dich als 'Vornehmer' im Stadtbereich der 'Gemeinen' aufhältst."

„Diese Dilemma ist mir schon klar. Auf der einen Seite muß ich auf der Basis von dem, was man mir erzählt urteilen, auf der anderen Seite muß ich auf der Basis von dem, was ich sehe urteilen und das sind immer nur Momentaufnahmen, kleine Ausschnitte aus der Gesamtwirklichkeit, wobei ich nicht einmal weiß, ob diese Eindrücke typisch oder gar repräsentativ für die Gesamtwirklichkeit sind. Aber es schadet doch letztlich nicht. Ich kenne dann die Erzählungen, ich kenne meine eigenen Beobachtungen. Wenn die Eindrücke übereinstimmen, dann ist das schon einmal gut, wenn nicht, dann muß ich eben versuchen die Widersprüche aufzuklären."

„Wie du willst. Ich lege dir da keine Steine in den Weg. Ich habe übrigens eine kleine Wohnung in Ogachich, da ich dort des öfteren gewisse dienstliche Angelegenheiten zu erledigen habe. Du kannst beim nächsten Mal mitkommen. Es ist nicht verboten, wenn ich einen triftigen Grund angeben kann. Aber eine Genehmigung dafür brauche ich schon. Du benötigst auch einen speziellen Ausweis, der dich berechtigt, die Stadt wieder zu verlassen. Der wird nur dann ausgestellt, wenn du eine offizielle Erlaubnis zum Besuch der Stadt besitzt. Eines sollst du allerdings wissen. Ich habe das vorhin schon angesprochen: es gibt dort Gesetze, die unbedingt eingehalten werden müssen."

Kalinna sagte das jetzt sehr ernst.

„Und bei dem geringsten Verstoß schreitet die Geheimpolizei ein. Hat sie dich erst einmal verhaftet, erfährt niemand, was mit dir passiert. Weder ich noch Gorgol können dir dann noch helfen. Du kennst diese Regeln nicht. Das ist gefährlich. Du kannst zwar mitkommen, aber ich rate dir dringend davon ab, in der Stadt auch nur einen Schritt ohne meine Begleitung zu tun. Wenn ich etwas zu erledigen habe, dann mußt du unbedingt in der Wohnung bleiben. Das ist mein voller Ernst."

„Vielen Dank für die Warnung. Aber du brauchst keine Angst zu haben. Ich bin diszipliniert genug um deine Anordnungen zu befolgen und keine eigenen Schritte zu unternehmen. Ich werde das beherzigen."

17. Besuch in Ogachich

Als Karl einige Tage später seinen nächsten Bericht ablieferte, meinte Kalinna eher nebenbei, aber das war natürlich gespielt.

„Ich werde demnächst für einige Zeit nach Ogachich reisen, da ich dort einige Aufgaben zu erledigen habe. Hast du wirklich Interesse daran mitzukommen."

Karl verschlug es fast die Sprache.

„Ja, ist das denn wirklich möglich ? Ich dachte, du hättest dir neulich nur einen Scherz erlaubt."

„Üblicherweise nicht, aber auch nicht wirklich verboten. Ich habe hierfür von Fuscharlo, dem Leiter der Akademie, bereits eine Genehmigung eingeholt."

„Wie kommt denn das ? Ist er dazu überhaupt berechtigt ? Wer ist Fuscharlo überhaupt ? Der Chef von Professor Gorgol ?"

„Nein, natürlich nicht. Ich habe mich jetzt auch nicht völlig klar ausgedrückt. Wir gehören doch zum wissenschaftlichen Zweig. Er ist der Leiter der Verwaltung. Das ist aber ein hoher Posten. Er gehört der Klasse der 'Herrschenden' an, darf solche Genehmigungen ausstellen, wenn sie begründet sind. Und ich habe den Besuch als Teil des wissenschaftlichen Programms deklariert: die Erforschung der Auswirkung des Aufenthaltes dort auf die Psyche eines Erdlings."

Karl zog die Augenbrauen zusammen.

„Und was hat das für einen Nutzen ?"

„Was fragst du eigentlich ? Ziel der Wissenschaft ist es in erster Linie das Wissen zu erweitern. Praktischen Nutzen müssen wissenschaftliche Erkenntnisse nicht unbedingt haben. Es ist nicht schlecht, wenn dies der Fall ist, aber das ist nicht die Voraussetzung für die Forschung. Das ist bei euch auf der Erde auch nicht anders. Es spielt ja aber auch keine Rolle. Entscheidend war doch, daß ich diesem Verwaltungsmann, der von solchen Dingen nichts versteht, weismachen konnte, daß der Besuch der Stadt für unsere Forschung von großer Bedeutung ist."

Karl grinste.

„Eigentlich kann es mir ja auch gleichgültig sein. Ich komme mit. Nachdem nun die Insel fast paradiesisch wirkt, möchte ich auch einmal eure andere Seite, oder besser gesagt, eure wirkliche Welt kennenlernen. Wann reisen wir?"

„In zwei Tagen."

Die geheimnisvolle, unheimliche Stadt. Die wahre Welt der Kalgunen. Ein lang gehegter Wunsch ging in Erfüllung! Karl fieberte dem Reisetermin entgegen.

Ein Luftfahrzeug brachte sie zum Kontinent. Als Karl ausstieg erblickte er einen nicht allzu großen Landeplatz. Ein Luftkissenfahrzeug brachte sie zu einem größeren Gebäude.

„Hier ist einer der Einstiege nach Ogachich", erklärte Kalinna, „es gibt mehrere."

„Kann ich mich noch ein bißchen umsehen, bevor wir unter der Erde verschwinden?" fragte Karl.

„Unter der Erde?"

„Na ja, das sagt man bei uns so, meint dabei 'unter der Erdoberfläche'; hier könnte man sagen, 'unter der Koriasoberfläche' verschwinden."

Kalinna lachte.

„Und was erwartest du hier?"

„Weiß nicht."

„Na schön; bleib aber nich so lange weg. Eine Linkane genügt."

Karl schritt los. Er durchquerte das Gebäude, gelangte nach draußen, erreichte bald einen Zaun, der nicht nur den Weg, sondern auch die Sicht versperrte. Ein Tor fand er nicht. Zu den beiden anderen Seite hin wurde der Weg durch Gebäude begrenzt. Er lief zurück. Kalinna erwartete ihn am Eingang.

„Das war aber ein sehr kurzer Ausflug."

„Es gab nichts zu sehen."

„Was hast du denn erwartet? Wälder? Wiesen? Wüsten? Berge? Das Meer?"

Sie lachte.

„Nein, das alles siehst du hier nicht. Hier stehen die Fabriken, die man nicht unter der Koriasoberfläche haben will. Und außerhalb wirst du hier nichts finden als undurchdringlichen Gestrüpp. Es gab Pflanzen, denen die Verseuchung der Kontinentoberfläche nichts anhaben konnten. Die wuchsen, tausend Jahre lang. Und heute bilden sie ein undurchdringliches Dickicht."

Karl verzog leicht das Gesicht.

„Nun ja", fuhr Kalinna fort, „dann ist ja deine Neugier erst einmal befriedigt."

Sie überreichte Karl eine metallene Marke.

„Hier, das ist dein Ausweis, die Berechtigung für den Aufenthalt in Ogachich. Den brauchst du um durch die Sperren an den Zugängen zu gelangen, aber auch bei Kontrollen in der Stadt und vor allen Dingen wenn du die Stadt wieder verlassen willst. Bewahre ihn also sorgfältig auf."

Sie gingen in das Gebäude zurück, Kalinna führte ihn zu einem Fahrstuhleingang.

„Die Stadt liegt zweitausend bis dreitausend Retem unter der Oberfläche. Sie besteht aus drei Ebenen. In der obersten wohnen die 'Vornehmen'. Es soll dort auch einen Bezirk geben, in dem die 'Herrschenden' leben. Er hat aber keinerlei direkte Verbindung zu den anderen Bereichen der Stadt. Sie wollen damit vermeiden, daß Unberechtigte zu ihnen kommen. In den beiden unteren Bezirken wohnen die 'Gemeinen'. Die Ämter und Büros sind vorwiegend in der mittleren Ebene, die großen Fabriken in der untersten Ebene untergebracht."

„Betreten die 'Herrschenden' niemals die eigentliche Stadt ?"

„Möglicherweise schon, aber darüber weiß ich nichts. Sie haben ja auch Aufzüge zur Oberfläche, können daher über einen Umweg in die Stadt gelangen."

„Aber sie haben doch sicher Dienstpersonal ? Und diese dürften doch wohl der Klasse der 'Gemeinen' angehören."

„Du stellst Fragen. Vermutlich haben sie das. Aber welche Regelungen es da gibt und wie sie untergebracht sind, das weiß ich wirklich nicht. Unser Fahrstuhl hier führt jedenfalls bis zur mittleren Ebene. Es gibt ja auch 'Gemeine' welche die Erlaubnis haben zur Oberfläche zu kommen."

Sie betraten einen recht kleinen Raum, der etwa fünfzehn Personen

Platz bot.

„Genügt denn das ?" fragte nun Karl.

„Sicher", erwiderte Kalinna, „es herrscht kein großer Personenverkehr zwischen der Stadt und der Oberfläche. Die drei Ebenen sind durch Treppen und Kabinenbahnen miteinander verbunden. Und zum Transport von Gütern gibt es große Lastenaufzüge."

„Habt ihr 'Vornehme' denn Verbindung zu den 'Gemeinen' ?"

„Natürlich, wir stellen ja das Führungspersonal in den Ämtern und Fabriken. Während der Arbeitszeit haben wir schon Kontakt, allerdings nicht in der Freizeit. Und wir wohnen selbstverständlich auch in getrennten Ebenen."

„Ist euch privater Kontakt zu den 'Gemeinen' eigentlich verboten ?"

„Nein, nicht ausdrücklich, aber er ist nicht üblich."

Der Aufzug stoppte.

„Hier müssen wir raus."

Sie betraten eine größere Halle, an deren Decke, nicht sichtbar, Leuchter angebracht waren. An der Tür befand sich eine Schranke, die sich mittels der Marke öffnen ließ.

„Ziemlich altertümliche Methode", befand Karl.

„Ich habe bisher nie darüber nachgedacht", lautete die Antwort.

Kalinna fuhr mit ihm zu einen großen Wohnkomplex. Ihre Wohnung lag im achten Geschoß, sie bestand aus zwei Zimmern, einer Art Küche, in der auch ein kleiner Tisch und zwei Stühle standen, einem Badezimmer mit Toilette. In jedem Zimmer hing ein größerer Bildschirm an der Wand. Der eine Raum enthielt ansonsten noch ein breites Bett und ein kleines Schränkchen, der andere einen Schreibtisch mit Sessel und eine Liege.

„Hier kannst du schlafen", sagte Kalinna, „falls du frische Kleidung brauchst, im untersten Geschoß befindet sich ein Magazin, dort kannst du dich bedienen. Laß die schmutzige Kleidung einfach zurück. Sie wird dann zentral gewaschen. Es gibt ohnehin nur Einheitskleidung."

Sie holte ein Getränk, eine Art Limonade, aus dem Kühlschrank, nahm zwei Gläser aus einer an der Wand hängenden Vitrine, schenkte ein. Dann setzten sie sich an den Tisch.

„Ich sagte dir bereits, daß du ohne mich nicht weggehen sollst", begann

sie dann, „verboten ist es nicht, aber besser für dich."
„Und was soll ich die ganze Zeit über tun, wenn du weg bist ?"
„Du hast doch das Tablett. Und du kannst auch Filme anschauen. Ich erkläre dir gleich, wie man die Bildschirme bedient."
Sie lachte.
„Ach, da habe ich ja noch etwas für dich. Du interessierst dich doch für diese Perriloboros. Terscko hat einen ersten Bericht über sie abgeliefert. Der wurde zwar als vertraulich eingestuft, aber ich denke ich kann dir vertrauen."

Karl verbrachte die Zeit von Kalinnas Abwesenheit damit, sich die diversen Filme anzuschauen. Er erkannte bald, daß sie alle nach dem gleichen Muster gestrickt waren. Sie glorifizierten das Leben in der unterirdischen Stadt und die erlaubten Vergnügungen, schilderten dagegen die Oberwelt in den gräßlichsten Farben als böse und gefährlich. Damit sollte den Bewohnern wohl die Lust genommen werden, die Oberwelt überhaupt kennenzulernen. Beispielhaft war eine Geschichte von etwa zwanzig Personen, denen es gelungen war die Sperren zu überwinden und nach draußen zu kommen. Sie gelangten in einen Dschungel, in dem wilde Tiere hausten, die einige von ihnen zerrissen; die Überlebenden irrten dann durch eine Wüste, wo ein paar verdursteten, gelangten nun in ein Gebirge, wo sie Steinschlägen und Schneestürmen ausgesetzt waren, schließlich ertranken noch einige im Meer. Nur einem gelang es zu einem Zugang zur Stadt zurück zu finden. Er erzählte allen von den gräßlichen Erlebnissen und dem ungeheurem Glück, das er hatte und überlebte. Und er schwor hoch und heilig, daß er nie mehr versuchen werde an die Oberfläche zu gelangen.

Unterbrochen wurde der Tagesablauf lediglich durch einen kleinen Roboter, der öfters auftauchte, den Speise- und Getränkevorrat im Kühlschrank ergänzte und die Wohnung reinigte.
„Diese kleinen Blechkerle gehören zu den wenigen Robotern, die wir hier haben. Du mußt auch wissen, die einzelnen Klassen der Kalgunen unterscheiden sich durch die Farbe ihrer Gewänder. Wir, die 'Vornehmen' haben weiße Gewänder, die 'Herrschenden' purpurfarbene, die

155

'Gemeinen' haben beige Kleidung. Und dann gibt es noch die 'Niederen'. Die stehen noch unter den 'Gemeinen' und sind diejenigen, welche die niedrigen und schmutzigen Arbeiten zu verrichten haben. Es sind in der Regel Leute, die sich irgendwelcher Vergehen schuldig gemacht haben und nun zur Strafe die Dreckarbeit verrichten müssen. Die Dauer der Strafe richtet sich nach der Schwere des Vergehens, dann kehren sie in den Stand der 'Gemeinen' zurück. Sie bilden keine eigene Klasse. Sie sind an ihren grauen Gewändern zu erkennen. Versuche nicht Kontakt mit ihnen aufzunehmen, antworte nicht, wenn sie dich ansprechen, erwidere auch nicht ihren Gruß. Das ist alles verboten."
Sie nahm einen Schluck von der Limonade.
„Natürlich könnte die Schmutzarbeit auch von Robotern übernommen werden. Aber das macht man nicht, die Schmutzarbeit soll eine Strafe sein und jeder soll diejenigen sehen, die bestraft wurden. Es ist übrigens so, jeder, der seine Strafe abgebüßt hat wird zum 'Gemeinen' und bleibt es auch sein Leben lang. Ein 'Vornehmer' oder ein 'Herrschender' wird niemals mehr in seine alte Klasse zurückkehren."
„Auf Erde würde man sagen, sie werden dadurch stigmatisiert", meinte Karl.
„Ja, das ist die Absicht."

Kalinna nutzte die Küche nur selten, ging mit Karl meistens in ein Restaurant. In den Lokalen in der obersten Ebene, die von 'Gemeinen' nicht betreten werden durften, gab es ähnliches Essen wie auf der Insel, auch Fruchtwein und Fruchtsäfte, in den Lokalen der 'Gemeinen' gab es nur Brei, eine Art Tee, Limonade und Wasser.
Karl drängte natürlich darauf, möglichst viel von der mittleren Ebene zu sehen. Zu der untersten Ebene hatten er und Kalinna keinen Zugang. Er wollte umher flanieren, was sich natürlich bei einer Kontrolle nicht mit dem Gang von einem Aufzug zu einem Restaurant erklären ließ. Kalinna ärgerte sich öfters darüber, da sie sich ständig einen Grund für einen ausgedehnten Aufenthalt in der mittleren Ebene ausdenken mußte.

Die Stadt Ogachich erschien einem Besucher, der ihren Aufbau und ihre Struktur zu ergründen suchte, als ein riesiger Gebäudekomplex, dessen Teile durch ein System von Gängen, Fahrstühlen, Kabinenbahnen und Laufbändern miteinander verbunden waren. Kleinere Fabriken waren, abhängig von den Waren, die dort produziert wurden, an der Peripherie oder auch innerhalb der Wohngebiete angeordnet. Man hatte das Prinzip gewählt, Fabriken, welche größere Mengen Abfall erzeugten oder auch Schmutz, an die Peripherie zu verlegen. Größere Werke waren in der unteren Ebene angesiedelt. Dort befanden sich auch die Anlagen zur Tierhaltung zur Fleischerzeugung. Die Tiere wurden in riesigen Ställen gehalten, allerdings nicht die gesamte Zeit bis zur Schlachtreife, sondern sie wurden von Zeit zu Zeit umquartiert. Diese Maßnahme ergriff man aus Hygienegründen um Krankheiten vorzubeugen. Die geräumten Ställe wurden gründlich gereinigt und desinfiziert bevor sie neu belegt wurden. Karl bekam diese Orte allerdings nicht zu Gesicht.

Metallschmelzen hatte man mittlerweile an die Oberfläche verlegt.

Die 'Gemeinen' und die 'Vornehmen' lebten in getrennten Ebenen. Büroanlagen, Verwaltungseinrichtungen, Ausbildungsstätten und Fabriken, welche keine großen Mengen an Schmutz erzeugten, waren in die Wohngebiete der mittleren Ebene integriert um kurze Wege zu den Arbeitsstellen zu gewährleisten. Die Wohnungen der 'Gemeinen' bestanden aus einem größeren Raum in einem riesigen Gebäudekomplex, der als Wohn- und Schlafzimmer diente, sowie einem Hygieneraum, der Bad und Toilette umfaßte, welcher allerdings mit einigen anderen geteilt werden mußte. Eine Küche gab es nicht, lediglich einen kleinen Ofen zum Erwärmen der Speisen, die in einem Laden im zweiten Geschoß gekauft werden konnten. Das erste, unterste Geschoß diente als Keller, Lagerraum.

Waschmaschinen kannte man nicht. Es gab auch nur eine Einheitskleidung. Oberkleidung und Wäsche konnte man sich aus den Textilmagazinen holen, die auch im Untergeschoß untergebracht waren, wenn man einen Wechsel für notwendig hielt. Dort wurde auch die benutzte Kleidung abgegeben. Das war bei den 'Gemeinen' nicht anders als bei den 'Vornehmen'.

Die Gebäudekomplexe, in welchen die Wohnungen untergebracht

waren, besaßen keine direkte Verbindungen miteinander. Im zweiten Geschoß gab es neben den Versorgungsmagzinen, den 'Läden', auch Cafes, Restaurants oder Friseursalons, außerdem Spielhallen und Sportstätten, in manchen auch Fitness-Studios.

Im dritten und vierten Geschoß befanden sich Büroräume, gelegentlich auch kleine Fabriken. Die Zahl der darüber liegenden Wohngeschosse variierte zwischen fünf und zehn.

Die Gebäudekomplexe in der oberen Ebene waren ähnlich aufgebaut. Es fehlten lediglich die Büroetagen. Die wenigen Büros, welche es hier gab, befanden sich alle im zweiten Geschoß.

Diese Gebäudekomplexe oder Hochhäuser, die Fabriken und die reinen Bürogebäude waren in Höhe des zweiten Geschosses durch 'Straßen', man könnte sie auch Gänge nennen, miteinander verbunden, durch Gehwege und Laufbänder; längere Strecken wurden mittels Kabinenbahnen zurückgelegt, die in Höhe des Bodens der unteren Stockwerke außerhalb der Gebäude verliefen. Dort befanden sich auch die Zustiegsstationen.

Zwischen den Hochhäusern und Fabriken gab es zusätzliche Sportstätten für Ballspiele, mit Laufstrecken und so weiter. In der oberen Ebene, dem Wohngebiet der 'Vornehmen', waren sie allerdings großzügiger ausgestattet.

Die Wohnungen der 'Vornehmen' waren größer als die der Gemeinen, umfaßten, wie die Kalinnas, zwei Zimmer, einen Hygieneraum und sogar eine Küche. Für 'Vornehme', welche Führungsaufgaben wahrnahmen, gab es sogar noch größere Wohnungen. Im Aussehen unterschieden sich die Gebäude in der oberen Ebene, wie gesagt, kaum von denen der mittleren Ebene. Es befanden in ihnen lediglich keine Büroetagen, auch gab es in der oberen Ebene keine Bürobauten und keine Fabriken.

Ein eigentlicher Tagesablauf existierte nicht, da der Betrieb in der Stadt durchgehend lief. Es wurde also jederzeit in den Büros und Fabriken gearbeitet; Restaurants, Cafes, Vergnügungs- und Sportstätten hatten stets geöffnet. Die Länge eines Arbeitseinsatzes betrug fünfzehn Linkane, daran schlossen sich fünfundzwanzig Linkane Freizeit an. Die Zeit zwischen zwei Arbeitseinsätzen bezeichnete man als 'Diers'. Die Länge einer Diers entsprach also nicht einem Koriastag von fünfzig

Linkanen. Nach jeweils zwölf Arbeitseinsätzen hatte man Anspruch auf eine durchgehende Freizeit, einen Urlaub von vier Diersen. Da hierbei allerdings die fünfundzwanzig Linkane Freizeit nach einem Arbeitseinsatz mitgerechnet wurden, entsprach der Zeitunterschied zwischen dem letzten Arbeitseinsatz vor dem Urlaub und dem ersten danach nicht einer vollen Anzahl von Diersen, das heißt, die Zeiten verschoben sich, es gab keinen festen Lebensrhythmus. Damit war auch die Zeiteinheit 'Mensane', die auf den Inseln benutzt wurde, in Ogachich bedeutungslos und daher auch weitgehend unbekannt.

Für Karl, der sich gerade an die Koriastage gewöhnt hatte, ergaben sich daraus Schwierigkeiten, da seine 'innere Uhr' durcheinander geriet. Die Bewohner der Stadt, einschließlich Kalinna, schienen damit aber keine Probleme zu haben.

In der Freizeit konnte jeder seinen Vergnügen nachgehen, sich Filme anschauen. Jede Wohnung verfügte über einen oder auch zwei Bildschirme, auf denen man das angebotene Unterhaltungsprogramm empfangen konnte. Es war auch möglich sportliche Aktivitäten wahrnehmen; es existierten auch einige 'Tanzlokale'. Man bewegte sich allerdings auf der Tanzfläche alleine, ohne körperlichen Kontakt zu anderen.

Kulturelle Veranstaltungen wie man sie von der Erde her kennt, gab es dort nicht: keine Theater- oder Opernaufführungen, keine Konzerte, keine Kabaretts, keine Kinos. Vereine waren ebenso unbekannt.

Bücher waren nur über die Tabletts abrufbar, die Auswahl war allerdings recht bescheiden.

Das heißt, ein wirkliches 'Kulturleben' kannte man nicht. Jeder lebte dumpf vor sich hin. Über den Sinn des Lebens oder der menschlichen Existenz dachte, von sehr wenigen Ausnahmen abgesehen, niemand nach. Das war auch unerwünscht.

Zwischenmenschliche Beziehungen blieben in der Regel oberflächlich, was auch daran lag, weil niemand sexuelle Gefühle empfand; jeder lebte im Grunde alleine vor sich hin. Das mag erschreckend klingen, doch die Bewohner von Ogachich wußten es nicht anders. Sie lebten seit Generationen so, ohne Bewußtsein für Vergangenheit oder Zukunft, man kannte nur die Gegenwart. Jeder Tag verlief im Grunde gleich.

Nach den ersten intimen Berührungen in Kalinnas Wohnung auf der Insel, hatte Karl gehofft, daß diese sich nun intensivieren würden, doch er wurde enttäuscht. Kalinna blieb zurückhaltend, sie vermied es sogar, zusammen mit ihm in einem Bett zu schlafen. Karl verwunderte sich darüber, wagte allerdings zunächst nicht nach den Gründen zu fragen. Nach einiger Zeit faßte er sich aber dann doch ein Herz.

„Haben dir meine Liebkosungen nicht gefallen ?" fragte er unvermittelt als sie wieder einmal beim Essen in einem Restaurant zusammensaßen.

„Wieso fragst du ?"

„Weil du so zurückhaltend bist. Ich ging davon aus, daß hier, wo wir so nahe zusammenleben, sich das intensivieren würde. Aber gerade das Gegenteil scheint der Fall zu sein."

„Aus gutem Grund. Ich wünsche zwar deine Berührungen und Liebkosungen, hier in der Stadt müssen wir es allerdings unterlassen. Das ist uns nur auf dem Akademiegelände außerhalb der Akademiegebäude gestattet. Du bist dir doch sicher im Klaren darüber, daß wir hier überwacht werden ?"

Karl nickte.

„Geschlechtliche Kontakte zwischen Männern und Frauen sind in unserer Lebensordnung nicht vorgesehen, das heißt, sie sind im Grunde nicht erlaubt. Lieben wir uns, dann tun wir etwas, was nicht den Regeln in der Stadt entspricht und müssen darum mit Konsequenzen rechnen – unangenehmen Konsequenzen."

Letztlich war es Karl aber dann doch zu langweilig während Kalinnas Abwesenheit in der Wohnung herumzusitzen, sich öde Filme anzuschauen, die ihn nicht interessierten und auf Kalinna zu warten. Eine wirkliche Beschäftigungsmöglichkeit bot sich ihm nicht, denn aufgrund einer offenbar organisatorischen Panne, vielleicht steckte auch Absicht dahinter, hatte er keinen Zugriff auf die 'Daten', konnte also nicht an seinen Forschungen weiterarbeiten. Also beschloß er schließlich nach langem Zögern, die Wohnung, die er quasi als Gefängnis empfand, einmal zu verlassen. Eingedenk der Warnung Kalinnas wollte er sich nicht zu weit entfernen, doch glaubte er, den Gebäudekomplex, in welchem das Appartement lag, etwas näher in Augenschein nehmen zu können. Der Bau bestand aus acht Stockwerken, in sechs davon waren Wohnungen untergebracht und ähnelten den Zimmerfluren irdischer Hotels.

Im 'Parterre', dem zweiten Geschoß, befanden sich ein Bad, einem Whirl-Pool ähnlich, der vier Personen Platz bot, in dem man sich entspannen, aber nicht schwimmen konnte. Daneben gab es mehrere mit diversen Apparaten ausgestattete Räume; einige davon waren offensichtlich Spielhallen, andere ähnelten eher dem, was man auf der Erde als Fitness-Studios bezeichnet. Dann gab es ein großes 'Warenhaus', in dem sich die Bewohner mit lebensnotwendigen oder auch sonstigen erwünschten Gütern wie Lebensmittel, Waschzeug, Tabletts, Bildschirmen oder auch Spielgeräten versorgen konnten. Schließlich befanden sich im 'Parterre' noch das Restaurant, das er mit Kalinna schon des öfteren aufgesucht hatte und drei kleinere, mit Tischen und Stühlen ausgestattete Räume, die dem ähnelten, was man auf der Erde als Cafe bezeichnet.

Karl betrat eines der Cafes. Es war gut besetzt, Leute saßen an den Tischen, teilweise zu zweit oder zu dritt, teilweise in größeren Gruppen, unterhielten sich. An einer Wand standen mehrere Automaten, aus denen man verschiedene Sorten Getränke und auch etwas Eßbares, was nach irdischen Begriffen wohl eine Art Gebäck darstellte, entnehmen konnte. Karl bediente sich, setzte sich dann an einen freien Tisch und beobachtete das Treiben in dem Raum. Bald war er aber etwas in sich versunken, fühlte Sehnsucht nach der Erde, dachte über seine Situation nach, hier, unter fremden Wesen, in einer fremden Welt, weit entfernt vom Heimatplaneten, ohne eine reelle Möglichkeit zurückzukehren. Eine leichte Wehmut überkam ihn. Und so bemerkte er gar nicht, daß sich ein Mann, ohne Gruß und ohne um Erlaubnis zu fragen zu ihm an den Tisch setzte. Er erschrak daher leicht als jener ihn ansprach.

„Du bist kein Kalgune."

Karl blickte auf, schaute den Mann mißtrauisch an. Was bedeutete die Frage ? Der Farbe seines Gewandes nach handelte es sich um einen 'Gemeinen'. Warum sprach er ihn an ? Und wie kam er überhaupt hierher, in ein Cafe im Wohnbereich der 'Vornehmen' ? Er mußte an Kalinnas Warnungen denken. Offensichtlich handelte es sich um einen

Agenten der Geheimpolizei, der ihn aushorchen wollte. Er mußte ja aufgrund seines etwas anderen Aussehens, schon wegen seiner dunklen Haarfarbe auffallen. Bisher hatte das niemanden gestört, aber die Geheimpolizei wollte wohl erfahren, was er hier zu suchen habe. Er fühlte sich nun etwas unangenehm, dachte fieberhaft nach, wie er es anstellen könne, keinen Fehler zu machen. Er zögerte eine Weile mit einer Antwort, sagte dann nur:

„Wie kommst du darauf?"

Der Fremde lachte.

„Das ist nun wirklich eine naive Frage. Du weißt doch selbst, daß du nicht das typische Aussehen eines Kalgunen hast, deine Haut ist nicht so rosig, dein Haar zu dunkel und deine Augen haben eine andere Farbe. Ein 'Gemeiner', der sich hier eingeschlichen hat, bist du mit Sicherheit nicht, und, abgesehen von deinem Aussehen, kommst du mir auch etwas anders vor wie ein typischer 'Vornehmer', auch wenn du hier oft mit Kalinna zusammen bist. Es ist aber eher ein Gefühl, ein Instinkt, daß mit dir etwas nicht stimmt, kein sicheres Wissen. Du bist keiner von uns."

Karl war sich nicht darüber im Klaren, worauf der Fremde hinaus wollte.

„Du kennst Kalinna? Und was schließt du daraus?" sagte er nach kurzem Nachdenken.

Diese Frage mochte nun etwas merkwürdig klingen, doch sie schien ihm die unverfänglichste Reaktion auf die Rede des Mannes zu sein.

Der Fremde lächelte.

„Ich sehe, du bist intelligent, hast eine Ahnung von dem, was hier abläuft. Kalinna hat dich sicherlich gewarnt. Du hältst mich wohl für einen Geheimpolizisten? Du hast davon gehört, bist vorsichtig."

Der Fremde hatte auf seine Frage gar nicht geantwortet, aber ihn und Kalinna mit Sicherheit bereits längere Zeit beobachtet. Oder etwa nicht? Die Sache konnte auch ganz harmlos sein. Er kannte offensichtlich Kalinna, wunderte sich wohl, daß sie dieses Mal mit einem fremdartig aussehenden Mann gekommen war und nutzte nun die Gelegenheit ihn kennenzulernen. Andererseits konnte er dieses Verhalten nicht mit der angeblichen Dumpfheit der Bewohner hier in Einklang bringen, die doch eher ein völliges Desinteresse an derartigen Angelegenheiten erwarten ließ. Er schwieg daher.

„Du bist vorsichtig", der Fremde nahm nach einiger Zeit den Gesprächsfaden wieder auf, „aber keine Angst, ich bin kein Geheimpolizist. Da es hier nur eine Rasse gibt und du nicht aussiehst wie wir, kannst du auch folglich kein Kalgune sein. So einfach ist das."

Karl lächelte.

„Da hast du die richtige Schlußfolgerung gezogen."

Der Fremde grinste.

„Schön, daß du das zugibst. Das ist für mich auch kein Problem. Du brauchst mir auch nicht zu sagen, wo du herkommst und wie du hierhergekommen bist."

„Das ist kein Geheimnis", entgegnete Karl, „ich stamme von einem Planeten namens Erde, der nach euren Maßen ungefähr fünfzig Lichtjahre von hier entfernt ist und wurde von einer kosmischen Expedition mitgenommen, wenn ich das einmal so sagen darf."

„Also geraubt, entführt, verschleppt", antwortete der Fremde, „so sind sie eben, die 'Vornehmen' und die 'Herrschenden'. Sie tun, was ihnen beliebt und behaupten, daß dies das Richtige und Gerechte ist und jeder, der sich dagegen wehrt, ein Verbrecher ist. Sie haben dir sicher auch erzählt, daß wir 'Gemeine' nur dumpfe Wesen sind, die nur Befehle ausführen, aber nicht selbständig denken und handeln können. Aber warum ist das so ? Nicht, weil wir von Natur aus dumpf sind, sondern weil sie uns so erziehen, uns unsere geistigen Fähigkeiten, die wir haben, austreiben und uns bewußt verblöden."

Er lächelte.

„Damit haben Sie bei fast allen Erfolg, wohlgemerkt, nur bei fast allen."

„Na schön", antwortete Karl, „aber was heißt das konkret ?"

„Nun ja, es bedeutet, daß es hier einige Leute gibt, die eben selbständig denken und zu eigenem Handeln fähig sind."

„Und was bedeutet das nun für mich ?" wunderte sich Karl, „ich habe keine Ahnung, auf was du hinauswillst. Aber du willst doch auf etwas hinaus ? Erkläre dich deutlicher."

„Nun", meinte der Fremde, „zunächst einmal: ich heiße Ortagos. Und

163

wie heißt du ?"

„Ich heiße Karl."

„Gut, Karl, also wie gesagt, es gibt hier welche, die selbständig denken können. Die wissen, was Sache ist. Sie wissen auch, daß die 'Gemeinen' hier absichtlich in Dumpfheit gehalten werden um sie leicht beherrschen zu können. Sie wissen auch, daß es außerhalb dieser Stadt auf der Planetenoberfläche eine bessere Welt gibt. Ich weiß das auch, obwohl ich noch nie aus Ogachich herausgekommen bin. Ich weiß trotzdem von der Planetenoberfläche, dem Land, dem Meer, den Inseln. Ich weiß vom natürlichen Licht, das Aurinko spendet, vom Wechsel zwischen Helligkeit und Dunkelheit, zwischen Tag und Nacht, von der frischen Luft, vom Wechsel zwischen warmen und kalten Jahreszeiten, von Tieren, die dort leben; ich weiß, daß es dort Nahrung gibt, welche die Natur hervorbringt, kein Zeug, das durch chemische Reaktionen in Fabriken erzeugt wird, was wir essen müssen. Und es gibt zahlreiche, die das auch wissen."

„Na, schön", meinte Karl, „aber dann weißt du sicher auch, daß ihr vor etwa tausend Jahren eurer Zeitrechnung durch einen Krieg den Kontinent unbewohnbar gemacht habt, nur auf einigen Inseln kann noch gesiedelt werden. Deshalb mußtet ihr ja auch unter die Koriasoberfläche ausweichen. Und die Nahrung mußte künstlich erzeugt werden, weil auf dem Planeten nichts mehr wuchs. Ich bin noch nicht lange hier, aber es scheint mir so, als lebten nur recht wenige außerhalb Ogachichs, nur diejenigen, die aus verschiedenen Gründen auf der Oberfläche leben müssen. Aber, was habe ich damit zu tun ? Ich bin nur ein Fremder, der keinen Einfluß hat."

„In der Tat, im Grunde hast du nichts damit zu tun und es ist wahr, daß der überwiegende Teil der 'Vornehmen' in Ogachich lebt, allerdings wohnen sie hier in einem eigenen, abgetrennten Bereich, den 'Gemeine' ohne eine besondere Erlaubnis nicht betreten dürfen. Sie kommen nur zur Arbeit in die mittlere Ebene, die allgemeine Stadt, wenn ich sie einmal so nennen darf."

Karl schaute ihn nun fragend an.

„Mir ist aber immer noch nicht klar, auf was du hinauswillst."

„Gut, ich habe dir gesagt, daß die meisten 'Gemeinen' in Dumpfheit leben, es aber doch eine Anzahl gibt, die selbständig denken und handeln können."

„Du wiederholst dich."

„Also, diejenigen die glauben selbständig denken zu können, hetzen schon seit einiger Zeit gegen die 'Vornehmen' und die 'Herrschenden'. Die Geheimpolizei hat diese Aktionen nicht unter Kontrolle bekommen und nun ist die Lage schon soweit eskaliert, daß ein Aufstand kurz bevorsteht. Es ist geplant, alle 'Nichtgemeinen' umzubringen und dann auf die Planetenoberfläche vorzudringen und dort zu siedeln. Angeblich sind große Teile wieder bewohnbar. Ich sage dir das nur um euch zu warnen. Ich rate euch, möglichst schnell von hier zu verschwinden."

„Und warum warnst du uns ? Wenn du so genau Bescheid weißt, dann gehörst du doch sicher auch zu den Aufrührern. Und damit ist das, was du hier treibst eigentlich Verrat. So sehe ich das als Erdbewohner. Aber manchmal muß man auch einem Verräter dankbar sein. Verrat ist nicht immer etwas schlechtes, insbesondere, wenn man das Schlechte verrät. Darum geht es dir wohl."

Ortagos lachte.

„Nenne es, wie du willst. Ich habe Kalinna einmal kennengelernt und ich schätze sie, will daher vermeiden, daß sie getötet wird. Das ist das eine. Hinzu kommt, daß ich mich mittlerweile von der Aufrührerbewegung distanziert habe. Weißt du, es ist einfach, die 'Vornehmen' zu beseitigen und an die Planetenoberfläche vorzustoßen. Aber an die 'Herrschenden' kommen wir nicht heran, keiner kennt sie, keiner weiß, wo sie sich aufhalten. Und sie besitzen gewiß Mittel um zurückzuschlagen. Aber das ist nur ein Aspekt. Was geschieht denn, wenn wir die Planetenoberfläche, das Land erreicht haben ?"

Er schwieg kurz.

„Ich stelle mir vor, da oben ist es wüst, es wechseln Hitze und Kälte, Licht und Dunkelheit miteinander ab, es fällt dort auch Regen. Das alles kennen wir gar nicht. Man kann die Leute doch nicht in eine ihnen fremde Welt führen, in der sie keine Lebensgrundlage haben. Die muß erst geschaffen werden. Und wer von den 'Gemeinen' weiß, was hierfür getan werden muß. Nein, ich bin davon überzeugt, daß dort oben alle bald umkommen werden. Die Freiheit, welche die Aufrührer verspre-

165

chen, ist doch nur eine Illusion, ein leerer Traum. Weißt du, die gesellschaftlichen Verhältnisse müssen sich ändern. Das geht aber nur in
Zusammenarbeit mit den 'Vornehmen' und den 'Herrschenden'."

„Sicher", antwortete Karl, „ich weiß nicht viel, aber ein bißchen etwas
habe ich schon mitbekommen. Den 'Herrschenden' scheint wohl klar zu
sein, daß diese Zustände auf Dauer unhaltbar sind, sie möchten eine
Änderung. Aber sie wissen noch nicht, wie diese Änderung aussehen
soll. Deswegen sind wir Erdenmenschen nicht einfach nur Gefangene,
sondern als Berater wichtig."

Ortagos blickte ihn groß an.

„Davon weiß ich nichts."

„Das ist nicht deine Schuld. Aber jetzt weißt du es und mußt dein
Handeln entsprechend danach richten."

„Was heißt das ?"

„Nun ja, du mußt diese Revolution verhindern. Sie bringt letztlich keine
Besserung, eher das Gegenteil. Auch wenn sie anfangs erfolgreich erscheinen mag, die 'Herrschenden' werden sie letztlich niederwerfen und
es wird viele Opfer geben. Und das Schlimme ist, daß gerade diejenigen, die selbständig denken und handeln können und daher zur Um-
setzung jeder Veränderung dringend gebraucht werden, als Anführer
des Aufruhrs liquidiert werden."

„Ich werde mein Bestes tun, aber es wird vergeblich sein. Ich gehöre
nicht zum Führungskreis der Aufrührer, kann den Aufstand gar nicht
verhindern, vermutlich kann das niemand mehr. Aber es geht erst einmal darum, daß ihr euch in Sicherheit bringt. Ich habe es dir schon gesagt: ich kenne Kalinna, schätze sie und will nicht, daß sie umkommt."

„Vielen Dank für die Warnung."

Ortagos erhob sich und ging. Auch Karl verließ das Cafe und begab
sich zurück in die Wohnung, wartete auf Kalinna. Unruhe überfiel ihn.
Ortagos Worte hatten Unheil angekündigt. Aber er hatte nicht gesagt,
wann das Unheil hereinbrechen würde. Es konnte schon sehr bald sein,
aber vielleicht auch erst in einigen Diers. Diese Ungewißheit beunru-
higte ihn. Langsam verstrich die Zeit. Er packte seine Sachen zusammen, Ausweis, Tablett, ein paar Hygieneartikel, ein Ersatzgewand. Und
irgendwann setzte sich in seinem Kopf die Vorstellung fest, daß Kalinna

ungewöhnlich lange ausblieb. War ihr schon etwas zugestoßen?

Endlich, nach mehr als fünf Linkanen erschien sie, betrat wortlos den Raum. Sie zog unter ihrem Obergewand zwei Gegenstände hervor, die Karl unbekannt waren, ihn aber stark an Pistolen erinnerten. Kalinna reichte ihm einen davon.

„Das ist eine Strahlenwaffe. Ihre Bedienung ist einfach. Sie liegt gut in der Hand, du mußt nur ordentlich zielen. Mit dem kleinen Hebel da entsicherst du die Waffe und hier ist der Drücker zum feuern. Gehe aber vorsichtig damit um."

Karl war überrascht. Niemals zuvor hatte er während seines Aufenthaltes Waffen gesehen. Wenn nun Kalinna bewaffnet aus einer Besprechung zurückkam, mußte die Lage sehr ernst sein, vermutlich noch ernster als sie Ortagos geschildert hatte.

„Meine Mission ist erfüllt", sagte sie bloß, „wir kehren zurück, umgehend. Hast du deine Sachen griffbereit? Ausweis? Tablett?"

Karl nickte.

„Wenn du deine Sachen zusammen hast können wir gehen."

„Die habe ich. Also komm."

Sie verließen die Wohnung, machten sich auf den Weg zum Eingang zur nächstgelegenen 'Besonderen Zone', wo sich ein Aufzug zur Oberfäche befand. Es herrschte nun wenig Betrieb im zweiten Geschoß des Gebäudekomplexes, in den Spielhallen, dem Fitness-Center, den Cafes. Die 'Straßen' schienen leergefegt und in den Schwebezügen fuhren nur wenige Personen. Und alle verhielten sich merkwürdig still. Das stand in krassem Gegensatz zu dem Treiben, das Karl noch sechs Linkane zuvor erlebt hatte. Es kam ihm wie die Ankündigung eines unmittelbar bevorstehenden Unheils vor. Auch Kalinna schwieg, sie gab ihm lediglich durch Zeichen zu verstehen, daß er ihr folgen solle, wenn sie den Schwebezug wechseln mußten, was dreimal der Fall war. Endlich erreichten sie die Station in der Nähe des Eingangs zu einer 'Besonderen Zone'. Es lag noch ein Fußmarsch durch einen längeren, röhrenförmigen Gang vor ihnen.

„Da vorne ist schon der Eingang. Dann sind wir in Sicherheit", sagte sie nach einer Weile.

Doch kurz vor der Tür traten ihnen zwei Gestalten in den Weg. Karl wunderte sich, woher sie plötzlich gekommen waren, witterte Gefahr, zog seine Waffe.

„'Vornehme' !" rief der eine, „schlagen wir sie tot."

Jeder zog nun eine Stange aus seinem Gewand hervor. Einer stürmte auf Kalinna los, der andere auf Karl. Kalinna war vollkommen überrascht, unfähig ihre Waffe zu ziehen, lediglich geistesgegenwärtig genug dem Schlag auszuweichen, so daß er nicht ihren Kopf, sondern die Schulter traf. Sie sackte allerdings zusammen. Karl zögerte keinen Augenblick auf seinen Gegner zu schießen. Er traf gut. Der Feind fiel nieder. Er wandte sich dann dem zweiten zu, der gerade zum Schlag auf die am Boden liegende Kalinna ausholte. Doch Karl war schneller. Er traf den Mann und der brach sofort zusammen. Dann bückte sich Karl zu Kalinna nieder.

„Bist du schwer verletzt ?"

„Nein, ich glaube nicht. Es ist nur die Schulter."

Karl richtete sie auf, stützte sie. Sie erreichten die Eingangstür.

„Wir müssen einzeln durch", sagte Kalinna.

„Zuerst du", antwortete Karl.

Sie schob ihr Ausweismarke in den Schlitz des Lesegerätes, die Türe öffnete sich. Sie trat in den dahinter liegenden Raum ein. Dann schloß sich die Türe wieder. Karl blickte noch einmal in Richtung Tunnel. Zwei Gestalten stürzten heran. Er nahm die Waffe in die linke Hand, steckte mit der rechten seine Ausweismarke in den Schlitz des Lesegerätes. Er zögerte aber zu schießen, da er nicht wußte, ob es sich um Feinde handelte oder um 'Vornehme', die auf der Flucht waren und auch die 'Besondere Zone' erreichen wollten. Noch während sich die Tür öffnete, sah er wie der vordere eine Waffe zog. Karl schoß sofort, die Gestalt klappte zusammen. Auch der Hintermann hatte eine Waffe in der Hand, Karl schoß erneut während er rückwärts durch die nun offene Tür sprang. Er traf aber schlecht. Die Gestalt zuckte nur kurz zusammen, ließ dabei ihre Waffe sinken, erhob sie allerdings gleich darauf wieder. Doch bevor sie schießen konnte war Karl von der Tür weggesprungen und hatte hinter der Wand Zuflucht gesucht. Der Strahl aus der Waffe des Gegners ging ins Leere. Einen Augenblick später hatte sich die Türe wieder geschlossen.

168

Karl blickte sich um. Kalinna stand etwas abseits, hielt sich die linke Schulter.

„Das war knapp, aber wir sind noch nicht in Sicherheit. Ich schätze, sie werden sicher bald hier eindringen. Wir müssen zum Fahrstuhl nach oben."

„Und deine Verletzung?"

„Die Schulter schmerzt zwar, es scheint aber nicht so ernsthaft zu sein; gebrochen ist sie offenbar auch nicht."

Der Fahrstuhl war allerdings außer Betrieb.

„Den haben sie schon stillgelegt, aber hier scheinen sie noch nicht durch einen anderen Eingang eingedrungen zu sein", meinte Kalinna, „es gibt drei oder vier Eingänge zu diesem Stockwerk."

„Gibt es eine Treppe?" fragte nun Karl.

„Sicher, aber das wird ein langer Weg nach draußen."

„Es bleibt uns keine Wahl. Und wir dürfen auch keine Zeit verlieren."

Kalinna kannte sich aus, fand gleich den Eingang zum Treppenhaus. Die Tür ließ sich ebenfalls nur mittels der Ausweismarken öffnen.

„Hoffentlich erwarten uns unterwegs keine Aufständischen auf der Treppe", gab nun Karl zu bedenken.

Kalinna schüttelte den Kopf.

„Ich glaube nicht. Diese Treppe hat keine Verbindung zu den unteren Ebenen. Und wenn schon welche hier waren, dann hätten sie die Tür zum Treppenhaus aufbrechen müssen, da es unwahrscheinlich ist, daß sie über Ausweismarken verfügten. Und warum sollten sie uns auf der Treppe auflauern. Das hätten sie doch im Vorraum machen können. Frag nun nicht weiter, spare deinen Atem."

Der Aufstieg begann. Es war eine schier endlose, schwach beleuchtete, gewendelte Treppe, die ab und zu von einer kleinen Plattform unterbrochen wurde, auf der sie sich dann kurz ausruhten. Schweigend stiegen sie die Stufen empor. Endlich, nach knapp vier Linkanen erreichten sie den Ausgang. Wiederum benötigten sie ihre Ausweismarken um die Türe zu öffnen. Sie traten ins Freie, das Tageslicht blendete sie. Bewaffnete empfingen sie, welche zunächst die Ausweismarken kontrollierten, ihnen dann bedeuteten sich zu einem Sammelplatz in der Nähe zu begeben, wo bereits eine größere Gruppe versammelt war.

Erschöpft von dem langen Aufstieg setzten sie sich auf den Boden. Es war warm. Auf einem Tisch standen Erfrischungen. Karl holte zwei Gläser mit Getränken.

„Was macht deine Schulter?" fragte er dann.

„Ist schon gut", antwortete Kalinna, „sie schmerzt kaum noch und ich kann sie auch bewegen. Und wenn ich mich ein bißchen erholt habe, werde ich mich erkundigen, wie und wann wir auf die Insel zurückkehren können."

„Ja, das ist eine gute Idee", meinte Karl bloß.

Kalinna trank, schwieg kurz.

„Du hast bisher gar nicht gefragt, was los ist", bemerkte sie dann.

„Der Aufstand hat offenbar begonnen", erwiderte Karl.

„Du weißt davon?"

„Während deiner Abwesenheit heute war ich in einem Cafe, wie ich solch ein Lokal auf der Erde nennen würde. Dort sprach mich einer, der sich Ortagos nannte, an, warnte mich, sagte, daß ein Aufstand der 'Gemeinen' bevorstehe und wir verschwinden sollten. Aber daß es schon soweit war, das teilte er mir nicht mit, das wurde mir aber blitzschnell klar, als du mit Waffen zurückkamst. Ich will ja nicht indiskret sein, aber Ortagos sagte, daß er dich kennt und schätzt und daher vornehmlich dich vor dem Aufstand warnen wollte."

„Ortagos, sagtest du? Ich kenne ihn seit meiner Kindheit. Wir waren befreundet, haben oft miteinander gespielt, auch zusammen gelernt. Allerdings wurde ich dann zur Aufnahme in die Klasse der 'Vornehmen' ausgewählt und er nicht, obwohl er äußerst intelligent ist. Dadurch verloren wir uns aus den Augen. Ja, und was die Waffen betrifft, die wurden am Ende der Sitzung verteilt und wir wurden aufgefordert, so schnell wie möglich Ogachich zu verlassen. Denn als erstes sollten die Ausgänge zur Planetenoberfläche gesperrt werden, um zu verhindern, daß die 'Vornehmen' und die Mitglieder der 'Herrschenden' entkommen können. Aber das war wohl schlecht organisiert, denn sonst hätten sie uns nicht im Tunnel angegriffen, sondern die 'Besonderen Bereiche' besetzt und uns dort abgefangen. Dann hätten wir nicht mehr entkommen können."

Kalinna hatte recht laut gesprochen.

„Ihr wart wohl in der oberen Ebene", mischte sich nun eine Frau, die nebenan saß ein, „unten sah es völlig anders aus. Da brach auch der Aufstand los. Da waren sie auch bereits in die 'Besonderen Bereiche' eingedrungen und hatten sie besetzt. Die Fahrstühle waren schon außer Betrieb gesetzt, vermutlich auf Anordnung der 'Herrschenden' um zu verhindern, daß die Aufständischen rasch nach oben gelangen und um den Sicherheitskräften Zeit zu geben, die 'Besonderen Bereiche' zu verteidigen."

„Wir haben keine Verteidiger gesehen", warf Kalinna jetzt ein.

„Ja, in der oberen Ebene war es auch noch recht ruhig. Der Kampf tobte unten. Wer sich außerhalb der 'Besonderen Bereiche' aufhielt, der war verloren. Und selbst in den 'Besonderen Bereichen' war die Lage schwierig. Man konnte nur noch über die Treppen entkommen, aber die Treppenhäuser waren zum Teil schon von Aufständischen besetzt, mußten mühsam freigekämpft werden, während der Mob immer zahlreicher in die Räume eindrang und ein furchtbares Massaker anrichtete. Ich hatte Glück; einer der Aufständischen, der offenbar eine gewisse Autorität hatte, kannte mich und ließ mich ins Treppenhaus; er gab auch seinen Genossen weiter oben die Anweisung mich durchzulassen. Schwere Kämpfe gibt es auch, wie mir hier oben einer erzählt hat, im Wohnbereich der 'Vornehmen'. Dort konnten Rebellen offenbar mitlerweile auch eindringen."

„Und wie geht es jetzt weiter ?" fragte Karl, „werden die Aufständischen hierher kommen ?"

„Wohl kaum in einer größeren Gruppe. Die Fahrstühle sind stillgelegt. Und über die Treppen können sie nur einzeln der Reihe nach oben. Außerdem haben wir Waffen und Wachen, wie ihr gesehen habt."

Karl blickte die Frau skeptisch an.

„Und es gibt wirklich keine Möglichkeit rasch in größerer Zahl an die Planetenoberfläche zu kommen ? Das kann ich mir nicht vorstellen. Es muß doch eine Möglichkeit geben, die Stadt im Notfall rasch zu evakuieren."

„Davon weiß ich nichts", antwortete die Frau.

„Es gibt schon einen Evakuierungsschacht", warf nun ein Mann, der in der Nähe saß und bisher schweigend der Unterhaltung gelauscht hatte,

171

ein, „aber der ist nur für eine Evakuierung der 'Herrschenden' vorgesehen und befindet sich auch in deren Wohnbereich. Und solange die Aufständischen den nicht eingenommen haben, können sie nicht in größerer Zahl ausbrechen. Denn für die 'Gemeinen' gibt es so etwas nicht, auch nicht für die 'Vornehmen', soweit ich weiß."

„Nun ja", fiel ihm Kalinna ins Wort, „es ist doch sicher nur eine Frage der Zeit, bis sie den Wohnbereich der 'Herrschenden' einnehmen."

Der Mann schüttelte den Kopf.

„Das glaube ich nicht. Die Führung wird die Lage sehr schnell wieder unter Kontrolle bringen. Der 'Große Rat' hat vermutlich schon die entsprechenden Maßnahmen eingeleitet."

„Und das wäre ?" fragte Karl.

„Ganz einfach", meinte nun die Frau, „Gas ! Auf solche Fälle sind wir doch vorbereitet. Es wird über die Lüftungsanlagen in die Stadt gepumpt. Der ganze Aufstand ist ziemlich sinnlos."

„Man will die 'Gemeinen' töten ?" wandte Karl ein.

„Nein, natürlich nicht", erwiderte die Frau, „nur für ein paar Tage einschläfern. Währenddessen wird man der Nahrung Drogen beimischen, welche die 'Gemeinen' gefügig machen. Und dann kann man in aller Ruhe die Rädelsführer des Aufstandes herauspicken und liquidieren."

172

18. Liebschaft zwischen Kalinna und Karl

Etwa sieben Tage nach der Rückkehr aus Ogachich saß Karl abends nachdenklich am Seeufer. Es war noch recht warm. Nach einiger Zeit kam Kalinna vorbei. Sie blieb stehen.

„Du sitzt da und denkst nach ? Worüber denn ? Beschäftigen dich noch immer die Vorgänge in Ogachich ? Das ist vorbei. Der 'Große Rat' hat die Ordnung wiederhergestellt. Es wird so schnell keinen Aufstand mehr geben."

Karl zog die Stirn ein bißchen kraus.

„Nein, das hat Kalinna jetzt nicht ernst gemeint", dachte er, „sie will eigentlich auf etwas anderes hinaus, ahnt, daß mir andere Dinge durch den Kopf gehen. Vermutlich will sie Näheres über die Hintergründe des Streites zwischen Alberta, Joan und mir wissen. Ich habe aber kein Interesse mit ihr darüber zu reden. Sie versteht das ja doch nicht."

Er schwieg daher. Kalinna ahnte den Grund für Karls Verhalten. Sie wechselte das Thema.

„Es ist recht warm. Hast du nicht Lust ein bißchen zu schwimmen ?"

Sie wartete gar nicht auf eine Antwort, streifte ihr Gewand ab, ging ins Wasser. Karl überlegte kurz, folgte ihr dann. Kalinna hatte mittlerweile schon eine gewisse Übung im Schwimmen, bewegte sich ungezwungen im Wasser, kam ihm öfters sehr nahe, berührte ihn. Schließlich stellte sie sich an einer seichten Stelle aufrecht, ihr Oberkörper ragte aus dem Wasser.

„Komm doch her !" rief sie Karl zu.

Neugierig darauf, was sie wohl vorhatte, schwamm er zu ihr hin, stellte sich nahe vor sie. Sie umarmte ihn, zog ihn ganz eng zu sich hin, küßte ihn auf den Mund.

„Habe ich das richtig gemacht ?" fragte sie mit einem Lächeln, „ihr Erdlinge tut das doch gern. Und ohne Kleider spürt man den Körper des anderen so richtig nah. Das ist sehr angenehm. Ich habe bisher noch nie so etwas empfunden."

Dann begann sie ihn zu streicheln.

173

„Streichele mich auch", bat sie, „berühre mich, zeige keine Scheu."
Karl gehorchte. Sie fühlte sich wunderbar an. Und sie genoß die Berührungen, begann schwer zu atmen.

„Gehen wir an Land", sagte sie schließlich.

Sie legte sich nahe des Ufers ins Gras, zog Karl zu sich hin.

„Sind eigentlich die Erdenweibchen anders gebaut als ich?"

Karl blickte sie irritiert an.

„Wieso fragst du? Du weißt doch wie die Körper der Erdenfrauen aussehen; sie gleichen deinem; es gibt keinen auffälligen Unterschied."

„Wirklich keinen? Befühle mich genau."

Karl zögerte.

„Wieso möchtest du das?"

„Ich will es eben wissen. Aber warum fragst du überhaupt? Alberta hast du doch auch an allen Körperstellen berührt. Und wenn du dich jetzt zierst, dann muß doch an mir etwas anders sein."

Karl schüttelte den Kopf.

„Nichts ist an dir anders."

„Wirklich nicht?"

„Wenn ich es dir doch sage."

„Das ist gut. Ihr pflegt doch eure Körper miteinander zu vereinen, ihr nennt das miteinander schlafen. Das haben du und Alberta oft getan. Und wenn an mir nichts anders ist, dann kannst du das ja auch mit mir tun."

„Das heißt, du willst mit mir schlafen. Hier am Seeufer, wo uns jeder sehen kann?"

„Ja, genau, das meine ich. Es ist doch niemand hier. Und außerdem, es ist doch nichts schlimmes dabei, wenn uns jemand zusieht. Warum macht ihr eigentlich so eine Geheimnistuerei daraus. Dabei gibt es bei euch auf der Erde doch auch viele, die sich dabei filmen lassen."

Karl zögerte.

„Komm", forderte sie ihn auf, „du möchtest das doch auch. Und ich sehe es deinem Körper an, daß du hierzu in der Lage bist."

„Und warum willst du es?"

„Weil ich wissen will, wie es ist, wie es sich anfühlt. Ich habe das ja noch nie erlebt?"

174

Karl lächelte.

„Ein sonderbares Begehren", dachte er.

Und dann liebten sie sich; er erfüllte ihren Wunsch, zumal ihr Begehren dem seinen entsprach. Sie genoß es offensichtlich. Strahlend lag sie hinterher neben ihm.

„Es war ein herrliches Gefühl. Ich danke dir von ganzem Herzen."

Sie lächelte.

„Das sollten wir in Zukunft öfter tun. Ich begehre es und du brauchst es auch. Das ergänzt sich doch gut."

Sie lagen noch eine Weile zusammen, liebten sich noch einmal. Es war schon dunkel als sie sich trennten und jeder seine Wohnung aufsuchte.

Karl lag an diesem Abend noch lange wach im Bett. Das Spiel hatte ihm zweifelsohne gefallen und ihm ein angenehmes Wohlgefühl bereitet, aber er fragte sich, was wohl dahinterstecken könnte. Zu Alberta hatte er eine große Zuneigung empfunden, man konnte es auch Liebe nennen, wie auch sie zu ihm. Aber hier lagen die Dinge anders. Er konnte diese Zuneigung auch Kalinna entgegenbringen, sie reizte ihn ja auch, doch wie stand es mit ihr? War denn Kalinna überhaupt zu Liebe fähig? Die Koriasner hatte er bisher nur als Wesen kennengelernt, die keinerlei sexuelle Empfindungen zeigten, völlig gefühllos und unfähig andere zu lieben erschienen. Kalinna hatte sich bis kurz vor der Reise nach Ogachich nie anders verhalten als die anderen auch, war dann aber vor dem letzten Schritt zurückgewichen. Und während des Aufenthaltes in Ogachich war es nicht zu näheren Kontakten gekommen, obwohl sich die besten Gelegenheiten boten. Sie begründete es damals damit, daß sie uns überwachten und wir Verbotenes täten. Aber war das die Wahrheit? Und nun machte er eine völlig neue Erfahrung. Was hatte sich in der kurzen Zeit geändert? Je länger er darüber nachdachte, desto wahrscheinlicher erschien es ihm, daß sich ihre Gefühle nicht geändert hatten. Also mußte eine bestimmte Absicht dahinterstecken. Aber welche?

Sie betrieben das Spiel nun häufiger und Kalinnas Lustempfinden steigerte sich von Mal zu Mal, mehr als eine Mensane lang. Doch dann schien es abzuklingen. Karl wunderte sich darüber, glaubte zunächst, es sei nur eine vorübergehende Erscheinung. Aber auf Dauer war nicht zu verkennen, daß Kalinnas Lustempfinden allmählich schwand. Das drückte natürlich auf Karls Stimmung, der nun das Spiel immer lustloser betrieb, zumal zuletzt Kalinna nur da lag und offensichtlich ohne jede Empfindung alles über sich ergehen ließ. Danach kamen sie auch nicht mehr zusammen. Karl wunderte sich zwar über diese Entwikklung, wagte es aber zunächst nicht, Kalinna darauf anzusprechen. Erst nach zwei Mensanen faßte er sich ein Herz. Sie zuckte mit den Schultern.

„Was fragst du? Das war doch immer das gleiche Spiel, das gleiche Gefühl. Das mußte doch auf Dauer eintönig werden. Sicher, am Anfang war es eine völlig neue Empfindung; ich freute mich auch stets auf das nächste Mal. Aber irgendwann war der Reiz verloren, es gab nichts Neues mehr zu fühlen und zu empfinden. Mittlerweile kenne ich das Spiel zur Genüge und es gibt keinen Grund es fortzusetzen. Ich verstehe nicht, wieso ihr Erdlinge es über Jahre hinweg miteinander treibt und auch noch Spaß dabei empfindet,"

Sie lächelte.

„Ich werde das auch so in meinem Bericht darstellen."

„In deinem Bericht?"

„Ja, natürlich. Ich mußte mir das doch vom 'Großen Rat' genehmigen lassen. Diese Art Verkehr zwischen Mann und Frau ist bei uns nur zu rituellen Anlässen durch ausgewählte Exemplare unserer Gattung zulässig. Von ihnen abgesehen ist es Koriasnern, ob sie nun zu den 'Gemeinen' oder zu den 'Vornehmen' gehören, nicht gestattet. Dem wird ja auch vorgesorgt indem in jungen Jahren der Sexualtrieb durch Medikamente eingeschläfert wird. Wir besitzen daher überhaupt keine Neigung hierfür."

„Und warum wolltest du es?"

„Die medikamentöse Behandlung war bei mir eben nicht vollkommen erfolgreich. Ich war mir dessen allerdings nie bewußt. Erst durch den Kontakt mit euch merkte ich, daß auch in mir noch ein Sexualtrieb schlummerte. Und daher erwachte in mir das Interesse, die Empfindungen beim Sexualverkehr einmal kennenzulernen. Ich habe das als Teil des Forschungsprogramms dargestellt und muß natürlich nun über das Ergebnis berichten."

Karl verzog das Gesicht.

„Das heißt, ich war für dich nur ein Versuchsobjekt. Das ist aber beleidigend, erniedrigend und entwürdigend."

Kalinna schüttelte den Kopf.

„Beleidigend ? Erniedrigend ? Entwürdigend ? Was sind das für Begriffe ? Die stehen euch doch gar nicht zu, ihr seid doch nur Erdlinge."

„Für euch sind wir also minderwertig ?"

„Was hast du denn auf einmal ? Wir haben euch doch letztlich auf eurem Planeten nur als Studienobjekte eingesammelt. Ihr steht unter uns. Das ist doch schon so seit ihr hier seid, das war sogar schon auf der Reise im Raumschiff so. Es gibt zwar für uns Abstufungen zwischen euch. Manche sind mehr wert, andere weniger. Aber keiner steht mit uns auf gleicher Höhe, auch wenn etliche unter euch einige Privilegien haben. Auch du nicht. Du hast zwar den Status eines einfachen Akademiemitglieds und besitzt dadurch gewisse Rechte. Aber du bist dennoch ein Erdling und stehst außerhalb unserer Gesellschaftsordnung. Du gehörst nicht wirklich einer Gruppe an, nicht einmal den 'Gemeinen'. Das weißt du doch genau. Warum ist das plötzlich für dich ein Problem ?"

Karl lächelte säuerlich.

„Vielen Dank für die Erklärung. Jetzt habe ich alles verstanden und nichts ist für mich noch ein Problem."

Als er dann abends im Bett lag und nachdachte, resümierte er.

„Was habe ich mir eigentlich eingebildet. Die kennen keine echten Gefühle und keine Liebe. Das wußte ich doch. Warum habe ich mir dann dies eingeredet, wenn ich mit Kalinna zusammen war ?"

Er grinste.

„Aber es hat doch Spaß gemacht; meistens jedenfalls."

Doch so leicht konnte der Verstand nun nicht über das Gefühl triumphieren. Er hatte sich in Kalinna verliebt und das schlug sich auf sein Verhalten ihr gegenüber nieder. Meist gelang es ihm allerdings sich nichts anmerken zu lassen, aber manchmal ertappte er sich schon bei einen 'Fauxpas'. Auch Kalinna merkte das, sie überging es aber.

19. Marion

Nach Beendigung des Intimverhältnisses wollte Kalinna Karl im Grunde loswerden. Er hatte seinen Zweck erfüllt, sie brauchte ihn nicht mehr. Sie spürte aber und das störte sie sehr, daß sie in ihm ein Gefühl geweckt hatte, das die Erdlinge als 'Verliebheit' bezeichneten, ihr aber völlig unbekannt und unbegreiflich war. Karl suchte weiterhin Kontakt zu ihr, wünschte wohl, daß sie das 'Liebesspiel' wieder aufnehmen würde, woran sie allerdings kein Interesse mehr hatte.

Daher kam ihr eine etwas seltsame Anfrage gerade recht.

„Also, ich habe hier einen sehr merkwürdigen Wunsch aus dem 'Akademie zur Erforschung Extrakoriasnischer Kulturen' erhalten", begann Professor Gorgol bei einem Treffen mit Kalinna.

„'Akademie zur Erforschung Extrakoriasnischer Kulturen' ? Das ist doch eine Einrichtung der Hermonaren auf Hankorin, eine Unterabteilung ihrer 'Akademie der Wissenschaft'. Was wollen die denn von uns ?" unterbrach ihn Kalinna.

Professor Gorgol schüttelte den Kopf.

„Ich habe mich auch gewundert. Sie schreiben, sie hätten Schwierigkeiten mit einer Frau vom Planeten Antaresterr. Sie verweigere jeden Kontakt und jede Zusammenarbeit und nun suchen sie jemanden mit sehr viel Einfühlungsvermögen, der in der Lage ist, diese psychische Blockade, wie sie es nennen, zu durchbrechen."

„Und was geht uns das an ? Wir waren an der Expedition nach Antaresterr doch gar nicht beteiligt. Wir haben auch keine Wesen von dort."

„Nun ja, es muß ja nicht unbedingt ein Antarestier sein. Wir können auch einen Erdling schicken, der hier nicht mehr unbedingt gebraucht wird."

Er zwinkerte mit den Augen. Kalinnas Gesicht hellte sich auf.

„Wir können Karl hinschicken. Der hat seine Aufgabe erfüllt, paßt nicht in das weitere Forschungskonzept. Er bringt auch nur Unruhe in die Gruppe. Denken Sie nur an den Streit zwischen den beiden Frauen, der noch nicht völlig beigelegt ist und dessen Ursache er ist. Und sein

Verhältnis zu diesem Tobias ist ja auch nicht gerade herzlich. Das drückt auf die Stimmung, beeinträchtigt die Arbeit."

Professor Gorgol grinste.

„Und den Bericht über die sexuellen Kontakte zu ihm haben Sie ja bereits vorgelegt. Dieses Projekt ist also auch beendet."

Kalinna verzog das Gesicht.

„Endgültig."

„Gut, dann machen wir das so und schicken ihn nach Hermonasien."

Kalinna informierte Karl kurze Zeit später, daß er Nalorama demnächst verlassen müsse; er sei an die Hermonaren auf die 'Drei Inseln' abberufen worden. Karl blickte sie verwundert an, fragte nach den Gründen, doch Kalinna antwortete bloß:

„Es ist entschieden."

Sie gab keine weiteren Erklärungen.

Der Direktor, Professor Gorgol, bestellte ihn einige Tage später zu sich, teilte ihm mit, seine Aufgaben hier auf Nalorama seien erledigt und es werde ihm nun eine wichtige Mission übertragen. Karl verstand nicht so recht, doch schien der Direktor nicht bereit sich auf nähere Diskussionen einzulassen. Und so unterließ es Fragen zu stellen, zumal es ihm klar war, daß man ihn einfach loswerden wollte.

Eine Woche später reiste Karl zu den 'Drei Inseln'. Ein Mann namens Hermar empfing ihn auf dem Landeplatz, brachte ihn in eine großzügig gestaltete parkartige Anlage, welche die 'Akademie zur Erforschung Extrakoriasnischer Kulturen' beherbergte, führte ihn zu einem kleinen Haus, welches er ihm als Wohnung zuwies.

„Willkommen auf Hankorin. Lade erst einmal deine Sachen ab und ruhe dich ein bißchen aus. Ich hole dich in zwei Linkanen ab, wir gehen dann zu einem kleinen Gartencafe ganz in der Nähe; dann erzähle ich dir ein bißchen etwas über die 'Drei Inseln' und deine neue Aufgabe."

Hermar holte Karl zu der angegebenen Zeit ab. Sie ließen sich in bequemen Sesseln an einen kleinen Tisch nieder. Hermar bestellte Wein. Sie füllten ihre Gläser, tranken erst einmal einen großen Schluck.

179

„Ihr habt hier richtigen Wein?" fragte Karl erstaunt, „der schmeckt genau so wie der auf der Erde."

Hermar grinste.

„Das ist kein Zufall, wir haben die Trauben, das heißt den Samen, von unserer vorangegangen Expedition zur Erde mitgebracht. Die war nach eurer Zeitrechnung vor ungefähr zweihundert Jahren. Rauchst du?"

Karl blickte ihn noch verwunderter an. Noch nie hatte er bisher jemanden auf dem Planeten rauchen sehen.

Hermar lachte.

„Es ist der gleiche Tabak wie bei euch. Die Pflanzen haben wir damals auch mitgebracht, ebenso auch Kaffeepflanzen. Ja, wir haben schon ein bißchen etwas von euch Erdenmenschen gelernt."

„Ihr Koriasner wart schon einmal auf der Erde. Kalinna hat das einmal erwähnt."

Hermar schüttelte den Kopf.

„Du meinst wohl die Kalgunen? Nein, nicht sie, sondern wir, die Hermonaren."

Karl blickte seinen Gegenüber fragend an.

„Die haben dir nichts erzählt? Da sieht ihnen ähnlich. Ärgere dich nicht darüber."

Karl verstand nicht. Hermar grinste.

„Du hast sicher bisher geglaubt, es gebe nur ein Volk auf dem Planeten, das fast ausschließlich in einer Stadt tief unter der Planetenoberfläche haust, von ein paar Sonderlingen, die auf Inseln leben, abgesehen. Das ist aber nicht die Wahrheit. Es gibt nicht nur Koriasna, den Staat der Kalgunen, es gibt auch uns."

Karl schaute ihn noch immer verwirrt an.

„Euch? Seid ihr etwas anderes? Ich habe in der Tat nichts von eurer Existenz gewußt, bis mir mitgeteilt wurde, daß ich zu euch abgeschoben werde – nun ja, vornehm ausgedrückt 'abgeordnet' werde. Du siehst doch auch nicht anders aus als die Kalgunen, von deiner etwas dunkleren Hautfarbe einmal abgesehen."

Hermar lachte, fuhr dann fort.

„Also, dann will ich dir die Sache einmal erklären. Du weißt, es gab vor tausend Jahren diesen Krieg, der den Planeten weitgehend verwüstet hat und du weißt auch, wie es dann mit den Überlebenden auf dem Kontinent weiterging. Davor gab es natürlich verschiedene Völker und zahlreiche Staaten. Wir Hermonaren waren einst ein großes Volk; unser Reich war nicht das mächtigste, aber wir verfügten über eine bedeutende Kultur und Zivilisation. Wir waren technisch führend, wirtschaftlich erfolgreich. Das entfachte natürlich den Neid der anderen Staaten, insbesondere der Renakiren, die nach der Weltherrschaft strebten. Sie schmiedeten ein Bündnis gegen uns, überzogen uns mit Krieg, zerstörten unser Reich, obwohl wir tapfer kämpften. Wir sanken auf den Status eines Dienervolkes, eines Vasallenvolkes herab. Die meisten störte das nicht, da es uns nach einigen Jahren des Wiederaufbaus wirtschaftlich gut ging, denn die Industrie produzierte weiterhin Waren höchster Qualität, allerdings nur das, was uns die Renakiren erlaubten. Denn die meisten Fabriken standen unter ihrer Kontrolle. Den Großteil des Volkes störte auch nicht, daß deren Lebensweise immer mehr auf unser Land übergriff, ihre Sprache mit unserer vermischt wurde, daß Kultur und Sitten verfielen. Es gab aber zahlreiche Männer und Frauen, welche diese Entwicklung mit Sorge betrachteten. Sie gründeten einen Bund zum Erhalt unserer Kultur. Da sie in unserem Land nicht viel erreichen konnten, wanderten sie auf die 'Drei Inseln', Hankorin, Prokonin und Sutarin aus. Das war der Rest unseres einstigen Kolonialbesitzes. Den hatte man uns nach dem Krieg gelassen, da die Inseln abseits lagen und keinen großen wirtschaftlichen Nutzen besaßen. Daß es dort reiche Bodenschätze gab, wußten die Renakiren nicht, das hatte unsere Regierung geheim gehalten und sie hatte auch nicht mit ihrem Abbau begonnen, da dies nicht notwendig war. Als nun die Spannungen zwischen den Renakiren und den Nussaren, der anderen Großmacht, sich immer mehr verschärften, gelang es dem Bund zahlreiche Menschen, etwa einhunderttausend, zur Auswanderung auf die Inseln zu bewegen. Viel mehr konnten dort nicht ernährt werden. Man warb natürlich unter den Qualifizierten. Dann kam der Krieg, der den Kontinent verwüstete und unbewohnbar machte. Die 'Drei Inseln' blieben verschont, da die globalen Luftströmungen so beschaffen waren, daß die Gift- und Radioaktivitätswolken an ihnen vorüber trieben. Die überlebenden Kontinentaler schlossen sich dann in ihrer Not zusammen, gründeten den Staat Koriasna und die Stadt Ogachich unter der Planetenoberfläche. Einige versuchten zwar zu uns zu kommen, aber wir nahmen nur Hermonaren auf. So wuchs die Bevölkerung auf das doppelte. Das brachte zunächst einige Schwierigkeiten mit sich, die Lebensmittel waren knapp, doch es gelang die Probleme durch die Züchtung ertragreicherer Getreide- und Gemüsesorten zu meistern. Dann gewannen wir auch noch die herrenlose Insel Yanakaratin hinzu, die zwar keine Bodenschätze beherbergt, sich aber zur Viehzucht und Landwirtschaft eignet. Und diese Bevölkerungszahl haben wir bis heute in etwa gehalten. Jetzt haben wir zwar vier Inseln, aber die Bezeichnung 'Drei Inseln' für unseren Staat Hermonasien haben wir sozusagen aus Tradition beibehalten."

Hermar grinste.

„Und so entwickelten sich zwei Zivilisationen auf dem Planeten, unsere und die der Kalgunen, wie sie sich nun nannten. Zu Kontakten kam es über Jahrhunderte nicht. Wir hatten auch gar kein Interesse daran. Kontakte gibt es erst wieder seit gut fünfzig Jahren als sie begannen einige Inseln zu bevölkern. Aber wir blieben auf Distanz. Weißt du, wir sind ein freies Volk, leben ein normales Leben, denken selbständig, bei uns herrscht Gedankenfreiheit, wir haben auch unsere Sexualität nicht verdrängt. Das Volk wählt die Regierung. Es gibt keinen geheimnisvollen 'Großen Rat', keine geistig kastrierten, willenlosen Wesen, die wie Roboter funktionieren. Nein, ihre Lebensweise mögen wir nicht."

Karl lächelte.

„Wenn das wirklich so ist, dann werde ich mich hier wohlfühlen. Aber wie kommt es, daß man mich hierher verbracht hat ? Weißt du darüber etwas ?"

„Ich sagte dir doch, es gibt einige Kontakte. Ich nahm an der letzten Expedition zur Erde teil, bekam dann auch ein paar Menschen. Das waren aber fast ausschließlich dumpfe Typen, mit denen wir nicht viel anfangen können. Nur zwei Weiber erschienen brauchbar. Beide sind hier in der Akademie, die eine allerdings in der landwirtschaftlichen Versuchsanstalt, einer Außenstelle, da sie nur unsinnig erscheinendes Zeug zusammenschrieb. Die Kalgunen hatten schon vorher eine Auswahl getroffen. Schwamm drüber, ihr Erdenmenschen interessiert uns auch nicht sonderlich. Wir hatten vor hundert Jahren unserer Zeitrechnung einige mitgenommen und gründlich studiert. In der Zwischenzeit habt ihr zwar eure technischen Fähigkeiten und naturwissenschaftlichen Kenntnisse beträchtlich erweitert, aber nichts entdeckt oder erfunden, was wir nicht bereits kennen. Und eure sonstigen geistigen Fähigkeiten sind bestenfalls gleich geblieben. Interessanter für uns sind die Dokumente, die aus eurem Informationsnetz abgegriffen wurden. Die haben wir natürlich auch bekommen. Und dann wollten sie dich loswerden, boten dich mir an. Und nachdem, was ich in dem Bericht über dich gelesen habe, scheinst du der richtige Mann für mich zu sein."

Karl lächelte.

„Der richtige Mann ? Für was ? Mich loswerden ? Weswegen ? Was heißt das schon wieder ?"

Hermar lachte.

„Der Reihe nach. Du hattest doch dieses Verhältnis mit Kalinna. Sie wollte eben einmal ausprobieren, wie das so funktioniert zwischen euch, einer Koriasnerin und einem Erdenmann. Es sollte aber kein dauerhaftes Liebesverhältnis werden. Und als Kalinna erfahren hatte, was sie wissen wollte, da war das Experiment für sie zu Ende."

Er grinste, Karl grinste auch.

„Um ehrlich zu sein, wir haben es einige Male probiert. Kalinna hatte anfangs ihren Spaß, aber mit der Zeit wurde es ihr anscheinend langweilig und so stellte sie es ein. Mir gefiel es allerdings noch immer und von mir aus hätte es noch eine Weile so weitergehen können."

„Das hast du ihr zu verstehen gegeben und da wurdest du ihr lästig. Und deswegen wollte sie dich loswerden."

„Habt ihr hier ein ähnliches Experiment mit mir vor ?"

„Vielleicht", meinte Hermar süffisant, „aber ein bißchen Mühe geben mußt du dir schon."

„Um was geht es konkret ?"

„Längere Geschichte."

Hermar orderte noch eine Flasche Wein.

„Sei jetzt nicht eingeschnappt, wenn ich das so flapsig sage."

„So leicht schnappe ich nicht ein. Ich bin schließlich keine Frau."

183

Hermar lachte.

„Also gut. Du weißt selbst, daß ihr Erdenmenschen uns in Naturwissenschaft und Technik in der Entwicklung etwa eintausend fünfhundert Jahre hinterher seid. Für Philosophie, Dichtkunst, Musik oder ähnlichen gilt das vielleicht nicht. Aber zumindest habt ihr soviel Wissen, daß ihr alles, was ihr hier seht, für machbar haltet.“

„Du meinst, das ist für uns keine Zauberei, sondern das Ergebnis technischer und wissenschaftlicher Entwicklung. Der Meinung waren die Kalgunen auch. Das heißt, wir denken, im Moment können wir das zwar noch nicht auf der Erde, aber irgendwann können wir es auch, vielleicht nicht erst in tausend Jahren, sondern bereits in zweihundert Jahren. Ihr kennt doch den Zivilisationsstand auf der Erde vor zweihundert Jahren und ihr kennt den heutigen.“

„Du bist ganz schön eingebildet. Wenn ihr so weiter macht, dann habt ihr in zweihundert Jahren euren Planeten ruiniert und ihr habt gar nichts mehr. Der traurige Rest von euch lebt dann vielleicht unter der Erdoberfläche, ähnlich wie die Kalgunen hier. Aber du verstehst, worum es geht. Und du kannst dir sicher auch vorstellen, daß es Zivilisationen geben kann, die auf einer völlig anderen Entwicklungsstufe stehen.“

„Sicher. Ich habe eines dieser Riesenweiber getroffen und eines der Mickermännchen, die nach der Begattung aufgefressen werden.“

„Die meine ich jetzt nicht, sondern Wesen wir wir, die aber euch in der Entwicklung dreitausend oder viertausend Erdenjahre zurück sind.“

Karl wiegte den Kopf.

„Ja, so wie die alten Ägypter oder Sumerer.“

„Die kenne ich jetzt nicht, aber du hast sicher eine Vorstellung von ihnen.“

„Hm, ich habe einiges über sie gelesen.“

„Dann versetze dich einmal in deren Lage. Was glaubst du, was die denken, wenn sie ein Luftfahrzeug sehen oder vielleicht elektrische Beleuchtung oder Bilder auf einem Tablett, die sich bewegen?“

„Die werden das für irgendwelchen Zauber halten, das Werk von Göttern, Magiern, Teufeln oder was auch immer.“

„Da liegst du einigermaßen richtig. Und wir sind bei unserer letzten Expedition vor zehn Jahren auf so einen Planeten, die Bewohner nennen ihn Antaresterr, gestoßen. Dort lebten mehrere Völkerschaften oder Rassen. Zwei davon, wir nennen sie wegen ihrer Hautfarbe die 'Braunen' und die 'Schwarzen' hatten schon eine eingermaßen entwickelte Kultur. Sie lebten überwiegend in Städten, trieben Landwirtschaft, kannten künstliche Bewässerung, waren mit der Eisenverarbeitung vertraut, kannten Gold, Silber, Kupfer, Zinn und Blei, besaßen Kenntnisse in Mathematik, Astronomie, kannten eine Schrift, Dichtkunst, hatten Mythen und so weiter. Regelmäßigen Kontakt miteinander unterhielten sie allerdings nicht, da sie auf verschiedenen Kontinenten lebten und die Schiffahrt noch nicht so weit entwickelt war, daß sie Meere in großem Stil überqueren konnten. Aber sie wußten wohl voneinander."

„Und was hat das mit mir zu tun?"

„Das kommt gleich. Diese Antarestier sind für uns wesentlich interessanter als ihr. Wir haben natürlich einige von ihnen mitgenommen, auch eine Reihe von Schriften. Es gab da noch andere Rassen, 'Grüne' und 'Rote'. Die 'Roten' stehen auf der niedrigsten zivilisatorischen Stufe, sind durchweg geistig dumpf, primitiv. Mit denen konnten wir wenig anfangen. Wir setzen sie auf Yanakaratin als Schafhirten oder in den Erzgruben hier auf Hankorin ein. Die 'Grünen' waren vornehmlich Nomaden, kriegerisch, gewalttätig. Sie lebten überwiegend in Zeltdörfern in der Steppe. Nur wenige wohnten in kleinen, schmutzigen Städten. Sie lebten in Nachbarschaft zu den 'Braunen', schickten sich damals, als wir auf dem Planeten waren, an, nach und nach deren Städte zu erobern und zu zerstören, aus Neid darüber, daß sie keine bauen konnten. Die 'Schwarzen' sind schon eine merkwürdige Rasse. Sie stehen etwa auf der gleichen Kulturstufe wie die 'Braunen'. Mit den 'Schwarzen' haben wir die wenigsten Schwierigkeiten, die passen sich sehr schnell an. Erstaunlicherweise verstanden sie sich rasch recht gut mit den 'Grünen'; diejenigen, die intensiven Kontakt mit ihnen hatten, wurden bald so aggressiv wie sie. Auch mit den 'Roten' hatten sie keine Probleme, sanken aber rasch auf deren geistiges Niveau herab, wenn Angehörige beider Gruppen zusammenlebten. Nur mit den 'Braunen' verstanden sie sich nicht, trotz ähnlicher Zivilisationsstufe. Das liegt wahrscheinlich daran, daß sie sich ihnen unterlegen fühlten und daher neidisch waren."

185

Karl lachte:

„Auf der Erde ist das ähnlich. Auch dort begibt man sich leicht und gerne auf ein niedriges geistiges Niveau um anderen entgegenzukommen, aber mit geistig höherstehenden hat man Probleme."

„Und dann", fuhr Hermar fort, „wir waren schon wieder hier, unterlief uns ein schwerer Fehler. Wir trennten die 'Grünen' und die 'Braunen' nicht sorgfältig und so töteten die 'Grünen' die meisten 'Braunen'. Es sind nur noch drei übrig, zwei Männer, sie sind ungebildet, aber einer von ihnen, er heißt Anthropalukas, stellt sich vermutlich nur blöde. Jedenfalls, von denen konnten wir bisher nicht viel über ihre Kultur erfahren. Und dann haben wir noch eine Frau, die offenbar einer Göttin geweiht war; sie ist hochintelligent und besitzt umfassende Kenntnisse in allem. Aber sie hält uns für feindliche Götter, weicht uns aus. Sie hat uns zwar bereits einige Texte übersetzt, kleine Gedichte, naive Erzählungen, ein paar Sagen, aber die Texte, die offensichtlich ihre Mythen, ihre philosophischen und religiösen Vorstellungen enthalten, ihre Weisheit, die weigerte sie sich bisher zu übersetzen. Sie hat uns auch sonst nichts über ihre Kultur und Lebensweise mitgeteilt. Die beiden anderen konnten uns da nicht weiterhelfen, sie verweigerten sogar den Umgang mit ihr, sagten, sie sei eine 'heilige Tempelhure', eine 'Unberührbare' oder was weiß ich. Aber das erscheint mir, zumindest bei diesem Anthropalukas, nur als eine Ausrede. "

„Ja, könnt ihr die Sprache nicht analysieren ?"

„Natürlich, das haben wir auch getan, sonst könnten wir ja nicht mit ihr kommunizieren. Wir haben ihr ja auch einen Translator eingepflanzt. Aber es gelang uns bisher nicht ihre Schrift zu entziffern."

„Das sollte doch kein Problem sein. Eine kleine Gehirnwäsche ..."

Hermar blickte Karl scharf an.

„Möglich wäre das schon. Aber ich verabscheue solche Methoden. Bereits der Einsatz der Translatoren war bei uns anfangs umstritten und wurde erst nach langen Debatten genehmigt. Und das Wissenschaftsministerium würde auch niemals die Zustimmung zu einer Gehirnwäsche geben. Das verletzt, wie ihr es ausdrückt, die Menschenwürde. Auch wenn sie von einem anderen Planeten, aus einer Zivilisation stammt, die unserer ein paar tausend Jahre zurückhängt, so ist sie trotzdem ein gleichwertiges Geschöpf, liegt geistig auf unseren Niveau, genau so wie wir dich sehen; das unterscheidet uns eben von den Kalgunen. Ich habe dir ja bereits gesagt, daß sie hochintelligent ist."

„Ich verstehe. Und was ist jetzt meine Aufgabe ?"

„Du bist keiner von uns. Du wirst es schaffen, von ihr nicht als Gott angesehen zu werden, du kannst ihr Zutrauen, ihre Freundschaft gewinnen. Du kannst sie davon überzeugen, daß es gut ist, mit uns zu kooperieren. Wir wollen ihr nichts Böses antun. Sie soll auch unsere Lebensweise übernehmen. Das lehnt sie bisher ab, Technik hält sie für Zauberei. Sie lebt in einem kleinen Haus ohne jeglichen Komfort, kein Licht, kein fließendes Wasser; sie geht jeden Morgen zum See um sich zu waschen. Sie ist sehr reinlich, mußt du wissen. Ihr Essen bereitet sie sich über einem offenen Feuer zu, ein Tablett nimmt sie nicht in die Hand. Sie schreibt alles auf Papier, sie kannten dort so eine Art Papier, benutzt Tinte und einen Federkiel zum Schreiben. Sie schläft auf einem Strohsack."

„Ich werde mein Bestes versuchen. Aber ich möchte vorher alles über sie wissen, damit ich mich ihr nähern kann, keine Fehler mache."

„Ich habe mir fast gedacht, daß du so reden wirst. Komme morgen früh in mein Büro, ich gebe dir dann die Unterlagen. Wir nennen sie übrigens Marion."

„Wieso gerade Marion ? Das ist doch ein irdischer Name."

„Warum nicht ? Damit fing das schon an. Sie weigerte sich ihren Namen zu nennen. Und Marion gefällt mir eben."

Karl suchte Hermar am nächsten Vormittag in dessen Büro auf. Jener überreichte ihm ein Blatt Papier. Zu seinem Erstaunen war der Text in deutscher Sprache verfaßt und in lateinischen Buchstaben geschrieben. Karl las es durch.

„Nun ja, viel steht da nicht drin. Sie wurde aus einem Tempelbezirk entführt. Von einer Hure ist aber nicht die Rede."

„Woher soll ich das wissen ? Bei uns gibt es weder Tempel noch Huren. Das sind so seltsame Sitten von Extrakoriasnern. Davon verstehe ich nichts."

„Nun ja, das hilft mir nun auch nicht viel weiter. Bei uns auf der Erde soll es im alten Orient Frauen gegeben haben, die im Tempel lebten und sich sich gegen Bezahlung Männern hingaben. Das Geld galt aber als Opfer für den Tempelgott oder die Tempelgöttin. Genaueres darüber weiß ich nicht."

„Bei uns ist so etwas unbekannt."

„Das hilft mir nicht viel weiter. Jedenfalls, etwas Unehrenhaftes scheint es nicht gewesen zu sein; nicht zu vergleichen mit der Prostitution, die wir aus unseren Städten kennen. Ich werde mir die Frau einmal ansehen. Aber erwarte nicht, daß ich sofort Erfolg habe. Das erscheint mit alles ziemlich kompliziert."

Karl grinste.

„Wenn es einfach wäre, dann hättet ihr das Problem ja gelöst und würdet mich nicht brauchen."

„Du bist ganz schön eingebildet."

„Vielleicht; aber ich weiß ja auch nicht, ob ich Erfolg haben werde. Ich werde jedenfalls mein Bestes tun."

Hermar überreichte ihm nun ein zweites Schriftstück, das aus mehreren Blättern bestand.

„Das enthält so in Kürze das, was wir über den Planeten, seine Völker und ihre Geschichte wissen. Es enthält auch die Werke, die Marion bisher übersetzt hat. Ich denke, das genügt für den Anfang."

Karl verließ das Büro, begab sich in das Gartencafe, besorgte sich einen Kaffee, setzte sich dann in einen Sessel. Ihm fiel die Frau ein, mit der er anfangs im Raumschiff zusammen eingesperrt war.

„Das war auch so ein Fall", sagte er sich, „sie kam mit der ganzen Situation nicht zurecht, aus welchen Gründen auch immer. Mit ein bißchen mehr Einfühlungsvermögen hätte ich vielleicht etwas erreichen können. Aber ich glaubte nicht genügend Zeit zu haben. Hier spielt Zeit jedoch offensichtlich keine Rolle. Ich brauche nicht zu drängeln, muß keine übereilten Entschlüsse fassen."

Er nahm dann das zweite Schriftstück in die Hand, blätterte es durch.

„Sicherlich ist es sinnvoll es durchzulesen bevor ich Kontakt zu Marion aufnehme."

Am späten nächsten Vormittag durchstreifte Karl das Gelände um es kennenzulernen. Der Akademiebau lag in einem weitläufigen Park, ähnlich dem auf Nalorama, auf dem verstreut einige kleinere Gebäude standen, auch jenes, in dem er wohnte. Nahe des Vordereingangs des Akademiebaus befand sich eine Art Bahnstation. In regelmäßigen Abständen trafen kleine Schwebewagen ein oder fuhren ab. Sie boten etwa zehn Personen Platz.

„Es wird hier wohl ähnlich sein wie bei den Kalgunen", sagte er sich, „die hier arbeitenden Hermonaren wohnen nicht auf dem Gelände, sondern in einer vermutlich nicht allzu weit entfernten Siedlung."

Er überlegte, ob er nicht einen Wagen besteigen sollte um diese Siedlung kennenzulernen, gelangte aber dann zur Ansicht, daß er dort wohl genau so wenig willkommen sein werde wie in der Kalgunensiedlung auf Nalorama, unterließ es daher. Das Meer lag etwa tausend Schritte entfernt. Da er nicht wußte, ob sich da nicht eventuell unangenehmes Getier im Wasser tummelte, unterließ er es ins Wasser zu gehen.

An die Rückseite des Gebäudes schloß sich das Gartencafe an.

Karl durchquerte den Park, erreichte bald ein Wäldchen, in dessen Mitte ein etwa kreisrunder See lag, dessen Durchmesser nach seiner Schätzung etwa zweihundert bis dreihundert Schritte betrug.

Es war nun früher Nachmittag. Am Ufer des kleinen Sees saß eine Frau. Karl trat zu ihr heran, grüßte. Sie blickte ihn an, erschrak, warf sich vor ihm zu Boden. Karl bückte sich, streichelte ihren Kopf.

„Steh auf", sagte er mit zärtlicher Stimme, „du brauchst dich nicht zu fürchten. Ich tue dir kein Leid an."

Sie erhob sich langsam, blickte ihn noch immer ängstlich an.

Sie war etwas kleiner als Karl, schlank, hellbraune Haut, etwas dunkler als die Farbe einer Walnuß, dunkelbraune Haare, helle, klare Augen. Nach irdischen Begriffen war ihr Gesicht zweifelsohne hübsch. Karl zweifelte nicht daran, daß es sich um Marion handelte.

„Ich bin kein Gott", begann er schließlich, „ich bin ein Mensch, stamme von einem Planeten, den wir Erde nennen, wurde von den Koriasnern entführt und hierher gebracht. Mir ist es also genau so ergangen wie dir. Du bist doch die Frau, die sie Marion nennen ?"

189

Sie nickte, die Furcht wich etwas aus ihrem Gesicht.

„So haben dich also auch die fremden, bösen Götter in ihr Reich verschleppt?"

„Warum nennst du sie Götter? Und warum böse?"

„Sie haben den Tempel der Göttin Alkumele geschändet, ihre Dienerin und die Heiligen Schriften geraubt. Deshalb sind sie böse."

Karl schüttelte den Kopf.

„Ich hörte, daß die 'Grünen' sich anschickten eure Stadt zu erobern. Sie haben mittlerweile sicherlich den Tempel zerstört und hätten dich getötet und die Schriften vernichtet, wenn die Hermonaren euch nicht gerettet hätten. Die 'Grünen' hatten vorher schon viele eurer Städte zerstört. Vielleicht handelten die Hermonaren im Auftrag Alkumeles, da sie Nasilior, dem Hauptgott der 'Grünen' nicht widerstehen konnte."

Marions Blick blieb unsicher.

„Aber warum haben sie es dann zugelassen, daß die 'Grünen' so viele von uns töteten als wir bereits in ihrer Gewalt waren?"

Karl überlegte.

„Die Hermonaren wußten nichts von dem Haß, den sie gegen euch empfanden. Sie sind keine Götter."

Marion bemerkte das Widersprüchliche in Karls Worten.

„Wenn Alkumele sie gesandt hat, warum hat sie ihnen dann nichts von dem Haß der 'Grünen' auf uns mitgeteilt?"

Karl dachte kurz nach.

„Nun, ich habe nicht gesagt, daß Alkumele sie gesandt hat. Die Hermonaren waren ohnehin zu Besuch auf eurem Planeten. Sie hat wohl nur ihre Schritte so gelenkt, daß sie rechtzeitig im Tempel eintrafen um dich und die Schriften zu retten."

Marion schwieg einen Moment.

„Das könnte sein", sprach sie dann, „die Götter leiten oft unsere Wege ohne daß wir ihre Absichten kennen oder wissen zu welchem Ziel sie uns führen wollen."

Sie schüttelte den Kopf.

„Nein, Ihr stellt mich auf die Probe, wollt mich verführen. Die Hermonaren, wie Ihr sie nennt, sind selbst göttliche Wesen. Sie besitzen geheime Kräfte."

Karl lächelte.

„Geheime Kräfte ? Welche sind das ?"

„Sie können fliegen, sie können sich auf dem Land mittels Karren fortbewegen, die über dem Erdboden schweben. Und diese Karren werden
nicht von Tieren gezogen, sondern durch geheimnisvolle Kräfte angetrieben. Sie haben nicht einmal Räder. Und dann besitzen sie diese seltsamen Tafeln, auf denen sie Schriftzeichen erzeugen können oder auch
Bilder, die sich bewegen."

Karl lachte.

„Nein, das ist keine Magie. Das ist die Anwendung von Wissen, das sie
über viele Generationen angesammelt haben. Setz dich wieder, ich werde dir das erklären."

Sie zögerte.

„Setz dich", wiederholte Karl freundlich.

Sie gehorchte.

„Du hast doch bereits einige der Schriften übersetzt", fuhr er dann fort,
„ich habe mir ein paar davon angeschaut. Eine Überlieferung beginnt
mit den Worten 'in alten Zeiten, als die Menschen die Eisenbearbeitung
noch nicht kannten und ihre Werkzeuge und Geräte aus Stein, Holz und
Knochen herstellten, als das Rad noch nicht erfunden war und noch
keine Esel gezähmt waren, man keine Karren kannte und alle Lasten
getragen werden mußten, lebte im Land Sargen ein Mann mit Namen
Oh-La-Bi-Ran'. Erinnerst du dich an diese Sage ?"

„Selbstverständlich, aber was wollt Ihr mir damit sagen ? Und was hat
das mit der Magie der Götter hier zu tun ?"

„Nenne mich Karl. Sage 'Du' zu mir. Ich bin kein höherstehendes Wesen. Du bist klug und wirst gleich verstehen, was ich damit meine. Es
gab also eine Zeit als man noch keine Eisenverarbeitung kannte, noch
kein Rad. Und irgendwann haben es die Menschen gelernt, Eisen aus
bestimmten Erzen zu gewinnen, es zu schmieden, Geräte daraus herzustellen. Sie haben auch gelernt Räder zu bauen, Häuser und Tempel zu
errichten und noch vieles mehr. Sie haben auch die Schrift erfunden,
gelernt Materialien und Flüssigkeiten herzustellen, auf die sie und mit
denen sie schreiben konnten. Das heißt doch, viele Generationen vor
der Niederschrift der Sage kannten die Menschen weniger Dinge, hat-

ten geringere Fertigkeiten. Wahrscheinlich wurde die Sage lange Jahre auch nur mündlich überliefert, da man noch keine Schrift besaß. Die Menschen haben aber Wissen erworben und es an die nachfolgenden Generationen weitergegeben. Und alles, was du in deiner Stadt gesehen hast entsprang dem über einen langen Zeitraum angesammelten Wissen."

„Ja, das verstehe ich."

„Siehst du, und die Menschen lernen stets, erwerben neue Fähigkeiten. Du kannst dir sicher vorstellen, daß in tausend Jahren die Menschen in deiner Heimat viel Wissen und viele Fähigkeiten besitzen, über die sie heute noch nicht verfügen."

Marions Gesicht hellte sich auf.

„Willst du damit sagen, daß sie eines Tages auch fliegen und lebende Bilder auf Tafeln erzeugen können ?"

„Genau so wird es sein. Weißt du, ich komme aus einer Welt, in der man einige dieser Dinge bereits kennt. Deshalb ist es für mich auch keine Magie. Aber vieles hier kenne ich auch noch nicht, obwohl ich bereits einiges gelernt habe."

Karl pausierte kurz.

„Du sollst auch all dies lernen. Deswegen hat Hermar mich ja auch zu dir geschickt. Du wirst auch deine Hütte verlassen und in mein Haus kommen. Du brauchst keine Angst vor mir zu haben. Ich tue dir kein Leid an."

„Und warum wollen sie das ?"

„Weil du in ihrer Welt lebst. Und du sollst ein Teil ihrer Welt werden, genau so wie ich auch. Aber wir haben jetzt lange genug geredet. Das hat dich sicherlich erschöpft und vieles hat dich verwirrt. Du mußt nun deine Gedanken ordnen. Und du möchtest doch sicherlich auch noch etwas anderes tun bevor der Abend hereinbricht."

„Ja, ich möchte noch im See schwimmen. Das mache ich regelmäßig."

„Du kannst schwimmen ?"

„Ja, es gab im Tempelbereich einen großen Teich. Dort habe ich es gelernt."

„Hast du etwas dagegen wenn ich mitkomme ?"

„Nein."

Sie legten ihre Kleider ab, blieben längere Zeit in dem herrlich warmen Wasser. Erst als die Dämmerung hereinbrach verließen sie den Strand. Marion und Karl waren mittlerweile schon ein bißchen vertraut miteinander geworden. Sie fügte sich seinem Wunsch, holte ihre wenigen Habseligkeiten aus ihrer Hütte, folgte ihm in sein Haus. Karl bereitete ein Abendessen zu, fragte sie nach ihren Speisewünschen, erfüllte sie soweit es möglich war.

Die nächsten Tage verbrachte er damit sie mit den technischen Einrichtungen im Haus vertraut zu machen und sie zu ihrem Gebrauch anzuleiten. Sie lernte schnell, verlor recht rasch die anfängliche Scheu vor den Geräten, selbst vor den geheimnisvollen Tabletts, mit denen sie bereits nach zwei Wochen zu spielen begann.

Er unterrichtete sie auch über die Erscheinungen in der Natur, soweit sie diese noch nicht kannte, lehrte sie daß Sterne eine Art Sonnen seien und möglicherweise auch von Planeten umgeben, auf denen sich unter besonderen Umständen Leben entwickeln kann wie auf Antaresterr, Korias oder der Erde. Er machte ihr auch klar, daß sich die Entwicklungen über sehr lange Zeiträume hinziehen, sich verschiedene Arten von Leben entwickeln können und daß es schon ein sehr großer Zufall sei, daß sich auf den drei Planeten fast identisches menschliches Leben entwickelt habe, das sich sogar auf ähnlicher Kulturstufe befinde. Was sind schon viertausend Jahre in kosmischen Zeiträumen ? Es sei auch durchaus möglich, daß auf anderen Planeten das Leben schon wieder erloschen ist oder sich noch auf einer frühen Entwicklungsstufe befindet. Er erwähnte auch die merkwürdigen Antorrobiawesen.

Marion sog das alles nicht nur einfach in sich auf, sondern verarbeitete verstandesmäßig das was sie erfuhr. Anfangs hörte sie nur zu, meist staunend, begann aber bereits nach wenigen Tagen Fragen zu stellen, auf die Karl teilweise keine rechten Antworten wußte, äußerte schließlich auch eigene Ansichten zum Aufbau der Welt, der Entwicklung des Lebens und der menschlichen Kultur. Der tägliche Umgang, man könnte auch sagen das gemeinsame Leben, schuf eine enge Vertrautheit und Bindung zwischen ihnen, geistiger, nicht körperlicher Art.

Über ihre Herkunft, ihr bisheriges Leben oder die Heiligen Schriften, die es zu entziffern galt, befragte er sie nicht, ebenso wenig wie er über sein eigenes Leben, die Umstände, welche ihn nach Hermonasien verschlugen oder die Lebensverhältnisse auf der Erde erzählte. Es erschien ihn viel wichtiger, sie erst einmal an die hermonarische Zivilisation zu gewöhnen, soweit er überhaupt dazu in der Lage war.

„Ich denke, es ist am wichtigsten, Marion erst einmal in eure Welt, eure Zivilisation zu integrieren", meinte Karl eines Abends zu Hermar, als sie beim Wein zusammensaßen, „dann wird auch die weitere Zusammenarbeit klappen."
„Ich bin erstaunt, mehr als zufrieden", entgegnete Hermar, „wie schnell du das geschafft hast. Wir haben das in mehreren Jahren nicht zustande gebracht."
Karl lächelte.
„Das war nicht so schwierig, sie suchte einen Menschen, der auf gleicher Höhe mit ihr steht, dem sie vertrauen kann. Ich will euch ja nicht kritisieren, aber sie hielt euch für Götter oder meinetwegen auch göttliche Wesen und ihr habt es nicht geschafft ihr gegenüber eure Göttlichkeit abzulegen."
Hermar wiegte den Kopf.
„Das scheint mir auch so. Wir haben sie in der Tat wohl nicht als gleichwertiges Wesen behandelt, sondern als exotische Beute und wir haben es nicht geschafft, die daraus resultierende Distanz zu überwinden. Dir ist das gelungen."
Karl grinste.
„Vielleicht, weil ich selbst eine exotische Beute bin."
„Trotzdem, sie hat sich jetzt sehr schnell an uns gewöhnt, zeigt keine Scheu mehr."
„Ja, als sie erst einmal verstanden hatte, daß alles göttliche, was sie in euch sah, nur die Auswirkungen technischer Errungenschaften sind, ging das ganz rasch. Sie sagte sich, wenn wir das nutzen können, dann kann sie das auch. Das war eine reine Verstandessache."
Er nahm einen Schluck Wein.
„Marion mag den Wein übrigens auch. Sie kannte ein ähnliches Getränk aus ihrer Heimat. Aber ich denke, es wird langsam Zeit die anderen Arbeiten fortzusetzen. Ich hatte mit einer Zusammenfassung

der germanischen Mythologie begonnen. Interessiert das euch ? Kann ich die Arbeit fortsetzen."

„Deswegen bist du doch auch hier. Die Kalgunen wollen dich nicht zurückhaben. Wir sind schon an der Kultur extrakoriasnischer Völker interessiert wie du bereits gemerkt haben wirst. Es hat aber nicht die höchste Priorität in unserer Akademie der Wissenschaft. Wir unterhalten hier nur eine eher kleine Unterakademie, es arbeiten hier lediglich etwa ein Dutzend Leute, ich meine jetzt Hermonaren, dazu kommen drei Antarestier, eine 'Schwarze', eine 'Grüne' und ein 'Roter', zwei Erdfrauen, eine dunkelhäutige und eine hellhäutige und ihr beide. Die Kalgunen haben uns alle von der Erde mitgenommenen Unterlagen zur Verfügung gestellt. Du kannst also dort weitermachen, wo du aufgehört hast. Deine Aufzeichnungen hast du doch mitgenommen ?"

„Natürlich."

„Marion und du erhaltet ein gemeinsames Büro, eine Wohnung habt ihr ja schon. Eine Bezahlung erhaltet ihr auch. Sie ist nicht hoch, aber ihr braucht auch nicht viel außer Nahrung und Kleidung. Ist das recht so ?"

„Ja."

Marion setzte die Übertragung der Texte fort, während Karl an seinen Mythologiestudien weiterarbeitete. Die tägliche Arbeitszeit betrug fünfzehn Linkane. Sie blieben aber meist länger.

Marion schrieb weiterhin auf Papier, benutzte allerdings einen 'modernen' Schreibstift.

„Nein, ich habe keine Scheu vor diesen Dingern, diesen Dainvertafs", entgegnete sie auf einen vermeintlich kritischen Blick Karls, „aber auf diesen Bildschirmen habe ich keinen so rechten Überblick auf den Gesamttext. Ich muß das alles vor Augen haben, besonders da ich meist noch Korrekturen vornehmen muß. Hinterher werde ich das dann abtippen. Du machst das doch auch nicht anders."

„Du hast mich bisher noch nicht gefragt, wer ich eigentlich bin, woher ich komme und wie ich gelebt habe bevor ich hierher gebracht wurde", begann sie eines Mittags, „obwohl dich das doch am meisten interessiert. Es wird Zeit darüber zu reden. Aber ich will auch wissen wer du bist. Warum hast du eigentlich den Auftrag dich um mich zu 'kümmern' angenommen ? Gezwungen haben sie dich doch offensichtlich nicht dazu."

„Ich denke, wir sind mittlerweile genügend vertraut um keine Geheimnisse mehr voreinander zu haben. Aber das Büro hier ist wohl nicht der richtige Ort für eine Unterhaltung, es soll doch kein Verhör werden. Gehen wir nach draußen, unterhalten uns in der Sonne bei einem Glas Wein."

Sie begaben sich in das Gartencafe.

Zunächst berichtete Karl von seinem Schicksal. Als er geendet hatte, begann Marion zu erzählen.

„Du mußt wissen, unser Volk verehrte zahlreiche Götter. Über allen stand jedoch Ralokaran. Die anderen Götter hatten nicht alle den gleichen Status in den verschiedenen Städten. Jede Stadt verehrte einen von ihnen als Schutzgott oder Schutzgöttin. Bei uns war es Alkumele, die Göttin der Fruchtbarkeit, des Friedens, der Güte, der Liebe. Ihr war der größte und prächtigste Tempel geweiht. Es wurden natürlich noch andere Götter angebetet, der des Feuers, des Krieges, die Sonnengöttin. Aber die besaßen nur kleine Tempel. Nun war es Sitte in unserer Stadt, daß jede Frau ihre Jungfräulichkeit der Göttin opfern mußte. Hierzu mußten sie sich im Alter von siebzehn Jahren in den Tempel begeben. Man führte sie dort einem Manne zu, der für den Dienst, der ihm erwiesen wurde, Alkumele ein Opfer darbringen mußte. Dann durften die Mädchen zurück nach Hause gehen und heiraten. Dieser Ritus mag dir etwas seltsam erscheinen, doch hatte er einen Sinn. Im Grunde war es eine kluge Einrichtung. Ich weiß nicht, ob es auf der Erde anders ist, doch bei uns erwachten die Gefühle der Mädchen und Jungen zueinander in der Jugend. Und sie fanden oft zueinander. Den Jungen sah man das nach, doch die Mädchen brandmarkte man als Dirnen, wenn sie ihre Jungfräulichkeit nicht bis zur Ehe bewahrten. Der Dienst im Tempel verwischte dies."

Sie pausierte einen Moment.

„Doch nicht alle Mädchen durften nach Hause zurückkehren. Manche, auch ich, wurden zum Dienst für die Göttin auserwählt", sie lächelte, „nein, wir wurden nicht weiteren Männern gegeben, obwohl das im

Volk gemunkelt wurde und man uns daher oft als 'Tempelhuren' bezeichnete. Ich sagte schon, wir mußten der Göttin unsere 'Jungfräulichkeit' opfern. Weitere derartige Dienste wurden nicht verlangt. Es gab allerdings einige, welche diesen Dienst weiterhin freiwillig übernahmen. Ich gehörte nicht zu ihnen. Ich wurde zum Dienst an der Göttin ausgewählt, verblieb im Tempel. Du mußt wissen, es gab in der Stadt Schulen, Krankenhäuser, Heime für Waisen, Alte, Kranke, welche Alkumele geweiht waren. Diese Einrichtungen wurden von den 'Dienerinnen Alkumeles' betrieben, aus ihnen wurden auch die Priesterinnen bestimmt. Du mußt wissen, weibliche Götter hatten nur weibliche Priesterinnen und Dienerinnen, männliche Götter nur männliche. Die 'Dienerinnen Alkumeles' wurden auf ihre Aufgaben gründlich vorbereitet, erhielten eine sorgfältige Ausbildung. Ich war zur Lehrerin bestimmt, wurde in allen Künsten und Wissenschaften unterrichtet, mußte natürlich auch gelegentlich bei Feiern zur Ehrung Alkumeles mithelfen. Ich hätte sogar Priesterin werden können. Es ist diesen Dienerinnen allerdings nicht gestattet Umgang mit einem Mann zu haben. Das zieht eine schwere Strafe nach sich. Doch ich wurde noch vor Beendigung meiner Ausbildung geraubt und hierher gebracht."
Sie nahm einen Schluck Wein.
„Gut, jetzt bist du aber hier. Dein altes Leben auf Antaresterr ist vorbei, Alkumele ist auf Korias unbekannt. Wie stellst du dir dein künftiges Leben nun vor ?"
„Du bist doch in einer ähnlichen Situation. Wie stellst du dir dein Leben vor ?"
„Ich habe keine Möglichkeit zur Erde zurückzukehren, will es vielleicht auch gar nicht mehr. Ich versuche nun mich einzurichten so gut es geht. Leicht ist es nicht. Bei den Kalgunen klappte es nicht. Ich wurde nach einiger Zeit weggeschickt, hierher. Das war aber nicht das Schlimmste, was mir passieren konnte."
„Bei mir war das anders. Ich versuchte meiner Bestimmung als 'Dienerin Alkumeles' treu zu bleiben. Deshalb bewahrte ich auch ihre Geheimnisse, habe die Heiligen Schriften nicht übersetzt. Ich sonderte mich ab, vereinsamte, wurde unglücklich, hatte oft den Wunsch zu sterben. Du hast mir neue Kraft gegeben. Ich habe nun verstanden, daß

197

mein altes Leben vorbei ist. Ich denke, es war Alkumeles Wille, daß es so gekommen ist."

„Ich glaube, es hat sich für uns am Ende zum Besten gewandelt. Wir leben jetzt unter Menschen, die sich ihre Freiheit bewahrt haben, nicht zu dumpfen, willenlosen Wesen herabgesunken sind wie die Kalgunen, bei denen ich vorher war. Wir sollten ihnen zeigen, daß wir mit ihnen zusammenleben wollen und ihnen gleichwertige Wesen sind. Und ich denke, sie werden das auch anerkennen."

„Ja, das sehe ich mittlerweile auch so."

„Die Hermonaren sind ein wißbegieriges Volk. Sie möchten alles über die Lebensweise der Menschen auf anderen Planeten erfahren. Deshalb bedauern sie, daß du bisher nicht bereit warst die Heiligen Texte zu übersetzen."

„Ich glaubte, ich versündige mich gegenüber der Göttin."

„Wirklich ?"

„Ja, die Lehren waren geheim. Kein Außenstehender sollte davon erfahren, damit sie nicht mißbraucht würden. Und ich hielt sie für böse Götter, welche die Lehren Alkumeles mißbrauchen wollten."

Karl schwieg eine Weile.

„Aber die Göttin hat doch gestattet, daß die Hermonaren die Schriften mitnahmen und auch dich, weil du sie lesen kannst."

„Sie haben mich geraubt !"

„Und die Göttin hat das zugelassen ?"

Marion schaute ihn fragend an.

„Was willst du damit sagen ?"

„Nun ja, vielleicht will sie, daß die Schriften auch auf anderen Planeten bekannt werden, nicht allen, nur Auserwählten. Die meisten Hermonaren werden sich gar nicht dafür interessieren, nur ein kleine Gruppe Gelehrter."

Marion lächelte.

„Ich glaube, wir reden über Dinge, welche nun bedeutungslos sind. Meine Stadt und der Tempel sind wahrscheinlich schon längst von den 'Grünen' zerstört worden, die 'Dienerinnen Alkumenes' getötet oder versklavt. Ich bin vermutlich die einzige Überlebende. Soll ich ihre Lehren geheim halten, damit sie mit meinem Tod verloren gehen ? Soll ich weiterhin der Welt entsagen ? Nein, es ist wahrscheinlich besser sie zu übersetzen, auch ist es sicherlich besser, nicht alleine zu bleiben, sondern mit einem Menschen zusammen zu sein, der Liebe zu mir empfindet. Du hast mich bisher nicht angerührt. Du wolltest mich nicht verletzen. Das rechne ich dir hoch an. Doch das näherst sich seinem Ende. Es wird eine Zeit kommen, in der wir innig zusammen sein werden, es genießen, ohne uns dabei schlecht zu fühlen."

„Ja, wir sollten zusammenbleiben."

„Ich habe verstanden, euer Anliegen, ich meine jetzt nicht nur die Hermonaren, sondern auch dich, ist es, vieles über unsere Götter, unsere Sagen und Mythen zu erfahren. Da ist nichts dagegen einzuwenden. Ich möchte allerdings auch vieles über eure Religion, eure Sagen, eure Mythen wissen. Vielleicht gibt es Ähnlichkeiten. Wäre das nicht phantastisch ? Da entwickelt sich menschliches Leben auf verschiedenen Planeten, ungeheuer weit voneinander entfernt. Und diese Wesen ähneln sich nicht nur körperlich, sondern auch in ihrer Denkweise."

„Hm, das hat etwas für sich. Aber schau, bei uns auf der Erde gibt es zahlreiche Völkerschaften, die sich in ihrer Denkweise, ihren Sitten und Lebensart deutlich voneinander unterschieden."

„Das war auf Antaresterr nicht anders. Aber schau, es gibt wahrscheinlich auf der Erde Völker deren Denkweise sehr stark der unsrigen ähnelt, wahrscheinlich auch Völker, deren Denkweise eher derjenigen der 'Grünen', 'Schwarzen' oder 'Roten' ähnelt. Stell dir einmal vor. Da gibt es auf fernen Planeten Völker, deren Denkweise der unsrigen mehr ähnelt, als der Denkweise anderer Völker auf ihrem Planeten. Anders ausgedrückt, es gibt auf anderen Planeten Menschen, die uns ähnlicher sind als andere Völker auf dem eigenen Planeten. Es ist doch äußerst interessant hier einen Vergleich anzustellen. Wie sieht das eigentlich auf Korias aus ?"

„Soweit mir bekannt ist, ist bei den Kalgunen wenig überliefert, bei den Hermonaren vielleicht mehr. Ich weiß nichts genaues, aber Hermar wird uns sicher Auskunft geben."

„Ist das nicht eine großartige Aufgabe, ein Vergleich der Kulturen auf den drei Planeten Antaresterr, Korias und Erde vorzunehmen ?"

„Ein gewaltiges Unternehmen."

„Meinst du, ich darf das tun ? Wirst du mich unterstützen ?“
„Das werde ich mit Freuden. Und ich denke, du wirst es schon dürfen.
Ich bin sicher, man wird uns diese Freiheit gewähren.“

Trotz des vertrauten Umgangs miteinander und ihrer Bemerkung, daß
eine Zeit kommen werde, wo sie innig zusammen sein würden, wich
Marion Karls Berührungen aus. Anfangs glaubte er, es sei eine gewisse
Scheu einem Wesen aus einer anderen Welt gegenüber, doch er
erkannte bald den wahren Grund. Marion sah ihn noch immer als einen
Höhergestellten, als einen Meister an. Und ein körperlicher Umgang,
eine intime Beziehung erschien ihr als eine Entehrung des Meisters.
Das schuf eine Distanz, die sich nicht überwinden ließ. Karl wurde dies
bald klar und er stellte sich darauf ein, daß er vielleicht eines Tages
Marion an einen anderen Mann verlieren würde. Aber konnte er es ihr
übel nehmen ?

20. Rumaldena und Fanny

Eines Nachmittags klopfte es an Karls Bürotür. Er war alleine im Zimmer, Marion hielt sich im 'Archiv' auf, in welchem noch nicht digitalisierte Dokumente aufbewahrt wurden.

Auf sein 'Herein' betrat eine gutaussehende Frau den Raum. Sie war eine 'Schwarze' Antarestierin. Das heißt, ihre Haut war nicht wirklich schwarz wie Kohle, eher dunkelbraun wie eine Haselnuß. Sie grüßte.

„Mein Name ist Rumaldena, ich bin auch hier in der Akademie beschäftigt und möchte die Gelegenheit nutzen Sie einmal kennenzulernen."

„Bitte setzen Sie sich."

„Wie Sie sicherlich leicht erraten werden, stamme ich auch von Antaresterr, gehöre der Gruppe der 'Schwarzen' an, wurde auch in Folge der Expedition vor zehn Jahren hierher verschleppt, genau wie Marion, die 'Braune', mit der Sie zusammenleben wie mir berichtet wurde. Wissen Sie, ich hatte Glück, habe mich angepaßt, lebe hier zusammen mit meinem Mann. Er heißt Bar-La-Dun, er ist ein 'Roter'."

Karl lächelte.

„Hermar hat mir schon berichtet, daß ihr 'Schwarze', wie er euch nennt, euch rasch anpaßt, nach allen Seiten hin."

Rumaldenas Miene verfinsterte sich leicht.

„Ach lassen Sie doch bitte solches Gerede. Das sind doch nur hermonarische Vorurteile, entspringen ihrer Überheblichkeit. Sie glauben, sie seien uns geistig überlegen, nur weil sie über technische Fertigkeiten verfügen, die wir nicht besitzen. Solches Denken müssen Sie doch nicht übernehmen. Sie sind doch ebenso ein Entführter wie ich, ein 'Exot'. Im übrigen nennen wir uns Tscherinkaner, die 'Roten' nennen sich Punainer, die 'Grünen' Vertcolisier und die 'Braunen' Burikuraten. Hat Ihnen das Marion noch nicht erzählt?"

„Nein, das hat sie nicht. Und entschuldigen Sie bitte, ich wollte Sie nicht kränken."

Das stimmte sie milder.

„Sehen Sie, das ist so. Tscherinkaner bilden keine Einheit. Wir besiedelten einen großen Kontinent auf unserem Planeten, unterteilten uns in mehrere Völkerschaften mit unterschiedlichen Lebensweisen, Kulturen und zivilisatorischen Entwicklungsstufen. Kennen Sie das von ihrem Kontinent her nicht ?"

„Doch schon", räumte Karl ein.

„Und daher gibt es eben Gruppen, welche den Vertcolisiern und den Punainern ähnlicher sind als meinem Volk. Das ist doch nichts besonderes, hat auch nichts mit der Hautfarbe zu tun. Das ist eher zufällig, denn wir hatten mit den Völkerschaften auf dem anderen Kontinent keine Kontakte, abgesehen von sporadischen mit den Burikuraten. Und nur durch ihre Berichte wußten wir von der Existenz der Vertcolisier und der Punainer."

Karl lächelte.

„Das gebe ich zu. Aber deswegen sind Sie doch sicherlich nicht zu mir gekommen. Ich denke es wird ein längeres Gespräch. Möchten Sie Kaffee ?"

„Ja, gerne."

„Ich heiße übrigens Karl."

„Wie ich schon erwähnt habe, ich lebe hier mit meinem Mann. Er ist Punainer, wie ich sagte. Wir wurden einfach zusammengebracht, leben jetzt zusammen. Wissen Sie, die Hermonaren haben recht schnell herausgefunden mit wem sie es zu tun haben. Es gab ja auch nur zwei auf einer höheren Kulturstufe stehenden Völker, wir und die Burikuraten. Und selbst von denen waren nur wenige mit den kulturellen Errungenschaften vertraut. Mit den meisten konnten die Hermonaren nichts anfangen. Die haben sie auf die Felder und in die Bergwerke zum Arbeiten geschickt. Bar-la-Dun, mein Mann, gehörte zu den Magiern der Punainer. Er kennt alle Mythen seiner Völkerschaft. Deswegen haben sie ihn hier behalten. Er kann weder lesen noch schreiben, deswegen haben sie ihn mir zugeordnet. Er war sehr unzivilisiert. Aber ich habe ihn erzogen. Er ißt mittlerweile manierlich und wäscht sich auch regelmäßig. Er züchtet Pflanzen. Ganz erfolgreich. Er hat bereits durch Kreuzung von unserem Planeten mitgebrachter und einheimischer Sorten eine neue wesentlich ertragreichere Getreidesorte gezüchtet, die jetzt erstmals in größerem Stil auf Yanakaratin angebaut wird. Deshalb ist er gegenwärtig auch nicht hier. Er ist aber sehr schweigsam, hat bisher nicht allzu viel von seinem Wissen preisgegeben."

„Ja, das kenne ich. Möglicherweise hält auch er die Hermonaren für böse Götter, denen er seine Geheimnisse nicht verraten will."

Rumaldena schwieg kurz.

„Der Grund meines Besuches liegt aber darin, mit Ihnen über eine mögliche Zusammenarbeit zu diskutieren."

„Da sollten wir aber Marion miteinbeziehen."

Rumaldena wiegte den Kopf hin und her.

„Darüber wollte ich mit Ihnen erst einmal alleine sprechen. Denn meine Bemühungen in dieser Richtung sind bisher nicht erfolgreich gewesen, sie hat sich stets gegen näheren Kontakt gesperrt."

„Da ist in den letzten Wochen einiges Umdenken eingetreten."

„Wochen ? Was meinen Sie damit ?"

„Bei uns auf der Erde bezeichnet man damit eine Sieben - Tage - Periode. Ich benutze den Begriff noch immer unwillkürlich aus alter Gewohnheit. Sehen Sie mir das bitte nach. Und eines noch. Wir sagen hier 'du' zueinander."

Rumaldena lachte.

„Wenn es weiter nichts ist, dann geht das in Ordnung. Aber um auf Marion zurückzukommen, wir müssen heute ja auch keine Entscheidungen über ihren Kopf hinweg treffen. Wir beide sollten uns lediglich kennenlernen, einen Eindruck voneinander gewinnen. Ist es dir recht, wenn ich mit mir beginne ?"

„Allemal."

„Wie ich schon sagte, wir Tscherinkaner bestehen aus mehreren Völkerschaften unterschiedlicher Zivilisationsstufen. Meine Gruppe lebte in Städten. Ich selbst entstamme einer Gelehrtenfamilie, erhielt eine gute Erziehung, unterrichtete dann an einer Schule, bis ich hierher entführt wurde. Unsere Städte bildeten kleine Staaten, die von einer Gruppe Edler, zu denen auch die Priester gehörten, regiert wurden. An der Spitze stand ein König. Jahrhundertelang war es üblich unseren Göttern Menschenopfer darzubringen. Vor etwa fünf Generationen trat dann eine Umwälzung ein. Eines Tages kam ein Fremder, der sich Zafinob nannte, in unsere Stadt. Er sagte, Jyaschpyr, der einzige und wahre Gott habe ihn gesandt um dessen Botschaft an die Menschen zu verkünden und sie zum wahren Glauben zu bekehren. Nun gab es außerhalb der Stadt einen heiligen Hain, in dessen Mitte ein mächtiger Baum, Molnija genannt, stand, welcher Fulmen, dem Gott des Blitzes geweiht war. Es hieß, jeder der den Baum anrühre werde vom Blitz erschlagen. Der Fremde zeigte aber keine Furcht, legte die Axt an und fällte den Baum. Nichts geschah. Da sprach der Fremde zum Volk: 'Seht ihr, Jyaschpyr ist mächtiger als eure Götter. Wendet euch ihm zu, dann werdet ihr das Heil erlangen.' Einige Priester welche dabei standen, erzürnten sich über den Frevel. Und sie sprachen zu den Menschen: 'Wehe euch, Fulmen ist auf Reise, kämpft in einem fernen Gebirge gegen die Riesen, die sich auf den Weg gemacht haben die Menschen zu verderben. Fürchtet seinen Zorn ! Wenn er zurückkommt und diese Untat erblickt, dann wird er euch strafen. Nur wenn ihr den Fremden tötet könnt ihr mit Milde rechnen'. Das Volk war unsicher, zögerte, denn es fürchtete auch die Strafe Jyaschpyrs. Endlich zückte einer der Männer aus der Menge sein Schwert, stürzte sich auf den Prediger und durchbohrte ihn. 'Seht ihr wie ohnmächtig sein Gott ist !' rief er dem Volk zu, 'er ist nicht einmal fähig seine Diener zu schützen. Ihr braucht ihn nicht zu fürchten und dürft auch nicht auf ihn hoffen.' Da zerstreute sich das Volk und vergaß die fremde Lehre und den fremden Gott. Doch es gab auch Menschen, welche den Worten der Priester nicht glaubten, die doch bisher gelehrt hatten die Götter seien allmächtig und würden alles zu jeder Zeit erfahren. Sie argwöhnten, daß die Behauptung Fulmen befinde sich auf einer Reise nur eine Ausrede war, der Gott in Wirklichkeit gar nicht allmächtig sei. Und sie verkündeten das auf den Plätzen der Stadt. Manche gingen sogar so weit und sagten es gebe überhaupt keine Götter. Das erboste die Priester, welche dies als Verrat an den Göttern, dem wahren Glauben ansahen. Es bildeten sich zwei Gruppen, die sich blutig bekämpften. Schließlich griff der König ein, seine Soldaten trennten die Streitenden und er ließ verkünden, wenn die Götter allmächtig seien, dann werden sie die Frevler selbst strafen. Dem widersprachen die Priester, die nun behaupteten, die Götter würden auch alle bestrafen, die es duldeten, daß sie verunehrt würden. Und in der Tat hatten die Priester seit Jahrhunderten große Katastrophen wie Brände, Überschwemmungen oder Vernichtung der Ernte durch Hagelschlag als Strafe der Götter dargestellt. Der König war ein kluger Mann, der dies nicht glaubte, aber er mußte natürlich in Betracht ziehen, daß sich das einfache Volk durch solche Reden leicht in Furcht setzen ließ. Er gründete daher den Kreis der Gelehrten und die Schule der Wissenschaft, deren Ziel es war, alle Ereignisse in der Natur genauestens zu untersuchen und zu erklären um dem Aberglauben den Boden zu entziehen. Und in der Tat, mit zunehmendem Wissen verloren die Priester ihre Macht, und der Großvater des Königs, der regierte als ich verschleppt wurde, konnte es wagen, ihren heiligsten Kult, die Menschenopfer, zu verbieten."

Sie nahm einen großen Schluck Kaffee.

„Hinzu kommt aber noch etwas anderes", fuhr sie fort, „in alten Mythen heißt es, vor Jahrhunderten seien Götter vom Himmel nach Antaresterr hernieder gestiegen. Sie waren freundlich gegenüber den Menschen, verschwanden eines Tages wieder. Sie verhielten sich ganz anders als die Hermonaren, welche sich uns gegenüber gar nicht zeigten, zumindest nicht freundlich; sie entführten eine Reihe von uns, raubten Schriften und Kultgegenstände. Eingedenk meiner Zweifel an der Existenz von Göttern und den Berichten in den alten Schriften kam ich bald zu der Überzeugung, daß es sich bei ihnen um keine Götter handelte, sondern um Räuber aus dem Weltraum, die irgendwie gelernt hatten Fluggeräte zu bauen, mit denen sie die Weiten des Universums überwinden konnten. Und ich fragte mich, ob die alten Götter, welche unsere Städte vorher besucht hatten, nicht auch Wesen von fremden Planeten waren, allerdings freundliche und friedliche, keine Räuber. Ich habe die Hermonaren daher schon bald nicht als Götter betrachtet, sondern als Wesen, die über Fähigkeiten verfügen, die wir nicht haben und mich daher bemüht, so gut das ging, mir diese Fähigkeiten auch anzueignen."

„Und wie verhielten sich die anderen Antarrestier, die Punainer, Tscherikaner, Vertcolisier, Buricuraten?"

„Das Verhalten von Marion kennen Sie ja. Und ansonsten kenne ich nur das Verhalten von jenen, mit denen ich Umgang hatte. Und das waren aber nur wenige. Die meisten von ihnen waren allerdings von deren Göttlichkeit überzeugt, insbesondere die Anhänger der Menschenopfer, die es noch immer bei uns gab, welche heimlich ihre blutigen Riten ausführten und nun hervorbrachten, was wir erlitten, sei die Strafe für unsere Gottlosigkeit. Ich konnte dem aber nicht zustimmen, denn warum sollten sie als 'Strafe' einige von uns entführen, wobei die meisten mit dem 'Opferfrevel' gar nichts zu tun hatten ? Und Zerstörungen haben die Hermonaren nicht angerichtet. Das hat mir Hermar versichert."

„Die Koriasner haben sich bei uns auf der Erde offensichtlich genau so verhalten."

Rumaldena runzelte die Stirn.

„Koriasner ? Erde ? Was ist das ? Du hattest das Wort vorhin schon einmal erwähnt."

„Du weißt das nicht ? Es gibt hier auf Korias noch ein zweites Volk, die Kalgunen, die ich aus Gewohnheit als Koriasner bezeichne. Und ich stamme auch nicht von Antaresterr oder von Korias, sondern von einem Planeten, den wir Erde nennen."

Rumaldena blickte Karl groß an.

„Du bist keiner von den sagenhaften Schneemenschen, die eine weiße Haut haben und auf einem geheimnisvollen Kontinent weit im Norden, der überwiegend aus Eis besteht, leben ?"

Karl lachte.

„Ich bin kein antarestischer Schneemensch. Ich wurde von den Koriasnern hierher entführt, lebte einige Zeit auf der Insel Nalorama und wurde vor kurzem von den Kalgunen an die Hermonaren verschenkt."

Rumaldena dachte nach.

„Gibt es auf der Erde auch Menschen mit dunkler Haut ?"

„Sicher."

„Dann stammt diese Fanny vielleicht auch von der Erde ?"

„Welche Fanny ?"

„Eine Frau mit dunkler Haut, die mit einer Vertcolisierin namens Annellanina zusammenlebt. Sie ist noch nicht lange hier, ich kenne sie kaum, da die Vertcolisierin auch jeden Kontakt mit uns ablehnt, was ich aber nicht bedaure, denn sie ist primitiv und stinkt furchtbar. Ich verstehe weder, warum die Hermonaren sie hier in der Akademie behalten, noch, wie es diese Dunkelhäutige bei ihr aushält. Sie sieht fast aus wie wir, gehört aber irgendwie nicht zu uns, zumindest empfinde ich das so."

„Wie viele Verschleppte gibt es eigentlich hier in der Akademie?"

„Jetzt nur noch sechs; mein Mann und ich, du, Marion, die Vertcolisierin und Fanny. Früher waren es mehr, aber die anderen haben sie weggebracht."

„Das sind wenige. Ich denke wir sollten alle Kontakt miteinander haben. Ich werde Fanny bei Gelegenheit einmal aufsuchen, vielleicht wird dann auch die Vertcolisierin zugänglich."

„Das wäre gut, aber vorher muß sie lernen sich zu waschen. Doch wir sind jetzt vom Thema abgekommen. Ich möchte ja Kontakt zu Marion oder zu der Vertcolisierin um zu erfahren, wie sich die Hermonaren auf ihren Kontinent verhalten haben. Ich habe geschildert, wie ich oder auch meine Gruppe die Hermonaren erlebt haben, aber wie haben sie die anderen erlebt? Sie haben doch auch einige von ihnen entführt. Aber sie haben, soweit ich erfahren habe, nicht in die Kämpfe zwischen den Burikuraten und den Vertcolisiern eingegriffen. Und was ist mit den alten, den guten Göttern? Besuchten sie nur unseren Kontinent? Oder gibt es auch in Marions Volk Berichte über sie?"

„Ich werde mit Marion reden. Und ich bin sicher, sie wird positiv darüber denken und Kontakt pflegen wollen. Mir wäre es lieb. Es gibt viel Wissen auszutauschen. Und hast du nie etwas von deinem Mann erfahren."

„Nein, der sagte, er wisse nichts."

„Das wundert mich jetzt. Du sagtest doch, er kenne alle Mythen seines Volkes."

„Ach, der ist auch so ein Verstockter, erzählt nur das, was er mag und stellt sich ansonsten dumm. Und ich denke er hat Angst, daß ich etwas an die Hermonaren verraten könnte."

Sie schaute zur Uhr.

„Oh, ich bin ja schon vier Linkane hier. Ich muß jetzt aber gehen. Ich habe dich schon lange genug aufgehalten."

Sie verabschiedete sich.

Einige Tage später lag Karl abends nach einer längeren Schwimmrunde am Seeufer in der Sonne als eine dunkelhäutige Frau herantrat und ihn ansprach.

„Du bist Karl ?"

„Ja, und wer bist du ?"

„Ich heiße Fanny, Rumaldena hat mir von dir erzählt."

„Du bist also die Frau, die sie nicht so richtig einordnen kann, die so aussieht wie sie, aber keine 'Schwarze' ist. Das wundert mich aber jetzt ein bißchen. Rumaldena sagte, daß ihr keinen Kontakt miteinander pflegt."

„Das ist übertrieben. Ab und zu wechseln wir schon ein paar Worte miteinander. Darf ich mich zu dir legen ? Oder störe ich ?"

„Nein, überhaupt nicht."

Sie ließ sich nieder.

„Ja, dir kann ich es ja sagen, dann vielleicht auch den anderen. Ich komme auch von der Erde, genau gesagt aus Kenia, war Historikerin an der Universität von Nairobi. Den anderen habe ich das aber nicht gesagt, sie stammen alle von dem Planeten Antaresterr, gehören verschiedenen Rassen an; Rumaldena ist Tscherinkanerin, eine 'Schwarze' wie sie die Hermonaren nennen, ihr Mann ist Punainer, ein 'Roter', meine Mitbewohnerin Annellanina gehört zu den Vertcolisiern, den 'Grünen' und diese seltsame Frau, die sie Marion nennen, gehört zu den Burikuraten, den 'Braunen'. Das sind alle seltsame Wesen, selbst untereinander meist feind. Die hätten doch kaum begriffen, daß ich von einem anderen Planeten komme. Deshalb habe ich es ihnen verschwiegen. Wir pflegen auch nicht mehr Kontakt miteinander als unbedingt notwendig."

„Aber du lebst doch mit dieser Annellanina zusammen ?"

„Das hat man dir wahrscheinlich falsch berichtet. Ich kann mir denken, was Rumaldena über sie erzählt hat. Aber glaube mir, Annellanina ist keineswegs so primitiv, wie Rumaldena das vermutlich dargestellt hat. Wir teilen uns eine Wohnung, weil sie uns so zugewiesenen wurde. Großen Kontakt mit ihr habe ich nicht. Ich bin nicht lesbisch, wenn du das gedacht hast. Und sie stinkt auch nicht so schlimm wie Rumaldena das behauptet."

„Hermar sagte mir, es gebe noch eine zweite Frau von der Erde, eine weißhäutige. Rumaldena weiß offenbar gar nichts von ihr."

Fanny verzog das Gesicht.

„Also, ich erzähle dir das. Aber erwähne sie dann in meiner Gegenwart nie mehr. Sie heißt Hilly, ist Amerikanerin, ziemlich dick übrigens. Sie ist eingebildet, arrogant, weiß alles besser, ist aber im Grunde strohdumm. Ich nenne sie daher Silly. Sie ist auch nicht im Akademiebau beschäftigt, da sie mit ihr nichts anfangen konnten. Sie arbeitet jetzt in der landwirtschaftlichen Versuchsanstalt. Was sie da macht weiß ich nicht. Sie wohnt auch dort, kommt ab und zu einmal hierher, aber ich rede kein Wort mehr mit ihr, seitdem sie mich einmal als Niggerschlampe beschimpft hat. Und warum haben sie dich eigentlich hierher verfrachtet? Du bist doch noch nicht so lange auf Hankorin."

Karl berichtete ihr kurz. Fanny runzelte die Stirn.

„Und das soll der wahre Grund gewesen sein? Was wollen die eigentlich von uns? Glaubst du wirklich, die interessieren sich für die Kulturen auf der Erde, für die Mythen der Völker? Nein, wir sind nur medizinische oder biologische Versuchsobjekte. Das Volk auf diesem Planeten ist degeneriert. Sie schaffen es nicht mehr lange, ihre Zivilisation, also was sie so Zivilisation nennen, und ihren technischen Stand aufrecht zu erhalten. Dann gehen sie unter. Da sind diese Hermonaren nicht anders als die Kalgunen."

„Das heißt, du glaubst, sie suchen wertvolles genetisches Material um sich zu regenerieren, um ihre Rasse aufzufrischen?"

„Genau das meine ich. Diese kulturellen Arbeiten, die sie uns zugestehen, sind nur Tarnung mit der sie ihre wahren Absichten verbergen wollen. Bist du eigentlich sicher, daß du am nächsten Morgen aufwachst, wenn du dich abends schlafen legst?"

Karl blickte sie irritiert an an.

„Wie meinst du das?"

„Vielleicht wachst du erst am übernächsten Morgen auf oder drei Tage später."

„Darüber habe ich noch nicht nachgedacht."

„Das ist ein Fehler. Ich habe es getan. Ich war ja auch bei den Kalgunen. Es fehlen etwa fünfundzwanzig Tage in meinem Leben. Ich war

209

auch einige Zeit schwanger, da bin ich mir sicher. Jetzt bin ich es nicht mehr. Sei dir bewußt: sie schläfern uns ein, mißbrauchen uns für ihre Experimente. Und dann löschen sie alles aus unserem Gedächtnis. Das ist nicht schwer für sie. Ich habe das erkannt und vorsichtig nachgefragt. Zwei Tage später wurde ich hierher verfrachtet. Du kannst dir sicher vorstellen warum."

Karl nickte.

„Bis zum Einbruch der Dunkelheit haben wir noch Zeit", fuhr sie dann fort, „wo kommst du eigentlich her ? Sicher aus Europa. Für einen Amerikaner wirkst du zu gebildet. Und was hast du so gemacht bevor sie dich entführt haben ? Wir können uns die Zeit aber auch anders vertreiben."

Sie streichelte ihn. Karl beugte sich über sie, küßte sie.

„Das eine schließt das andere nicht aus."

21. Gespräch mit Hermar

Karl und Hermar trafen sich recht häufig, meist im Gartencafe beim Wein. Karl wurde sich über die Rolle, welche Hermar in der Akademie spielte, nicht recht klar. Er gab sich niemals als Vorgesetzter aus, wie es Kalinna getan hatte, teilte ihm aber auch niemals mit, wer der Leiter der Abteilung war, für welche er offensichtlich arbeitete oder gar wie der Direktor der Akademie hieß. Er schien lediglich der Adressat der Berichte zu sein und eine Art Betreuer der Fremden. Ebenso erfuhr er nie an welchen Projekten die vielen in den Akademiegebäuden beschäftigten Hermonaren arbeiteten, deren Zahl er auf mehrere hundert schätzte. Hermar hatte ihm einmal gesagt, er verfüge nur über etwa zwölf Mitarbeiter. Auch Rumaldena und Fanny wußten nichts Näheres.

Anfangs informierte Karl ihn über die Fortschritte, welche er mit Marion erzielte. Mittlerweile war das aber nicht mehr notwendig, denn sie verfaßte ihre eigenen Berichte und schickte sie Hermar zu.
„Warum habt ihr überhaupt Menschen von der Erde oder auch von Antaresterr mitgenommen ? Nur um etwas über ihre Zivilisation und ihre Kultur zu erfahren ? Was bringt euch das, zumal ihr ja schon vor zweihundert Erdenjahren Menschen entführt habt ?"
Hermar lächelte.
„Auf was willst du eigentlich hinaus ? Wie würdet ihr denn handeln, wenn ihr in der Lage wärt, Expeditionen zu anderen Planeten zu unternehmen ? Doch genau so wie wir ! Und wärt ihr nicht auch daran interessiert Näheres über die Lebensweise und die Kultur intelligenter Lebewesen zu erfahren, die ihr dort antrefft, insbesondere dann, wenn sie euch ähnlich sind ? Nein, deine Frage hat einen anderen Hintergrund, wahrscheinlich ahnst du manches, du bist ja nicht dumm. Aber ich kann offen zu dir sein."
Er trank einen Schluck Wein.
„Nun ja, es gab schon Gründe Menschen mit zu uns zu nehmen; einmal, da wir Näheres über ihre Zivilisation erfahren wollten, zum ande-

ren natürlich auch zur genetischen Auffrischung, was insbesondere den Kalgunen wichtig war, da sie von einer nicht zu leugnenden Degeneration befallen sind. Für uns war das weniger von Bedeutung, da wir solche genmanipulatorischen Experimente ablehnen. Wir hatten ja auch bei unserer letzten Expedition zur Erde bereits Menschen mitgenommen. Wir wissen genügend über eure genetische Struktur. Wir wissen auch schon lange, daß wir mit euch Erdenmenschen lebensfähigen Nachwuchs zeugen können. Das haben wir den Kalgunen aber nicht verraten. Wie es mit deren genetischen Untersuchungen ausgegangen ist, weiß ich nicht, mir ist lediglich bekannt, daß sie durchgeführt wurden. Ich nehme an, daß die Ergebnisse als geheim eingestuft wurden. "

Hermar lachte.

„Und was deine Liebschaft mit Kalinna betrifft, die fiel doch wohl auch in diese Kategorie. Vermutlich hast du sie sogar geschwängert. Sie müssen doch daran interessiert sein zu sehen, was herauskommt, wenn sich ein Erdenmann und eine Kalgunin paaren."

Er klopfte Karl auf die Schulter.

„Mach dir nichts daraus. Es gibt unangenehmere genetische Experimente. Was die kulturellen Belange betrifft, so waren weniger als die Hälfte der eingesammelten Menschen brauchbar."

Karl schaute ihn erstaunt an:

„Und warum habt ihr keine bessere Auswahl getroffen ?"

„Wir konnten nur nach dem Zufallsprinzip auswählen. Es gibt keine Intelligenzstrahlung, die wir messen können. Auch können wir keine Gedanken lesen, ohne den Menschen vorher einen entsprechenden Sensor ins Gehirn einzupflanzen. Ja, das war etwas anderes als mit eurem Informationsnetz. Das konnten wir leicht anzapfen. Und offen an die Menschen heranzutreten wagten wir nicht. Wir mußten mit erheblichen Feindseligkeiten rechnen. Dazu mußt du wissen, wir sind euch zwar technisch überlegen sind, aber unser Raumschiff war kein Kriegsraumschiff, war nur bedingt mit Waffen zur Selbstverteidigung im Weltraum ausgerüstet. Und unsere Waffen hätten wir auch nur in der Erdatmosphäre einsetzen können, wo wir euren Raketen ausgesetzt gewesen wären. Gegen diese halfen unsere Schutzschilde auch nur bedingt. Und gegen persönliche Attacken seitens Menschen oder wilder Tiere können wir uns zwar durch einen Energiegürtel schützen. Der hilft aber nicht gegen Geschosse oder Strahlenwaffen. Wir hielten uns daher zurück, achteten auch darauf von euch nicht entdeckt zu werden. Der Raumschiffskommandant hatte auch entsprechende Anweisungen, vom 'Großen Rat' oder wem auch immer. Daher beschränkten wir unseren Aufenthalt auch zeitlich. Das Hauptschiff verbarg sich hinter eurem Mond. Die Erde suchten wir nur mit kleinen Beischiffen auf, die für eure Ortungsstrahlen unsichtbar waren. Beim letzten Besuch vor zweihundert Erdenjahren war das noch anders, da nahmen wir richtigen Kontakt auf, bereiteten uns allerdings auch gut vor, trugen auch Kleidung im Stil jener Zeit. Wir gaben uns als fremde Reisende aus, verschwiegen den meisten, daß wir von einem anderen Planeten kamen. Nur wenigen offenbarten wir uns, schärften ihnen aber ein, dies ihrem Mitmenschen gegenüber zu verschweigen, da sie sonst für geistesgestört gehalten würden. Diesmal war die Situation schon deshalb völlig anders, weil die Kalgunen bestimmten. Es waren nur ein paar Hermonaren mit dabei, eher als Gäste denn als vollwertige und gleichberechtigte Expeditionsteilnehmer."

„Aber ihr hättet euch diesmal auch als Erdenmenschen tarnen können. Ihr habt etwa die gleiche Größe wir wir, Kleidung zu beschaffen ist doch kein Problem und die Hautfarbe bekommt man mir Schminke hin."

Hermar lachte.

„Hätte ! Hätte ! Die Kalgunen haben den Ton angegeben. Und die hatten Befehle, die sie eben so wie die Aktion ablief interpretiert haben. Zu eigenständigen Entscheidungen sind sie nicht fähig."

22. Entstehung der Welt und der Menschen in den Mythen der Antarestier

„Was hältst du von der Idee mit Rumaldena und Fanny näheren Kontakt aufzunehmen ?" fragte Karl Marion am Morgen nach dem Gespräch mit Fanny beim Frühstück.

Marion überlegte kurz.

„Ich errate woraufft du hinauswillst. Wir könnten unsere Gedanken austauschen, einiges voneinander lernen, unseren Horizont erweitern, geistig meine ich, geographisch sind wir ja hier auf den Akademiecampus beschränkt."

„Ja, ja, und über den Rest der Insel wissen wir nichts. Es scheint auch gar nicht erwünscht zu sein Näheres über sie zu erfahren. Ich habe Hermar gegenüber schon ein paarmal erwähnt, daß ich ein Interesse daran habe Hankorin zu erkunden, aber er hat dies stets überhört, ist nie auf das Thema eingegangen."

„Das heißt, er hat es zwar nicht verboten, aber ausgedrückt, daß er es nicht wünscht."

Sie überlegte kurz.

„Das kann aber doch nur bedeuten, daß sich hier auf der Insel Dinge abspielen, von denen wir nichts erfahren sollen."

„Darüber habe ich bisher noch nicht nachgedacht", bemerkte Karl, „aber wahrscheinlich hast du recht. Doch was könnte es sein ? Ich weiß lediglich, daß es auf der Insel Erzgruben geben soll."

„Vielleicht Straflager ?"

„Möglich. Auf Nalorama konnte ich sogar einmal eine mehrtägige Erkundungstour unternehmen."

„Und dabei war bei den Kalgunen doch alles strenger geregelt als hier, wie du sagtest. Also muß es sich um etwas Schwerwiegendes handeln. Aber da können wir jetzt nur spekulieren. Und was Fanny und Rumaldena betrifft, wir können es versuchen. Es sieht ja so aus, als müßten wir für lange Zeit hier bleiben und wenn wir uns absondern, dann versauern wir nur, wir alle, meine ich. Aber was ist mit den anderen, Bar-

la-Dun, Hilly und Annellanina ? Ich habe, ehrlich gesagt, etwas Angst vor diesem Punainer und dieser Vertcolisierin. Diese Völker waren uns immer feindlich gesinnt."
„Deine Angst erscheint mir unbegründet. Sie werden dir nichts antun. Ich verstehe deine Bedenken, teile sie aber nicht. Es stehen sich ja nicht Gruppen von Punainern, Vertcolisiern und Burikuraten gegenüber, sondern drei Einzelwesen. Und auf der Erde ist es so: als Angehörige einer Gruppe tragen viele die Feindschaft zu einer anderen Gruppe in sich. Das bedeutet aber noch lange nicht, daß sie Einzelpersonen der Gruppen gegenüber feindlich eingestellt sind wenn sie diese irgendwo alleine treffen. Vermutlich ist das auf Antaresterr genau so. Denke jetzt nicht an das Massaker der Vertcolisier an euch. Das war die Tat einer Gruppe. Und außerdem, Bar-la-Dun scheint völlig unter der Kontrolle Rumaldenas zu stehen. Und ob Annellanina und Hilly mitmachen, das ist noch völlig offen. Fanny mag Hilly nicht, Rumaldena mag Annellanina nicht."
„Gut, wir können es ja ausprobieren."
„Ich werde versuchen ein Treffen zu vereinbaren."

„Was willst du eigentlich von mir ? Was soll die Nachricht ? Wie kommst du überhaupt dazu mich hierher zu beordern ? Wer bist du eigentlich ?"
Die dicke, blonde Frau hatte sich noch nicht gesetzt, als sie Karl, der im Gartencafe auf sie gewartet hatte, bereits mit Fragen überhäufte. Ihre Stimme klang unfreundlich. Karl blickte sie skeptisch an. Er erinnerte sich. Das war doch das geifernde Weib, das ihm bei der Versammlung im Raumschiff aufgefallen war.
„Ich habe dich nicht hierher beordert, sondern um ein Gespräch gebeten", antwortete Karl gelassen.
„Das ist das Gleiche !"
„Das sehe ich nicht so. Wir sind hier nur wenige Extrakoriasner, wir haben den gleichen Status, wir sind keine den Hermonaren gleichwertigen Wesen. Und wir sollten uns zusammenschließen ?"
„Wozu ?"
„Ich sagte doch, wir sind Fremde, Außenseiter, leben abgesondert, von

den Hermonaren gemieden. Das ist doch auf Dauer kein wünschenswerter Lebenszustand. Aber das ist die Realität, wir leben hier, müssen uns zurechtfinden. Wir wollen doch nicht seelisch verkümmern, depressiv werden. Das ist doch unser gemeinsames Interesse. Wenn wir uns zusammenschließen, dann können wir uns gegenseitig stützen, eine gemeinsame Lebensbasis aufbauen. Gut, wir entstammen verschiedenen Völkern und Kulturen, aber wir sind intelligent und gebildet und das ist ein Bindeglied über alle Unterschiede hinweg."

Hilly verzog das Gesicht.

„Und wer bist du eigentlich ? Du heißt Karl, das klingt so nach einem Kraut."

„Ich bin Deutscher."

„Ein Nazi also !" sie lachte, „am deutschen Wesen soll die Welt genesen ! Du willst dich doch nur als Führer aufspielen ! Nein danke, dich brauche ich am wenigsten. Und was soll ich mit den anderen, dieser Negerin aus dem Urwald und diesen primitiven Antarestiern, die geistig noch auf Steinzeitniveau stehen ? Ihr redet doch nur über Mythen, alte Sagen und so einem Quatsch. Und die wichtigen Dinge sprecht ihr doch gar nicht an."

„Und was sind die wichtigen Dinge ?"

„Das ist der offene und latente Rassismus, der sich schon in der Sprache widerspiegelt."

„Und warum beschimpfst du dann Fanny als Niggerschlampe ?"

„Ach, die ist doch nur eine dumme Kuh, die nichts kapieren will. Die will doch gar nicht einsehen, daß sie zur unterdrückten und diskriminierten Klasse gehört. Die arbeitet doch nur den Rassisten in die Hände."

Karl lächelte.

„Und was gibt es sonst noch Wichtiges ?"

„Diskriminierung sexueller Diversität, Gendergerechtigkeit, Ausgrenzung von Randgruppen ..."

„Ach, hör doch auf damit", unterbrach sie Karl, „das ist doch nur Gelabere, das interessiert doch die Hermonaren nicht. Auf Nalorama hatten wir auch so einen Schwätzer; der ist damit gegen die Wand gefahren."

„Das muß alle interessieren. Das sind grundsätzliche Probleme der

Menschheit, nicht nur auf der Erde, sondern im gesamten Kosmos. Hierfür muß Bewußtsein geschaffen werden."

Karl winkte ab.

„Schon gut. Das heißt konkret, du hast kein Interesse daran mit uns Kontakt zu pflegen."

„So ist es. Nicht unter diesen Umständen !"

„Wie du willst. Dann ist die Sache ja entschieden ?"

Drei Tage später traf er sich mit Annellanina im Gartencafe. Im Grunde war sie hübsch, schlank; sie hatte helle Augen, dunkelblondes Haar, wirkte allerdings sehr ungepflegt. Ihre Haut zeigte einen grünlichen Schimmer, aber bei weitem nicht so eine intensive Farbe wie die eines Frosches. Sie trug ein schmutziges Gewand, ein eher unangenehmer Duft umgab sie.

„Was soll ich denn bei euch ?" Annellanina blickte Karl fragend an als sie sich im Gartencafe gegenüber saßen, „Fanny pflegt keinen nennenswerten Umgang mit mir, obwohl wir im gleichen Haus wohnen. Diese Rumaldena haßt mich, redet nur schlecht über mich, diese Hilly wirft mir nur verächtliche Blicke zu wenn sie mich sieht und diese Marion und diesen Bar-la-Dun kenne ich gar nicht."

„Das ist doch genau der Punkt", erwiderte Karl, „ihr lehnt euch gegenseitig ab, obwohl ihr euch gar nicht kennt. Vielleicht findet ihr euch gar nicht mehr so unsympathisch, wenn ihr einmal ein paar Worte miteinander gewechselt habt. Deswegen solltet ihr euch einmal kennenlernen und daher will ich ein Treffen aller organisieren. Und wenn du dich vorher wäschst und ein sauberes Gewand anziehst, dann hinterläßt du auch einen guten Eindruck."

Annellanina verzog das Gesicht.

Karl grinste.

„Du entstammst eben einem Nomadenvolk. Ihr lebtet in der Steppe. Da mußtet ihr sparsam mit dem Wasser umgehen. Und wenn alle stinken, stört sich keiner daran. Aber hier ist das nicht notwendig. Es gibt Duschen, Waschgel und sogar Parfüm. Du bist das eben nicht gewohnt, aber du kannst ja dazulernen. "

Annellanina dachte nach.

„Vielleicht ist dein Vorschlag gar nicht so schlecht. Ich werde es mir überlegen."

Zum ersten Treffen erschienen Rumaldena, Fanny, Marion und Karl.
„Bar-la-Dun wollte nicht mitkommen, er sagte, wir würden ja doch nur über Dinge reden von denen er nichts versteht. Das sei für ihn langweilig", begann Rumaldena.
„Hilly lehnte, wie erwartet, jeden Kontakt mit uns ab; da kann man nichts machen", Karl zuckte mit den Schultern, „Annellanina ließ es offen. Sie hat sich wahrscheinlich nicht hergetraut."
Rumaldena lachte.
„Sie sollte sich vorher waschen und ein frisches Gewand anziehen. Du hast ihr vermutlich zu harte Bedingungen gestellt. "
„Ach, sei doch nicht so gemein", warf Marion ein, „sie ist wahrscheinlich wirklich scheu, weil sie das Gefühl hat, von uns abgelehnt zu werden. Fanny, sprich bitte du doch einmal mit ihr. Da läßt sich sicherlich etwas machen."
Sie besorgten sich Wein, begannen dann ein scherzhaftes Gespräch, verloren allmählich die noch herrschende Scheu voreinander.
„Es ist schon merkwürdig", meinte irgendwann Fanny, „daß sich drei Arten intelligenter Lebewesen hier befinden, welche im Weltall in weiter Entfernung unabhängig voneinander entstanden sind, sich aber soweit ähneln, daß man sie bereits als identisch bezeichnen kann."
„Das schließt allerdings nicht aus, daß es auch andersartige intelligente Lebewesen gibt", bemerkte Rumaldena.
„Ausschließen läßt sich das nicht", fiel Karl ein, „ich denke aber, es gibt gewisse notwendige Strukturen. Ein solches Lebewesen muß zweifelsohne auf zwei Beinen gehen oder, allgemeiner ausgedrückt, zwei Gliedmaßen besitzen, die unseren Armen und Händen entsprechen. Jede Zivilisation muß sich entwickeln. Dazu müssen die Lebewesen in der Lage sein Gegenstände zu bearbeiten. Daß wir gleich aussehen ist sicherlich ein Zufall, ich habe auf Nalorama ja auch diese Perriloboros kennengelernt, da haben die weiblichen Wesen vier Arme und drei Augen, sind groß und intelligent, während die Männchen klein und dumm sind."

„Das sind aber letztlich doch nur geringe Unterschiede im Vergleich zu Kataribanen oder Lumnusoren, wie wir sie auf Antaresterr kennen", warf Marion ein und fuhr fort als sie Fannys fragenden Blick bemerkte, „sie ähneln den Elefanten und Pferden auf der Erde, sind aber in der Lage primitive Werkzeuge aus Stein herzustellen. Die Perriloboros gehen aber immerhin aufrecht, haben Hände zum Greifen und es geschafft eine Zivilisation zu entwickeln, auch wenn diese völlig anders geartet ist als diejenigen, welche wir kennen."

„Außerdem müssen sie natürlich eine Hülle besitzen. Lebewesen sind, allgemein betrachtet, Materieansammlungen, die eine gewisse Lebensdauer besitzen und sich selbst reproduzieren können. Diese Materieansammlung benötigt eine Hülle, welche sie zusammenhält, mag man sie Haut oder Rinde nennen oder sonst wie", ergänzte Fanny.

„Du gehst jetzt natürlich von unserer Gestalt aus. Vielleicht gibt es tatsächlich auch völlig anders gestaltete Lebewesen. Man muß natürlich auch bedenken, daß sich die Koriasner bei ihrer Suche nach Lebewesen auf solche konzentrierten, die ihnen ähnlich sind", bemerkte nun Marion.

„Es gab da natürlich auch unterschiedliche Philosophien", fuhr Karl fort, „ein Punkt war sicherlich, daß sie nicht wußten, wie unterschiedliche Formen, Formen, die einander fremd sind, aufeinander wirken und in welchem Maße sich sehr unterschiedliche Formen unter den auf Korias herrschenden klimatischen Bedingungen entwickeln. Ihr versteht, was ich meine?"

Marion und Rumaldena blickten ungläubig.

„Ja, ich vermute es, du meinst damit", warf Fanny ein, „fremde Organismen können Krankheiten auslösen, die zur Vernichtung führen. Wir kennen das von der Erde. So brachten europäische Entdecker 'neue', das heißt, dort unbekannte Krankheiten nach Amerika, welche die Eingeborenen dahinrafften."

„Ich verstehe", meinte Rumaldena, „es wäre fatal, wenn sie von ihren Reisen Lebewesen mitgebracht hätten, welche Krankheiten auslösen und ihren Planeten entvölkern bevor sie eine Arznei entwickeln können."

„Eine andere Art Lebewesen haben sie allerdings mitgebracht", sagte

Karl, „ich habe sie vorhin bereits erwähnt. Ich meine die Perriloboros. Bei denen sind die Männchen klein im Vergleich zu den Weibchen und werden nach der Begattung gefressen. Den Koriasnern kam das grausam vor und so trennten so die Männchen kurz danach von den Weibchen. Die Folge war allerdings, daß die meisten Männchen kurze Zeit später starben. Sie hatten wohl ihre Funktion erfüllt und eine Weiterexistenz war biologisch nicht notwendig. Die Perriloboros haben aber auf ihrem Planeten durchaus ein kulturelles Niveau erreicht, das unserem auf der Erde vor zweitausend Jahren ähnelte. Und dann gab es noch etwas seltsames, ich habe einen Bericht des Professors Terscko gelesen, der die Untersuchungen an ihnen geführt hat. Nachdem sie die Männchen gleich nach der Begattung von den Weibchen getrennt hatten, damit diese sie nicht mehr auffressen konnten, bekamen die Weibchen keine Jungen mehr. Die kleinen Lebewesen, wir nennen sie Embryos starben bald ab. Die Kalgunen haben das untersucht und schließlich herausgefunden, daß die Körper der Männchen, genau gesagt das Blut, eine Substanz enthält, wir bezeichnen sie als Hormon, die für das Wachstum der Embryos erforderlich ist, aber bei der Begattung nicht übertragen wird. Fraßen also die Weibchen die Männchen nicht auf, so fehlte ihnen die Substanz und die Embryos konnten sich nicht entwickeln."

„Also, solche Sitten haben wir auf der Erde nicht", bemerkte Fanny.

Karl verzog leicht das Gesicht. Fanny blickte ihn aufgebracht an.

„Du brauchst gar nicht so unverschämt zu grinsen. Zumindest bei uns in Kenia gibt es das nicht. Wir sind keine Kannibalen."

„Schon gut", beruhigte sie Karl, „kommen wir auf das eigentliche Thema zurück. Die Perriloboros haben nicht nur ein gewisses technisches Niveau erreicht. Sie treiben auch naturwissenschaftliche Forschung, haben eine hochentwickelte Literatur, Malerei, Musik und so weiter. Sie kennen sogar die Elektrizität, haben aber noch keine praktische Verwendung sie. Ich denke, das wird sich aber bald ändern, sie werden sie dann zum Antrieb für Landfahrzeuge verwenden. Die Seefahrt ist auf ihrem Planeten allerdings kaum entwickelt, was vermutlich auch daran liegt, daß es auf ihm nur einen Kontinent gibt. Das Schlachten der Männchen wurde in ihren Kult miteinbezogen als eine Art Kannibalismus. Es gibt großartige Begattungszeremonien mit in der Regel mehreren Dutzend Beteiligten. Hinterher werden die Männchen dann zu einem Altar geführt und geschlachtet. Das Blut wird aufgefangen und jedes begattete Weibchen bekommt davon zu trinken. Die Behandlung der toten Männchen ist dort allerdings uneinheitlich. In einigen Städten werden die Leichname begraben, in den meisten dagegen werden die besten Fleischstücke herausgeschnitten, gebraten und dann bei einem rituellen Mahl verzehrt."

„Das ist ja grauslicher als die Menschenopfer, die wir einst hatten", meinte Rumaldena.

Sie schwiegen eine Weile.

„Aber kann es nicht sein", sagte nun Marion, „daß wir deshalb alle genetisch gleich sind, weil wir von einer gemeinsamen Rasse abstammen ? Auf unserem Planeten wurden die Menschen von Göttern erschaffen, die vom Himmel kamen, wie es in unseren Mythen heißt. Die Götter formten die Menschen aus dem Staub der Erde und hauchten ihnen das Leben ein. In anderen Sagen heißt es allerdings, es hätten bereits menschenähnliche Tiere gelebt und Göttersöhne hätten sich mit den Weibchen verbunden und diese hätten dann die ersten Menschen geboren. Diese seien von den Tierwesen getrennt und auf einem fremden Kontinent angesiedelt worden. Wieder andere Sagen berichten, es sei unter den Göttern Streit ausgebrochen, es habe Kämpfe gegeben und die Unterlegenen mußten auf dem Planeten verbleiben, zur Strafe, während die Götter in den Himmel zurückkehrten."

„Ich stelle mir das so vor", warf nun Fanny ein, „eine Expedition von einem fremden Planeten landete auf Antaresterr. Die Raumfahrer fanden nun Lebewesen, die sich bereits in einem Zwischenstadium, zwischen Tier und dem was sie Menschen nannten befanden. Sie können aber noch völlig anders ausgesehen haben wie wir. Doch sie veredelten sie durch 'Begattung'. Das muß jetzt nicht unbedingt eine Begattung sein, wie wir sie zwischen Mann und Frau kennen, sondern vielleicht eine künstliche Befruchtung, kombiniert mit einer genetischen Manipulation. Man macht das doch auch mit Tieren um bessere Fleischsorten zu erhalten oder mit Getreide um höhere Erträge oder Resistenz gegen Krankheiten zu erreichen. Vielleicht haben sie die Embryos manipuliert und sie dann den Weibchen wieder eingesetzt. Die 'neuen Produkte' mußten sie natürlich von den Tierähnlichen trennen um eine Rückentwicklung zu vermeiden. Vielleicht besaßen sie auch die Fähigkeit bereits künstlich eine Art Menschen zu schaffen, indem sie diese aus verschiedenen Teilen von Tieren zusammensetzten. Und die dritte Möglichkeit, daß es Streit und Auseinandersetzungen gab und ein Teil der Besatzung auf eurem Planeten ausgesetzt wurde, klingt auch nicht unwahrscheinlich. Und wie sieht es hier auf Korias aus? Alles was wir hier haben und zu unserer Bequemlichkeit dient, das sind doch hochkomplizierte technische Produkte. Könnten wir, wenn man uns auf einem fremden Planeten aussetzt, zum Beispiel hier auf Korias, all das bauen, was sie hier haben? Vermutlich würden wir es nicht einmal das Erz erkennen, aus dem sich Eisen schmelzen läßt. Und könnt ihr Schmelzöfen bauen? Ich kann es nicht. Die Ausgesetzten, wenn es sie gab, hatten wahrscheinlich auch nicht die Kenntnis und die Möglichkeit neue Raumschiffe zu bauen und den Planeten zu verlassen, vermutlich hatten sie nicht einmal die Fähigkeit ihren gewohnten Zivilisationsstand aufrecht zu erhalten, verlernten vieles und die Nachkommen mußten dann von Neuem anfangen."

„Puh", unterbrach sie nun Rumaldena, „das klingt alles so kompliziert. Verstehst du das Marion? Ihr scheint da wirklich über Wissen zu verfügen, das wir nicht haben. Seid jetzt nicht ungehalten, wenn ich da geistig nicht ganz folgen kann."

Karl lachte.

„Nein, das bin ich nicht, Fanny sicher auch nicht. Aber das ist nicht so schwer zu begreifen. Wir werden euch das alles genau erklären. Wir haben ja genügend Zeit."

„Und warum sollten diese Raumfahrer nur einen Planeten besucht haben?" wandte jetzt Marion ein, „die Koriasner sind doch auch auf mehreren gelandet. Und auf jedem Planeten haben diese Götter dann eine Rasse geschaffen, welche ihnen ähnlich war. Und wir sind die Produkte dieser Versuche, entstanden zu verschiedenen Zeiten auf verschiedenen Planeten, aber in unseren Anlagen fast gleich. Vielleicht gibt es noch mehr Lebewesen von unserer Sorte. Und die unterschiedlichen Kulturstufen haben ihre Ursachen vermutlich darin, daß die

222

Planeten zu unterschiedlichen Zeiten besucht wurden oder die Entwicklung unterschiedlich schnell verlief."

„Das ist kein schlechter Gedanke, aber wird man das jemals beweisen können ?" sprach Rumaldena, „ich glaube, wir haben genügend Gesprächsstoff für viele Abende."

Marion atmete tief durch.

„Das hört sich alles sehr kompliziert an, aber interessant ist das schon. Doch für heute sollten wir Schluß machen. Es ist auch bereits dunkel und ich bin müde. Ihr doch sicher auch ?"

Sie verabschiedeten sich.

Einige Tage später saßen Marion, Fanny, Rumaldena und Karl am Abend zusammen als sich, etwas unsicher, Annellanina näherte. Karl erkannte sie kaum wieder, da sie sich zurecht gemacht hatte. Sie hatte wohl ein Bad genommen, ihre Haare gewaschen, trug ein sauberes Gewand, hatte sich auch dezent geschminkt, so daß ihre grüne Gesichtsfarbe kaum erkennbar war. Sie wirkte fast wie eine Dame.

„Du suchst doch sicher uns ?" rief ihr Karl zu, „komm her, setz dich."

Sie blickte Marion scheu an. Karl lächelte.

„Du brauchst vor ihr keine Angst zu haben, sie tut dir nichts. Sie heißt übrigens Marion."

Annellanina blieb unsicher, nahm möglichst weit von ihr entfernt Platz.

„Wir sind hier zusammengekommen um uns gegenseitig unsere Mythen, Sagen und Überlieferungen darzulegen. Marion will uns heute die Überlieferung der Burikuraten über die Erschaffung der Menschen durch die Götter erzählen. Ich bin gespannt, ob es Ähnlichkeiten gibt zwischen denen von Antaresterr und denen der Erde. Bist du bereit ?"

Marion nickte, begann.

„Wir kennen mehrere Überlieferungen, welche die Erschaffung der Menschen unterschiedlich darstellen; eine von ihnen möchte ich nun erzählen: Es heißt in den Schriften, vor unendlicher Zeit herrschte eine völlige Leere, nur die Urkraft existierte. Irgendwann, niemand kennt die Gründe dafür, begann die Urkraft sich aufzublähen und zerplatzte schließlich. Aus ihren Bruchstücken entstand die Welt. Viele Sterne und Planeten bildeten sich, darunter heiße Planeten, die leuchteten, kalte, auf denen selbst die Luft gefroren war. Und es entstanden auch lieblich Planeten auf denen angenehme Temperaturen herrschten. Auf ihnen entwickelte sich Leben, es entstanden Pflanzen, Tiere und vernunftbegabte Wesen unterschiedlichster Art. So gab es Primitive, die nur wenig sprechen konnten und als Werkzeug lediglich roh behauene Steine kannten. Es gab aber auf manchen Planeten auch Wesen mit hohem Wissen und bedeutenden Fähigkeiten, die sogar Fahrzeuge besaßen, mit denen sie ihren Planeten verlassen und andere Welten aufsuchen konnten. Man nannte sie daher Götter.

Eine Gruppe von ihnen gelangte nach Antaresterr. Sie fanden den Planeten lieblich, denn es herrschte eine üppige Vegetation und eine reiche Tierwelt. Aber es gab keine vernunftbegabten Wesen. Und so schufen sie die Menschen nach den Farben Antaresterrs: braun wie die Erde, grün wie das Gras, rot wie das Feuer, blau wie der Himmel, weiß wie die Wolken und grau wie die Asche. Sie schufen sie als Frau und Mann. Als nun die Götter die Menschen ihr Spiegelbild sehen ließen, waren alle bis auf die Grauen zufrieden. Letztere klagten, sie sähen aus wie der fahle, böse Geister und baten die Götter ihnen eine andere Farbe zu geben. Die Götter waren milde gesinnt und fragten, welche Farbe sie gerne hätten. Die Grauen waren zunächst unschlüssig, schauten sich um, erblickten schließlich einen Haselnußstrauch. 'Die Farbe der Früchte möchten wir haben', sagten sie. Die Götter gewährten die Bitte.

Die Götter lehrten den Menschen viele Künste, sie verliehen ihnen die Sprache, gaben ihnen die Schrift, lehrten sie den Bau von Häusern, die Bearbeitung von Metallen, die Herstellung von Werkzeugen und vieles mehr. Doch den Bau der fliegenden Maschinen lehrten sie den Menschen nicht, da diese nicht den Göttern gleich sein sollten. Deswegen mußten die Menschen auch hart für ihren Lebensunterhalt arbeiten. Sie gaben den Menschen aber auch ein Heiliges Buch, in dem aufgezeichnet war, was gut und böse, Recht und Unrecht ist, und nach welchen Regeln sie leben und nach welcher Ordnung ihre Gemeinschaft eingerichtet sein sollte. Dann verließen die Götter Antaresterr, versprachen wiederzukommen, die Toten wieder zum Leben zu erwecken und alle, die ihre Gebote eingehalten hätten mit auf ihren Planeten zu nehmen, wo sie ein ewiges Leben ohne Mühen und frei von Sorgen führen würden. Sie warnten die Menschen aber auch vor bösen Göttern, die unterdessen vom Himmel herabsteigen und versuchen könnten, sie vom rechten Weg abzubringen und sie zu Laster und Bösartigkeit zu verführen.

Doch es bedurfte keiner bösen Götter; viele Menschen mißachteten bald die Gebote der Götter, Hader und Streit kamen auf, ja, man begann sogar andere Menschen aus Habgier und Neid zu töten.

Die Zahl der Menschen wuchs immer weiter an und bald fand sich in dem Land nicht mehr genug Nahrung für alle. Die Dunklen sagten, wir sind wie die Asche, die der Wind verweht, der Wind wird uns daher einen Platz zum Bleiben zeigen und sie zogen fort. Die Blauen sagten, unsere Farbe ist die des Himmels, also gehen wir dort hin. Doch sie fanden keinen Weg zu ihrem Ziel, gelangten schließlich ans Meer, sahen dessen blaue Farbe, sagten sich, das ist unser Ort. Die Weißen wollten zu den Wolken, fanden aber auch keinen Weg dorthin, gelangten schließlich in das Land des Schnees, wo sie sich niederließen. Die Roten sagten, wir haben die Farben des Feuers, also werden wir das Land des Feuers suchen, gelangten schließlich in das Land der glühenden Berge, wo sie sich niederließen.

Nur die Grünen und die Braunen blieben zurück. Es entspann sich zwischen ihnen bald ein Streit darüber, wer die vornehmeren seien und daher die Herrschaft ausüben dürfen.

Die Grünen führten an, sie hätten die Farbe der frischen Gräser, Blätter und Bäume, während die Braunen die Farbe der vertrockneten Pflanzen hätten. Sie führten auch an, junge, grüne Gerten seien biegsam, während die alten, braunen Zweige leicht brechen.

Die Braunen hielten dagegen, ihre Farbe sei die der Reife, nur Bäume mit braunen Stämmen und Ästen trügen Früchte, auch die Halme des Getreides seien braun, wenn die Ähren reif sind. Der Streit führte zu Feindschaft und zu Kämpfen, die bis heute andauern, obwohl man sich schließlich trennte. Die Grünen siedelten östlich des großen Stromes, die Braunen zogen auf die westlichen Seite. Sie haben auch das Heilige Buch mitgenommen, verehrten weiterhin die Götter, hielten sich an ihre Gebote, während die Grünen der Gottlosigkeit verfielen und bis heute nur auf Raub und Mord aus sind."

Annellaninas Gesicht verfinsterte sich.

„Das ist nicht wahr. Wir haben die Streitigkeiten nicht begonnen. Die Braunen haben zahlreiche Überfälle auf uns verübt und daher hatten wir das Recht gehabt uns zu wehren."

Dem widersprach Marion.

„Unser Volk hat schon vor vielen Jahren angeboten die Feindschaft zu beenden und keine Kriegszüge mehr in das Land der Grünen unternommen."

Annellanina konnte dem nicht widersprechen, sagte daher:

„Ihr haltet uns für unwissend und grausam, aber nur deshalb weil ihr lediglich unsere Männer kennt. Die sind Krieger, welche nur ihre Waffen und den Kampf kennen. Aber sie herrschen nicht bei uns. Sie sind den Frauen untergeordnet."

Karl verstand nicht so recht.

„Wieso sind Krieger schwachen Frauen untergeordnet?"

Annellanina lachte.

„Eben weil wir keine schwachen Frauen sind und die Krieger eben Krieger sind, die sonst kein Handwerk verstehen. Sie ziehen seit alters in den Kampf, ließen uns Frauen stets schutzlos zurück und wir mußten uns in Waffen üben um die damals noch häufigen Überfälle der Braunen abzuwehren. Aber nicht nur das: wir mußten für die Kinder sorgen, die Herden hüten, die Zelte und die Häuser in Ordnung halten. Aber wir mußten den Männern unbedingt zu Willen sein wenn sie zurückkehrten. Das schaffte Unmut. Hinzu kam, daß als Folge der vielen Kämpfe die Anzahl der Männer deutlich geringer war als die der Frauen und die Männer sich daher das Recht nahmen mehrere Frauen zu besitzen. Anfangs führte das zu Streit unter den Frauen, doch dann erkannten sie, daß sie alle in der gleichen Lage waren und die Männer den Zwist unter ihnen nur nutzten um sie noch strenger zu beherrschen. Sie versöhnten sich daher, spürten bald, daß sie einander die Liebe geben konnten, welche ihnen die Männer, die nur auf Befriedigung ihrer niederen Triebe aus waren, versagten. Und so verweigerten sie sich ihnen bald. Die Männer erzürnte das und so versuchten sie ihr Recht, wie sie es nannten, mit Waffengewalt durchzusetzen. Das gelang ihnen aber nicht. Sie waren zwar im Gebrauch der Waffen geübter, doch die Überzahl der

226

Frauen wog das auf. Sie mußten sich fügen. Und nun herrschten die Frauen."

Sie lachte.

„Es ist nun nicht mehr so, daß ein Mann mehrere Frauen besitzt, vielmehr teilen sich mehrere Frauen einen Mann, der auch nur benötigt wird um unseren Schoß zu füllen, wenn wir das wünschen. Denn Liebe und Zärtlichkeit geben wir uns untereinander. Und die Männer ziehen daher nun ständig in den Krieg um sich in den feindlichen Städten zu holen, was ihnen zuhause verweigert wird."

Marion blickte sie haßerfüllt an.

„Und wir müssen wegen eurer Herrschaft leiden."

„Beruhige dich, Marion, wir sind ja nicht hier um zu streiten", unterbrach sie Rumaldena, „wir wollen voneinander lernen. Es ist doch so, daß jedes Volk sich in seinen Mythen als das Edle darstellt und die anderen die Bösen sind. Aber das spielt doch für uns hier gar keine Rolle, deswegen müssen wir uns nicht streiten."

„Da fällt mir eine alte chinesische Legende ein", meinte nun Karl, „sie besagt, die Götter hätten einst den Menschen aus Ton geformt und dann im Feuer gebrannt. Aber erst beim vierten Versuch hätten sie schöne, goldbraune Menschen, eben die Chinesen erhalten."

Er blickte Fanny grinsend an.

„Die Schwarzen waren zu lange im Feuer und sind verbrannt."

Fanny grinste zurück.

„Ich kenne die Geschichte auch. Ihr Weißen habt zu wenig abbekommen, deshalb seid ihr auch wie schlecht gebackenes Brot: nur schwer verdaulich."

„Wenn das so ist", warf nun Annellanina ein, „dann scheint Hilly noch weniger Hitze abbekommen zu haben. Bei ihr sind sogar die Haare hell geblieben."

„Ja", pflichtete Fanny bei, „und die ist so unverdaulich, daß selbst die Kannibalen sie verschmähen würden, obwohl sie eigentlich Speck lieben."

Alle lachten. Man war guter Dinge, scherzte, trank Wein. Erst nach Mitternacht verabschiedeten sie sich.

227

Eines Tages erschienen zwei Männer um Marion abzuholen. Sie ängstigte sich sehr. Auf Karls Frage, weshalb sie Marion fortschaffen wollten, verweigerten sie zunächst die Antwort, erklärten aber dann auf Karls Drängen, es seien Zweifel aufgekommen, daß Marion überhaupt ein 'menschliches' oder auch 'menschenähnliches' Lebewesen sei; sie habe auch gegen irgendwelche Gesetze verstoßen, was die beiden allerdings nicht näher zu erläutern bereit waren.

Karl erklärte darauf bestimmt.

„Eure Begründungen akzeptiere ich überhaupt nicht. An Marion wurden bereits bevor ich nach Hankorin kam, ausführliche genetische Untersuchungen vorgenommen, aufgrund derer sie in die Kategorie 'hermonarenähnlich' eingeordnet wurde. Das weiß ich von Hermar."

Das war zwar gelogen, doch die beiden beeindruckte dies erst einmal, sie schwiegen.

„Warum ist Hermar nicht mitgekommen ? Welche Legitimation habt ihr überhaupt ? Zeigt sie mir."

„Erdenmensch", sprach nun der eine, er hatte seine Worte wieder gefunden „du hast hier überhaupt nichts zu fordern. Und eine Legitimation dir gegenüber brauchen wir schon gar nicht. Wir führen nur unseren Befehl aus."

„Gut, dann müßt ihr aber auch mich mitnehmen. Mir wurde von der Akademieleitung übertragen sie zu schützen. Und dieser Anordnung muß ich unbedingt Folge leisten. Wo sie hingeht, da gehe ich auch hin."

Das entsprach natürlich auch nicht so recht der Wahrheit, verunsicherte die beiden aber erneut; sie tuschelten kurz miteinander, nahmen dann zu irgend jemand Kontakt auf. Schließlich erklärten sie sich bereit auch Karl mitzunehmen, verbrachten beide in einen Schwebewagen, fuhren mit ihnen bis kurz vor die Siedlung, in welcher die Hermonaren lebten. Dort geboten sie Marion und Karl auszusteigen und zum Akademiecampus zurückzulaufen. Diese Anweisung war den beiden völlig unverständlich. Die Wächter begründeten diese Maßnahme allerdings nicht. Es blieb den beiden nichts anderes übrig als dem Befehl Folge zu leisten und auszusteigen. Dann fuhren die beiden Männer wortlos weiter. Der Rückmarsch zu Fuß nahm knapp drei Linkane in Anspruch. Unterwegs meinte Marion.

„Ich verstehe das Ganze nicht."

„Ja, das ist äußerst seltsam", entgegnete Karl, „das macht keinen Sinn."

Marion überlegte.

„Vielleicht ging es gar nicht um mich, sondern um dich. Vielleicht wollte man nur testen, wie du reagierst, wenn ich weggebracht werde."

„Also wie ich zu dir stehe ?"

„Ja, so könnte man es bezeichnen. Man will herausfinden, ob ich dir etwas bedeute, ob du zu mir hältst."

„Hm, das könnte sein. Aber was ist der Sinn ? Welche Erkenntnis wollen sie gewinnen ?"

„Freundschaft ! Vermutlich hat das sogar Hermar eingefädelt. Stell dir doch vor: Freundschaft zwischen Hermonaren scheint es offensichtlich nicht zu geben. Vielleicht hat Hermar darüber gelesen und will nun einfach einmal wissen, wie sich Freundschaft im Leben, in der Praxis zeigt."

„Vielleicht."

Beim einem der nächsten Treffen brachte Rumaldena Bar-la-Dun mit. Marion erschrak als sie den 'Roten' erblickte.

„Du brauchst keine Angst vor ihm zu haben", beruhigte sie Rumaldena, „er tut dir nichts. Er ist mein Mann, heißt Bar-la-Dun. Du kannst mir glauben. Er folgt mir aufs Wort. Das ist doch so, Bari ?"

„Du hast noch nie gelogen", antwortete der bloß.

Er blieb ruhig, beteiligte sich kaum an den Gesprächen, trank allerdings fleißig Wein, der ihn schläfrig machte.

Fanny erzählte einige griechische Sagen, darunter auch die Geschichte von Ödipus.

„Dieses Ungeheuer vor dem Stadttor, welches dem Menschen unlösbar scheinende Rätsel stellt, erinnert mich an eine unserer Sagen", bemerkte Marion als sie geendet hatte, „ich kann sie euch erzählen, ich hoffe nur, es gibt nicht wieder Streit. Ihr wißt ja selbst, daß ich Angst vor Annellanina hatte als ich sie zum erstenmal sah und auch vorhin vor Bar-la-Dun. Ihr wißt auch von dem Massaker, welche die 'Grünen' hier auf der Insel unter den Angehörigen meines Volkes angerichtet haben. Das liegt an der Feindschaft zwischen unseren Völker. Keiner kennt die wirklichen Gründe hierfür, alles ist bereits im Nebel der Vergangenheit verschwunden. Und so entstanden Sagen, die von Generation zu Generation weitergegeben wurden. Ich weiß nicht, ob ihr solche Geschichten auch kennt."

„Dazu müssen wir sie erst einmal anhören", meinte Fanny, „also beginne. Ihr anderen habt doch sicherlich nichts dagegen. Bar-la-Dun schläft ohnehin schon und Annellanina ist vernünftig genug um nicht loszupoltern. Wenn Feindschaft zwischen euren Völkern herrscht, dann wird es bei beiden Sagen geben, welche die Feindschaft begründen. Und jeder wird natürlich den anderen als Schuldigen darstellen. Erzähle also deine Geschichte und danach werden wir Annellanina anhören; es wird doch auch bei den Vertcolisiern Überlieferungen geben, welche die Feindschaft zu den Burikuraten begründen. Handelt aber wie vernünftige Wesen und beschimpft euch nicht gegenseitig. Ich hoffe ihr seid damit einverstanden?"

Beide nickten. Und Marion begann:

„Viele Jahre lebten die Bürger der Stadt Sorkoloraia glücklich und frei von aller Not, bis eines Tages ein Drache auftauchte und sich neben dem Stadttor niederließ. Er stellte jedem Vorbeikommenden die Frage, wie lange die Ewigkeit dauere und wer keine befriedigende Antwort geben konnte und das gelang niemandem, der wurde gefressen. Eines Tages kam die Tochter des Königs vorbei. Sie sprach:
'Die Ewigkeit dauert eine Ewigkeitsstunde und eine Ewigkeitsstunde dauert dreitausend zweihundert Ewigkeitssekunden. Nun ragt aus dem Meer nahe der Insel Potolurana ein Felsen empor, der tausend Armspannen hoch ist. Alle hundert Jahre fällt ein Regentropfen auf den Felsen, der ein winziges Stück Stein löst. Und wenn der Felsen bis zur Meereslinie abgetragen ist, dann ist die erste Ewigkeitssekunde vorüber.'
Der Drache erstaunte über diese Antwort, dachte kurz nach, sagte aber dann:
'Nein, diese Antwort befriedigt mich nicht.'
Und er hob sich an die Prinzessin zu fressen. Da trat ein Jüngling heran und sprach:

'Drache, ich werde dich in einen tiefen Schlaf versetzen. Und wenn du wieder erwachst, dann ist die Ewigkeit um.'

Er legte einen Felsbrocken in seine Schleuder, zielte genau, traf den Drachen am Kopf und dieser fiel tot um.

Die Menschen waren glücklich darüber, daß die Stadt nun von dem Untier befreit war und der König sprach:

'Als Dank für deine tapfere Tat erhältst du meine Tochter zur Frau.'

Doch der Jüngling antwortete:

'Deine Tochter ist kein Schmuckstück und auch kein Reittier, das man als Geschenk erhält, sondern ein Mensch. Ich werde sie nur dann heiraten, wenn sie mich liebt und meine Gefährtin sein will.'

'Und wie soll ich dir das beweisen?' fragte die Prinzessin.

'Ziehe mit mir in die Wildnis und wenn du ein Jahr lang bei mir bleibst, dann werde ich dich heiraten. Du mußt keine Angst haben. Ich werde dich in der Zeit der Prüfung nicht berühren.'

Schweren Herzens gab der König seiner Tochter die Erlaubnis mit dem Jüngling zu ziehen. Die Prinzessin, die es gewohnt war, in einem weichen Bett zu schlafen und stets von Dienerinnen umsorgt zu sein, mußte nun auf alle Bequemlichkeiten verzichten, auf hartem Steppenboden oder im Wald auf einem Lager aus Moos nächtigen; sie mußte das Wild, welches der Jüngling gejagt hatte, zerlegen und braten um ein Essen zu erhalten, wenn sie Hunger hatte; sie mußte auch Früchte sammeln, war Wind und Regen ausgesetzt, mußte ihre Kleider selbst in Ordnung halten. Nach zwölf Tagen hielt sie dieses Leben nicht mehr aus und kehrte zu ihrem Vater zurück.

Inzwischen hatte der Riese Welikai vom Tod des Drachens, seines Vetters, erfahren und voller Rachgier marschierte er auf die Stadt zu. Er entführte die Prinzessin und sperrte sie auf einer abgelegenen Insel in einen Turm.

Nach einem Jahr kehrte der Jüngling zurück, erfuhr von der Verschleppung der Königstochter und machte sich auf den Weg sie zu befreien. Nach langem Irrweg gelangte er zu der Insel, tötete den Riesen im Zweikampf, erlöste die Prinzessin aus ihrem Verlies und brachte sie zu ihrem Vater zurück. Die Jungfrau beschwor ihrem Retter ihre Liebe, sagte ihm aber auch, sie könne ihm diese nicht beweisen, indem sie ein

Jahr in der Wildnis hause. Sie sei Königstochter, in einer Stadt aufgewachsen und kein Jägerskind, das ein solches Leben von frühester Jugend an gewohnt sei. Der Jüngling sah das ein und so wurde die Hochzeit beschlossen. Wenige Tage später erschien der Fürst Asurbados mit seinem Gefolge und machte alte Rechte an der Prinzessin geltend. Da der König diese nicht anerkannte, forderte der Fürst den Jüngling zum Zweikampf. Der Fürst zweifelte nicht an seinem Sieg, denn er war als der beste Schwertkämpfer des Reiches berühmt. Doch der Jüngling war ihm gewachsen. Daher bückte sich der tückische Fürst in einem günstigen Augenblick, nahm eine handvoll Sand auf und schleudert sie dem Jüngling ins Gesicht. Und dieser wurde für einige Augenblicke geblendet. Der Fürst nutzte seinen Vorteil und stieß dem Jüngling das Schwert in die Brust. Erbost über diese feige Untat ließ der König dem Schurken den Kopf abschlagen.

Die Prinzessin klagte und weinte und nur mit Mühe gelang es sie davon abzuhalten Selbstmord zu begehen.

In der Nacht erschien ihr der Magier Trabnesie und sprach:

'Ich werden deinen Bräutigam wieder zum Leben erwecken, aber das hat seinen Preis. Und den mußt du bereit sein zu zahlen.'

'Was verlangst du von mit ?'

'Ich verlange deinen erstgeborenen Sohn.'

Die Prinzessin erschrak. Der Magier fuhr fort.

'Gräme dich nicht. Du wirst viele Söhne haben. Aber der Erstgeborene gehört mir.'

Schließlich willigte sie ein. Der Jüngling wurde zum Leben erweckt. Die Hochzeit wurde prächtig gefeiert. Doch ein Jahr später erschien der Magier und forderte den Preis. Da half kein Flehen und kein Weinen, der Magier bestand auf dem Jungen. Schweren Herzens mußte die Mutter das Söhnchen weggeben.

Doch der Magier war niemand anders als der Gott Ralokaran. Er erzog den Knaben wie einen Sohn, lehrte ihn alle Weisheit und unterrichtete ihn im Gebrauch der Waffen. Und als er zum Manne herangewachsen war, schickte er ihn auf Antaresterr nieder um das Böse zu vertilgen. Denn es herrschten in jener Zeit übelste Zustände. Der Große Verführer, der Teufel, hatte die Seelen der Menschen vergiftet. Die Könige bekämpften einander ohne Unterlaß. Und um ihre Kriege zu finanzieren preßten sie ihre Untertanen bis aufs Blut aus. Und wer nicht zahlen wollte wurde ermordet. Ehrlichkeit im Umgang miteinander war unbekannt geworden. Jeder belog und betrog den anderen wie immer er konnte. Und je mehr Güter einer zusammenraffte, desto höher war sein Ansehen. Überall herrschten Sittenlosigkeit, Ehebrecherei, Hurerei und Völlerei. Der Sohn Gottes kam hernieder, besiegte die Frevler und errichtete ein Reich des Friedens und der Gerechtigkeit. Noch heute verehrt man ihn als den Helden Rimbultyr.

Doch der Teufel gab sich nicht geschlagen, schuf neue Völker, die Roten und die Grünen, die er gegen uns hetzte, nachdem Rimbultyr in den Himmel aufgefahren war. Und wir hoffen bis heute darauf, daß er zurückkehrt und uns vor diesen Horden der Hölle erlöst."

Annellaninas Gesicht hatte sich bei den letzten Worten verfinstert, sie wollte aufbrausen. Rumaldena bemerkte dies.

„Geschöpfe des Teufels ! Ich verstehe, daß dich das erzürnt. Aber wir hatten doch vereinbart, daß wir ruhig bleiben wollen. Schimpfe daher nicht los, sondern erzähle, wie man in deinem Volk die Ursachen der Feindschaft sieht."

„Danke", erwiderte Annellanina und sie begann:

„Nun, das war jetzt Marions Darstellung. Und sie beleuchtet die Hintergründe der Feindschaft gar nicht, erwähnt nur in einem Satz, daß der Teufel Völker schuf und sie gegen die Burikuraten hetzte. In unserem Volk sah man das etwas anders. Nach unserer Überlieferung herrschte einst der Despot und Wüstling Neolopan im Lande. Er hatte ein Auge auf ein junges Mädchen geworfen, die Gier nach ihr verzehrte ihn schier. Er ließ sie entführen und in seinen Palast bringen. Um ungestört seine Wollust an ihr ausleben zu können, verstieß er seine schwangere Gattin, die sein Verhalten mißbilligte, jagte sie aus der Stadt. Die Frau durchirrte die Steppe, sank schließlich erschöpft nieder, erwartete den Tod. Doch der Gott Nasilior erbarmte sich ihrer. Er stieg auf die Erde hernieder, brachte ihr Speise und Trank, besorgte ein Reittier und führte sie zu einer Höhle am Fuße eines Gebirges unweit eines Sees. Er richtete ihr ein bequemes Lager ein, pflanzte zahlreiche Bäume und

Sträucher, die wohlschmeckende und nahrhafte Früchte trugen, so daß sie nicht hungern mußte. Als ihre Zeit kam, gebar sie einen Sohn, zog ihn groß. Nasilior erschien von Zeit zu Zeit, unterrichtete den Knaben im Lesen und Schreiben, im Gebrauch der Waffen. Er lehrte ihn auch Tiere einzufangen und zu zähmen und schon bald entstand eine kleine Herde. Er mußte sich daher nicht der Mühe der Jagd unterziehen um an Fleisch zu kommen. Und Nasilior verlieh ihm auch eine grünliche Hautfarbe als Zeichen des Bundes zwischen ihm und dem Knaben. Harabaralam, so hieß der Junge, wuchs heran und als er ins Jünglingsalter kam, bemerkte der Gott, daß sich der junge Mann einsam fühlte, sich nach einer Gefährtin sehnte. Nasilior entführte daher die älteste Tochter Neolopans und setzte sie in der Steppe aus. Und er lenkte die Schritte Harabaralams zu ihr. Er fand das halbverhungerte Mädchen, dem der Gott auch eine grüne Hautfarbe verliehen hatte. 'Sie ist mein Ebenbild', sprach der Jüngling zu sich selbst, 'mein Gott hat mir eine Gefährtin gesandt.' Er hob sie auf, brachte sie zu der Höhle, in der er noch immer mit seiner Mutter lebte. Diese war zunächst hocherfreut über die anmutige junge Frau, doch als diese über ihre Herkunft berichtete, verfinsterte sich ihr Gesicht. 'Mein Sohn', sprach sie mit ernster Stimme, 'du darfst dieses Mädchen nicht zu deiner Frau machen. Das wäre eine schwere Sünde.' 'Wieso denn, Mutter?' entgegnete Harabaralam. 'Sie ist deine Schwester.' 'Meine Schwester? Das ist doch nicht möglich. Ich habe keine Schwester.' Und nun erzählte ihm die Mutter seine Herkunft, die sie bisher verschwiegen hatte. 'So bin ich also der älteste Sohn des Königs Neolopans? Nun, dann werde ich in die Stadt gehen und meine Rechte als Erbe geltend machen.' Die Mutter versuchte ihn zurückzuhalten, doch vergeblich. Der Jüngling brach auf. Die Leute in der Stadt verspotteten ihn wegen seiner grünen Hautfarbe, doch er ließ sich nicht beirren, trat vor den König. 'Vater, ich bin gekommen, mein Erbrecht geltend zu machen.' Der König lachte. 'Dein Erbrecht? So etwas besitzt du nicht! Selbst wenn du mein Sohn wärst, ich habe deine Mutter verstoßen und damit auch dich. Verlasse also sofort die Stadt und kehre nie mehr zurück. Trifft man dich morgen noch innerhalb der Stadtmauern an, so wirst du enthauptet.' Und er befahl den Wachen den jungen Mann aus dem Palast zu werfen. Nun kursierte mittlerweile in der Stadt die Rede der grünhäutige Jüngling sei der erstgeborene Sohn des Königs und es gab nicht wenige, die den Tyrannen haßten und hofften, der junge Prinz werde den grausamen Despoten stürzen und eine Herrschaft der Milde und der Gerechtigkeit errichten. Die grüne Farbe seiner Haut sahen sie als Zeichen dafür, daß er ein Ausgewählter der Götter sei. Sie bewaffneten sich und beschworen den Jüngling, der eben die Stadt verlassen wollte, sie zu führen. Nach kurzen Bedenken willigte er ein. Der Gott Ralokaran sah dies mit Unbehagen. Zorn stieg in ihm auf. Nasilior war ein Rivale im Kampf um den Götterthron und er war nicht bereit dessen Günstling die Herrschaft in seiner Stadt zu gewähren. Und so sandte er seine Heerscharen aus, welche den Despoten retteten. Viele der Männer Harabaralams wurden getötet, die Überlebenden flohen in die Steppe. Dort sammelte sie der Jüngling und sprach ihnen Mut zu. 'Auch wenn wir dieses Mal unterlegen waren, so wird doch am Ende die Gerechtigkeit siegen, auch wenn es viele Jahre dauern wird. Wir müssen nur fest an unseren Sieg glauben. Nun aber sind wir nur wenige und schwach. Ich werde euch daher tiefer in die Steppe führen, wo wir sicher vor den Schergen des Tyrannen sind. Dort werden wir zu einem großen Volk heranwachsen.' Die Männer glaubten ihm und färbten als Zeichen ihrer Verbundenheit ihre Haut grün. Die Gruppe wuchs sehr rasch, denn viele Frauen und Männer waren vor dem Tyrannen aus der Stadt geflohen und schlossen sich ihnen an. Und so begann der Kampf gegen die Braunen, der noch immer andauert. Und trotz der vielen Niederlagen, welche wir erlitten haben, glaube ich noch immer an unseren Sieg über die Nachkommen Neolopans, die genau so tyrannisch und gewalttätig sind wie ihr Urvater. Und als Zeichen unserer Erlösung und Versöhnung wird Nasilior uns dann unsere natürliche Hautfarbe zurückgeben. Und es wird eine Zeit des Friedens anbrechen, denn mit unserem Sieg wird das Morden ein Ende finden."

Marion hatte bisher schweigend zugehört.

„Unsere Könige sind keine Tyrannen. Es herrscht Gerechtigkeit in unserer Stadt."

Streit drohte. Rumaldena griff daher ein.

„Auch wenn sich eure Völker noch nicht versöhnt haben. Ihr beide solltet es tun."

„Ja", pflichtete Karl bei, „vertragt euch einfach und pflegt freundschaftlichen Umgang miteinander. Mehr verlangt niemand. Und eine große Versöhnungszeremonie braucht ihr nicht zu zelebrieren."

Die beiden schwiegen kurz.

„Ja, ich bin bereit", sagte Marion schließlich.

„Ich auch", ergänzte Annellanina.

„Aber etwas erscheint mir an der Geschichte merkwürdig", meinte Karl nach einer kurzen Pause, „warum entführte Nasilior eine Tochter des Königs. Er mußte doch wissen, daß sie Harabaralams Schwester war und damit nicht seine Gattin werden konnte."

Annellanina lächelte.

„Erkläre du es ihm, Marion. Du kennst die Geschichte doch sicher auch; sie gehörte ja auch zu euren Mythen, auch wenn ihr sie etwas anders dargestellt habt."

„Ja, ich gebe es ja zu", antwortete sie etwas gedehnt, „du hast ja selbst gesagt, daß Ralokaran Nasilior als Rivalen, als Gegner ansah. Daher wurde er ja auch bei uns mit dem Teufel gleichgesetzt. Und was die Königstochter, bei uns heißt sie Lubina betrifft, so wißt ihr ja, daß bei uns alle Mädchen ihre Jungfernschaft Alkumele opfern mußten. Manche wurden dabei schwanger. Und so geschah es mit ihrer Mutter. Damit war Lubina nicht wirklich die Tochter des Königs, er mußte sie allerdings als solche anerkennen. Sie galt zwar nach dem Gesetz als Harabaralams Schwester, sie waren aber nicht gleichen Blutes und so konnten sie schon Mann und Frau werden, wenn es die Priester erlaubten. Und das geschah auch."

„Geschöpfe des Teufels !" wunderte sich Fanny, „ich kenne solche Geschichten nicht. Aber ich weiß auch nicht viel über die Legenden der Völker Europas, Asiens und Amerikas. Und du Karl ?"

„So spontan fällt mir jetzt auch nichts ein. Ich kenne auch keine Geschichte, nach welcher der Teufel Menschen erschaffen hat. Aber es ist oft von den Horden der Hölle die Rede, wenn fremde Völker mordend und plündernd in ein Gebiet einfielen. Auch ist in der Bibel von den apokalyptischen Reitern die Rede, welche den Untergang und das Jüngste Gerücht einläuten. Und in der germanischen Mythologie gibt es zwei Ungeheuer, Menschenfeinde, den Fenriswolf und die Midgardschlange, welche der zwielichtige Gott Loki mit der Riesin Angrboda gezeugt hat. Man könnte fast sagen, daß Loki bei den Germanen den Rang des Teufels einnahm. Aber auch der Teufel der Christen, Luzifer, ist ein gefallener Engel."

„Das klingt ja alles hochinteressant, das müßt ihr uns einmal näher erzählen", bemerkte Rumaldena, sie blickte erst zu Marion, dann zu Annellanina hin, „das denkt ihr doch auch ?"

Die beiden nickten.

„Aber ich möchte noch eines sagen. Wir wollen doch einander kennen und auch verstehen lernen. Da sollten wir auch über solche Sachen reden und deswegen keine Feindschaft zwischen uns aufkommen lassen. Diese Sagen spiegeln ja das Denken der Völker wider. Und wir sind hier Einzelwesen. Wir vertreten ja auch kein Volk, sondern nur uns selbst. Da spielt das keine Rolle."

„Da gebe ich dir völlig recht", pflichtete Fanny bei, „aber es ist mittlerweile spät geworden und wir sollten die Runde für heute auflösen."

Einige Tage später trafen sie sich wieder am Abend.

„Ich habe das letzte Mal ja nur über die Feindschaft zwischen den Vertcolisiern und den Burikuraten erzählt", meinte Annallenina, „aber nichts über unsere Schöpfungsmythologie. Habt ihr etwas dagegen, wenn ich heute ein bißchen darüber berichte ?"

„Ganz und gar nicht", erwiderte Rumaldena.

Sie blickte in die Runde.

„Oder gibt es Einwände ?"

Niemand rührte sich.

„Also", sagte Annellanina, „dann werde ich beginnen. Am Anfang gab es noch keine Welt, es gab weder Licht noch Dunkelheit, es gab weder Tag noch Nacht, es gab weder Wasser noch Luft noch Erde, es gab keine Hitze und auch keine Kälte, es gab keine Vergangenheit und keine Zukunft, es gab keine Zeit; ja es gab auch keine Wahrheit und auch keine Lüge. Es gab nur das Nichts. Der Urgott lebte in einer Leere außerhalb des Nichts. Irgendwann kam er zu dem Entschluß, es sei nicht gut, wenn nur das Nichts existiere und daher erschuf er einen gewaltigen, leeren Raum. Auch das hielt er nicht für gut. Und so setzte er in den Raum große Feuerbälle, welche umherschwirrten und den Raum erhellten. Aber auch das stellte ihn nicht zufrieden. Er entnahm den Feuerbällen kleine Brocken, die nun nicht mehr ihre Glut aufrecht erhalten konnten und daher erkalteten. Diese verteilte er im Raum. Manche blieben aber, da sie den Feuerbällen recht nahe waren, so heiß, daß das Wasser verdampfte und sich mit der Luft vermischte. Andere erkalteten so sehr, daß nicht nur das Wasser, sondern auch die Luft zu einer harten Masse gefror. Auf manchen jedoch, auch auf Antaresterr herrschten angenehme Temperaturen. Das Wasser blieb flüssig, sammelte sich in einem großen Meer und die Luft war rein, frei von schädlichen, giftigen und stinkenden Substanzen. 'Das ist ein lieblicher Ort', sagte der Urgott zu sich selbst, 'hier soll Leben entstehen.' Er ließ Pflanzen wachsen, bevölkerte Land, Wasser und Luft mit Tieren. Er beobachtete das alles genau und es gefiel ihm. Eines Tages sagte er sich jedoch: 'Es fehlt etwas, alle Wesen, die ich geschaffen habe, sind zwar gut, besitzen aber keinen Verstand. Sie beackern nicht das Land, befahren nicht das Meer, und vor allen Dingen, sie wissen nichts von mir, beten mich nicht an. Und so schuf er die Menschen, gab ihnen Vernunft, lehrte sie Felder anlegen und sie zu bestellen, lehrte sie Häuser zu bauen, Tiere zu züchten, Werkzeuge und Geräte aus Eisen herzustellen. Und er lehrte sie ihn zu verehren. Und der Urgott fand, daß alles, was er geschaffen hatte, gut sei. Er hielt sein Werk in dieser Welt nun für vollendet und beschloß sie zu verlassen und in die Leere außerhalb des Nichts zurückzukehren. Er sagte sich aber, die Welt könne im Chaos versinken, wenn er sie nicht mehr beobachte und notfalls eingreife. Und er beschloß daher Götter zu erschaffen, die an seiner Stelle die Welt in geordneten Bahnen leiten sollten, wenn er nicht mehr anwesend sei. Er schuf Götter für das Land, für das Meer, die Luft, den Tag, die Nacht, das Feuer, das Wachstum und noch vieles mehr. Dann verschwand er.

Um ihre Aufgabe erfüllen zu können, mußte der Urgott die von ihm geschaffenen Götter mit Fähigkeiten ausstatten, welche die Menschen nicht besaßen und er mußte ihnen auch mehr Verstand verleihen. Dies führte dazu, daß die Götter anfingen selbständig zu denken und zu handeln; sie wurden hochfahrend, begannen auch bald die Aufgaben zu vergessen, welche ihnen der Urgott zugewiesen hatte. Manche der Götter waren böse, es kam zu Streit. Und dann stiegen einige auf Antaresterr hernieder, lehrten die Menschen Dinge, die sie nach dem Willen des Urgottes gar nicht wissen sollten, sie verliehen ihrer Haut auch Farben, rot, blau, schwarz, grün und so weiter, redeten ihnen ein, daß sie je nach Farbe edler seien als andere. Den Blauen redeten sie ein, sie seien die Edelsten, den Roten, sie seien es und so fort. Sie säten damit Zwist unter die Menschen, so daß es zum Streit zwischen ihnen kam. Bisher hatten sie in Frieden miteinander gelebt. Und dann versprachen sie, ihnen gegen die Feinde zu helfen, wenn die Menschen sie verehrten und ihnen Opfer brachten. Der Urgott hatte das nie verlangt. Bisher hatten die Menschen auch sittsam gelebt. Die schlechten Götter verdarben nun die Sitten, manche paarten sich mit Tieren, zeugten Ungeheuer, die über die Menschen herfielen. Chaos und Verderben herrschte nun. Da beschloß Nasilior dem ein Ende zu bereiten. Er sammelte die guten Götter und führte sie in den Kampf gegen die Schlechten, die alle getötet wurden. Dann ließ er eine große Flut kommen, die fast alles verschlang. Nur wenige Menschen überlebten. Sie dankten den Göttern, sahen das geschehene Unheil als Strafe für ihre Sünden. Die Götter nahmen sich ihrer an, halfen ihnen das Zerstörte wieder aufzubauen. Alles schien gut zu werden, alle Feindschaft zwischen den Menschen schien begraben. Doch die guten Götter hatten nicht das Böse in den Herzen der Menschen auslöschen können, und so keimten erneut Haß, Neid, Lüge und alles sonstige Schlechte. Auch die Götter zerstritten sich; jeder erwählte eine Gruppe Menschen, die er bevorzugte und förderte. Und so entstand erneut Feindschaft zwischen den Völkern, den Grünen, den Roten, den Braunen, den Schwarzen. Wir hoffen zwar auf Frieden, aber wir wissen nicht, ob er je eintreten wird oder ob es so weitergeht bis zum Untergang der Welt."

„Ihr glaubt, daß die Welt untergehen wird?" fragte Karl.

„Ja", antwortete Annallenina, „sie besitzt keine Ewigkeit, sie wird sich irgendwann wieder in das Nichts auflösen, wie alle Welten, welche der

Urgott zuvor erschaffen hatte wie es heißt. Aber über diese wissen wir nichts, denn keine Kunde dringt von den früheren Welten in die unserige, ebenso wenig wie Kunde aus dieser Welt in die nachfolgenden Welten dringen wird. Denn das dazwischen liegende Nichts löscht alle Erinnerung aus. Und mit jeder Welt entstehen auch neue Götter, denn nur der Urgott ist ewig. Die anderen Götter sterben wenn die Welt zusammenbricht. Kein Gericht wird abgehalten am Tag des Untergangs. Was nutzt es denn auch, wenn alles, ob gut oder böse zerstört wird?"
Sie schwiegen eine kurze Weile.

„Es sieht doch so aus, als würden die Götter oft im Streit miteinander liegen", Fanny griff den Gesprächsfaden wieder auf, „und ihren Haß gegeneinander übertragen sie auf die Menschen. Sie erwählen eine Gruppe als ihre Schützlinge und alle anderen sind böse."
„Bar-la-Dun, du hast bisher immer nur geschwiegen. Du warst doch so eine Art Priester oder Schamane der Punainer", meinte nun Karl, „wie sieht es eigentlich in euren Volk aus? Ihr habt doch sicherlich auch eure Göttermythen."
Bar-la-Dun schaute ihn fragend an, als wisse er nicht so recht, ob er wirklich etwas sagen dürfe.
„Sei doch nicht so zurückhaltend", ermunterte ihne Rumaldena, „Marion und Annellanina werden dir schon nicht den Kopf abschlagen, wenn du etwas erzählst, was ihnen nicht gefällt. Wir sind doch zivilisiert, keine Reiternomaden, die bei jedem falschen Wort gleich mit dem Schwert aufeinander losgehen."
Karl lachte.
„Da kennst du die Gepflogenheiten auf der Erde nicht. Dort sind gerade diejenigen, die sich für am zivilisiertesten halten, nicht bereit andere Ansichten zu akzeptieren. Sie greifen zwar nicht zum Schwert, die meisten jedenfalls nicht, finden aber Wege um Andersdenkende zu vernichten. Aber", er wandte sich zu Bar-la-Dun hin, „vor uns du brauchst keine Angst zu haben."
Er zögerte noch immer. Rumaldena stieß ihn in die Rippen.
„Mach schon!"
Er begann.

„Vor vielen, vielen Jahren stiegen die Götter vom Himmel, sie reisten in fliegenden Schildkröten. Sie suchten nach Gold. Und am Rande der Steppe, in welcher unsere Vorfahren lebten, fanden sie reiche Lagerstätten in Flüssen und unter der Erde. Sie erbauten eine Stadt, gruben Tunnel, die sie Bergwerke nannten, in denen sie das goldhaltige Gestein aus den Felsen heraushauten. Das war eine schwere Arbeit, die sie nicht selbst verrichten wollten. Sie fingen daher zahlreiche Menschen aus unserem Volk ein, versuchten sie zu zwingen das Goldgestein für sie auszugraben. Doch sie weigerten sich, denn sie waren Nomaden, nicht gewohnt solche Arbeit unter der Erde bei schlechtem Licht durchzuführen. Und da brauten die Götter eine Essenz und spritzten sie den Gefangenen in den Leib. Dadurch wurden diese gefügig und dienten den Göttern als Sklaven. Doch gelang es ihnen nicht ihren Widerstand völlig zu brechen. Es konnten immer wieder welche entfliehen. Die Götter konnten sie in der Steppe nicht ausmachen, da sie sich nicht von den dort lebenden Nomaden unterschieden. Und so spritzten die Götter ihren Gefangenen eine weitere Essenz in den Leib, die ihre Haut grün färbte.

Dann kamen sie zu unserem Volk, verlangten zahlreiche Tiere als Nahrung. Da die Menschen nicht bereit waren sie ihnen zu schenken, wurden die Götter zornig, nahmen sich was sie brauchten und töteten viele der Tiere. Die meisten unserer Vorfahren erzürnte dies, einige meinten aber, man müsse den Göttern gehorchen und sie anbeten. Diese suchten dann in den Flüssen nach Gold, fertigten daraus Götzenbilder. Dies führte zum Streit. Die Götzenanbeter flehten die Götter um Hilfe an, diese waren jedoch nicht bereit sich in die Auseinandersetzung einzumischen, brachten aber die Götzenanbeter in fliegende Schildkröten und flogen mit ihnen davon. Erst viele Jahre später als unsere Volk das Westland erreichte, trafen wir sie wieder. Die Götter hatten sie gelehrt, Häuser zu bauen, Städte zu gründen und Ackerbau zu treiben. Außerdem hatten sie ihre Haut braun gefärbt, da sie nicht aussehen wollten wie diejenigen, welche die Götter verachteten.

Die in der Steppe zurückgebliebenen mußten stets ein Teil ihre Tiere an die Götter abzugeben. Wer sich weigerte wurde getötet. Als unser Volk daher wegzog, folgten ihnen die Götter in ihren fliegenden Schildkröten und verheerten das Land, in dem sie sich niederlassen wollten, so daß die Tiere keine Nahrung fanden und die Menschen umkehren mußten. Sie gehorchten nun den Göttern, haßten sie aber. Und so empfand niemand Trauer als eines Tages ein großer, roter Stein vom Himmel stürzte und die Stadt der Götter zerstörte. Die meisten der Götter starben. Die Sklaven töteten die übrig gebliebenen, zogen dann in die Steppe. Die Bergwerke verfielen, denn niemand hatte Verwendung für das gelbe Metall. Es war weich, taugte nicht zur Herstellung von Waffen und Gerät. Und es war sehr schwer. Ein Klumpen Gold wog ein Vielfaches eines Klumpen Eisens gleicher Größe. Und da zu jener Zeit das Rad noch unbekannt war und alles auf Lasttieren transportiert werden mußte, fertigte man aus dem Gold auch keine Töpfe, keine Schüsseln, Kannen oder Becher.

Unser Volk aber glaubte, ein guter, unsichtbarer Gott habe den roten Stein auf die bösen Götter geschleudert um sie für ihre frevelhaften Taten zu bestrafen. Und wir begannen diesen guten Gott anzubeten. Und noch heute gelten rote Steine uns heilig und wir sind stolz auf unsere rote Hautfarbe, da wir glauben, dies sei ein Zeichen, daß wir die wahren Geschöpfe des guten Gottes sind."

Es war mittlerweile spät geworden und so löste sich die Runde ohne jede weitere Diskussion auf.

23. Begegnung mit Arnold

Karl saß ein paar Tage später gegen Abend im Gartencafe, wartete auf Marion, die im Büro zurückgeblieben war, da sie noch einige Arbeiten erledigen wollte. Nach einiger Zeit näherte sich ein Mann, der sich anfangs etwas unschlüssig umblickte. Karl schätzte ihn so auf vierzig Erdenjahre. Dann trat er heran, grüßte.

„Bist du Karl, der Erdenmensch ?"

„Ja, wieso ?"

Der Mann lachte.

„Na, dann sind wir ja fast Landsleute. Darf ich mich setzen ?"

Er wartete gar nicht Karls Antwort ab, nahm Platz.

„Wieso fast Landsleute ? Bist du Südtiroler oder Elsässer und auch von den Koriasnern entführt worden ?"

Der Mann lachte.

„Nein, ich bin schon hier zur Welt gekommen. Ich heiße übrigens Arnold, arbeite in der Energiezentrale, bin das, was ihr einen Ingenieur nennt."

„Und warum bezeichnest du dich dann als Fast-Landsmann ?"

„Du weißt ja wohl bereits, daß die Hermonaren eurem Planeten schon einmal einen Besuch abgestattet und auch Menschen mitgenommen haben, unter anderen auch meinem Großvater. Er stammte aus dem Herzogtum Sachsen-Weimar, das zum Deutschen Reich gehörte und Fanny erzählte mir, daß du Deutscher bist."

Karl blickte in skeptisch an.

„Da kann doch irgend etwas zeitlich nicht stimmen. Das ist zweihundert Erdenjahre her, wie mir Hermar einmal sagte. Das kann doch dann unmöglich dein Großvater gewesen sein."

„Ich sehe, du weißt da noch nicht so recht Bescheid. Ein Koriasjahr entspricht etwa zwei Erdenjahren. Und wir altern hier langsamer, in einem Koriasjahr etwa soviel wie ihr in einem Erdenjahr. Und außerdem werden wir hier älter. Mein Großvater wurde etwa einhundertfünfundneunzig Erdenjahre alt. Und ich bin auch bereits fünfundachtzig

243

Erdenjahre alt."

Er pausierte kurz.

„Ja, sie machten damals mit den Erdenmenschen allerlei Versuche. Sie durften sogar Nachwuchs zeugen. Nach und nach wurden sie ein bißchen in die Gesellschaft aufgenommen, aber nicht so wirklich. Mein Vater heiratete dann eine Hermonarin. Sie hatte einen schlechten Ruf, fand nichts anderes. Sie verschwand auch bald wieder. Aber das ist heute noch so. Die meisten Hermonaren werden dich ablehnen. Mach dir nichts daraus. Ich wohne ja auch nicht in der Siedlung, sondern hier auf dem Campus der Akademie."

„Nun ja, ganz interessant. Das wird sicher eine längere Unterhaltung."

Arnold lachte.

„Bestimmt. Ich hole besser noch eine Flasche Wein. Reden macht durstig."

Er kehrte bald zurück, schenkte ein.

„Also, mein Großvater hat oft von der Erde erzählt, hat mir sogar die deutsche Sprache beigebracht. Er war Sekretär in der Kanzlei des Herzogs von Sachsen-Weimar. Er sagte mir auch einmal, zu seiner Zeit hätten zwei bedeutende Männer in der Stadt gelebt, die Gedichte und Theaterstücke und so weiter geschrieben hätten. Ich möchte da gerne Näheres wissen. Ich hatte Fanny einmal gefragt, sie sagte, die Namen der Dichter seien ihr bekannt, von einem hätte sie sogar einmal etwas gelesen, allerdings in englischer Übersetzung, wie sie das nannte. Das Stück hieß 'Doktor Faustus' oder so ähnlich. Ansonsten wußte sie über die Heimat meines Großvaters nicht sehr viel. Sie sei zwar Historikerin, sagte sie, stamme aber aus Afrika, kenne sich mit der Geographie und Geschichte Deutschlands nicht so sehr aus. Weimar sei eine eher kleine Stadt. Und es habe auch einmal eine Weimarer Republik gegeben, wohl nachdem der Herzog abgesetzt worden war. Aber das war so hundert Erdenjahre nach der Entführung meines Großvaters."

„Kennst du Fanny gut?"

„Wir treffen uns öfter. Sie fühlte sich nicht so richtig wohl unter den Antarestiern. Und mit dieser Amerikanerin versteht sie sich überhaupt nicht. Vor ein paar Tagen kam zu mir, sagte, hier auf Hankorin gebe es einen neuen Erdenmenschen, er sei Deutscher, könne mir sicher nähere

Auskunft über alles geben. Ich würde auch gerne einmal etwas von den beiden Dichtern lesen. Fanny sagte mir, die Koriasner hätten bei ihrem Besuch der Erde das gesamte Informationsnetz kopiert. Da müßten sich doch einige Werke finden lassen, falls die beiden mittlerweile nicht völlig vergessen sind."

„Nein", entgegnete Karl, „du meinst sicher Goethe und Schiller. Sie zählen auch noch heute zu den größten deutschen Dichtern. Ich habe auch Zugriff zu den Daten. Ich werde sicher etwas finden. Und ansonsten kann ich dir alles über Deutschland erzählen, was ich weiß. Das wird aber viel Zeit in Anspruch nehmen."

„Zeit haben wir zur Genüge."

Marion erschien. Karl stellte ihr Arnold vor. Sie lächelte ihn an, er sie auch. Und Karl bemerkte ein seltsames Leuchten in den Augen beider als sie sich die Hand reichten.

„Liebe auf den ersten Blick", sagte er sich.

Karl hatte sich nicht getäuscht. Die beiden trafen sich nun häufiger, gingen zusammen schwimmen, auch blieb Marion des öfteren über Nacht weg. Karl war sich darüber im Klaren wo sie sich aufhielt. Sie redeten allerdings kein Wort darüber. Und da Marion immer selbständiger wurde, lockerte sich auch ihre Zusammenarbeit. Ebenso verflachten die Kontakte zu Rumaldena und Fanny, die Gesprächsrunden lösten sich zwar nicht auf, wurden aber seltener, ohne daß er hierfür wirkliche Gründe hätte angeben können. Er vermutete aber, daß Fanny eifersüchtig auf Marion war, da sie selbst ein Liebesverhältnis mit Arnold anstrebte und ihr diese Antarestierin nun alles verdorben hatte. Auch Hermar sah er immer weniger. Dafür traf er sich häufiger mit Arnold, auch gelegentlich mit Annellanina, für die er bald eine gewisse Sympathie empfand, obwohl sie eine 'Grüne' war.

Es war aber so, daß Arnold näheren Kontakt zu ihm suchte. Anfangs blieb Karl zurückhaltend, da er wegen dessen Beziehung zu Marion neidisch auf ihn war, obwohl er sich von Anfang an darüber im Klaren war, daß die Gründe des Nichtzustandekommens eines Liebesverhältnisses zu Marion darin lag, daß sie Karl als einen verehrungswürdigen Meister ansah, dem man sich nicht zu weit nähern durfte und daher mit

245

dem Auftauchen Arnolds gar nichts zu tun hatte. Aber es dauerte eben eine Weile bis der Verstand dem Gefühl die Herrschaft entriß.

„Ich wundere mich darüber, daß es hier keine Roboter gibt", begann Karl als sie wieder einmal beim Wein zusammensaßen.

„Wie meinst du das ?"

„Na ja, künstliche Menschen, welche die Arbeit verrichten. Alles, was man hier sieht, das sind kleine Maschinen, die nur primitive Tätigkeiten verrichten können. Nun ja, in unseren 'Science-Fiction-Filmen' und in Zukunftsromanen auf der Erde, tauchen doch stets solche künstlichen Menschen auf, die alles tun können. Dabei seid ihr doch technisch längst in der Lage, solche Wesen zu bauen."

Karl nahm einen Schluck Wein.

„Weißt du, als ich noch auf der Erde lebte, war künstliche Intelligenz dort ein großes Thema. Es wurden zahlreiche Forschungen auf dem Gebiet durchgeführt. Es wundert mich daher ein bißchen, daß es hier bei euch, bei den Kalgunen war das nicht anders, nur recht stupide Roboter gibt, die nur einfache Arbeiten und einfache Befehle ausführen können."

„Und du hältst künstliche Intelligenz für etwas Positives ?"

„Ich weiß nicht, es gab natürlich auch Autoren, in deren Geschichten die intelligenten Roboter gegen die Menschen zu deren Schaden agierten."

„Siehst du, das ist genau der Punkt. Deshalb gilt die Sache auf Korias schon lange als erledigt, auch wenn nicht darüber geredet oder geschrieben wird. Aber ich habe Unterlagen gefunden. Vor Jahrhunderten, noch vor dem großen Krieg, wurde natürlich auch mit künstlicher Intelligenz experimentiert, wurden intelligente Roboter erschaffen. Künstliche Intelligenz bedeutet allerdings, daß man Maschinenwesen erschafft, die selbständig denken können. Diesen Aspekt hatte man anfangs nicht so recht beachtet. Man nahm wohl an, daß man durch eine Art Erziehung ihr Denken in eine bestimmte Richtung lenken könne. Aber das war wohl eine eher naive Ansicht. Es gelang nicht bei allen, führte dazu, daß einige dann wirklich selbständig dachten und begannen sich selbst zu reproduzieren. Sie entwickelten eine eigene Ideologie und lehnten es irgendwann ab, den Koriasnern zu dienen, sondern beschlossen die Herrschaft an sich zu reißen. Ihre Pläne blieben den Koriasnern lange verborgen, zumal die Roboter auch das Informationsnetz unter ihre Kontrolle gebracht hatten und den Menschen nur das an Informationen zukommen ließen, was sie ihnen zukommen lassen wollten. Du mußt das jetzt richtig verstehen. Es gab damals noch zahlreiche Völker und Staaten, die sich teilweise feindlich gesinnt waren. Die Roboter bildeten aber eine Einheit. Sie kannten auch keine Gefühle, keine Emotionen, keine Leidenschaften, sie handelten ihrem Verstand gemäß kalt und folgerichtig. Schließlich unternahmen sie einen Aufstand und beherrschten fast alle Staaten. Erst nach einigen Jahrzehnten gelang es unter großen Verlusten, es gab wohl mehrere Millionen Tote, die Macht der Roboter zu brechen. Trotz aller Feindschaft, welche zwischen den Völkern herrschte, schloß man ein Abkommen, auf dem Gebiet der künstlichen Intelligenz künftig keine Forschung mehr zu betreiben und auf ihre Anwendung zu verzichten, da man erkannte, daß man hier etwas erschaffen hatte, das sich nicht mehr kontrollieren ließ. Alle noch übrig gebliebenen Roboter wurden zerstört. Sie bauten nur noch einfache Maschinen für spezielle Zwecke, die nur das tun können, was ihnen einprogrammiert ist."

Für Karl bedeuteten die Unterhaltungen mit Arnold auch eine Abwechslung zu den Gesprächen mit Fanny und den Antarestiern, bei denen es überwiegend um kulturelle Dinge, Sagen und Mythen ging. Arnold wollte natürlich noch immer viel über die deutsche Geschichte wissen, es blieb aber noch sehr viel Raum für andere, alltägliche Dinge.
„Warum macht ihr eigentlich so eine Geheimnistuerei um die Insel ? Weißt du, Nalorama konnte ich kennenlernen, ich konnte die Insel durchwandern, aber hier liegen die Dinge anders. Im Osten spannt sich ein Kraftfeld bogenförmig um das Akademiegelände, das sich nicht durchdringen läßt. Was liegt eigentlich dahinter ? Hermar schweigt, wenn ich ihn darauf anspreche. Er wechselt sofort das Thema, geht gar nicht auf Fragen ein. Es soll dort Bergwerke geben. Warum macht man deswegen so eine Geheimniskrämerei ? Was gibt es dort wirklich ? Oder darfst du auch nicht darüber reden ?"
„Ehrlich gesagt, ich weiß auch nichts genaues. Aber worin liegt eigent-

lich dein Problem ? Etwa zwei Drittel der Insel sind doch zugänglich."
Karl blickte ihn ungläubig an. Arnold merkte das, fuhr fort.
„Das ist eben meine hermonarische Ader. Wir sind diesbezüglich nicht
neugierig. Wir interessieren uns nicht so sehr für das was außerhalb
unserer unmittelbaren Umgebung liegt. Und die ist beschränkt, da es ja
keinen Privatbesitz an Fahrzeugen gibt. Und die Luftkissenbahnen verbinden lediglich die Akademie mit der Hermonarensiedlung und die
Siedlung mit dem Landeplatz für die Luftfahrzeuge. Wir reisen auch
nicht, es sei denn, es wird dienstlich angeordnet. Und was geben schon
die vier Inseln her ? Der Rest unseres Planeten ist sowieso für uns un-
zugänglich. Aber um dich zu beruhigen. Es heißt, im Ostteil der Insel
befinden sich ein Straflager und eine zoologische Versuchsanstalt, in
welcher gräßliche Untiere gezüchtet werden. Details weiß ich nicht;
aber das Kraftfeld soll uns sicherlich vor ausgebrochenen Verbrechern
oder Untieren schützen. Das verstehst du doch ?"
Karl nickte. Es hatte wohl auch keinen Zweck weitere Fragen zu
stellen.

„Es wundert mich schon ein bißchen, daß manches hier so ähnlich ist
wie auf der Erde, speziell wie in Europa", begann Karl ein andermal.
„Ach so verwunderlich ist das gar nicht, wenn du die Hintergründe
kennst. Hankorin ist ja die kleinste und wirtschaftlich unbedeutendste
Insel. Es war natürlich klar, daß man sehr vorsichtig sein mußte, wenn
man Pflanzen und Lebewesen von anderen Planeten mitbringt. Es
konnten unbekannte Krankheiten eingeschleppt werden, Pflanzen konnten unter Umständen ungehemmt wuchern und die einheimische Vegetation zerstören. Tiere konnten aus ihren Käfigen oder ihren Pferchen
ausbrechen, sich ungehindert vermehren, wenn die Lebensbedingungen
sich für sie günstig erwiesen, das heißt, sie genügend Nahrung fanden
und ihnen keine natürlichen Feinde zusetzten. Ich brauche nicht alles
im Detail zu schildern. Also entschloß man sich, notfalls eine Insel zu
opfern und die Wahl fiel auf Hankorin. So brachte man die auf der Erde
eingesammelten Menschen, Tiere und Pflanzen hierher. Und die Akademie siedelte man natürlicher Weise auch hier an. Als sie herausgefunden hatten, daß man es bei mitgebrachten Erdbewohnern mit

vernunftbegabten Wesen zu tun hatte, schenkte man ihnen mehr Freiheit, sie durften auch Kinder haben, und sie begannen das Akademiegelände nach ihren Vorstellungen zu gestalten. Und da die Europäer dominierten und sich so einrichteten wie sie es von zuhause gewohnt waren, wirkte alles ein bißchen europäisch. Den Hermonaren gefiel das und da sie ohnehin kein großes Interesse an der Landschaftsgestaltung besaßen, ließen sie die Erdbewohner gewähren. Nach umfangreichen Versuchen stellte man auch fest, daß viele der mitgebrachten Pflanzen hier gut gediehen, auch keine negativen Auswirkungen auf die hiesige Vegetation hatten und so begann man mit dem dem großflächigen Anbau auf Yanakaratin. Es wachsen dort nicht nur Kaffeepflanzen und Weinstöcke, sondern auch verschiedene Getreidesorten, Obstbäume, Orangen und Bananen und noch anderes. Mit den Tieren verhält es sich ähnlich, es werden dort auch Schafe, Ziegen, Gänse und auch Rinder gehalten."

„Obst gibt es hier auch ? Das habe ich bisher noch nicht bemerkt", fragte Karl erstaunt.

„Auch die meisten Erdmenschen, beziehungsweise ihre Nachkommen, wurden vor einiger Zeit auf Yanakaratin angesiedelt. Deshalb findest du hier auch fast keine mehr. Die Räumung stand natürlich auch im Zusammenhang mit der Expedition nach Antaresterr. Man wollte hier nicht lebende Organismen von drei Planeten halten. Mittlerweile hat sich herausgestellt, daß sich alle drei vertragen, zumindest biologisch. Aber das wußte man natürlich damals nicht. Und da nicht alles bei den Hermonaren beliebt ist, was von der Erde mitgebracht wurde, so mögen die meisten das irdische Obst nicht, findest du es hier auch nicht. Ansonsten will man Hankorin nicht zu stark bevölkern oder wirtschaftlich nutzen, es soll ein Experimentierfeld bleiben. Vermutlich werden in Zukunft auch noch weitere Weltraumexpeditionen durchgeführt."

Karl grinste.

„Wir reden hier soviel über die Insel, ich habe mich ja auch schon einmal ein bißchen darüber beschwert, daß ich sie nicht erkunden kann, aber dabei habe ich ja bisher nicht einmal die Hermonarensiedlung besucht. Ich weiß noch nicht einmal, ob ich da überhaupt hin darf. Wie sieht es dort eigentlich aus ?"

„Die erste Frage kann ich dir nicht beantworten. Das mußt du mit Hermar ausmachen. Erwarte aber nichts besonderes von der Siedlung Hankorinata. Du mußt dir vorstellen, es gibt da keine Straßen, keine Häuser, sondern im wesentlichen nur einen gewaltigen Gebädekomplex, in dem alle Wohnungen, Versorgungseinrichtungen, Lokale, Freizeiteinrichtungen untergebracht sind. Verbunden sind die einzelnen Teile durch Gänge und Schwebebahnlinien, die alle im Erdgeschoß verlaufen. Schwebebahnlinien führen auch zu den Fabriken, die in mehreren räumlich getrennten Gebäudekomplexen untergebracht sind. Eine Schwebebahnlinie führt auch hierher."

„Das erscheint mir wie Ogachich, nur oberirdisch."

„Ich kenne Ogachich nicht, aber ich vermute du hast recht."

„Und wie sieht es auf den anderen Inseln aus ?"

„Auf Sutorin und Prokonin gibt es mehrere Städte. Die sehen genau so aus, sind lediglich größer. Und daneben gibt es natürlich auch landwirtschaftliche Güter. Da leben die Leute in kleineren Wohneinheiten, ähnlich wir hier, da gibt es natürlich auch Ställe und Speicher. Ähnlich sieht es auf Yanakaratin aus. Du siehst, es lohnt sich nicht, diese Stätten zu besuchen."

„Wir haben innerhalb unserer Gruppe, wenn ich uns Extrakoriasner einmal so nennen darf, über die Mythen der Völker auf der Erde und auf Antaresterr diskutiert", begann Karl, bei einem der selten gewordenen Treffen mit Hermar, „und alle antarestischen Mythen berichten von Göttern, die vom Himmel kamen und auch die Entwicklung der Völker beeinflußten, ihnen vieles lehrten, wohl auch genetische Manipulationen vornahmen, so daß die halb intelligenten Lebewesen ihnen ähnlich wurden. Auch auf der Erde gibt es solche Mythen und als bei uns das Zeitalter der Raumfahrt begann, als die ersten Menschen zum Mond flogen, wurden diese Götter mit Astronauten in Verbindung gebracht, welche vor vielen tausend Jahren die Erde besuchten. Es erschienen zahlreiche Bücher darüber, die ein breites Publikum fanden. Von den etablierten Wissenschaftlern wurden die Autoren natürlich nicht ernst genommen. Aber mir erschien das wirklich phantastisch als ich in meiner Jugend das erste Mal davon las. Ich blieb aber skeptisch, da es als unumstößliches Gesetz in der Physik galt, daß die Lichtgeschwindigkeit die höchste erreichbare Geschwindigkeit ist."

Hermar hört nur halb interessiert zu.

„Und was willst du damit sagen ?"

„Es ist die Entfernung. Zwischen der Erde und Korias beträgt sie etwa einhundert Erdenlichtjahre. Selbst wenn es gelänge, sagte ich mir, alle technischen Schwierigkeiten zu meistern und ein Raumschiff konstruieren könnte, das sich tatsächlich mit Lichtgeschwindigkeit bewegen könnte, was mir äußerst phantastisch erschien, so würde doch ein Flug von der Erde zu einem Planeten, der so weit entfernt ist wie Korias und zurück etwa zweihundert Erdenjahre betragen."

„Ja, und auf was willst du hinaus ?"

„Zweihundert Jahre sind eine lange Zeit. Da kann sich vieles ändern, politisch, gesellschaftlich. Ein Staat, der eine Weltraumexpedition startet, existiert dann vielleicht gar nicht mehr oder die Gesellschaft hat sich völlig verändert. Möglicherweise interessiert sich bei der Rückkehr der Raumfahrer niemand für die Ergebnisse der Expedition. Wie dem auch sei, alle, die an der Planung, Ausrüstung und Aussendung der Astronauten beteiligt waren, leben nicht mehr. Das ergab für mich keinen Sinn. Wer startet denn so ein Unternehmen, das auch riesige Geldmittel verschlingt, wenn man nichts über die Ergebnisse erfährt ? Und was soll der Kontakt mit einer entfernten Zivilisation, wenn die Nachrichtenübermittlung und die Reisen zweihundert Jahre dauern ? Sie können aber auch fünfhundert oder tausend Jahre oder noch länger dauern. Und warum sollten sie dann Wesen in der Entwicklungsstufe zwischen Tier und Mensch genetisch manipulieren, ihnen technisches und kulturelles Wissen vermitteln ? Nein, das ergab für mich keinen Sinn."

Hermar blickte ihn gelangweilt an.

„Na, und ?"

„Ja, aber hier habe ich erfahren, daß ihr diese Probleme gelöst habt. Reisen von hunderten von Jahren schrumpfen auf einige Mensanen zusammen. Da machen doch intergalaktische Kontakte Sinn. Darüber habt ihr doch sicher auch nachgedacht. Und die genetische Ähnlichkeit

zwischen Koriasnern, Erdenmenschen und Antarestiern ist doch frappierend. Sie können sogar untereinander lebensfähigen Nachwuchs zeugen. Deutet das nicht auf einen gemeinsamen Ursprung hin?"
Hermar lachte.

„Besuch von 'Göttern', also Raumfahrern, welche uns Koriasner oder euch Erdenmenschen schufen? Eine phantastische Idee; zugegeben, die genetischen Ähnlichkeiten zwischen uns, euch und den Antarestiern sind groß; man kann sogar sagen, wir sind fast identisch, von Kleinigkeiten abgesehen. Aber auch bei euch auf der Erde gibt es mehrere Rassen. Das ist auch kein Wunder, die Entwicklungen verlaufen eben regional unterschiedlich, es herrschen dort ja auch überall verschiedene klimatische Bedingungen, an welche sich die Menschen anpassen müssen um zu überleben und das schlägt sich auf die Erbanlagen nieder. Das ist eine Sache. Die andere ist die unterschiedliche zivilisatorische Entwicklung. Völker, die in unmittelbarer Nachbarschaft zueinander leben, lernen voneinander. Das heißt aber nicht unbedingt, daß sie gleich werden, irgendwann eine gemeinsamen Zivilisation bilden. Dies mag das Bestreben der Herrscher sein, denn ein einfältiges Volk läßt sich leichter regieren als ein vielfältiges."
„Das lenkt aber jetzt von der Sache ab", wandte Karl ein, „ich wollte eigentlich wissen, wie ihr Hermonaren über die Möglichkeit früherer Besuche fremder Raumfahrer auf Korias denkt und was ihr eventuell darüber wißt."
„Ich kann darüber keine Auskunft geben. Wir beschäftigen uns hier in der Akademie mit den unterschiedlichen extrakoriasnischen Zivilisationen, also mit euch Erdenmenschen und den Antarestiern. Die Frage der genetischen Gleichheit und was die Ursache dafür sein könnte ist nicht Gegenstand unserer Forschung."
„Das klingt aber jetzt ein bißchen ausweichend. Das bedeutet aber doch, daß es Abteilungen gibt, die sich damit beschäftigen."
„Das habe ich weder behauptet noch bestritten."
„Das ist jetzt aber keine Antwort."
Hermar wurde etwas ungehalten.
„Ich weiß auch nur das, was ich erfahre. Und wenn es solche Studien gibt, ihre Ergebnisse aber nicht publiziert werden, dann erfahre ich sie

auch nicht. Und was die Kalgunen treiben, das weiß ich sowieso nicht."
„Aber warum sollte man solche Studienergebnisse geheim halten ?"
Hermar gab keine Antwort, schaute statt dessen auf sein Tablett.
„Tut mir leid, ich habe noch einen Termin wahrzunehmen."
Er erhob sich, ging.
Karl besorgte sich einen Kaffee. Er blieb nachdenklich zurück. Er hatte
wohl einen wunden Punkt getroffen. Hermar wußte mehr als er zuge-
geben hatte. Er war jedoch nicht bereit darüber zu reden. Warum ? Han-
delte es sich hier wirklich um Staatsgeheimnisse oder um Wissen, das
den Extrakoriasnern vorenthalten werden sollte. Und falls es so war,
aus welchem Grund ?
Er war so in Gedanken versunken, daß er nicht bemerkte, daß Annel-
lanina und Fanny herantraten.
„Ich hoffe, du hast nichts dagegen, daß wir uns zu dir setzen ?" fragte
Annellanina.
Karl schreckte hoch.
„Nein, ganz im Gegenteil, nehmt Platz."
„Was ist mit dir ? Du siehst so verstört aus ?" wollte Fanny wissen.
„Nein, ich bin nicht verstört, nur etwas nachdenklich", wehrte er ab,
„mögt ihr Kaffee ?"
„Gerne", antworteten beide wie aus einem Mund.
Die beiden nahmen Platz. Karl kehrte bald mit zwei Bechern zurück,
setzte sich dann auch.
„Danke", lächelte Annellanina, „wie komme ich zu dieser Ehre ?"
„Es ist bei den Europäern Sitte", erklärte Fanny grinsend, „daß Männer
von Bildung und Anstand Damen bedienen. Die Deutschen haben das
vermutlich von den Franzosen gelernt, sie gehörten nämlich früher
nicht zur Zivilisation. Man bezeichnete sie daher auch als Barbaren."
Sie klopfte Karl auf die Schulter.
„Ach, nimms nicht übel ..."
Er unterbrach sie.
„Ganz und gar nicht. Das war auch in früheren Zeiten Sitte. Heute sind
die meisten Weiber auch keine Damen mehr, sondern emanzipiert. Sie
fühlen sich schon sexuell belästigt, wenn man ihnen in den Mantel
hilft."

Annellanina blickte irritiert abwechselnd Fanny und Karl an.

„Wir wollen sie nicht unnötig verwirren", meinte Fanny dann, „also, worüber denkst du nach ? Über Marion ? Das lohnt sich nicht. Die bist du doch ohnehin los."

„Nein, ich habe mich mit Hermar unterhalten, über die alten Götter und die Raumfahrer."

Annellanina blickte ihn fragend an.

„Alte Götter ? Raumfahrer ?"

„Ich werde es dir erklären. Die Koriasner haben gelernt mit unvorstellbarbar hohen Geschwindigkeiten den Weltraum zu durchqueren und riesigge Entfernungen zu überwinden. Sie haben unsere Heimatplaneten Antaresterr und Erde aufgesucht und uns entführt. Aber sind die Koriasner die einzigen Lebewesen, die das können ? Vielleicht gibt es noch andere Lebewesen auf weit entfernten Planeten, die das auch können. In euren antarestischen Mythen ist ja die Rede von Göttern, die vom Himmel kamen und euch erschufen. Und gute Götter warnten auch vor bösen Göttern. Und auf der Erde gebt es auch solche Mythen. Vielleicht waren die alten Götter Wesen von einem unbekannten Planeten, die uns alle erschufen, Antarestier, Koriasner und Erdenmenschen. Vielleicht sind wir uns deshalb so ähnlich. Verstehst du, was ich meine ?"

„Ja, ich verstehe schon. Du meinst, die alten Götter waren Weltraumfahrer ? Deswegen gab es auch Gute und Böse, so wie es gute und böse Menschen gibt."

„Genau, und darauf habe ich Hermar angesprochen."

„Und was hat er geantwortet ?" wollte Fanny wissen.

„Nichts, zumindest nichts Konkretes. Er sagte, sie beschäftigten sich hier mit den Erdenmenschen und den Antarestiern, aber solche Fragen gingen sie nichts an. Es gebe vielleicht Studien in der Richtung, er wisse aber nichts davon. Und wenn es sie gebe, dann seien sie sicherlich geheim."

Annellanina schüttelte den Kopf.

„Warum sollten sie geheim sein ? Ich vermute, er weiß mehr als er zugab, will aber nicht darüber sprechen. Aber warum ?"

„Gerade darüber habe ich nachgedacht als ihr kamt."

„Dann haben wir dich ja beim Nachdenken gestört", meinte Fanny süffisant, „entschuldige vielmals."

„Nein, ihr habt nicht gestört. Mir ist sowieso nichts eingefallen. Aber vielleicht hast du eine Erklärung."

Fanny runzelte die Stirn.

„Über die Zivilisation der Hermonaren wissen wir gar nichts, außer, was wir sehen, hier zu Gesicht bekommen; und das ist nicht viel; und außerdem sind das nur Äußerlichkeiten. Was wissen wir über ihr Denken ? Haben sie eine Religion ? Eine Staatsideologie ? Sie folgen mit Sicherheit den Regeln einer Ideologie; aber wer legt diese Regeln fest ? Vielleicht widerspricht ein Besuch von Weltraumfahrern vor vielen tausend Jahren ihrer Staatsideologie. Deswegen müssen die Ergebnisse geheim bleiben. Die Herrschenden wollen schon erfahren, was wirklich geschah, aber das Volk darf es nicht wissen. So haben die Mächtigen doch zu allen Zeiten gehandelt."

Karl zuckte mit den Schultern.

„Ja, das ist so. Und wir haben auch sonst keinen Kontakt zu den Hermonaren außer zu Hermar. Und ich weiß nicht einmal, welche Stellung er in der Akademie bekleidet. Ist er ein Direktor oder nur ein kleiner Wissenschaftler ? Sein Verhalten legt das zweite nahe. Er sagte auch einmal, er habe nur zwölf Mitarbeiter, Hermonaren. Was tun eigentlich die anderen, die hier tätig sind ? Das müssen doch mehrere hundert sein."

Die beiden Frauen zuckten mit den Achseln.

„Wir wissen es auch nicht."

„War es denn bei den Kalgunen anders ?" fuhr nun Annellanina fort, „mit wem hattest du da Kontakt außer zu Kalinna ? Doch eigentlich mit niemandem."

„Das ist nicht ganz richtig. Ich wußte einiges über die Struktur der Akademie, kannte auch den Leiter der Ersten Abteilung zur Erforschung Extrakoriasischen Lebens, Professor Gorgol. Es gab da auch noch eine Konkurrenz, eine Zweite Abteilung unter Leitung eines Professors Terscko. Und außerdem erzählte mir Kalinna einiges über die Struktur der Gesellschaft und des Staates. Ich konnte die Insel erkunden, besuchte auch die unterirdische Stadt Ogachich. Aber hier ?"

„Das ist richtig", meinte nun Fanny, „wir haben ihnen bisher nur Informationen über unsere Zivilisation, unsere Kultur, unsere Denkweise geliefert, aber sie haben uns nichts über sich mitgeteilt. Und gerade darin können die Gründe liegen, warum niemand etwas über einen Besuch fremder Raumfahrer auf Korias weiß oder vielleicht auch wissen darf. Weil es aus irgend einem Grund geheim gehalten wird, weil es die Denkrichtung, ich meine jetzt die Denkrichtung der Herrschenden stört. Möglicherweise wissen sie Bescheid, geben aber nichts an das Volk weiter, weil dieses Wissen stört oder ihrer Lehre widerspricht. Aber ist es auf der Erde anders ? Wie lange hat den bei euch in Europa die Kirche naturwissenschaftliche Erkenntnisse bekämpft, weil sie ihrer Glaubenslehre widersprachen. Und in anderen Erdteilen war das auch nicht anders."

„Mir anderen Worten, die wissen hier vielleicht einiges über frühere Besuche von Raumfahrern, aber das wird geheim gehalten."

„Ja, genau; aber das ist doch auf der Erde auch nicht anders. In den heute gängigen Theorien zur Entwicklung der Menschheit kommt eine genetische Manipulation durch Außerirdische gar nicht vor. Also kann es die auch nicht gegeben haben. Findet man Artefakte, die auf Besuche hindeuten, so werden sie natürlich anders interpretiert. Und Außenseiter haben es schwer. Die werden von der Meute sabotiert, finden kein Gehör, erhalten keine Stellen, machen keine Karriere."

„Auch bei uns gibt es Geheimlehren. Es heißt auch, daß Götter Menschen mit in den Himmel nahmen. Aber Genaues durfte niemand wissen", bemerkte nun Annellanina, „aber wir können doch einmal Arnold einladen, der ist vielleicht zugänglicher."
Sie grinste.

„Oder wir könnten Marion anstiften, ihn zu fragen, wenn sie so innig beieinander liegen. In solchen Situationen können Frauen Männern die größten Geheimnisse entlocken wenn sie es geschickt anstellen."
Karl lachte.

„Weibliche List; aber wir sollten Arnold wirklich zu unserem nächsten Treffen einladen."

„Wir haben in unserem Kreis schon oft darüber diskutiert wie es möglich ist, daß mindestens drei Arten praktisch identisches menschliches Leben im Weltall auf so weit entfernten Planeten existieren und außerdem noch, gemessen an kosmischen Zeiten, auf gleicher kultureller und zivilisatorischer Stufe stehen. Denn was bedeuten da schon viertausend Jahre?" begann Karl einige Tage später als er mit Arnold beim Wein zusammensaß und sie genüßlich rauchten.

„Viel weiß ich nicht. Meine Arbeitskollegen in der Energiezentrale interessieren sich nicht für solche Themen. Hermar wäre da der bessere Ansprechpartner. Ich kenne auch nur Spekulationen darüber, daß vor Tausenden von Jahren fremde Raumfahrer hierher kamen und aus geeigneten Lebewesen eine intelligente Rasse schufen. Aber wie gesagt, das sind Spekulationen, die so ab und zu der Öffentlichkeit als Sensationen präsentiert werden. Ich glaube allerdings die Autoren solcher Werke wollen mit diesen 'Sensationen' nur ihren Geltungstrieb befriedigen. Ich vermute aber, daß es auch seriöse Theorien gibt. Aber falls sie existieren, werden sie aus irgend einem Grunde unter Verschluß gehalten. Ich würde aber gerne einmal an eurer Gesprächsrunde teilnehmen. Geht das?"

„Von mir aus ist das kein Problem. Und ich denke, auch die anderen werden keine Einwände haben. Aber, was Hermar betrifft, der ist in der Hinsicht ziemlich zugeknöpft. Von dem ist nichts zu erfahren. Aber es gibt doch sicher Bücher von denen, die 'Sensationen' verbreiten. Vielleicht kannst du da etwas in Erfahrung bringen und uns beim nächsten Treffen berichten."

Doch dazu sollte es nicht mehr kommen.

24. Aufstand auf Hankorin - Verlegung auf den Erzplaneten Ferrumia

Im Osten Hankorins entdeckte man zweihundert Jahre zuvor einige, wenn auch nicht reiche, Vorkommen an Kobalt-, Chrom- und Nickelerzen. Die Ausbeutung der Lagerstätten erschien über einige Jahrzehnte hinweg nicht rentabel. Erst als anderorts die Vorkommen weitgehend ausgebeutet waren und ein Mangel an diesen Metallen eintrat, begann man mit dem Abbau. Nun hatte man vor fünfzig Jahren reiche Erzvorkommen auf dem Planeten Ferrumia, der acht Korias-Lichtjahre entfernt lag, entdeckt, so daß der weitere Betrieb der Bergwerke nicht mehr wirtschaftlich erschien. Dennoch entschloß man sich die Förderung aufrecht zu erhalten, ließ die Arbeit aber von verurteilten Verbrechern ausführen, errichte ein Straflager. Gemäß der Vorstellung, daß die Tätigkeit als Sühne für schwere Vergehen anzusehen sei, verzichtete man weitgehend auf technische Hilfsmittel, ließ die Gefangenen schwerste körperliche Arbeiten verrichten, welche ansonsten im Land völlig unüblich waren. Es ist leicht verständlich, daß diese Maßnahme Erbitterung hervorrief und die Stimmung unter Sträflingen schlecht war. Die Regierung mußte mehrfach gewalttätige Aufstandsversuche niederschlagen.

Nun waren in jüngerer Zeit zahlreiche Antarestier und Erdlinge nach Hermonasien verbracht worden, welche verbrecherische Neigungen zeigten oder aufgrund mangelnder Bildung in den 'Kulturprogrammen' nicht verwendet werden konnten und ausgesondert werden mußten. Die Hermonarische Regierung verbrachte ein Großteil von ihnen in das Straflager, übernahm sogar Männer von den Kalgunen. Wegen der bekannten Abneigung der Hermonaren gegenüber den 'Außerkoriasnischen' glaubte man nicht, daß es zu näheren Kontakten kommen könnte. Doch erlag man hier einer Täuschung, da es sich zeigte, daß, ungeachtet aller Rassenunterschiede, sich gleich zu gleich gesellt. Mit anderen Worten, die hermonarischen Verbrecher schlossen Freundschaft mit den Antarestiern, die überwiegend der Rasse der 'Roten' und der

'Grünen' angehörten und den Erdlingen. Da letzteren mehr Freiheiten gewährt wurde, gelang es ihnen, unbemerkt von den Wachen Waffen zu beschaffen und ein stattliches Arsenal anzulegen. Als sich die Verschwörer stark genug fühlten brach der Aufstand los. Die Wachen wurden rasch überwunden und die Rebellen drangen nach dem Westen der Insel, dem Akademiebereich und der Hermonarensiedlung vor.

Es sollte hier noch erwähnt werden, daß sich unweit des Bergwerkgebiets ein Institut, eine zoologische Versuchsanstalt befand, in dem Genmanipulations-Experimente durchgeführt wurden. Sowohl dadurch als auch durch Kreuzung von Tieren, die von den verschiedenen Planeten mitgebracht worden waren, züchtete man 'Untiere' heran, wilde Bestien, die in besonders gesicherten Arealen gehalten wurden. Man ließ sie dann in der Hauptstadt auf Sutarin in einer Arena zur Volksunterhaltung sich gegenseitig zerfleischen.

Nun wurden während des Aufstandes, teils ihm Rahmen der Kampfhandlungen, teils auch vorsätzlich, die Sicherungszäune großteils zerstört, so daß die Tiere ausbrechen und sich über die Insel verbreiten konnten. Die Regierung informierte die Bevölkerung auf Hankorin weder über den Aufstand im Straflager noch über den Ausbruch der Bestien, sei es, daß man glaubte, die Revolte rasch niederzuwerfen und die Menschen daher nicht beunruhigen wollte, sei es, weil man nicht eingestehen wollte, daß man von als minderwertig geltenden Wesen überrumpelt worden war und eine Niederlage erlitten hatte, sei es, daß man glaubte, das Kraftfeld würde verhindern, daß Rebellen und Untiere zum Akademiecampus oder nach Hankorinata vordringen könnten.

Karl war gerade zum See unterwegs als er in der Ferne zwei größere Tiere wahrnahm, welche eine gewisse Ähnlichkeit mit Säbelzahntigern der Urzeit besaßen. Solche Wesen hatte er hier bisher noch nicht gesehen. Er hielt daher ihr Auftauchen für bedenklich, kehrte rasch ins Haus zurück.

Während er noch darüber nachsann, was das zu bedeuten habe, kam Arnold angerannt, Marion hinter sich her zerrend. Er trug eine Waffe.

„Komm schnell mit uns", rief er Karl durchs Fenster zu.

„Was ist passiert?" fragte der.

„Keine Zeit für Erklärungen. Mach schon."

Karl folgte den beiden. Nicht weit entfernt stand ein Luftkissenfahrzeug. Sie bestiegen es. Arnold setzte sich ans Steuer, fuhr los.

„Nimm du die Waffe. Kannst du damit umgehen?" fragte er Karl.

„Ja, ich denke schon. Ich habe so eine Strahlenpistole schon einmal beim Aufstand in der unterirdischen Stadt benutzt."

„Gut, dann schieß auf alles, was uns in die Quere kommt."

In die Quere kamen ihnen zwei Tiere, die wie Dinosaurier aussahen. Karl erlegte sie.

Sie erreichten die Energiezentrale. Dort warteten bereits etwa ein Dutzend Männer und Frauen.

„Gut, daß ihr da seid", sagte einer, „wir müssen weg. Sie kommen bald."

Sie liefen ins Freie zu einem Aerobus.

„Es wird ein bißchen eng werden, aber es muß gehen."

Sie stiegen ein, der Aerobus erhob sich in die Luft. Bald erreichten sie die Hauptinsel Sutarin. Bewaffnete empfingen sie dort, führten sie in ein Haus. Arnold, Karl und Marion wurden zusammen in einen größeren Raum gesperrt, in welchem lediglich vier Betten standen.

„Was hat das alles zu bedeuten?" fragte Karl schließlich, nachdem sie sich auf eines der Betten gesetzt hatten.

„Also", begann Arnold, „auf Hankorin ist ein Aufstand ausgebrochen."

„Ein Aufstand?" wunderte sich Karl, „wer sollte denn einen Aufstand anzetteln, und warum?"

„Ich erwähnte doch einmal, daß es im Osten Hankorins Bergwerke geben soll, in denen verurteilte Straftäter Zwangsarbeit verrichten. Dort arbeiteten auch 'rote' und 'grüne' Antarestier und Erdenmenschen, die zu sonst nichts zu gebrauchen waren. Die Verbrecher haben sich offensichtlich mit ihnen verbündet, sich Waffen verschafft, die Sicherheitskräfte überwunden. Und nun versuchen sie die Insel in ihre Gewalt zu bringen. Und außerdem, bei den Kämpfen wurden zahlreiche Käfige der in der Nähe liegenden zoologischen Versuchsstation beschädigt und die dort gezüchteten Bestien konnten ausbrechen. Einige sind uns ja begegnet."

„Aber wie konnten sie auf das Akademiegelände gelangen? Der

östliche Teil der Insel ist doch durch ein Kraftfeld abgetrennt."

„Sei doch jetzt nicht naiv", Arnold lachte, „das Kraftfeld wird natürlich künstlich erzeugt und es läßt sich daher auch abschalten, wahrscheinlich abschnittsweise. Und unter den Aufständischen gab es sicherlich Leute, die wußten, wie und wo man das tun kann. Sonst hätte ja die ganze Rebellion keinen Sinn gehabt."

„Und was passiert jetzt ?"

„Ich denke, die Regierung schickt Soldaten, die den Aufstand rasch niederschlagen und die Insel von den Untieren säubern werden. Das wird vermutlich ein paar Tage dauern. Dann können wir sicher zurückkehren."

„Und warum sperren sie uns ein ?" wollte Marion wissen.

„Ich denke, das ist eine reine Vorsichtsmaßnahme", entgegnete Arnold, „wir könnten ja auch geflohene Verbrecher sein. Aber das wird sich wohl bald klären. Dann lassen sie uns sicher frei."

Sie erhielten Speise und Getränke, denen allerdings ein Schlafmittel beigemischt war. Sie wurden rasch müde, legten sich in die Betten. Sie erwachten zwischendurch, ohne allerdings so richtig Gewalt über ihre Sinne zu erlangen, schliefen wieder ein. Als sie schließlich endgültig erwachten, wurden sie kurze Zeit später zwecks Körperreinigung in einen Baderaum geführt, erhielten danach frische Kleider. Man geleitete sie anschließend zu einem Aerobus, der sie zu einem Raumschiff brachte. Dort wies man ihnen einen größeren Raum zu. Niemand erklärte ihnen, was das zu bedeuten hatte und wohin man sie verfrachten wollte. Einige Zeit später kam eine dunkelhäutige Frau hinzu, welche Malys hieß, aus Kiribati stammte. Sie war auch von den Außerirdischen verschleppt und nach Ankunft auf Korias nach Sutarin gebracht worden, hatte in einer dort angesiedelten Abteilung der Akademie zur Erforschung Extrakoriasnischer Kulturen gearbeitet. Die Tätigkeit hatte ihr gefallen, zumal sie als Lehrerin über Lebensweise, Sitten und Gebräuche der Völker des pazifischen Raumes recht gut Bescheid wußte und somit wertvolle wissenschaftliche Beiträge liefern konnte, wie sie sich ausdrückte. Mißfallen habe ihr allerdings, daß ihre hermonarischen Kollegen und Kolleginnen sich ihr gegenüber stets sehr distanziert verhalten und Kontakte auf ein Mindestmaß beschränkt hätten, was man ohne weiteres als Ablehnung verstehen konnte, so daß sie sich recht einsam fühlte. Sie sei daher heute morgen auch gar nicht traurig gewesen als man ihr sagte sie werde verlegt und an ihrer neuen Wirkungsstätte mit anderen Erdenmenschen zusammen sein. Aus welchen Grund sie verlegt werde und wohin die Reise gehen solle habe man ihr aber nicht mitgeteilt, sie habe allerdings auch gar nicht nachgefragt. Karl berichtete ihr dann, woher sie kommen, warum sie Hankorin verlassen mußten. Sie durften dann aber nicht mehr zurück auf die Insel, sondern sollten nun an einen anderen Ort verlegt werden.

„Es muß wohl ein Planet sein, ansonsten hätten sie uns wohl kaum zu einem Raumschiff gebracht", meinte Karl schließlich.

Arnold blickte ihn daraufhin groß an.

„Diesen Umstand habe ich bisher nicht recht bedacht", sagte er nun, „natürlich, wir befinden uns in einem Raumschiff. Dann muß die Reise ja wohl zu einem anderen Planeten gehen. Zur Erde oder nach Antaresterr werden wir wohl nicht fliegen. Ich vermute, wir werden nach Ferrumia verlegt."

„Ferrumia, der Erzplanet ?" wunderte sich Malys, „das könnte sein. Aber was sollen wir dort ?"

„Das darfst du mich nicht fragen, ich weiß es nicht. Aber ich glaube nicht, daß wir dort Erz schürfen sollen. Das einzige, was mir hierzu einfällt ist, daß sie uns aus irgendeinem Grund vielleicht loswerden wollen."

Zwei Roboter erschienen, brachten Matratzen, Decken, einen Tisch, Hocker, sowie Essen und Getränke.

„Sechs Matratzen, sechs Hocker, wir erhalten also noch Zuwachs", bemerkte Malys.

„Sieht ganz so aus", entgegnete Karl.

Nach dem Essen wurden sie müde, legten sich nieder. Als sie erwachten wußten sie nicht wie lange sie geschlafen hatten, jedes Zeitgefühl war verloren gegangen.

Wenig später führte ein Roboter zwei Personen in den Raum. Es waren Rumaldena und kräftiger Mann mit rötlicher Gesichtsfarbe, Bar-la-Dun. Rumaldena berichtete, sie habe sich im Akademiegebäude befunden als die Bestien erschienen. Sie fühlte sich dort zunächst in Sicherheit. Bar-la-Dun konnte sich mit knapper Not in das Gebäude retten, einige aus der Gartenversuchsanstalt seien allerdings von den Untieren zerrissen und gefressen worden. Es seien zwar keine Aufständischen aufgetaucht, sie hätten aber trotzdem eine schlimme Nacht voller Angst verbracht. Denn unter den Bestien seien einige Exemplare gewiesen, viel größer als alle Tiere, welche sie bisher gesehen habe. Sie hätten recht kleine Köpfe, aber dicke, lange Hälse gehabt, einen massigen Körper und einen gewaltigen Schwanz. Mit diesem schlugen sie gegen das Gebäude und die Menschen hätten befürchtet es könnte einstürzen. Am nächsten Morgen seien Soldaten erschienen, hätten die Bestien getötet und die Menschen evakuiert. Sie seien dann nach Sutarin gebracht und dort für einige Zeit eingesperrt worden. Schließlich habe man sie mit der Begründung, sie würden verlegt, hierher transportiert. Näheres sei ihnen allerdings nicht mitgeteilt worden, sie wisse auch nicht, wohin die Reise geht.

„Und was ist mit Fanny, Annellanina und Hilly ?" fragte Karl.

„Fanny hielt sich zu der Zeit in Hankorinata auf, sie war zu einem Vortrag an einer Schule eingeladen gewesen. Über ihr Schicksal weiß ich nichts. Und über Annellanina und die weiße Erdeinfrau weiß ich auch nichts."

„Wenn sie überlebt haben, dann werden sie wohl auch nach Ferrumia verlegt", bemerkte Karl.

Wenig später brachte ein Roboter Essen und Trinken. Sie ermüdeten sehr rasch nachdem sie gegessen und getrunken hatten, legen sich nieder.

Die nächsten Tage oder auch Mensanen verliefen eintönig.

Der Raum bot genügend Platz für alle, durch eine Seitentür gelangte man in eine Kammer, in welcher sich eine Toilette und ein Bad befanden. In regelmäßigen Abständen erhielten sie auch frische Kleider. Als störend empfanden sie allerdings, daß sie alle zusammen in einem Raum untergebracht waren, denn die beiden Paare, Rumaldena und Bar-la-Dun, sowie Marion und Arnold, hätten gerne ungestört intimen Umgang miteinander gehabt. Doch dies ließ sich nicht ändern. Jeder erhielt schließlich ein Tablett zum Spielen und Lesen, ähnlich denen, welche sie vorher besessen hatten.

„Du erwähntest anfangs, daß wir eventuell zum Erzplaneten Ferrumia gebracht werden. Was ist das für ein Ort?" fragte Karl einmal.

„Nun ja", antwortete Arnold, „Ferrumia liegt etwa acht Korias-Lichtjahre von Korias entfernt, wurde vor etwa hundert Jahren von den Hermonaren entdeckt und in Besitz genommen. Er ist etwas kleiner als Korias, die Schwerkraft ist etwa zehn Prozent geringer. Er besteht aus einen großen Kontinent und zahlreichen kleineren Inseln. Die Temperaturen auf dem Kontinent sind unerträglich hoch, erreichen fast den Siedepunkt des Wassers. Er ist eine Wüste ohne nennenswertes pflanzliches oder tierisches Leben. Er eignet sich nicht zur Besiedlung. Er galt daher zunächst als wertlos, fand wenig Beachtung, doch dann entdeckte man reiche Erzvorkommen an Vanadium, Chrom, Niob, Molybdän, Tantal und Wolfram, die so hochwertig sind, daß sich Abbau und Transport nach Korias trotz der großen Entfernung lohnen. Außerdem entdeckte man riesige Erdölvorkommen. Die Arbeiten, Erzabbau und Erdölförderung werden ausschließlich von Robotern erledigt, Hermonaren führen dort nur Überwachungsaufgaben durch. Sie leben in klimatisierten Räumen, werden in regelmäßigen Abständen ausgetauscht. Das Erz, beziehungsweise das Öl, wird in kleinen Lastkähnen zu riesigen Frachtschiffen gebracht, welche den Planeten umkreisen, da sie nicht auf der Oberfläche landen können. Bewohnt sind lediglich zwei Inseln in der nördlichen Polarregion, auf denen ein für uns angenehmes Klima herrscht. Dort leben allerdings nur so viele Hermonaren, wie zum Betrieb der Minen und Ölquellen, dem Abtransport des Erzes und des Öls, der Erkundung neuer Lagerstätten, der Verwaltung, der Organisation der Transporte und der Versorgung der Bewohner mit Lebensmitteln und einfachen Gebrauchsgütern benötigt werden. Teile der Inseln werden auch landwirtschaftlich genutzt. Es dürften insgesamt so um die zehntausend Personen sein."

„Trotzdem möchte ich gerne wissen, für welche Arbeiten sie uns einsetzen wollen", meinte nun Malys.

„Sicherlich nicht im Erzabbau, eher wohl in der Verwaltung oder vielleicht auch in der Landwirtschaft", entgegnete Karl, „ich frage mich nur, ob wir unsere Arbeit zur Darstellung der Lebensweise, der Geschichte und der Kultur auf der Erde und auf Antaresterr fortsetzen können."

„Es ist schon dumm", warf nun Rumaldena ein, „wir haben ja schließlich schon einiges zusammengetragen."

„Und zumindest für uns", ergänzte Marion, „ist das nun verloren, wir konnten ja schließlich nichts mitnehmen."

„Fast ist richtig", bemerkte Karl, „aber wir können einiges aus dem Gedächtnis niederschreiben, wir haben hier ja sonst nichts zu tun. Die Tabletts sind aber eher ungeeignet. Aber vielleicht verfügen sie über Papier und Schreibzeug. Ich werde den Roboter fragen, der uns als nächster das Essen bringt. Vielleicht versteht er mich."

Der Roboter verstand, auch wenn er nicht antwortete, denn beim nächsten Besuch brachte er einige dicke Schreibkladden und einen Packen Stifte mit. Jeder arbeitete nun einen Großteil seiner Zeit still vor sich hin, außer Arnold, der sich bald langweilte. Es gelang ihm aber schließlich mit Hilfe des Tabletts einige Bücher, die ihm Karl empfohlen hatte, in die hermonarische Sprache und Schrift zu übersetzen. Und so verbrachte er seine Zeit mit Lesen. Die Reise zum Erzplaneten mußte seiner Ansicht nach, falls seine Vermutung stimmte, etwa drei bis vier Mensanen in Anspruch nehmen.

Sie erreichten Ferrumia. Sie wurden aufgefordert, ein kleineres Raumfahrzeug zu besteigen, das sie zur Planetenoberfläche brachte. Die Umgebung ähnelte auf den ersten Blick dem Akademiegelände auf Hankorin. Es herrschte eine angenehme Wärme als sie ins Freie traten. Ein Mann, groß gewachsen, schlank, recht gut aussehend, empfing sie. „Willkommen auf Ferrumia. Kommt bitte mit."

Er führte sie zu einem Gartenlokal, das etwa tausend Schritte vom Landeplatz entfernt lag. Er bat sie Platz zu nehmen. Ein Roboter brachte Wein.

„Ich will mich zunächst einmal vorstellen", begann der Mann, „ich heiße Xaru, bin für den technischen Zustand der Erzförderanlagen verantwortlich. Und da mich diese Aufgabe nicht ausfüllt, leite ich auch noch die Gruppe zur Erkundung weiterer Erzlagerstätten und Ölfelder. Die meiste Zeit verbringe ich aber hier. Warum sie ausgerechnet mich auserkoren haben euch zu empfangen, weiß ich nicht. Vielleicht liegt es daran, daß ich offen und kontaktfreudig bin, auch Extrakoriasnern gegenüber, während die meisten hier ihnen gegenüber reserviert sind. Stört euch nicht daran, wenn sie sich euch gegenüber zurückhaltend, ja fast ablehnend benehmen. Die sind eben so. Große Freundschaften werdet ihr hier mit den Hermonaren ohnehin nicht schließen, aber das kennt ihr ja bereits von den 'Drei Inseln' her. Dort war das sicher auch nicht anders. Über Ferrumia brauche ich euch wohl nichts zu erzählen, ihr habt ja einen Halb-Hermonaren unter euch, der sich auskennt und euch sicherlich schon alles Wichtige mitgeteilt hat. Ich will euch deshalb nur über das aufklären, was Arnold nicht weiß."

Er legte eine kurze Pause ein, trank einen Schluck Wein.

„Hier auf Ferrumia gab es schon Lebewesen als wir den Planeten entdeckten, allerdings keine intelligenten Geschöpfe. Es gab natürlich auch zahlreiche Kleinstlebewesen. Wir mußten erst einmal Ferrumia von ihnen säubern, da sie Krankheiten auslösen konnten. Das ist vollkommen gelungen, ihr braucht also keine Angst zu haben. Größere Tiere, welche uns gefährlich werden konnten, wurden ausgerottet oder auf unbewohnte Inseln verfrachtet. Also, alles Getier, was sich hier noch herumtreibt, ist harmlos. Das gilt allerdings nicht für das Meer. Darin leben noch zahlreiche Raubtiere und Raubfische. Seid da also vorsichtig. In dem See im Wald könnt ihr unbesorgt schwimmen. Er wurde künstlich angelegt. Bei Pflanzen ist das anders. Da haben wir keine Säuberung vorgenommen. Es gibt daher zahlreiche Bäume und Sträucher, welche schön aussehende Früchte tragen, die sind aber zum Teil ungenießbar oder auch giftig. Rührt sie also nicht an."

Er nahm erneut einen Schluck Wein.

„Jeder erhält hier eine Arbeit und eine Wohnung zugewiesen. Wegen der Arbeitsplätze wird euch die Direktorin morgen früh empfangen. Kommt also um acht Uhr zum Eingang des Verwaltungsgebäudes. Ihr werdet dort abgeholt. Die Wohnungen weise ich euch jetzt zu. Kommt also mit."

Er führte sie zu einer Gruppe Bungalows, welche etwa zweihundert Schritt entfernt lagen. Auf ihren Wunsch hin, erhielten Rumaldena und Bar-la-Dun sowie Marion und Arnold gemeinsam ein Häuschen, Malys und Karl wollten für sich bleiben, erhielten je einen Bungalow für sich alleine.

„Noch etwas bevor ich mich verabschiede", meinte Xaru dann, „neben dem Verwaltungsgebäude befindet sich ein kleiner Vorratsraum. Dort findet ihr alles, was ihr braucht: Lebensmittel, Getränke, Hygieneartikel, Kleidung. Die Auswahl ist nicht allzu groß, aber das kennt ihr ja von den 'Drei Inseln' her. Bedient euch, es kostet nichts. Nehmt aber nicht mehr als was ihr benötigt. Ihr braucht keine Bedenken zu haben. Es wird immer genügend Waren geben."

Er verabschiedete sich dann.

Karl inspizierte sein Haus. Küche, Bad mit Toilette, ein Aufenthaltsraum, ein Schlafzimmer und eine größere, unmöblierte Kammer. Er hielt sich nicht lange, begab sich dann nach draußen um die Gegend ein bißchen zu erkunden. Er traf Malys.

„Wie findest du es?" fragte sie.

„Nun, wie gewohnt", lautete die Antwort, „die Wohnungen sind mit allem Notwendigen ausgestattet, aber es gibt keinen Prunk. Luxus kennt man hier nicht."

„Ja, so ist es, aber man kann sich trotzdem wohlfühlen. Auf der Erde ist das anders; die Reichen besitzen vieles, was sie überhaupt nicht brauchen und die Armen haben oft nicht einmal das Notwendige."

Karl grinste.

„Hier ist der kommunistische Traum realisiert. Und das funktioniert sogar."

„Nun ja, sie sind uns ja auch um die dreitausend Jahre voraus. Ich wollte mich hier ein bißchen umsehen solange es noch hell ist, die Gegend erkunden. Hast du Lust mitzukommen?"

„Ja, gerne."

Sie durchstreiften den weitläufigen Park, an den sich ein Wäldchen anschloß, in dessen Mitte ein kleiner See lag. Sie ließen sich am Ufer nieder.

„Es ist schon seltsam", begann Karl, „ein hübsch gestaltetes Bürogebäude in einem weitläufigen Park, an den sich ein Wald anschließt, in dessen Mitte ein kleiner See liegt. Wie sich die Bilder gleichen. Das war bei den Kalgunen auf Nalorama so, auf Hankorin und nun auch hier. Arnold erzählte einmal, daß auf Hankorin das Akademiegelände von entführten Erdbewohner gestaltet wurde."

„Nun ja, vielleicht kam dann irgend ein Hermonare auf die Idee, daß es sich um eine ideale Umgebung für geistige Tätigkeiten handelt. Aber es kann natürlich auch sein, daß sie bei ihrem Besuch der Erde vor zweihundert Jahren zahlreiche von Parks umgebene Schlösser sahen, wie man sie in Europa häufig findet. Und das hat ihnen vermutlich gefallen."

„Ja, das klingt vernünftig, aber warum findet man hier keine Einheimischen ? Die gibt es doch auch und sie sitzen wohl kaum Tag und Nacht in ihren Arbeitszimmern. Aber, gut gemeint ist nicht unbedingt gut gemacht. Vermutlich hat auch hier nur ein Planer seine Vorstellungen realisiert. Uns gefällt das, weil wir so etwas von der Erde her kennen. Aber den Hermonaren erscheint das möglicherweise völlig fremdartig und sie kommen deshalb nicht hierher. So war es ja auch auf Nalorama und Hankorin."

„Das halte ich durchaus für möglich, aber sollen wir uns deswegen den Kopf zerbrechen ? Diese Hermonaren mögen uns nicht. Und hier haben wir wenigstens unsere Ruhe vor ihnen."

„Du hast recht. Unterhalten wir uns lieber über etwas Nettes."

Als die Dämmerung hereinbrach, kehrten sie zur Anlage zurück, holten sich Essen und Wein aus dem Vorratsraum, ließen sich an einem Tisch im Gartenlokal nieder, setzten ihre Unterhaltung fort.

Nach einiger Zeit trat eine Frau hinzu, grüßte.

„Ihr gehört also zu den Neuen. Willkommen auf Algomertha."

„Algomertha ?" fragte Malys.

„Ja, so lautet der Name unserer Insel. Ich heiße übrigens Marianne, bin Französin, bin auch von den Außerirdischen verschleppt worden, lebe allerdings schon einige Zeit hier. Darf ich mich zu euch setzen ? Ich habe auch eine Flasche Wein dabei."

„Natürlich, ich heiße Malys, komme aus Kiribati und mein Begleiter heißt Karl, ist Deutscher. Und was machst du hier auf der Insel ?"

„Ich bin Xarus Chefassistentin und wohne auch in einem der Bungalows da drüben, allerdings zusammen mit Antonio, einem der Büroleiter. Er ist Nachkomme einer der Entführten vom ersten Besuch auf der Erde vor zweihundert Jahren. Xaru wohnt übrigens auch hier. Er ist zwar ein echter Hermonare, ist aber etwas eigen, möchte nicht mit den anderen Hermonaren zusammen sein. Er lebt allein."

Sie schaute Malys an, lächelte.

„Noch allein."

„Was soll das heißen ?"

„Ach nichts weiter, das wirst du bald erfahren."

Karl grinste.

„Er hat wohl ein Auge auf dich geworfen. Liebe auf den ersten Blick nennt man das. Und er hat es wohl gleich seiner Chefassistentin erzählt. Hier sind eben nicht nur die Weiber geschwätzig."

Malys lächelte.

„Er ist auch ein gut aussehender Mann."

„Das müßt ihr untereinander ausmachen, da mische ich mich nicht ein", sagte Karl, wandte sich zu Marianne hin, „wohnen hier noch mehr Leute ?"

Marianne schüttelte den Kopf.

„Nein, das sind alle."

„Und die Einheimischen ? Ich habe hier noch keine gesehen, außer Xaru. Aber es arbeiten doch sicherlich zahlreiche Leute in der Verwaltung."

„Ja, so etwa an die zweihundert. Es kommen auch mittags während der Arbeitspause viele hierher zum Essen. Manche gehen dann auch im Park spazieren. Aber nach Arbeitsende fahren sie zu ihren Wohnungen in der Stadt, die südlich von hier liegt. Sie verlassen dann das Gebäude auch durch den Eingang auf der gegenüberliegenden Seite. Abends kommt kaum jemand hierher, auch nicht an den arbeitsfreien Tagen. Sie meiden den Wald und den See."

„Die Frage ist vielleicht etwas unangemessen", meinte nun Karl, „vielleicht auch indiskret, aber du mußt keine Geheimnisse verraten. Aber ich bin eben neugierig. Wir wurden einfach hierher verfrachtet, aber keiner hat uns bisher gesagt aus welchem Grund."

Marianne zuckte mit den Achseln.

„Es ist nicht verboten darüber zu reden. Ich weiß auch nichts von einem

Verbot. Vielleicht sagt man es euch noch, wenn man es für sinnvoll hält. Genaues weiß ich allerdings auch nicht, ich denke aber, es hängt mit dem Aufstand auf Hankorin zusammen. Jedenfalls habe ich so die Gespräche verstanden, die Xaru mit anderen geführt hat. An dieser Revolte waren ja auch Extrakoriasner beteiligt. Wißt ihr, die Erforschung der extrakoriasnischen Kulturen war auf den 'Drei Inseln' ohnehin umstritten. Viele der Wissenschaftler sahen so keinen rechten Sinn darin. Ich habe das am eigenen Leib erfahren. Ich war ja zunächst bei einem alten Gelehrten in Ogachich beschäftigt. Als er starb 'liehen' mich die Kalgunen an die Hermonaren aus. So kam ich nach Prokonin, wurde aber bereits nach einer Mensane hierher verfrachtet. Auch mit den Erdenmenschen, die sie bei ihren ersten Besuch auf der Erde vor zweihundert Jahren verschleppt hatten, haben sie wohl schlechte Erfahrungen gemacht. Es muß damals wohl auch einen Aufstand gegeben haben, an dem sie beteiligt waren. Er soll von zahlreichen Gräueln begleitet gewesen sein. Details kenne ich aber nicht. Darüber wird auch nicht geredet. Extrakoriasner waren und sind daher bei den Hermonaren nicht beliebt. Und nach dem letzten Aufstand auf Hankorin kam es wohl zu heftigen Protesten seitens des Volkes. Es drohten Ausschreitungen. Daher reagierte die Regierung prompt und schaffte alle Extrakoriasner hierher. Viele waren ja nicht mehr übrig und den größeren Teil hat man auf die Landwirtschaftsgüter im Süden verbracht. Die habt ihr gar nicht zu Gesicht bekommen. Die waren auch im Raumschiff von euch getrennt."

Es war mittlerweile spät geworden, auch der Wein war zur Neige gegangen. Die kleine Runde löste sich auf. Jeder kehrte in seine Wohnung zurück.

Sie hatten sich zum Frühstück im Gartenlokal verabredet. Rumaldena, Marion, Bar-la-Dun und Arnold waren bereits anwesend als Karl ankam. Sie waren bester Laune. Karl grinste.

„Ich sehe, ihr habt in der ersten Nacht auf Algomertha mächtig Spaß miteinander gehabt."

„Du etwa nicht ? Malys ist doch eine hübsche Maus", gab Arnold zurück.

„Wir haben uns auch gut unterhalten, aber nicht so wie du denkst."
Malys gesellte sich bald dazu.

„Heute wird sich unsere Zukunft entscheiden", sagte sie anstelle einer Begrüßung.

„Na, ich bin gespannt, wie lange die Zukunft diesmal dauern wird", frotzelte Rumaldena.

„Ach, sei doch optimistisch", entgegnete Karl, „es ist zwar bisher immer anders geworden, aber nie schlechter."

„Da hast du recht", pflichtete ihm Marion bei.

Nach dem Frühstück begaben sie sich zur Direktorin, die sie etwas mürrisch begrüßte. Sie bot ihnen nicht einmal Platz an.

„Machen wir es kurz", begann sie, „Rumaldena und Bar-la-Dun kommen in die landwirtschaftliche Versuchsanstalt. Bar-la-Dun hat sich ja schon auf Hankorin als Gärtner bewährt. Die liegt gleich nebenan. Da könnt ihr in eurem Haus wohnen bleiben. Malys wird zweite Assistentin von Antonio, einem der Büroleiter. Arnold und Karl, ihr verfügt ja wohl über ein umfangreiches technisches Wissen, ihr kommt in die Energiezentrale. Das wäre es dann. Habt ihr sonst noch Fragen ?"

„Und ich ?" fragte Marion etwas schüchtern.

Die Direktorin brummte vor sich hin, überlegte kurz.

„Du übernimmst die Bewirtschaftung des Gartenlokals. Du mußt da nur dafür sorgen, daß die Automaten stets gefüllt sind. Das ist keine schwere Aufgabe. Gehe zu Ralikonahara, das ist die Frau, die das bisher gemacht hat. Sie wird dir alles erklären und zeigen und dir auch in den ersten Tagen zur Seite stehen. Sonst noch Fragen ? Nein ? Dann könnt ihr gehen. Meldet euch an euren Arbeitsplätzen. Ansonsten ist Xaru für euch zuständig. Geht zu ihm, wenn ihr etwas habt."

Sie verließen den Raum.

„Freundlich war die ja gerade nicht", bemerkte Malys.

Karl grinste.

„Bei nennt man solche Weiber Schreckschrauben."

„Was soll es", warf Rumaldena ein, „sie will ja mit uns nichts zu tun haben. Wir werden ihr daher auch wohl kaum oft begegnen."

Sie trennten sich.

„Guten Tag, mein Name ist Malys, ich bin die neue zweite Assistentin von Antonio", sagte Malys als sie den Raum betrat, nachdem auf ihr Klopfen hin ein freundliches 'Herein' erklungen war.

An einem Schreibtisch saß eine hübsche, schlanke Frau mit schwarzen, lockigen Haaren und dunklen Augen.

Sie lachte.

„Natürlich ! Ein Erdenweibchen ! Das hört man bereits am Klopfen."

„Wieso ?" fragte Malys erstaunt.

„Hermonaren klopfen nicht an."

Sie erhob sich, reichte Malys die Hand.

„Ich heiße Laila, bin Araberin. Und wo kommst du her ?"

„Aus Kiribati."

„Kiribati ? Das liegt doch irgendwo in der Südsee ?"

„Richtig !"

„Na, dann hast du ja eine lange Reise hinter dir."

„Nun ja, bei hundert Lichtjahren Entfernung zur Erde war deine auch nicht kürzer."

Laila lachte.

„Du willst sicher zu Antonio. Da wirst du dich ein bißchen gedulden müssen. Er ist gerade bei Xaru – zu einer seeehhr wichtigen Besprechung."

Malys grinste.

„Das Thema kann ich mir recht gut vorstellen."

„Du weißt Bescheid ?"

„Ja."

Laila lachte.

„Na, das geht ja herum wie ein Lauffeuer. Er war heute morgen bereits hier. Es war eigentlich gar nicht seine Aufgabe, euch hier in Empfang zu nehmen. Er hat es nur wegen dir übernommen, da er bei der Überprüfung eurer Unterlagen anhand deines Persönlichkeitsprofils feststellte, daß du die ideale Partnerin für ihn bist."

Malys schaute Laila skeptisch an.

„Du meinst wohl die ideale Geliebte ?"

„Wie du es nennen willst. Aber Xaru ist von dir total begeistert. Du hättest seine Erwartungen bei weitem übertroffen, sagte er. Er ist schon ein bißchen ein sonderbarer Typ, aber er ist sehr nett. Und wenn er etwas sagt, dann meint er es auch so. Und er ist ehrlich. Er wohnt ja auch in einem der Bungalows draußen, obwohl er Hermonare ist, seit drei Mensanen. Damals hat ihn seine Freundin verlassen und er sagte, er habe von seinem Volk die Schnauze voll. Und er war ziemlich frustriert – bis gestern."

Malys schmunzelte.

„Er gefällt mir auch. Mal sehen, was daraus wird. Und wer ist Antonio ?"

„Er ist Nachkomme von Erdenmenschen, die vor zweihundert Jahren verschleppt wurden. Seine Vorfahren stammen aus Italien. Ein umgänglicher Mann, manchmal etwas temperamentvoll. Er lebt mit Marianne, der Chefassistentin Xarus zusammen."

„Ich habe sie gestern abend kennengelernt."

„Aha, jetzt verstehe ich."

„Ich will ja nicht indiskret sein. Und hier spricht sich ja auch alles offenbar sehr schnell herum. Wie steht es mit dir ?"

„Ich lebe allein, sehr zurückgezogen, du wirst mich also kaum außerhalb des Arbeitszimmers hier sehen. Ich wohne auch nicht in einem der Bungalows, sondern in einem Zimmer hier im Gebäude unterm Dach. Und ich habe eine Bitte: stelle mir keine Fragen."

Sie wies Malys dann einen Schreibtisch zu.

„Araberin ! Vermutlich ist sie in einem Harem aufgewachsen, hat nur Eunuchen kennengelernt und war entsetzt als sie im Raumschiff auf Männer traf", dachte sie, „das hat in ihr wohl einen seelischen Knacks hinterlassen. Das ist schade. Sie scheint sehr nett zu sein. Und es wäre ein Jammer, wenn sie versauert. So wie es scheint, sind wir hier eine kleine Gemeinschaft von Fremdlingen. Sie sollte zu uns kommen. Ich werde da aber etwas behutsam vorgehen müssen."

Sie suchte in den nächsten Mensanen das Gespräch mit ihr so gut es ging; zunächst nur während der Arbeitszeit, doch irgendwann gelang es ihr, sie abends in das Gartencafe einzuladen, doch vermied es Laila Kontakt zu den anderen zu knüpfen. Malys fiel allerdings im Laufe der Zeit auf, daß sie Laila nun öfters draußen spazierengehen und im Gartencafe sitzen sah und diese sich offenbar für Karl interessierte. Die

Gründe hierfür blieben ihr aber unklar, sie stellte auch diesbezüglich keine Fragen. Das erschien ihr auch nicht notwendig, da Laila offensichtlich einen Plan entwickelte, aber noch nicht wagte ihn auszuführen.

Was Xaru betraf, so entsprachen die Gerüchte, welche kursierten der Wahrheit. Da Malys ihn auch äußerst sympathisch fand, entwickelte sich rasch ein inniges, vertrautes Verhältnis zwischen ihnen und nach etwa zweieinhalb Mensanen zog sie in seinen Bungalow ein.

Die Neuankömmlinge lernten nach und nach die Insel kennen, soweit sie ihnen zugänglich war oder von Interesse schien. Sie beherbergte in der Tat die Verwaltung. Die Gebäude standen, in Nord-Süd-Richtung betrachtet, etwa in der Mitte nahe der östlichen Küste. Etwas südlich davon befand sich die Energiezentrale, weiter südlich Tiuhanare, die Stadt der Hermonaren, in deren Umgebung auch einige Fabriken zur Erzeugung von Lebensmitteln und Gebrauchsgütern standen. Der Südwesten der Insel wurde landwirtschaftlich zum Anbau von Getreide und Gemüse genutzt.

Die Bungalows standen nördlich der Verwaltungsgebäude und grenzten an den Wald, in dem der Badesee lag. An ihn schloß sich eine weitläufige, langweilig wirkende Graslandschaft an, welche als Weide für fleischliefernde Tiere genutzt wurde.

Wie die Hermonaren auf den 'Drei Inseln', so vermieden auch die Bewohner hier näheren Kontakt zu den Extrakoriasnern. Sie blieben daher unter sich, suchten auch nicht Tiuhanare auf.

25. Laila

Karl lebte nun seit knapp vier Mensanen auf Algomertha, hatte sich recht gut eingewöhnt. Er fand Gefallen an seiner Arbeit, etwas anderes blieb ihm ja auch nicht übrig. Man kann sagen, er akzeptierte die Situation. Der Umgang der Extrakoriasner untereinander war freundschaftlich, doch es zeigte sich, daß die Paare zur Zweisamkeit neigten, man sich also in der Freizeit nicht allzu häufig traf. Karl fühlte sich daher oft einsam. Er versuchte dies zu kompensieren, indem er fleißig schrieb. Er brachte nicht nur zu Papier was ihm so an 'Kultur' einfiel, sondern auch seine Erlebnisse seit der Entführung.

Er hoffte aber noch immer auf Gesellschaft, hatte sich auch vorsorglich eine Matratze und eine weitere Decke aus dem Magazin besorgt, welche er in die leere Kammer legte um einen Schlafplatz für einen überraschand auftauchenden Gast zu haben. Und er dachte dabei an Alberta.

Eines Nachmittags saßen er und Xaru im Gartenlokal nahe des Bürogebäudes und plauderten. Es handelte sich aber eher, wie in letzter Zeit häufig, um eine zwanglose Unterhaltung. Es schien, als hätten sich die wichtigen Gesprächsthemen schon weitgehend erschöpft, und so redete man eben, wie man das auch von der Erde gewohnt ist, über alles mögliche, was einem gerade einfällt, wechselt dabei oft das Thema.

„Es ist schon ein seltsamer Zufall", bemerkte Karl irgendwann, „aber die Länge eines Tages ist die gleiche wie auf Korias."

Xaru zuckte mit den Schultern.

„Fast die gleiche, exakt beträgt er 50,37 Korias-Linkane. Frage mich nicht, warum das so ist. Aber wegen dieser Gleichheit hat man die Zeiten angepaßt. Die Ferrumia-Linkane ist ein bißchen länger und so ist ein Ferrumia-Tag auch fünfzig Linkane lang. Allerdings ist die Rotationsrichtung umgekehrt. Die Alcaranbia, unser Zentralgestirn hier, geht im Westen auf und im Osten unter, wie dir sicher bereits aufgefallen ist. Als mit der Besiedlung begonnen wurde erschien das einigen Wissenschaftlern bedenklich. Aber bisher haben wir keine nennenswerten

275

negativen Auswirkungen auf den Organismus feststellen können. Das Ferrumia-Jahr ist allerdings etwa eineinhalb Mal so lang wie das Korias-Jahr. Es hat vierundzwanzig Mensanen, die letzte Mensane hat allerdings nur zweiundzwanzig Tage. Damit kommt man aber nicht auf eine volle Tageszahl für eine Umkreisung der Alcaranbia; daher wird alle fünf Jahre ein zusätzlicher Tag eingeführt, allerdings entfällt jeder achte dieser Tage. Klingt kompliziert?"

„Keineswegs, auf der Erde ist das ähnlich. Dort haben wir auch Schaltjahre mit einem zusätzlichen Tag. Aber alle hundert Jahre entfällt in der Regel so ein Schaltjahr, wobei es da auch wieder Ausnahmen gibt."

„Ich weiß, Malys hat mir davon erzählt."

Er stutzte kurz.

„Beinahe hätte ich es vergessen. Ich habe ja noch eine Besprechung mit Antonio. Ich muß gehen."

Er erhob sich, lief in Richtung Bürogebäude.

Karl besorgte sich am Automaten noch einen Kaffee, ließ sich dann wieder in dem Sessel nieder, genoß den herrlichen Sonnenschein. Er bemerkte daher die schwarzhaarige Frau, welche bereits einige Zeit etwas unsicher umherstreifte, erst als sie zu ihm herantrat und ihn ansprach.

„Guten Tag, verzeih bitte die Störung. Heißt du vielleicht Karl?"

„Ja, so werde ich genannt", meinte er lächelnd, „und ich denke nicht, daß es hier auf dem Planeten noch einen gibt, der so heißt. Und wer bist du?"

„Ich bin Laila", antwortete die Frau leise.

Die Frau wirkte bereits auf den ersten Blick nett, hatte ein hübsches, freundliches Gesicht. Sie gefiel ihm.

„Bitte setz dich. Möchtest du einen Kaffee?"

Laila schwieg.

„Du brauchst nicht schüchtern zu sein, ich beiße nicht. Warte einen Moment, ich hole dir einen Becher."

Er erhob sich, ging erneut zum Automaten.

„So, und nun erzähle mir, warum du gekommen bist", meinte er grinsend, nachdem er sich wieder niedergelassen und Laila den Becher gereicht hatte, „du hast mich doch sicher gesucht, wußtest ja schließlich auch meinen Namen.“

„Malys hat mir von dir erzählt.“

„Du kennst Malys ?“

„Ja, wir arbeiten im gleichen Büro.“

„Und was hat sie dir erzählt ?“

Laila lächelte, fragte statt einer Antwort:

„Kennst du mich ?“

Karl blickte sie prüfend an, dachte nach.

„Ich weiß nicht so recht, aber irgendwie siehst jener Frau ähnlich, mit der ich zuerst im Raumschiff eingesperrt war. Viel habe ich von ihr aber nicht gesehen. Sie saß ja nur mit angewinkelten Beinen da, hatte meist das Gesicht in den Armen vergraben.“

Laila lächelte.

„Dann bist du es zweifelsohne. Malys sagte mir einmal, ein gewisser Karl, der auch hier auf Algomertha lebt, sei nach seiner Entführung zusammen mit einer Frau in einem Käfig eingesperrt gewesen, die sich so merkwürdig benommen hätte. Und da dachte ich, ich suche diesen Karl einmal auf um mich zu entschuldigen. Es hat aber ein bißchen gedauert, bis ich mich getraut habe zu kommen.“

„Und für was willst du dich entschuldigen ?“

„Bist du mir deswegen nicht böse ?“

„Nein, ganz und gar nicht. Warum denn ? Du hast ja nur geweint, wolltest trotz meiner Bitten nicht in den Tunnel kriechen, hast sogar um dich geschlagen als ich dich anfaßte. Aber ich hatte einen bestimmten Verdacht, warum du dich so verhältst. Du warst nackt, allein mit einem fremden Mann in einem Raum, hattest vermutlich Angst, daß er dich mißbrauchen will. Die ganze Situation schien eine Art Horrorerlebnis für dich zu sein. Ich wollte dir die Angst nehmen, aber das gelang mir nicht. Ich ging dann, weil ich nicht wußte, ob sich der Tunnel nicht bald wieder schließen würde. Er führte in ein recht bequemes Zimmer; es gab dort auch ein Bad, ebenso Essen und Trinken und auch Kleidung. Ich hätte dich liebend gerne mitgenommen.“

Karl schwieg kurz.

„Weißt du, es kostete ein bißchen Mühe, den Mechanismus herauszufinden um den Tunnel zu öffnen, es gab darin auch eine kleinere

Falle. Ich hatte den Verdacht, daß sie auf diese Art und Weise unsere Intelligenz testen wollten. Das heißt, sie boten uns einen Ausgang in eine bessere Unterkunft, aber wir mußten den Weg dorthin finden. Du verstehst, was ich meine ?"

Laila wiegte den Kopf.

„Ja, natürlich, das verstehe ich, aber ich konnte damals nicht anders handeln. Ich bin Araberin. In unserer Gesellschaft gilt es als Schande für eine Frau sich einem fremden Mann nackt zu zeigen. Kannst du nachempfinden wie ich mich fühlte ? Ich war verzweifelt. Ich war unfähig mich zu rühren."

„Selbstverständlich verstehe ich das."

„Ja, ich habe mittlerweile viel dazu gelernt, neue Ansichten gewonnen, weiß nun, daß mein damaliges Verhalten ein Fehler war. Aber ich konnte nicht anders handeln. Auch fürchtete ich in der Tat, daß du mich mißbrauchen wolltest. Sage jetzt nicht, du hättest es nicht vorgehabt. Das ist so, das weiß ich jetzt. Damals wußte ich das allerdings nicht. Ich besaß keinerlei Erfahrung im Umgang mit Männern, wußte nicht wie sie reagieren. Für mich waren es böse Kerle, die nichts anderes im Sinn haben als Frauen zu mißbrauchen. Etwas anderes hatte ich ja auch nicht gelernt. Deswegen mußten wir Frauen ja auch abgesondert leben und durften nur verhüllt und nicht alleine ausgehen."

Sie zuckte mit den Achseln.

„Und du weißt wahrscheinlich auch nur, wie du reagierst, nicht wie andere Männer reagieren. Ich mußte dafür büßen. Auch wenn du ein anständiger Mann bist, dann bedeutet das noch lange nicht, daß andere Männer auch anständig sind. Aber das ist eine lange Geschichte."

„Du kannst sie mir erzählen. Und ich denke, du möchtest es sogar. Und wir haben Zeit, können ganz entspannt plaudern. Möchtest du noch einen Kaffee oder Fruchtsaft oder Wein ?"

Laila begann zu strahlen.

„Es freut mich, daß du das so siehst. Ach, ich denke ich könnte einmal Wein probieren. Ich habe noch nie welchen getrunken."

„Den muß ich aber im Magazin holen. Warte bitte so lange."

Karl entfernte sich, kam bald mit einer Flasche und zwei Gläsern zurück, setzte sich, schenkte ein.

„Ich habe dein Verhalten erst später verstanden und zu würdigen gewußt", begann Laila, „ich blieb nicht lange allein, wurde mit einem groben, gewalttätigen Kerl namens Igor zusammengesperrt. Er stürzte sich auf mich, nahm mich einfach. Die ersten paar Male ließ ich es willenlos geschehen. Ich hatte furchtbare Angst, sie war schlimmer als der Schmerz. Doch dann konnte ich es nicht mehr ertragen, wehrte ich mich; er schlug mich, würgte mich, ich verlor die Besinnung. Als ich wieder erwachte lag er neben mir, ganz friedlich. Er hat nie mehr versucht mich anzurühren. Ich vermute, sie haben eingegriffen als sie merkten, daß er mich umbringen wollte und ihm eine Spritze gegeben, die ihm jedes Lustempfinden, ja jede Initiative nahm. Er lebte nur noch dumpf vor sich hin, es war auch nicht möglich ein vernünftiges Gespräch mit ihm zu beginnen. Das lag sicher aber nicht nur an der Spritze, vermutlich fehlte ihm hierfür auch der Verstand. Ich lebte dennoch in ständiger Angst, da ich fürchtete, die Wirkung der Spritze könnte irgendwann nachlassen und er sich erneut auf mich stürzen."
Sie lächelte.
„Aber das passierte nicht. Von der Seite aus hatte ich Glück. Das kann ich jetzt mit einem Lächeln sagen. Doch damals lebte ich in völliger Ungewißheit, wußte nicht, was die nächste Stunde bringen würde. Ich zitterte ständig. Weißt du, ich entstamme einem Volk, in dem Frauen nicht viel zählen, sich den Männern völlig unterzuordnen haben. Und wir durften nur völlig verschleiert das Haus verlassen und auch immer nur in Begleitung eines Mannes, dessen Anordnungen wir Frauen uns zu unterwerfen hatten."
Sie grinste.
„Nun ja, es waren keine richtigen Männer, sondern Eunuchen."
Sie nahm einen Schluck Wein.
„Meine Familie war nicht reich. Ich war aber aufgeweckt, durfte die höhere Schule für Mädchen besuchen, dann auch die Universität. Ich wurde nicht verheiratet. Da ich studiert hatte, wollte mich mein Vater nicht einem einfachen Mann geben, ich wäre in dessen Familie auch nicht willkommen gewesen. Aber er konnte auch nicht die nötige Mitgift aufbringen um mich mit einem Mann aus besseren Kreisen zu verheiraten. Daher blieb ich an der Universität, bildete dort angehende

Lehrerinnen aus, lehrte Mathematik, Physik und Chemie. Die Universität wurde meine Heimat. Sie war ein abgeschlossener Komplex, den wir nicht alleine verlassen durften. Andererseits hatten auch nur Frauen und Eunuchen Zutritt. Es gab dort auch vielerlei Bequemlichkeiten. Man könnte sagen, es war ein Luxusgefängnis. Und da die Universität zu meinem Lebensraum wurde, habe ich die Außenwelt auch nie kennengelernt. Und dann fand ich mich nackt, mit einem Mann zusammen in einem engen Raum wieder. Kannst du dir vorstellen, wie ich mich fühlte ? Ich fühlte mich wie in der Hölle. Nach Ankunft auf Korias wurden wir in einen unterirdischen Komplex gebracht. Wir waren insgesamt zwölf, drei Vierergruppen, Männer und Frauen. Aber es gab keinen Kontakt zwischen den Männern und Frauen, sie hatten uns alle Gefühle genommen. Wir vegetierten dahin. Sie stellten zahlreiche medizinische oder biologische Versuche mit uns an. Oft bekam ich gar nicht mit, was sie mit mir anstellten, denn sie schläferten mich vorher ein. Meist fühlte ich mich allerdings elend und krank wenn ich wieder erwachte. Oft waren einige Körperstellen geschwollen und fast immer fühlte ich Schmerzen", sie zögerte etwas, „insbesondere im Unterleib. Du verstehst was ich meine ? Und es dauerte stets einige Zeit bis es mir wieder einigermaßen gut ging. Nachdem sie uns genügend gepiesackt hatten, mußten wir große Räume reinigen. Sie waren voller Schmutz, Kot und Blut. Ich habe nie erfahren, wozu diese Räume dienten. Vielleicht hielten sie dort Tiere. Wir erhielten eine Schutzkleidung, Wasserspritzen. Jede Vierergruppe bekam einen Raum zugeteilt. Wenn wir unsere Arbeit beendet hatten erhielten wir Essen und Trinken. Und man gewährte uns eine Pause. Wir wurden von Maschinen bedient. Menschen oder menschenähnliche Wesen sahen wir nicht. Es ist mir nie klar geworden, warum sie uns für eine solche Arbeit einsetzten, die einfache Roboter genauso gut hätten erledigen können. Verstehst du das ? Sie hatten uns von der Erde gestohlen, auf ihren Planeten gebracht und setzten uns nun für die niedrigste Drecksarbeit ein."

Karl schwieg. Er wollte nichts falsches sagen. Laila bemerkte das, lachte.

„Du kannst ruhig offen zu mir sprechen. Nein, ich werde nicht beleidigt sein. Damals verstand ich das nicht, mittlerweile schon. Weißt du, sie

280

hatten auf der Erde Menschen eingesammelt, vermutlich willkürlich. Und während des Fluges sortierten sie. Und es gab da intelligente, gebildete, von denen sie etwas über die Erde und die menschliche Zivilisation und Kultur lernen konnten. Und es gab da dumme, primitive, die nur für biologische und medizinische Experimente gut waren, aber sonst eigentlich unnütz. Und ich rutschte eben in diese Gruppe, vermutlich aufgrund meines Verhaltens. Ich war ja unfähig etwas aus eigenem Antrieb zu tun. Nach sechs Einsätzen wurde ich dann verlegt. Man brachte mich in eine unterirdische Stadt, die Ogachich hieß, in ein Quartier, in welchem bereits zehn Personen ebenso dumpf dahin lebten wie dort wo ich herkam. Es gab allerdings einen Aufenthaltsraum mit einem Bildschirm an einer Wand. Es wurden permanent Filme gezeigt, meist schlechte. Wir erhielten, wieder mittels Maschinenwesen, Essen, Trinken, ab und zu frische Kleidung; ansonsten kümmerte sich niemand um uns. Die Männer stürzten sich auf die Frauen, wann immer sich eine Gelegenheit ergab. Ich hatte aber mittlerweile gelernt mich zu wehren und so ließen sie mich bald in Ruhe. Einge Male wurde ich aber doch mißbraucht. Es war furchtbar. Zum Glück gab es einige Frauen gab, die es gerne taten. Und das ohne jede Scham vor den Augen aller anderen. Das ekelte mich an. Wir mußten Müll einsammeln. Hierzu erhielt jeder einen Gürtel mit einem Bildschirm, auf dem angezeigt wurde, wo wir den Unrat einzusammeln hatten und wo wir ihn abliefern mußten. Wenn wir unser Arbeitspensum erledigt hatten, wurde das auch angezeigt; dann konnten wir zu unserem Quartier zurück gehen, erhielten Essen und Trinken, sonst nichts. Ein Signalton zeigte uns an, wenn die Pause vorüber war und wir uns wieder zu unserer Arbeit begeben mußten. Wir trugen graue Gewänder als Zeichen, daß wir zur untersten Gruppe in der Gesellschaftsordnung, den 'Niederen', gehörten. Daher brachte uns in der Stadt niemand Achtung entgegen. Wir mußten den Wesen dort ausweichen. Tat man es nicht, so erschienen bald Wächter, die uns mit Stöcken elektrische Schläge verpaßten, die zwar keine Verletzungen verursachten, aber sehr schmerzhaft waren. Niemand sprach mit uns. Wir durften auch keine Geschäfte oder Lokale, ja gar keine Gebäude aufsuchen außer unser Quartier und denen, in welchen wir den Müll sammeln mußten. Ich hatte den Eindruck, sie sahen uns

als minderwertige Wesen an, auf gleicher Stufe wie Tiere stehend. Die Stadt war ein Alptraum, obwohl uns nichts Schlimmes zustieß. Aber das erzähle ich dir ein andermal. Es gibt doch ein andermal?"
Karl lachte.
„Du meinst, wir sollten uns öfters treffen? Mir wäre das lieb."
Laila strahlte.
„Der Rest ist rasch erzählt. Ich weiß nicht wie lange ich dort lebte. Aber irgendwann gab es in der Stadt einen Aufruhr. Wir flohen in unser Quartier. Dann verlor ich das Bewußtsein. Als ich wieder erwachte erschienen Wächter; sie brachten uns an die Oberfläche. Drei von uns waren allerdings getötet worden. Wir wurden in ein Fluggerät verfrachtet und hierher gebracht."
„In der Stadt gab es in der Tat einen Aufstand gegen das herrschende System", fiel ihr Karl in die Rede, „ich habe ihn selbst miterlebt. Sie haben die Stadt dann mit Gas geflutet, das alle einschläferte."
„Hier erlebte ich nun eine völlig andere Welt. Zum ersten Mal in meinem Leben wurde ich wie ein gleichwertiger Mensch behandelt", sie grinste, „von männlichen Wesen, meine ich, und nicht wie ein minderweritiges Geschöpf, wie es unserem Volk der Fall war. Ich gewöhnte mich rasch an die Sitten hier, zumal die Kolleginnen und Kollegen mit denen ich zusammenarbeitete auch sehr zuvorkommend waren. Sie versuchten zwar, mich für ihre Lebensweise zu gewinnen, zwangen mich aber zu nichts. Und ich erkannte bald, daß es besser für mich sei mich nicht dagegen sperren und zu versuchen meine alte Lebensweise beizubehalten, denn ich spürte die frische Luft der Freiheit. Vieles hing mir natürlich noch nach. Aber kann man etwas anderes erwarten, nach all den schrecklichen Erlebnissen?"
Karl schüttelte den Kopf.
„Das kann ich durchaus verstehen."
„Weißt du, es ist doch schon fast erschreckend, wenn sich die Situation, das Verhalten anderer, die man nicht kennt, einem gegenüber plötzlich völlig ändert. Man fragt sich natürlich, ob da nicht ein tückischer Plan dahinter steckt. Und da ich nicht naiv bin und auch in keine Falle gehen wollte, hielt ich mich zurück, kapselte mich ab. Ich blieb einsam. Die Hermonaren, mit denen ich zu tun hatte, waren zwar freundlich und

zuvorkommend, allerdings nur im Verwaltungsgebäude während der Arbeitszeit. Begegnete man ihnen mittags im Park, so erwiderten sie nicht einmal den Gruß. Und näherte man sich ihrem Tisch im Gartencafe, so sagten ihre Augen, daß man unwillkommen ist, sich nicht zu ihnen setzen solle. Und da bestand kein Unterschied zwischen denen, die ich nicht kannte und denen, mit denen ich im Büro während der Arbeitszeit ab und zu ungezwungen plauderte. Ein solches Verhalten ist mir noch immer völlig unverständlich. Ich dachte allerdings bisher nie groß darüber nach, da ich gewisser Weise in einer Abgeschiedenheit aufgewachsen bin und nicht viel über das Verhalten anderer Menschen weiß."

Es war mittlerweile dunkel geworden
„Ich muß jetzt gehen, zurück auf mein Zimmer. Ich bin auch müde."
„Wo wohnst du denn ?"
„Im Verwaltungsgebäude, ganz oben, unter dem Dach."
„Ich begleite dich ein Stück."
Die Eingangstür war verschlossen.
„Was mache ich jetzt ? Ich kenne den Code nicht, mit dem sie sich öffnen läßt. Ich kann doch nicht im Freien schlafen."
„Das mußt du auch nicht. Komm mit mir. Mein Bett ist groß genug für uns beide."
Laila schaute ihn mißtrauisch an.
„Nein, du brauchst keine Angst vor mir zu haben. Ich tue dir nichts, ehrlich, versprochen. Es war auch nur ein Scherz. Du darfst in meinem Bett alleine schlafen. Ich schlafe auf der Matratze in der Abstellkammer."
Laila zögerte. Karl strich ihr übers Haar.
„Du kannst mir vertrauen. Bitte komm mit."
Sie folgte ihm schließlich. Sie ließen sich auf der Terrasse nieder.
„Du hast doch sicher Hunger ?"
Sie nahmen das Abendbrot ein. Dann gingen sie schlafen.
Karl lag noch einige Zeit wach, dachte nach.
Was war das für eine merkwürdige Begegnung. Da war eine völlig fremde Frau zu ihm gekommen, hatte ihm ihre Lebensgeschichte

erzählt, mit allen möglichen intimen Details, die man zwar einem Vertrauten mitteilen mag, aber doch nicht einem Fremden. Was bewegte die Frau dies zu tun ? Notwendig wäre es nicht gewesen.

Auch Laila dachte über ihr Verhalten nach. Sie fragte sich, was sie da angerichtet hatte. Einem wildfremden Mann ihre Lebensgeschichte mit allen möglichen intimen Details zu erzählen. Was hatte sie dazu bewogen ? Sie verstand es nicht, schämte sich nun auch ein bißchen vor sich selbst. Sie wäre am liebsten aufgestanden und davon gelaufen. Aber wohin ? In den Wald, wo vielleicht Gefahren lauerten ? Die Angst bewog sie zu bleiben.

Karl war bereits aufgestanden als sie erwachte; er grüßte freundlich als sie den Wohnraum betrat.

„Guten Morgen ! Das Frühstück ist gleich fertig.“

„Ich möchte mich vorher noch waschen.“

Karl zeigte ihr das Badezimmer. Sie war noch immer mißtrauisch. Sie hatte zwar während der Nacht nichts gespürt, aber dennoch konnte der Mann ihr am Abend ein Schlafmittel in das Essen gemischt haben, das sie vollkommen betäubte und sie dann in der Nacht mißbraucht haben ohne daß sie es merkte. Sie befühlte ihren Körper. Nein, er hatte sie nicht im Schlaf mißbraucht. Das beruhigte sie.

Sie wusch sich, ging dann in den Wohnraum zurück. Karl hatte mittlerweile den Tisch gedeckt

„Du lebst allein in dem Verwaltungsgebäude ?“

„Ja.“

„Fühlst du dich da nicht einsam ?“

„Ja, schon, ich war hier praktisch allein und die Hermonaren, die hier leben, vermieden den Umgang mit mir, wie ich dir gestern erzählte. Ja, nicht nur mit mir, auch mit den anderen Nicht-Hermonaren. Weißt du, mittlerweile denke ich, für sie sind wir im Grunde fremdartige Wesen und daher empfinden die meisten von ihnen eine gewisse Scheu vor uns. Aber ist das auf der Erde anders ? Empfinden nicht auch viele Menschen eine Scheu vor Angehörigen anderer Völker, insbesondere, wenn sie eine andere Hautfarbe, andere Sitten oder eine andere Religion haben ? Anfangs störte mich diese Abneigung nach den ekelhaften

Erlebnissen im Raumschiff und in der unterirdischen Stadt auch gar nicht. Aber mittlerweile sehne ich mich doch wieder nach Gesellschaft."

„Du warst alleine hier ? Und Marianne ? Sie erzählte einmal, sie sei bereits längere Zeit auf Algomertha."

„Wir waren insgesamt elf als wir hierher transportiert wurden, acht Männer und drei Frauen. Es gab da anfangs Streit unter den Männern wegen uns, deshalb wurden wir getrennt. Was aus ihnen geworden ist weiß ich nicht. Es ist mir auch gleichgültig, denn keiner von ihnen war mir sympathisch. Nein, das ist zu milde ausgedrückt: alle waren widerlich. Die Frauen waren Tamara, eine Russin, Marianne und ich. Tamara kannte ich aus Ogachich her, sie arbeitete in der gleichen Gruppe wie ich. Marianne hielt sich für etwas Besseres. Sie war längere Zeit in einer Art Akademie in dem Bezirk der 'Vornehmen' bei einem Gelehrten beschäftigt gewesen, der sich für irdische Literatur interessierte. Er hatte wohl auch von den Hermonaren einige Werke bekommen, welche sie bei ihrem Besuch der Erde vor zweihundert Jahren mitgebracht hatten. Marianne spricht mehrere Sprachen, kennt sich in der europäischen Literatur recht gut aus; sie ist Literaturwissenschaftlerin wie du vielleicht mittlerweile erfahren hast. Sie verbrachte dann auch einige Zeit auf Prokonin bevor sie mit uns zusammen hierher gebracht wurde. Uns beiden gegenüber benahm sie sich während des Fluges recht hochnäsig, blickte auf Tamara und mich herab, sah uns als Primitive an. Sie war dann vollkommen überrascht als mir hier die Stelle als Antonios Assistentin zugewiesen wurde."

Laila lächelte.

„Sie hatten während des Fluges einige Tests mit uns gemacht und herausgefunden, daß ich über eine höhere Bildung verfüge. Uns beiden wurde je ein Zimmer hier im Verwaltungsgebäude zugewiesen. Sie wurde dann auch freundlich. Ich blieb aber auf Distanz. Ich konnte ihr die Kränkungen, die sie mir auf dem Flug zugefügt hatte, nicht so einfach verzeihen. Sie blieb auch nicht lange in dem Zimmer, sie begann bald eine Liebesbeziehung zu Antonio und zog in seinen Bungalow. Es waren damals nur zwei von ihnen bewohnt. In dem anderen lebte Xaru mit seiner Freundin. Nachdem sie sich getrennt hatten, wollte Xaru ein

Verhältnis mit mir anfangen, doch ich ging nicht darauf ein. Ich wollte kein Ersatz sein."

„Und was ist aus Tamara geworden?"

„Ich weiß es nicht. Sie kam zwar mit nach Algomertha, erhielt aber keine Stelle in der Verwaltung, arbeitet vermutlich irgendwo in der Landwirtschaft. Ich habe keinen Kontakt mit ihr. Wir waren ja auch nicht befreundet."

„Verzeih, wenn ich dich unterbreche, aber ich denke, wir müssen uns nun zu unseren Arbeitsstellen begeben. Wir können uns ja heute Abend weiter unterhalten, wenn du magst. Du hast mir einiges über dich erzählt, weißt aber praktisch gar nichts über mich."

Ein Strahlen glitt über Lailas Gesicht.

„Ja, das wäre schön."

Laila arbeitete nicht sehr konzentriert an diesem Tag. Sie dachte nach. Karl hatte am Morgen das gestrige Gespräch gar nicht erwähnt. Aus welchem Grund? Das erschien ihr anfangs seltsam, doch dann sagte sie sich, daß Karl möglicherweise ihre Verfassung verstand und nicht unnötig Dinge aufrühren wollte, in einer Art und Weise, die sie möglicherweise kränkte. Das war zwar nur eine Vermutung, doch die Idee gefiel ihr.

Sie trafen sich nach Arbeitsende, begaben sich zum See, setzten sich etwas abseits der wenigen Badenden nieder.

„Ein ruhiges Plätzchen; man ist hier ungestört. Die Hermonaren kommen nicht hierher", begann Karl, „ich verstehe nicht warum. Aber auf Hankorin und auf Nalorama bei den Kalgunen war es ähnlich. Bei denen war es zu verstehen. Kalinna erzählte mir einmal, daß sie das Tageslicht und die Witterung nicht gewohnt sind, aber die Hermonaren lebten doch immer an der Oberfläche."

„Die Hermonaren glauben", wandte Laila ein, „im Wald leben böse Geister, welche die Sinne der Menschen verwirren.

Karl blickte sie ungläubig an.

„Diese Menschen glauben an böse Geister?"

Laila zuckte mit den Achseln.

„Offenbar schon. Das ist das, was ich erfahren habe.

„Das ist doch sicher Aberglaube. Woher kommt der ?"

„Ich weiß es nicht. Es hat mich auch nie interessiert. Wir können ja einmal Xaru fragen."

Sie saßen schweigend nebeneinander, genossen die Abendsonne, blickten oft einander an, wobei sich ein Strahlen auf ihren Gesichtern zeigte. Es schien, als seien beide glücklich, einfach so nebeneinander zu sitzen, einander nahe zu sein, auch ohne groß Worte zu wechseln,.

„Wir hätten etwas zu trinken mitnehmen sollen", meinte Laila schließlich, „ich habe Durst. Laß uns zurückgehen. Es wird ohnehin bald dunkel."

Im Gartenlokal saß nur noch Xaru.

„Das ist eine gute Gelegenheit", bemerkte Karl, „da können wir ihn gleich einmal fragen."

Sie setzten sich zu ihm. Er hatte nichts dagegen.

„Wir hatten uns am See über eine Sache unterhalten", begann Laila, „warum die Leute hier zwar den Park, aber nicht den Wald und den See besuchen. Ich hörte einmal, daß dort böse Geister hausen, welche die Sinne der Menschen verwirren."

„Ich habe allerdings noch keine Geister gesehen", ergänzte Karl, „ich glaube auch nicht an solch einen Humbug."

Xaru lachte.

„Ja, das ist in der Tat Aberglaube. Aber den gibt es auch noch bei Wesen, die euch in der Entwicklung mehr als tausend Jahre voraus sind."

Er runzelte die Stirn.

„Ich hätte euch alle deutlicher warnen müssen. Ich habe es bisher vergessen. Aber glücklicherweise ist offensichtlich noch nichts passiert. Karl, ich sagte dir ja bei deiner Ankunft, du sollst nicht von den Früchten des Waldes essen, da sie oft zwar sehr schön aussehen, aber zum Teil ungenießbar oder sogar giftig sind. Also, die Sache ist so: im Wald wachsen Beeren, sie heißen Chrysimonen. Sie haben die Größe einer Fingerkuppe, eine rote Farbe, sind sehr wohlschmeckend, süß. Allerdings enthalten sie ein Alkaloid, das starke Halluzinationen hervorruft. Es wachsen auf Korias in der Tat ähnliche Beeren, die allerdings harmlos sind. Das war den Hermonaren natürlich nicht bewußt, sie kannten das nicht von Korias her; die Leute aßen die Beeren, und als Folge traten geistige Verwirrungen in Massen auf. Und so entstand das Gerücht, es seien böse Geister am Werk. Die Angelegenheit wurde natürlich untersucht, man stieß auf die Beeren und der wahre Grund wurde festgestellt. Es heißt aber, der damalige Direktor habe hier in einem Bungalow gewohnt, den Wald geliebt und er wollte ungestört sein. Er veröffentlichte daher den Bericht, dazu war er verpflichtet, an einer Stelle, wo ihn kaum jemand las und so blieb der wahre Grund für die geistige Verwirrung weitgehend unbekannt und das Gerücht lebte weiter, bis heute. Nun ja, die hier lebenden Hermonaren lieben die freie Natur ohnehin nicht so sehr und so kümmert sich keiner darum."

„Aber der Wald sieht sehr gepflegt aus", warf Karl ein.

„Die Arbeit erledigen Roboter. Er soll ja schließlich nicht zur Brutstätte von Ungeziefer, welches Krankheiten verbreiten kann und giftiger Schlangen werden."

„Verzeiht, wenn ich mich verabschiede. Ich muß zurück sein bevor das Gebäude geschlossen wird. Ich möchte heute nicht schon wieder Karls Bett belegen", unterbrach nun Laila das Gespräch.

Sie verabschiedete sich.

„Dein Bett belegen ?" Xaru runzelte die Stirn, „was hast eigentlich mit dem Weib angestellt. Bisher hat sie jede Gesellschaft abgelehnt. Und ihr habt schon gestern den ganzen Abend zusammengesteckt, dann hat sie noch bei dir geschlafen. Und heute wart ihr wieder zusammen. Bisher hat sie sich doch stets nach der Arbeit in ihre Kammer zurückgezogen, ist selten einmal spazieren gegangen und hier im Gartenlokal habe ich sie lediglich ein oder zweimal gesehen."

„Ich habe nichts mit ihr angestellt. Sie fühlt sich einsam, sucht Anschluß. Und in mir sieht sie offenbar einen Mann, dem sie vetrauen kann."

„Vertrauen kann ?"

„Ja, einer, der nicht die Absicht hat sie zu mißbrauchen."

„Mißbrauchen ?"

„Ja, sie entstammt einer Gesellschaft, in welcher Frauen wenig zählen und sich den Männern völlig unterordnen müssen. Und seit der Entführung durch die Koriasner hat sie auch überwiegend schlechte Erfahrungen mit Männern gemacht. Aber zu mir hat sie Vertrauen gefaßt."

„Vertrauen zu dir ? Na, dann bahnt sich ja wohl ein neues Liebesverhältnis an ?"

„Vielleicht; aber ich möchte nichts überstürzen. Ihre Seele ist verletzt. Diese Wunden müssen erst heilen. Geduld ist erforderlich."

„Du scheinst wohl ein guter Seelendoktor zu sein. Sie haben dich ja damals auch wegen Marion nach Hankorin geholt um sie in die Gesellschaft einzugliedern. Nun hast du das bei Laila auch geschafft, ganz ohne Auftrag. Aber bedenke: bei Marion hat es nicht geklappt, sie hat sich Arnold zugewandt. Vielleicht sucht sich Laila auch einen anderen ?"

„Vielleicht dich ? Du hattest schon ein Auge auf sie geworfen. Aber jetzt hast du ja Malys. Und zwei Frauen brauchst du nicht. Das bringt dir nur Ärger. Aber wenn du mir Laila ausspannst, dann gönne ich dich ihr von ganzen Herzen. Aber ich werde dann mit Malys trösten."

Xaru lachte.

„Jetzt werde doch nicht gleich so pampig. Ich freue mich wirklich für dich, wenn du auch einmal bei einer Frau Erfolg hast. Malys hatte dir doch auch gefallen."

Sie leerten ihre Gläser, gingen in ihre Wohnungen zurück.

Am nächsten Abend trafen sich Laila und Karl erneut, liefen zum See, setzten sich ins Gras. Nach kurzer Zeit legte sich Laila auf den Rücken, blickte hoch zum Himmel; ihr Gesicht wirkte verklärt.

„Ich will ins Wasser gehen, ein bißchen schwimmen. Kommst du mit ?" meinte Karl.

„Ach nein, ich träume gerade so schön vor mich hin. Vielleicht komme ich später nach."

„Wovon träumst du denn ?"

Laila lächelte.

„Mein Geheimnis."

Karl hielt sich bereits einige Zeit im See auf als Laila ins Wasser ging und zu ihm hinschwamm.

„Es ist herrlich !" schwärmte sich, küßte ihn auf den Mund.

Sie tummelten sich noch eine Weile im Wasser, legten sich dann am

Ufer ins Gras.

„Vielen Dank für alles", begann Laila.

„Für was mußt du mir danken ?"

„Du hast mich aus einem Gefängnis befreit, einen selbstgewählten. Warum habe ich mich eigentlich die ganze Zeit eingeschlossen ?"

„Vielleicht weil du allein warst und das alles alleine gar nicht genießen konntest."

Laila blickte ihn fragend an.

„Ich verstehe nicht ganz."

„Es kommt oft vor, daß sich Menschen ohne Not, ohne äußeren Zwang ganz freiwillig zurückziehen, weil sie allein sind. Sie möchten zwar das Leben genießen, haben im Prinzip auch die Möglichkeit dazu, aber sie tun es nicht, da sie alleine sind. Sie sehen die anderen, die zu zweit zusammen alles genießen können und es wird ihnen bewußt, daß sie alles Schöne und alle Freuden alleine erleben müssen, weil sie niemand haben, mit dem sie dies teilen können. Und deswegen bereitet es ihnen auch gar keine Freude das Schöne zu erleben. Sie lehnen es sogar ab, weil es mit einer Bitternis verbunden ist."

„Welcher Bitternis ?"

„Der Erkenntnis, daß sie alleine sind."

„Aber du hast dich doch auch nicht zurückgezogen, obwohl du alleine bist."

„Ich bin aber auch ein Einzelgänger, einer der nicht dazugehört, ein Außenseiter, einer, der nicht teilnehmen will, der nur beobachtet."

Laila schüttelte den Kopf.

„Nein, das glaube ich dir nicht so recht. Du warst doch auch enttäuscht als Marion Arnold dir vorgezogen hat. Malys hat mir das erzählt. Und wie war das auf Nalorama ? Da hattest du doch auch Pech. Du bist frustriert, hast dir deine eigene Philosophie zurecht gesponnen. Letztlich war das aber nur ein Pflaster für deine verwundete Seele."

Laila schaute ihn liebevoll an.

„Sei mir jetzt nicht böse. Wir wollen doch alles besser machen. Und da mußt du ehrlich zu dir selbst sein. Sonst verdirbst du alles."

Karl schwieg eine Weile, dachte nach.

„Keine Angst, ich bin dir nicht böse. Du hast recht."

Er lächelte.

„Das klingt aber so als wolltest du mit mir zusammenleben."

„Ja, wenn du bereit bist auf meine Empfindungen und Gefühle Rücksicht zu nehmen. Ich werde das auch dir gegenüber tun. Aber dränge mich nicht zu etwas. Ich brauche noch einige Zeit zur Besinnung."

„Ja, wir müssen noch zusammenwachsen bis wir eine Einheit bilden."

„Eine Einheit bilden ! Ja, das ist ein guter Ausdruck; ja, das wollen wir."

„Es ist schon seltsam", begann Laila etwa zwei Wochen später als sie abends im Gartenlokal beim Wein zusammensaßen, „wir kennen uns erst seit kurzer Zeit und gehen miteinander um als wären wir langjährige Freunde."

„Das wundert mich jetzt gar nicht", erwiderte Karl, „es gibt Menschen, die verstehen sich auf Anhieb, spüren recht schnell den Gleichklang im Fühlen und Denken, den Gleichklang der Seelen, während andere sich auch nach Jahren noch fremd sind."

Laila blickte ihn spitzbübisch an.

„Ich weiß, es gibt viele Männer, die schon nach wenigen Stunden Bekanntschaft einer Frau zu verstehen geben, daß sie mit ihr schlafen wollen."

„Da hast du vollkommen recht. Solche Kerle gibt es tatsächlich. Aber von denen rede ich nicht. Das ist Begierde auf ihren Körper. Und die empfinden sie allen gegenüber, die ihnen gefallen. Das können zwanzig pro Tag sein. Alles andere spielt für sie keine Rolle. Da gibt es keinen Gleichklang der Seelen, sondern nur Wollust."

Sie nahmen einen Schluck Wein, schwiegen eine Weile.

„Weißt du", begann dann Laila, „auch das bereitet mir ein Problem. Mir kommt unsere Situation so unrealistisch vor. Manchmal glaube ich zu träumen, rechne damit irgendwann zu erwachen und in meinem Bett in meinen Zimmer in der Universität zu liegen. Verstehst du, was ich meine ?"

„Ja, wir haben schon oft darüber Gespräche geführt."

„Ich hatte bisher keine Gelegenheit dazu und es schien mir auch lange eine Erlösung aus einem Alptraum zu erwachen und wieder zuhause zu sein. Seitdem ich aber dich kenne ist dies alles kein Alptraum mehr, ich möchte nicht mehr zurück."

„Das freut mich."

„Mich auch. Trotzdem, es ist ein Punkt, über den ich reden muß. Möglichst bald."

„Wenn du nicht zu müde bist. Wir haben Zeit. Es ist noch nicht spät und morgen ist arbeitsfrei. Und übernachten kannst du bei mir. Du vertraust mir doch ?"

„Natürlich."

„Aber ich denke, es wird ein längeres Gespräch. Ich hole noch eine Flasche Wein."

„Während meines Aufenthaltes in Ogachich dachte ich oft darüber nach, wo ich gelandet sein könnte", begann sie dann, „die Wesen, ich nenne sie einfach einmal Menschen, die in der Stadt lebten, erschienen mir fast ausschließlich als dumpfe Gestalten, die ohne Sinn für Vergangenheit und Zukunft vor sich hin lebten. Aber sie mußten doch Wissen erworben haben, das ihnen erlaubte Raum und Zeit zu überwinden und zur Erde zu gelangen. Und wie haben sie uns gefunden ? Korias ist hundert Lichtjahre von der Erde entfernt. Im Universum gibt es Milliarden Sterne, Sonnen, und sicher sind zahlreiche von Planeten umgeben, die so beschaffen sind, daß die Entwicklung menschlichen Lebens möglich ist. Und es ist noch etwas zu bedenken. Die Welt existiert seit knapp vierzehn Milliarden Jahren. Menschliches Leben, menschliche Zivilisationen und Kulturen entwickeln sich, vergehen auch wieder. Das Ende der Steinzeit auf der Erde liegt auch erst etwa vier- bis fünftausend Jahre zurück. Und hier treffen sich drei Kulturen, die in einem Zeitfenster von, sagen wir, weniger als sechstausend Jahren liegen und auch alle Wesen hervorgebracht haben, die in Geist und Gestalt sehr ähnlich sind. Muß einem das nicht vollkommen unwahrscheinlich vorkommen ?"

„Es gibt auch noch eine weitere Rasse auf einem anderen Planeten, die ganz anders geartet ist."

„Nun, das besagt gar nichts; es mag durchaus noch eine fünfte, sechste oder auch zehnte Rasse geben. Es wird sicher auch Planeten geben, auf denen die menschenartigen Rassen schon wieder ausgestorben sind oder sich in einem frühen Zeitpunkt der Entwicklung befinden. Verstehst du, auf was ich hinaus will ?"

„Nicht so ganz."

„Nun ja, ich meine, daß ich es wohl für sehr unwahrscheinlich hielt, daß sich die gleichartigen Entwicklungen, die wir hier sehen, auf einem relativ engen Raum, wenn ich das jetzt einmal so sagen darf, abgespielt hat. Was sind denn einhundert Lichtjahre im Vergleich zur Ausdehnung des Universums ? Kannst du dir denken, auf was ich hinaus will ?"

„Ja, ja, Alberta und ich hatten auch darüber spekuliert, daß wir von einen Geheimdienst entführt, auf eine abgelegene Insel verfrachtet und dort als Versuchskaninchen für irgendwelche Experimente, deren Sinn wir nicht ergründen konnten mißbraucht werden."

„Ja, daran dachte ich anfangs auch, aber das hat sich nicht bewahrheitet. Wir wurden tatsächlich von einer fremden Rasse entführt und leben nun auf einem entfernten Planeten. Ich frage mich, wie ist das möglich. Ich las einmal ein Buch eines Schweizer Autors. Er behauptete es seien einst Raumfahrer auf die Erde gekommen und hätten durch genetische Manipulation den heutigen Menschen, den 'homo sapiens' erschaffen. Und diese Raumfahrer seien von den Menschen als Götter verehrt worden. Und wenn das so ist, dann müßte es aber doch irgendwo im Weltraum eine menschliche Urrasse geben, vielleicht in einem weit entfernten Sonnensystem oder in einer anderen Galaxis. Auch sie mußten die Fähigkeiten besessen haben ungeheure Entfernungen in kurzer Zeit zurückzulegen. Alles andere würde ja auch keinen Sinn ergeben. Stell dir doch einmal vor: selbst wenn man mit Lichtgeschwindigkeit reist, so vergehen, zum Beispiel, auf dem Heimatplaneten zwanzigtausend Jahre bis eine Expedition zu einem zehntausend Lichtjahre entfernten Planeten wieder zurückkehrt. Warum sollte nun ein Staat, eine Gesellschaft so eine Mission aussenden, wenn sie nicht erfährt, was sie erforscht oder erlebt hat ? Ja, es ist doch damit zu rechnen, daß die aussendende Zivilisation dann bereits vernichtet ist und die Rückkehrer einen Planeten vorfinden, auf dem es die ihnen bekannte Zivilisation gar nicht mehr gibt, ja, möglicherweise die für sie notwendigen Lebensbedingungen gar nicht mehr existieren. Was sollen sie dann tun ? In ihr Raumschiff zurückgehen und durch den Weltraum fliegen bis sie sterben ? Das macht doch niemand. Das ergibt doch keinen Sinn. Das erworbene Wissen würde dann ja auch niemand mehr nützen, vielleicht auch niemanden mehr interessieren."

„Du meinst also, alle drei Menschenrassen, wir, die Koriasner und die Antarestier wurden von der gleichen Urrasse herangezüchtet ?"

Laila wehrte ab.

„Was heißt meinen ? Es ist eben eine Hypothese. Sie muß nicht wahr sein. Aber es klingt doch phantastisch, ist eine Spur, die man verfolgen kann: die Überwindung riesiger Distanzen hatten sie sicherlich gelöst. Die Koriasner lösten es ja auch. Eine Expedition aus einer fernen Galaxie findet vier Planeten, welche gemessen an galaktischen Dimensionen recht nahe beieinander liegen und günstige Voraussetzungen für das Leben einer Rasse ähnlich der ihren aufwies. Auch die Zentralgestirne mußten ähnliche Eigenschaften aufweisen, zumindest, was das Spektrum der emittierten Strahlung betraf, denn ansonsten würden wir entweder nichts oder alles in anderen Farben sehen. Sie züchteten dann auf jedem Planeten eine genetisch ihnen nahezu identische Lebewesengattung und zumindest auf drei der Planeten hat sie überlebt und eigenständige Kulturen entwickelt. Das mag bereits einige zehntausend Jahre zurückliegen. Die kulturelle Entwicklung verlief auch offenbar auf den drei Planeten unterschiedlich schnell, vielleicht war auch das Anfangsstadium etwas unterschiedlich. Und wir erleben nun das Ergebnis. Ist das nicht toll ?"

„Ja."

Karl kam nicht weiter.

„Weißt du, ich habe das nicht so toll empfunden als ich in Ogachich die Drecksarbeit machen mußte, auch nicht hier in der Anfangszeit als ich allein war. Aber jetzt, wo ich dich und die anderen kennengelernt habe, empfinde ich ganz anders."

Karl beugte sich zu ihr hin, küßte sie.

„Du paßt zu uns. Die Antarestier kennen übrigens auch Mythen nach denen sie von Göttern, die vom Himmel herabgestiegen waren, erschaffen wurden. Über die Mythen der Hermonaren weiß ich nichts. Hermar war in dieser Sache stets zugeknöpft und Arnold wußte nichts, aber vielleicht erfahren wir von Xaru mehr."

Karl verzog das Gesicht. Er pausierte kurz.

„Es wäre natürlich schön, wenn wir all die Unterlagen hätten, die sie von ihren Expeditionen zur Erde und zu Anaresterr mitgebracht haben. Auch unsere bereits verfaßten Berichte besitzen wir nicht mehr. Das blieb alles auf Hankorin zurück. Aber wir haben schon wieder viele Dinge aus dem Gedächtnis niedergeschrieben."

„Die Sachen sind sicher nicht verloren. Vielleicht kann Xaru helfen. Er hat viele Verbindungen. Ich werden mit ihm reden."

„Du interessierst dich ja sehr für unsere Arbeit."

Laila lächelte.

„Natürlich, wir sind irgendwo in den Weiten des Universums gefangen, können nicht mehr zurück auf die Erde. Wir leben aber hier unter recht guten Bedingungen, wie mir scheint. Wir sollten also das Beste aus unsere Lage machen, uns so gut wie möglich einrichten, jeden unnötigen Streit vermeiden und uns einer sinnvollen Beschäftigung widmen. Und ich denke, das Studium unserer Geschichte, unserer Mythen ist doch eine sinnvolle Beschäftigung."

„Nun ja, auf der Erde werden Streitereien oft dadurch erzeugt und angeheizt, weil wir uns einer speziellen Gruppe zugehörig fühlen und anderen gegenüber die Interessen und Ansichten diese Gruppe vertreten, die nicht unbedingt unsere eigenen sind. Das entfällt hier völlig. Wir sind hier nicht allzu viele, wie du von Malys weißt, aber wir verstehen einander gut, bilden eine kleine Gemeinschaft, in der du willkommen bist. Du kannst zu uns ziehen."

„Du meinst zu dir ? Das kommt jetzt nicht überraschend. Ich werde darüber nachdenken."

„Du brauchst dich nicht sofort entscheiden; laß dir Zeit."

Das Verhältnis zwischen den beiden vertiefte sich. Eine knappe Mensane später zogen sie zusammen.

26. Der Besuch Hermars

Karl befand sich bereits neun Mensanen auf Ferrumia; er und die anderen hatten sich mittlerweile recht gut eingelebt. Alle verband eine herzliche Freundschaft. Laila und er waren miteinander glücklich, wohnten nun auch zusammen. Die Extrakoriasner gingen ihrer Arbeit nach, saßen abends nun auch wieder öfter zusammen und erzählten oder sie gingen zum Schwimmen. Nach jeweils neun Arbeitstagen hatten sie drei Tage frei und in dieser Zeit wanderten sie oft zur Nordküste. Dort fiel das Land steil zum Meer hin ab, der Strand war zerklüftet, mit zahlreichen Felsen durchsetzt. Hier hatte man vor einigen Jahren einen breiten Küstenstreifen durch einen elektrisch geladenen Maschenzaun vom Meer abgetrennt und von Untieren gesäubert, so daß man in diesem Bereich ungefährdet im Meer schwimmen konnte. Allerdings hatte die hermonarische Bevölkerung diesen Strandabschnitt nicht als Freizeitgebiet angenommen, was wohl auch daran lag, daß er ihnen zu weit von Tiuhanare entfernt lag und sie andererseits den flachen, abgesicherten Strand nahe der Stadt bevorzugten. So blieben die Extrakoriasner unter sich. Da sie keine Fahrzeuge besaßen benötigten sie etwa drei Stunden um dort hin zu wandern, weshalb sie auf der Ebene oberhalb des Strandes in Zelten übernachteten, die wie auch andere Geräte, welche sie nicht stets mitschleppen wollten in einer kleinen Hütte untergebracht waren. Man saß dann abends an einem Lagerfeuer beisammen, erzählte oder sang selbst erdichtete Lieder, trank dabei den mitgebrachten Wein. Antonio besaß ein Musikinstrument, das einer Gitarre ähnelte, Malys eine Art Flöte. Man war insgesamt guter Dinge. Das Leben war zwar einfach, aber sorgenfrei.
Viele andere Unterhaltungsmöglichkeiten gab es ja auch nicht, einige Spiele auf den Tabletts, sowie Filme und eine größere Leinwand im Gemeinschaftsraum. Doch diese stammten ausschließlich aus hermonarischer Produktion, deren Handlung den Extrakoriasnern fremd blieb und daher bei ihnen auf keinen Anklang fand.

Eines Nachmittags saß Karl in dem Gartencafe in der Sonne, einen Becher Kaffee in der Hand, träumte so vor sich hin, als ihn plötzlich jemand von hinten ansprach.

„Hallo Karl, wie geht es dir?"

Er drehte sich um, erblickte Hermar.

„Hallo", rief er ihm zu, „wie kommst du hierher? Haben sie dich nun auch verbannt?"

Hermar lachte.

„Nein, nein, ich bin gekommen um dich zu besuchen. Ich habe euch auch noch zwei Erdlinge mitgebracht."

Erst jetzt bemerkte Karl den Mann und die Frau, beide dunkelhäutig, welche neben Hermar standen.

„Fanny kennst du ja. Und der Mann daneben ist ihr Gefährte, er nennt sich Ernst der Neger."

Hermar grinste.

„Er ist so ein Spaßvogel, ihr werdet in bald mögen. Er war auf der Erde Sänger und Komödiant. Er stammt von einer Insel namens Jamaika, lebte aber seit längerem in Deutschland, wo du ja auch herkommst. Er soll dort oft in Unterhaltungssendungen aufgetreten sein. Vielleicht sagt dir der Name etwas."

Karl lachte.

„Ernst der Neger? Ei, freilich. Ich habe ihn des öfteren im Fernsehen gesehen."

Er richtete sich auf, reichte dem Mann die Hand.

„Schön, dich einmal kennenzulernen, wenn auch an einem ungewöhnlichen Ort, so hundert Lichtjahre von Deutschland entfernt. Sei willkommen."

Dann wandte er sich Fanny zu.

„Tut mir leid, ich war unhöflich. Ich hätte erst die Dame begrüßen sollen. Schön dich wiederzusehen. Es freut mich ehrlich, daß du das Massaker auf Hankorin überlebt hast."

Fanny grinste.

„Darüber freue ich mich auch."

Sie umarmten sich.

„Tut mir leid, wenn ich euch unterbreche, aber ihr habt noch genügend

Zeit eure Erlebnisse auszutauschen."

Er pausierte kurz, zog dann Karl zur Seite.

„Ich bin weder zu einem Privatbesuch hier, noch in offizieller Mission, sondern lediglich um eine sozusagen unter der Hand getroffene Maßnahme zu vollziehen. Und ich denke auch, ich bin eine Erklärung schuldig."

„Soll ich deswegen alle versammeln ?"

Hermar überlegte kurz. Er schien ein bißchen verlegen.

„Nein, ich denke es genügt, wenn ich es dir erzähle. Dich halte ich für den Vernünftigsten. Du kannst es ja dann den anderen mitteilen und alles regeln."

Karl schloß aus diesen Worten, daß es Hermar nicht behagte, mit den anderen darüber zu reden, zu denen er ja auch kein so ein freundschaftliches Verhältnis unterhielt wie zu ihm.

„Dann ist es sicherlich etwas sehr unangenehmes."

Hermar druckste in bißchen herum.

„Nun ja, wie man es nimmt. Nein, unangenehm ist es eigentlich nicht, eher das Gegenteil, zumindest, was eure Zukunft betrifft."

Karl grinste.

„Nun sag schon, was Sache ist."

„Nun ja, ihr wißt ja sicher, daß ihr Erdlinge und Antarestier auf den 'Drei Inseln' nicht sonderlich beliebt waren. Ihr habt ja sicherlich selbst gemerkt, daß die Hermonaren den Kontakt mit euch mieden."

„Sicher, aber hier ist das auch nicht viel anders."

„Ja, das ist richtig. Aber hier leben nicht so viele Hermonaren."

„Das macht allerdings keinen großen Unterschied. Aber das ist doch sicherlich nicht der Punkt um den es dir geht. Wir verstehen uns untereinander sehr gut und ich denke Fanny und Ernst werden sich hier auch bald wohlfühlen. Wir kommen schon zurecht."

„Das freut mich. Ich will es kurz machen. Ihr wart nicht wohl gelitten und auch das Projekt zur Erforschung 'extrakoriasnischer Kulturen' war bei uns umstritten, anders als bei den Kalgunen. Es kostete zwar nicht viel, aber trotzdem hielt man es für unnütz. Wir haben euch Erdlinge auch nur genommen, weil wir den Kalgunen nicht alle überlassen wollten. Du weißt ja wie wir zu ihnen stehen. Bei denn Antarrestiern war es

sogar noch schlimmer. Es wurde uns Wissenschaftlern sogar vorge-
worfen, daß wir unnötiger Weise so viele primitive Wesen von unserer
Expedition mitgebracht hätten. Die Beteiligung von Extrakoriasnern,
insbesondere Antarestiern, an dem Aufstand und den Massakern auf
Hankorin gab dann den Ausschlag. Das Projekt 'extrakoriasnische Kul-
turen' wurde eingestellt und alle Überlebenden nach Ferrumia verbannt.
Die Akademie wurde aufgelöst. Ich konnte mit Mühe und Not, glaube
es mir, verhindern, daß zumindest die Gebildeten unter euch nicht als
Knechte für niedrige Arbeiten in der Landwirtschaft eingesetzt wurden.
Fanny und Ernst waren die letzten, die noch auf den 'Drei Inseln' ver-
blieben. Viele seid ihr ja nun nicht mehr, du, Marion, Fanny, Malys,
Rumaldena, Bar-la-Dun und Ernst. Ja, das Projekt 'extrakoriasnische
Kulturen' ist gescheitert. Aber ich wollte nicht, daß es ein vollkom-
mener Fehlschlag wird, habe alles unternommen was in meiner Macht
stand um zu retten, was noch zu retten ist. Deswegen bin ich jetzt ja
auch hier. Offiziell könnt ihr natürlich eure Arbeiten nicht fortsetzen, in
eurer Freizeit dürft ihr das natürlich."
„Ja, aber wir haben doch keinerlei Unterlagen mehr."
„Gemach, gemach. Ich erkläre dir das im Detail. Also, die 'Akademie
zur Erforschung Extrakoriasnischer Kulturen', zu der ja auch die
Außenstelle auf Hankorin gehörte, wurde geschlossen und mittlerweile
auch aufgelöst. Es ist aber jedermann und auch jedem Unternehmen
gestattet, auf eigene Kosten Studien auf diesem Gebiet durchzuführen.
Mir ist es nun mit einiger Mühe gelungen, die Leitung des Unterneh-
mens, welches die Erzminen hier auf Ferrumia betreibt, für einen entsprechenden Plan zu gewinnen. Die Sache ist ganz einfach: eure
Arbeitszeit wird geteilt; von den sechzehn Arbeitslinkanen pro Tag
müßt ihr mindestens zehn für euren zugewiesenen Aufgabenbereich
aufwenden, die restlichen sechs habt ihr zur freien Verfügung. Die dürft
ihr für die Kulturstudien aufwenden. Ihr bekommt hierfür ein Gemein-
schaftsbüro zur Verfügung gestellt und leistungsfähigere Dainvertafs,
auch größere Bildschirme, was das Arbeiten erleichtern wird. Einen
Datenspeicher, auf dem alles zusammengestellt ist, was ihr bisher erar-
beitet habt und was auf der Erde und Antaresterr eingesammelt wurde,
habe ich auch mitgebracht. Alles ist bereits mit der Unternehmens-

leitung geregelt, es muß nur noch die Direktorin unterschreiben. Das ist aber eine Formsache."

„Das klingt ja sehr gut, ist aber doch sicherlich nicht alles?"

„Fast alles. Ich habe natürlich jetzt andere Aufgaben wie alle aus der aufgelösten Akademie. Aber einige und ich haben schon noch Interesse an dem Thema. Ich erwarte daher regelmäßige Berichte. Verantwortlich hierfür bist du. Ich denke dabei an einen allgemeinen Fortschrittsbericht über die durchgeführten Arbeiten und einen ausführlichen Aufsatz, wenn ein Thema abgearbeitet ist. Ich brauche da nicht ins Detail zu gehen, du weißt schon, was du zu tun hast."

„Und wie sollen wir die Berichte übermitteln."

„Das ist ganz einfach; zweimal im Jahr trifft ein Versorgungsschiff ein, das Bedarfsgüter bringt, welche hier nicht hergestellt werden können, diejenigen abholt, deren vertragliche Aufenthaltsdauer abgelaufen ist und im Gegenzug neue Leute bringt. Es wird dann einer aus der Besatzung zu dir kommen und die Berichte abholen."

„Ich habe dann noch etwas. Wir haben zwei Frauen in unserer Gruppe, sie heißen Laila und Marianne. Sie stammen von der Erde, waren aber nicht in der Akademie auf Hankorin beschäftigt. Laila kam direkt von den Kalgunen hierher. Marianne arbeitete vorher bei einem Gelehrten in Ogachich, war nach dessen Tod für kurze Zeit auf Prokonin. Die beiden würden sicher auch gerne mitmachen."

„Das ist wohl kein Problem. Eure Anzahl ist noch nicht festgelegt. Und ich habe auch genügend Dainvertafs und Bildschirme. Hast du sonst noch Fragen?"

„Nein."

Hermar lächelte.

„Doch. Eine Frage liegt dir noch auf der Zunge, nämlich, warum nicht alle Extralkoriasner hier konzentriert werden. Die Kalgunen wollen ihre Leute nicht hergeben, sie wollen ihre Studien noch weiter treiben und unsere Regierung hat natürlich kein Interesse an ihnen. Es wäre auch schwieriger geworden mit dem Erzminen - Unternehmen zu einer Einigung zu kommen, wenn es deutlich mehr Personen gewesen wären."

Er schwieg kurz.

„Übrigens, du hattest dich ja für mögliche Besuche von Raumfahrern auf Korias interessiert. Ich habe all unsere Mythen und Bücher zu dem Thema, soweit ich was gefunden habe, zusammengestellt. Das ist auch auf mit auf den Datenträgern abgespeichert."

Er zog einen kleinen Chip unter seinem Gewand hervor, grinste, überreichte ihn Karl.

„Hier ist noch etwas, ein Bericht an die Akademie der Wissenschaften der Kalgunen über Ausgrabungen in einer versunkenen Stadt auf der Insel Sorrileron. Eigentlich ist er nur für Eingeweihte, also Leute in führenden Stellungen, aber für dich vielleicht interessant. Aber behandele es vertraulich, erzähle es nicht den anderen."

„Wie bist du an den Bericht gekommen ?"

Hermar lächelte süffisant.

„Ich habe eben meine Quellen. Tja, das wäre es dann wohl. Kannst du bitte Fanny und Ernst ihr Haus zeigen. Es trägt die Nummer elf. Ich suche dann einmal die Direktorin auf, ich hoffe sie hat Zeit. Die Geräte gebe ich dir morgen. Verwahre sie dann bei dir bis eurer Bürogebäude fertig ist."

Er verabschiedete sich.

Fanny und Ernst hatten sich inzwischen an einem Tisch niedergelassen und sich Kaffee besorgt. Karl holte sich auch ein Getränk, kam dann zu ihnen.

„Darf ich mich zu euch setzen ?"

„Selbstverständlich", antwortete Ernst.

Karl setzte sich.

„Schön, dich kennenzulernen, Ernst, aber sei mir nicht böse, wenn ich mich zuerst mit Fanny unterhalte. Wir kennen uns von Hankorin her."

Ernst grinste breit.

„Nein, das bin ich ganz und gar nicht. Damen haben den Vortritt."

Karl wandte sich zu Fanny hin.

„Die unangenehme Frage zuerst: weißt du etwas über den Verbleib von Hilly und Annellanina ?"

Sie schüttelte den Kopf.

„Nein, ich war ja in Hankorinata als der Aufstand ausbrach. Ich hatte schweres Glück. Die Aufständischen richteten ein furchtbares Massaker an. Mehrere Hundert wurden umgebracht. Ich bin auch gar nicht mehr auf das Akademiegelände zurückgekehrt. Sie verfrachteten mich nach Santorin, wiesen mir Arbeit in einer Fabrik zu. Dort lernte ich auch Ernst kennen. Über das Schicksal der anderen, also auch über euer Schicksal erhielt ich keine Auskunft, auch nicht von Hermar als ich ihn später traf. Wir lebten ruhig, aber einsam. Da sich niemand mit uns abgab, glaubte ich schon, sie hätten uns vergessen. Irgendwann fiel es ihnen aber wohl doch auf, daß da noch zwei Erdenmenschen existierten. Man teilte uns mit, daß wir verlegt werden. Im Raumschiff trafen wir dann Hermar. Ich weiß nicht, ob es ein Zufall war oder ob Hermar nach mir geforscht hatte. Er schwieg sich darüber aus, ich vermute aber letzteres. Ich fragte ihn auch nach euch. Und diesbezüglich erhielt ich keine Antwort. Ich war daher völlig überrascht als ich dich vorhin sah. Wer ist noch hier? Ich vermute alle außer Hilly und Annellanina."

Karl grinste.

„Stimmt, aber wie kommst du darauf?"

Fanny lachte.

„Da mußte ich doch bloß eins und eins zusammenzählen. Du hast nur nach den beiden gefragt. Also mußtest du wissen, wo sich die anderen aufhalten. Und das kann doch wohl nur hier sein."

„Gut kombiniert! Es sind allerdings noch ein paar andere dazugekommen. Wir verstehen uns untereinander prächtig. Du wirst sie kennenlernen. Und ich denke, ihr werdet euch bald hier wohlfühlen."

„Wie ist es denn hier so?"

„Ähnlich wie auf Hankorin. Wir leben unter uns, mit den Hermonaren haben wir praktisch keinen Kontakt. Jeder hat eine Arbeit. Mit den Studien sind wir allerdings noch nicht weitergekommen, wir hatten keine Unterlagen. Hermar hat nun alles mitgebracht, deswegen ist er ja auch gekommen. Und in Zukunft werden wir zumindest einen Teil unserer Zeit diesen Sachen widmen können. Ich werde euch das alles noch im Detail mitteilen."

Er lachte.

„Im Grunde sieht alles recht gut aus und ich hoffe, daß wir hier unsere Ruhe finden werden und in Frieden leben können. Im Moment vermisse ich die Erde gar nicht, fühle mich hier sehr wohl. Und ich glaube, die anderen empfinden das auch so."

„Das hört sich gut an", warf nun Ernst ein, „schon auf Santorin fühlte ich mich wohl, insbesondere nachdem ich Fanny kennengelernt hatte. Im Grunde bin ich froh, weg aus Deutschland, weg von der Erde zu sein. Weißt du, dieses ganze Rassismusgeschwätz, das sie dort im Moment aufführen, geht mir echt auf den Sack. Seit mehr als als fünfunddreißig Jahren trete ich in Fernsehshows als Sänger, Humorist und Kabarettist auf, tingele durchs Land, gebe meine Lieder und Späße in großen Sälen und auch auf Volksfesten zum Besten. Ernst der Neger, den Namen habe ich mir selbst zugelegt, das ist mein Markenzeichen. Und nun wollen mir irgendwelche Typ*innen, die noch nie im Leben etwas Gescheites zustande gebracht haben, weismachen, das sei rassistisch. Die spinnen doch. Ich mag Deutschland und ich habe euch eure Schwächen, eure kleinen Empfindlichkeiten unter die Nase gehalten. Übelgenommen haben mir das nur wenige. Die meisten haben darüber gelacht, manche habe ich zum Nachdenken angeregt, doch ich denke, keiner hat mich wirklich gehaßt, keiner hat mir je eine Todesdrohung geschickt. Es gab manche aus bestimmten politischen Kreisen, die abfällig über mich redeten, mich als einen Nigger-Clown oder ähnliches bezeichneten. Ich bin aber nicht gleich zur Polizei gelaufen, habe die Typen zu einem Bier eingeladen, sie gefragt, was sie eigentlich gegen mich haben. Ich habe ihnen gesagt, ich kann ja nichts dafür, daß ich schwarz bin und ich will auch gar nicht aus Frust darüber Land und Leute verächtlich machen. Im Gegenteil, ich schätze dieses Land, die Leute und eure Kultur, sonst wäre ich ja gar nicht hier. Ich bin ja nicht gekommen um hier zu schmarotzen. Und meist sind wir dann als Freunde geschieden. Ein paar Dumpfhirne, die ihre Vorurteile, die sie gar nicht einmal begründen konnten, nicht ablegen wollten, gab es natürlich. Aber die spielten für mich keine Rolle. Doch heute ist das anders. Diese verschrobenen Ideologen haben ihre festen Vorstellungen, die sie für absolut richtig halten. Diskutieren kann man mit diesen Typen nicht. Dazu sind sie auch geistig gar nicht in der Lage. Die verlangten ja sogar, daß ich meinen Namen ändere. Soll ich mich nun Ernst der Schwarzafrikaner nennen ? Das klingt doch lächerlich. Ich komme ja auch gar nicht aus Afrika, sondern aus Jamaika. Und ich sang oft 'schön und kaffeebraun sind die Fraun aus Kingston Town'. Ist das jetzt rassistisch ? Zumindest ist es wohl sexistisch. Und soll ich mich jetzt vielleicht Ernst aus Jamaika nennen ? Da klingt doch Waldi von der Wupper noch besser. Weißt du, ich bin im Grunde froh, daß mich die Koriasner entführt haben. Da bin ich wenigstens dieser ganzen Sch... , ich meine, diesem ganzen Schwachsinn entkommen."

„Das spielt ja hier auch alles keine Rolle mehr. Gut, wir sind nur eine kleine Gemeinschaft, Erdenmenschen, Antarestier, Halbkoriasner, Exoten also. Die Hermonaren wollen zwar keinen Umgang mit uns, lehnen uns aber auch nicht offen ab. Es gibt eben auch keine Gemeinsamkeiten."

Die Dämmerung brach herein.

„Ich denke, wir beenden das Gespräch für heute", meinte Fanny, „aber du solltest uns doch noch unser Haus zeigen."

Am folgenden Morgen erhielt Karl die Nachricht von Hermar, daß er ihn im Gartencafe erwarte.

„Ich will es kurz machen. Die Sache geht klar. Ich habe mit der Direktorin gesprochen. Sie hat eingewilligt, das Abkommen unterzeichnet. Davon braucht ihr aber kein Exemplar. Über die Reduzierung eurer Arbeitszeit werdet ihr an eurem Arbeitsplatz informiert. Die Direktorin hat keine Lust es selbst zu tun. Natürlich werden sie euch nicht explizit mitteilen, daß euch die restliche Zeit zu eurer Forschung zur Verfügung steht. Offiziell ist ja auch euer Freizeitvergnügen. Mir wurde auch mitgeteilt, es gebe hier noch zwei freie Bungalows, den einen könnt ihr als Bürogebäude nutzen. Es ist also kein neuer Bau notwendig. Da könnt ihr euch auch gleich einrichten. Ansonsten bleibt alles beim Alten. Dann wünsche ich euch eine gute Zeit – und lebt wohl. Grüße die anderen von mir."

„Lebt wohl ? Dann wirst du uns als nicht besuchen ?"

„Nein, das ist unwahrscheinlich. Es ist auch nicht notwendig und über die Prozedur zur Berichtsübermittlung habe ich dich ja bereits informiert. Und es ist so: der Verkehr nach hier wird mit eher langsamen Raumschiffen aufrecht erhalten. Die sind wesentlich weniger aufwendig in Bau, Betrieb und Unterhaltung als die schnellen Raumkreuzer des Militärs oder das Schiff für unsere Weltraumexpeditionen. Der Flug hierher dauert etwa vier Mensanen, macht einschließlich Aufenthalt so acht bis neun Mensanen für die Reise. So lange beurlauben sie mich nicht."

Er trank seine Tasse leer.

„So, jetzt muß ich aber aufbrechen. Das Versorgungsschiff wartet nicht auf mich. Und wenn ich es verpasse, dann bekomme ich Ärger. Lebe wohl !"

Er erhob sich, ging.

Am Abend versammelte Karl die Extrakoriasner zu einer Besprechung im Gartencafe. Auch Arnold und Antonio erschienen. Bei Wein erklärte er ihnen, was vereinbart worden war. Alle schienen zufrieden, waren allerdings auch neugierig auf das Bürogebäude.

„Dann gehen wir eben gleich einmal hin und nehmen dabei auch alles mit, was Hermar gebracht hat."

Sie wollten aufbrechen, da erschien Xaru in Begleitung zweier Gestalen. Beim Näherkommen erkannten sie, daß es sich um einen Mann und eine Frau mit hellbraunem Teint handelte.

„Ich bringe euch noch zwei Artgenossen. Die haben sie uns auch mit dem Frachtschiff hierhergeschickt. Ich war vollkommen überrascht als ich sie sah. Ich glaube, selbst Hermar wußte nichts von ihnen."

„Anthropalukas !" schrie Marion voller Überraschung aus, „du bist es wirklich ? Ich dachte, du seist tot."

„Anthropalukas ?" fragte Malys, „wer ist das ?"

„Er ist ein Priester Ralokarans, unseres obersten Gottes, „er wurde auch von den Koriasnern entführt. Ich glaubte, die Grünen hätten ihn ermordet."

„Ich bin es tatsächlich. Ich habe das Massaker der Vertcolisier überlebt. Sie haben mich dann ..."

Er kam nicht weiter. Rumaldena hatte die Frau in Augenschein genommen, rief nun mit lauter Stimme.

„Also, wenn sie grün im Gesicht wäre, würde ich das Weib glatt für Annellanina halten."

Die Frau grinste.

„Die bin ich auch. Ich habe mich lediglich ein bißchen angemalt, damit Anthropalukas keine Angst vor mir hat."

Marion wandte sich dem Mann zu.

„Woher kennst du Annellanina ?"

„Also das war so", gab er zur Antwort, „ich habe das Massaker der Vertcolisier schwer verletzt überlebt. Nach meiner Genesung brachten sie mich in diese zoologische Versuchsanstalt, wo sie diese Untiere züchteten, da ich mich weigerte ihnen unsere Religion und unsere Mythen preiszugeben. Ich mußte dort als Tierwärter arbeiten. Als dann während des Aufstandes die Bestien ausbrachen, floh ich in die Wälder. Dort traf ich Annellanina ..."

Er wurde unterbrochen.

„Jetzt erzähle ich weiter", sagte Annellanina bestimmt, „also, ich war im Wald als die Bestien kamen. Ich glaubte schon meine letzte Stunde habe geschlagen. Eines der Untiere schlug mich mit seiner Pranke nieder. Ich verlor das Bewußtsein. Als ich wieder erwachte kniete ein Mann, ein Burikurate, neben mir. 'Hab keine Angst', sagte er, 'zwei der Bestien habe ich mit meiner Strahlenpistole getötet. Die anderen sind geflohen.' Er hatte bereits Heilkräuter gesucht, meine Wunden verbunden. Da ich zu schwach zum Laufen war, baute er eine kleine Hütte im Unterholz, pflegte mich gesund. Als ich genesen war wollte ich zur Akademie zurückkehren, Anthropalukas schloß sich mir an, da er nicht mehr zur zoologischen Versuchsanstalt zurück wollte. Ich vermutete aber dann, es sei etwas Schlimmes passiert, da ihr nicht mehr da wart. Wir drückten uns dann zwei Tage heimlich auf dem Campus herum in der Hoffnung Näheres zu erfahren. In der Tat gelang es mir auch, eine Unterhaltung zweier Hermonaren zu belauschen, aus der hervorging, daß man euch weggebracht hatte. Ich fürchtete, man habe euch getötet. Wir hatten Angst, zogen uns in den Wald zurück, lebten dort einige Zeit im Verborgenen. Doch dann entdeckten uns einige Wächter, welche einen Ausflug machten. Sie nahmen uns fest, brachten uns in eines der Bergwerke. Da wir uns aber für die schwere Arbeit dort nicht eigneten, verfrachteten sie uns nach Prokonin, wo wir einige Zeit blieben und nun nach Ferrumia. Ich hätte nie im Leben geglaubt euch hier zu treffen."

„Nun, jetzt sind wir ja fast alle wieder zusammen", sagte nun Fanny.
„Ja, fast", Annellaninas Stimme klang leicht traurig, „Hilly ist tot, sie hatte weniger Glück als ich, wurde von den Bestien zerrissen."
„Nun ja", bemerkte Xaru nun, „ein Bungalow ist noch frei, „den müßt ihr euch teilen. Der andere wird als Bürogebäude gebraucht."
„Wir lieben uns", warf nun Anthropalukas ein, „wir wollen sowieso zusammen bleiben."
Xaru grinste.
„Naja, dann paßt es ja."
Karl stieß Marion an.
„Ein grün – braunes Liebespaar ! Gab es das schon einmal ?"
Er wartete ihre Antwort gar nicht ab.
„Wir werden noch genügend Zeit zum Kennenlernen haben. Schauen wir uns doch einmal das Bürogebäude an bevor es dunkel wird."

Das Gebäude erwies sich als recht groß, verfügte auch über eine kleine Küche, einen Waschraum, eine Toilette.
„Da haben wir ja auch noch genügend Platz für ein Archiv oder eine kleine Bibliothek", bemerkte Laila.
„Aber es gibt keine Schränke und Regale", erwiderte Malys.
„Schreibtische und Sessel gibt es auch nicht", wandte Rumaldena ein, „sollen wir uns auf die Erde setzen ?"
„Ach, das ist doch wirklich kein Problem", meldete sich Xaru, der sie begleitet hatte, zu Wort, „das alles kann ich bis übermorgen besorgen. Und auch noch ein paar andere Sachen, die ihr mögt, einen Kaffee-automaten vielleicht, damit ihr nicht immer bis zum Gerät im Garten-cafe laufen müßt."
„Das wäre toll", warf Marion ein, „ich habe mich mittlerweile schon so sehr daran gewöhnt."
„Nun ja, ich denke, wir können zufrieden sein", sagte Karl, „wir haben unsere Arbeit, unser Auskommen, können mit den Studien weiterma-chen und haben hier auch offensichtlich unsere Ruhe, können in Frie-den leben. Was wollen wir mehr ? Sicher, der eine oder die andere wird das Leben auf dem Heimatplaneten vermissen, aber es gibt kein Zurück mehr. Darüber muß sich jeder im Klaren sein. Und es bleibt uns gar

nichts anderes übrig als das beste aus der Situation zu machen, in der wir uns befinden. Das ist eben unser Schicksal."

„Das ist so", fügte Annellanina hinzu, „daher sollten wir auch unsere Diskussionsrunden wieder aufnehmen, unser Wissen und unsere Erfahrungen austauschen. Wir sind ja jetzt ein paar mehr", sie blickte Xaru an, „du machst doch auch mit ?"

Der nickte.

„Wir werden sicherlich auch noch vieles aus den Schriften lernen und vielleicht gelingt es das Rätsel unserer Herkunft zu lösen."

Sie liefen zurück zum Gartencafe, besorgten sich einige Flaschen Wein, tranken, plauderten, waren guter Dinge. Erst spät in der Nacht löste sich die Gesellschaft auf.

Glossar

Personen

Alkuron - Koriasnischer Wissenschaftler in Gorgols Abteilung, Kollege
      Kalinnas

Fuscharlo – Leiter (Verwaltung) der Akademie

Prof. Gorgol – Leiter der Zweiten Abteilung des Bereichs 'Extrakoriasisches
      Leben' der Akademie zur Erforschung des Weltraums

Dr. Kalinna – Koriasnische Wissenschaftlerin, Leiterin einer Forschungs-
      gruppe in Prof. Gorgols Abteilung

Ortagos – Koriasner, den Karl in Ogachich kennenlernt; Angehöriger der
      'Gemeinen'

Prof. Solomena – Koriasnischer Wissenschaftler, Leiter einer Forschungs-
      gruppe in Prof. Tersckos Abteilung

Prof. Parskholan – Wissenschaftlicher Direktor der Akademie zur Erfor-
      schung des Weltraums

Prof. Terscko – Leiter der Ersten Abteilung des Bereichs 'Extrakoriasisches
      Leben' der Akademie zur Erforschung des Weltraums

Antonio – Halb-Hermonare auf Ferrumia, Büroleiter, Nachkomme der 'ersten'
      nach Korias entführten Erdbewohner (etwa vor 200 Erdenjahren)

Arnold – Halb-Hermonare auf Hankorin, Ingenieur in der Energiezentrale,
      Nachkomme der 'ersten' nach Korias entführten Erdbewohner (etwa
      vor 200 Erdenjahren)

Hermar – Hermonare, Angehöriger des 'Zweitvolkes' auf Korias, Angestellter
      in der 'Akademie für Extrakoriasnische Kulturen'; seine Position
      bleibt aber unklar

Ralikonahara – Hermonarin auf Algomertha

Xaru – Hermonare, Verantwortlicher für die technischen Zustand der Förder-
      anlagen auf Ferrumia, Leiter der Erkundung von Erzlagerstellen und
      Ölfeldern, Betreuer der Extrakoriasner auf Algomertha, Ferrumia

Alberta – entführter Erdenmensch, Philippinin, Lehrerin
Ernst der Neger – entführter Erdenmensch, Partner Fannys
Fanny – entführter Erdenmensch, Kenianerin, Historikerin
Hashvili – entführter Erdenmensch, Inder, Leiter einer Arbeitsgruppe in der
    Forschungsgruppe von Prof. Solomena
Hilly – entführte Erdenfrau, Amerikanerin
Igor – entführter Erdenmensch, gewalttätiger Kerl, Käfiggenosse Lailas
Joan – entführter Erdenmensch, Südafrikanerin, Lehrerin
Karl – entführter Erdenmensch, Deutscher, Physiker
Laila – entführter Erdenmensch, Araberin, Professorin, auf Algomertha
    Assistentin Antonios
Liu An Wang – entführter Erdenmensch, Chinese, Historiker
Malys – entführter Erdenmensch, stammt aus Kiribati, Lehrerin,
Marianne – entführter Erdenmensch, Französin, Literaturwissenschaftlerin,
    auf Algomertha Assistentin Xarus
Sahra – entführter Erdenmensch, Perserin, Völkerkundlerin
Tamara – entführter Erdenmensch, Russin
Tobias – entführter Erdenmensch, Deutscher, Historiker

Bar-la-Dun – nach Korias verschleppter 'roter' Bewohner des Planeten
    Antaresterr, Magier
Marion – nach Korias verschleppte 'braune' Bewohnerin des Planeten
    Antaresterr, 'Dienerin Alkumeles' der Stadtgöttin, angehende
    Lehrerin
Anthropalukas - nach Korias verschleppter 'brauner' Bewohner des Planeten
    Antaresterr, Priester
Rumaldena – nach Korias verschleppte 'schwarze' Bewohnerin des Planeten
    Antaresterr, Lehrerin, auch in der Akademie
Annellanina – nach Korias verschleppte 'grüne' Bewohnerin des Planeten
    Antaresterr

Gnomo – kleines Männchen aus dem Volk der Perriloboro
Marraballahara – Frau aus dem Volk der Perriloboro

Planeten / Sonnen

Antaresterr – Planet, bewohnt von menschlichen Lebewesen, die allerdings auf einer Zivilisationsstufe 1000 – 2000 v. Chr. stehen. Entfernung zu Korias etwa 50 Lichtjahre.

Ajiwa – Stern, etwa neunhundert Lichtjahre von Korias entfernt; von einem seiner Planeten kamen vermutlich die 'Raumfahrer' (Götter), welche die Koriasner, die Erdenmenschen und die Antarestier erschufen.

Antorrobia – von menschenähnlichen Lebewesen (Perriloboros) bewohnter Planet.

Aurinko – Zentralgestirn, die 'Sonne' des Planeten Korias

Alcaranbia – Zentralgestirn, um das Ferrumia kreist.

Erde - Planet im Sonnensystem

Ferrumia – Erzplanet, etwa 8 Korias-Lichtjahre von Korias entfernt; trägt kein menschenähnliches Leben, wird von den Hermonaren als Rohstoff – Lieferant genutzt

Korias – Heimatplanet der 'Außerirdischen', Planet, der von Lebewesen bewohnt wird, die den Menschen fast identisch sind, aber in der technischen Entwicklung etwa dreitausend (Erden-)Jahre voraus sind. Entfernung zur Erde etwa einhundert Lichtjahre, er umkreist das Zentralgestirn 'Aurinko' (die 'Korias-Sonne'); Dauer einer Umkreisung ('Korias- Jahr'): 448 Eigenum-drehungen Korias; Dauer einer Eigenumdrehung Korias': 50 Linkane (entspricht 40 Erdenstunden)

Inseln, Erdteile, Länder auf Korias und Ferrumia

Akirema – Insel auf Korias 'Teufelsinsel', Verbannungsort der Kalgunen

Algomertha – Insel auf Ferrumia, auf welcher die Extra-Koriasner leben

Hankorin, Prokonin, Sutarin – die 'Drei Inseln', welche zusammen mit
      Yanakatarin den Staat der Hermonaren, Hermonasien, bilden

Nalorama – Insel auf Korias, 'Akademieinsel'

Sorrileron – Insel auf Korias, auf der eine 'alte' Stadt ausgegraben wurde.

Yanakaratin - zu Hermonasien gehörige Insel, auf der Landwirtschaft
      betrieben wird

Hermonasien - Staat der Hermonaren

Koriasna – Staat der Koriasner (Kalgunen)

Völker

Hermonaren – 'Zweitvolk' auf Korias, Bewohner der 'Drei Inseln'

Koriasner (oder auch) **Kalgunen** – Name der den großen Krieg überlebenden
Bevölkerung auf Korias, außer Hermonaren; sie unterteilen sich in
drei Klassen:
a) Herrschende (tragen purpurne Gewänder) innerhalb der 'Herrschenden'
bildet der **'Große Rat'** die oberste Führungsschicht
b) Vornehme (tragen weiße Gewänder)
c) Gemeine (traen beige Gewänder)
d) Niedere (sie bilden keine eigene Klasse, meist Strafgefangene, sie
stehen außerhalb der Gesellschaft, tragen graue Gewänder)

Nussaren, Renakiren – ehemalige nach Weltmacht strebende Völker auf
Korias; im großen Krieg, den sie entfachten, untergegangen

Antarestier – Bewohner Antaresterrs ; auf dem Planeten existieren vier
Rassen:
a) Burikuraten ('Braune'),
b) Punainer ('Rote'),
c) Vertcolisier ('Grüne'),
d) Tscherinkaner ('Schwarze')

Kataribunen, Kumnosoren – halb intelligente, tierähnliche Lebewesen auf
Antaresterr

Erdlinge – Bewohner der Erde (Bezeichnung der Koriasner)

Perriloboros – Bewohner des Planeten Antorrobia; sie weisen starke
genetische Unterschiede zu den (Erden-)Menschen auf und
stehen zivilisatorisch auf einem Niveau, der etwa der irdischen
Römerzeit entspricht

Städte auf Korias und Ferrumia

Ogachich – unterirdische Stadt, in der die meisten Kalgunen, die 'Gemeinen' und die 'Vornehmen' wohnen

Tiuhanare – Stadt, Hermonarensiedlung auf Algomertha

Hankorinata – Hauptort auf Hankorin

Maße auf Korias

Diers – Dauer eines Arbeitseinsatzes (Arbeitszeit plus Freizeit) in Ogachich; Dauer 40 Linkane

(Korias-)Tag – Zeit einer Rotation des Korias um die eigene Achse; er entspricht 50 Linkane, etwa 40 Stunden irdischer Zeit

Linkane – Zeiteinheit; ein fünfzigstel eines Korias – Tages; entspricht 0,8 Stunden irdischer Zeit.

Mensane – Zeiteinheit, entspricht einem Monat, umfaßt 28 Koriastage

Retem – Längenmaß, entspricht 1,32 m

Jahr ('Korias-Jahr'): Entspricht 448 Eigenumdrehungen Korias oder 22400 Linkane, entsprechend 17920 Stunden; ein Erdenjahr entspricht 8766 Stunden; ein Korias-Jahr entspricht daher 2,04 Erd-Jahren.

Tiere auf Korias

Taribosinen – Nutztiere auf Korias, ähneln einer Mischung aus Schafen und Ziegen

Ewoels – katzenartige Raubtiere, ähneln Löwen

Bunnilies – kleine Tiere, ähneln Kaninchen

Pflanzen auf Ferrumia

Chrysimonen – auf Algomertha (Ferrumia) ein Alkaloid enthaltende wachsende Beeren, welches starke Halluzinationen bewirkt.

Einrichtungen

Akademie zur Erforschung Extrakoriasnischer Kulturen – Zweig der Akademie der Wissenschaften auf den 'Drei – Inseln' (Hermonasien).

Akademie zur Erforschung des Weltraums – wissenschaftliche Akademie der Kalgunen

'Extrakoriasisches Leben' - Wissenschaftsbereich innerhalb der 'Akademie zur Erforschung des Weltraums'

Sonstiges

Gentro: politische Ideologie auf Korias (genauer: politische Ideologie der Kalgunen); Zentrum der Lehre: Wurzel allen Übels ist die Ungleichheit der Menschen und der Sexualtrieb; deshalb wurde letzterer ausgemerzt.

Aerobus - Luftfahrzeug

Tablett – Kleincomputer mit Bildschirm

Dainvertaf – **Da**ten- und **In**formations**ver**arbeitungs**taf**el (leistungsfähiger Computer)

Translator – Gerät, das jede Sprache in eine andere übersetzt, so daß zwei 'Wesen', obwohl sie unterschiedliche Sprachen sprechen, einander verstehen können.

Paralysator – Waffe um den Gegner für kurze Zeit bewegungsunfähig zu machen.

Mythen, Orte und Götter auf Antaresterr

Alkumele - Schutzgöttin der Heimatstadt Marions
Asurbados – Fürst, in den Mythen der Burikuraten
Oh-La-Bin – Ran: sagenhafte Gestalt auf Antaresterr, in den Mythen der
  Burikuraten
Potolurana – sagenhafte Insel auf Antaresterr, in den Mythen der Burikuraten
Ralokaran – Hauptgott der Burikuraten ('Braunen') auf Antaresterr
Rimbultyr – mystischer Held der Burikuraten
Sargen: sagenhaftes Land auf Antaresterr, in den Mythen der Burikuraten
Sorkoloraia – sagenhafte Stadt auf Antaresterr, in den Mythen der Burikuraten
Trabnesie – Magier, in den Mythen der Burikuraten; Erscheinung des Gottes
  Ralokarans
Welikai – Riese, in den Mythen der Burikuraten

Nasilior: Hauptgott der Vertcolisier ('Grünen') auf Antaresterr
Neolopan – Despot und Wüstling in einer Sage der Vertcolisier
Harabaralam – Sagengestalt der Vertcolisier, Sohn des Neolopan
Lubina – Sagengestalt der Vertcolisier (und auch Burikuraten); Tochter
  Neolopans

Jyaschpyr - angeblich allmächtiger Gott auf Antaresterr, auf dem Kontinent
  der Tscherinkaner ('Schwarzen')
Zafinob – Prediger, Verkünder Jyaschpyrs
Fulmen - Gott des Blitzes der Tscherinkaner auf Antaresterr
Molnija - Fulmen geweihter heiliger Baum auf Herantaste im Land der
  Tscherinkaner